이지
웨이
아웃

일러두기 | 본문의 주석은 내용의 이해를 돕기 위해 옮긴이가 작성했습니다.

이지 웨이 아웃

스티븐
암스테르담
장편소설

조경실
옮김

바다출판사

차례

삶의
본질

"말씀드렸던 그 약물입니다."

나는 사람들을 향해 플라스틱 컵을 들어 보였다. 내 말투에 너무 힘이 들어갔는지 들리는 소리라고는 부인의 '아' 하는 탄식뿐이었다.

침대맡에 서 있던 세 딸은 수척해진 아빠의 얼굴과 컵을 번갈아 바라보았다. 겁에 질린 표정들이었다.

안타깝게도 우리가 오늘 이곳에 모인 이유는 이것 때문이었다. 정신과와 사회복지과 쪽 승인도 떨어졌고, 테디의 주치의도 필요한 처방을 내린 후 암 연구 학회에 참석하기 위해 공항으로 떠난 지 오래였다. 지금쯤이면 구토 억제제의 효과가 나타나기 시작했을 것이다. 이제 우리만 남았다.

테디의 큰딸은 무의식중에 두 주먹을 꽉 쥐고 있었다.

"시간을 좀 더 드릴까요?" 나는 테디에게 물었다.

"아." 부인이 다시 짧게 내뱉었다.

부인의 이름이 기익나지 않았다. 하지만 모두 나만 처나보고 있었기에 자연스럽게 파일을 들춰보기란 쉬운 일이 아니었다.

"테디." 부인은 베개에 머리를 묻고 있는 남편에게 말했다. "아무래도 오늘은 안 되겠어요."

자외선 차단제 따위는 필요 없다고 믿었던 41세의 건축업자. 지금 그의 피부 곳곳에는 치아를 제외한 모든 부위에 작지만 또렷한 암세포들이 퍼져 있었다. 철제 침대 끝으로 하얗다 못해 푸르스름한 발을 뻗으며 몸을 펴려던 테디는 고통으로 얼굴을 찌푸렸다. 그는 아내를 향해 억지로 웃어 보이며 결정을 내릴 사람은 자신임을 상기시켰다. 그의 얼굴에는 이미 항구를 떠나버린 배처럼, 뒤늦게 찾아온 이별의 회한이 서려 있었다.

"늦춰봐야 상황만 더 나빠져." 그는 아내에게 말했다.

맞는 말이었다.

처음에는 암세포가, 그다음에는 치료약물이 마치 배수구의 세정제처럼 그의 몸 구석구석을 훑고 지나갔다. 암 환자들이 대개 그렇듯 그는 이제 뼈만 남았고, 잿빛 눈 주위로 이마와 광대뼈가 돌출돼 있었다. 오랜 기간에 걸쳐 점점 더 많은 약물이 전신으로 흘러들어 몸에서는 감각이 사라지고 손끝과 발끝은 창백해져만 갔다. 오른편 반신은 이제 아예 말을 듣지 않았다. 두 달 전 처음 상담할 때만 해도 그는 주말마다 함께 록밴드를 했던 친구들의 공연을 보러 간다고 했지만, 이제는 옛 이야기가 되어버렸다. 집중 치료로 인해 가족과 함께하는 시간도 차츰 줄었다. 고통이 커지는 만큼 또렷한 의식으로 지내는 시간도 줄어들 게 뻔했다.

사람들의 머리를 매만지는 데 관심이 많은 큰딸이 앞으로 미용학교를 졸업한대도 테디는 졸업식에 참석할 수 없을 터였다. 화학요법 치료 후 닭털같이 듬성듬성 난 머리카락을 밝은 파란색으로 염색하고 모호크족 머리 모양으로 젤을 발라 세운 테디의 모습은 기운 빠진 왕년의 록스타를 연상케 했다. 딸의 손가락 끝에는 아빠의 머리카락과 같은 밝은 파란색 물이 들어 있었다. 욕실에서 아빠의 머리카락을 염색해주던 딸의 모습은 분명 흐뭇한 광경이었으리라.

"우리는 잘 해낼 수 있어." 테디는 아내를 보며 말했다.

그녀는 남편의 결정에 따르겠다는 듯 조용히 고개를 끄덕였다. 이보다 어떻게 더 간단히 상황을 결론지을 수 있을까?

테디가 계속하라는 의미로 나를 향해 고개를 끄덕였다.

나는 지침서에 명시된 대로 컵을 손에 든 채 방 한편의 카메라와 벽에 설치된 편면 유리까지 잘 들릴 만큼 또렷하고 큰 목소리로 말했다.

"이걸 드시면 몇 분 안에 잠이 들고 의식을 잃습니다. 그리고 3~4분 정도 지나면 심장이 멎습니다. 하지만 우리는 당신을 소생시키기 위한 어떤 응급처치도 하지 않을 것이며, 당신은 사망하게 됩니다. 그동안 가족들과 저는 이곳에 함께 머물면서 당신이 편안한 죽음을 맞도록 도울 겁니다."

나는 길게 숨을 들이쉬며 다음 말에 약간 뜸을 들였다.

"원하시는 게 이게 맞습니까?"

그동안 들었을 사회복지사들의 긴 설명과 나의 열린 태도에도 불구하고 둘째 딸은 눈물을 쏟아내기 시작했다. 그녀는 침대 위로 쓰러져 아빠의 옆구리를 향해 머리를 밀어붙이며 울었다. 테디는 몸을 약간 뒤로 빼면서도 아직 움직일 수 있는 왼손으로 딸의 머리를 토닥여주었다. '그래, 그래, 괜찮아'라고 말하는 듯했다.

11

다시 몸을 일으켜 세운 둘째 딸은 감정을 추스르며 아빠의 머리카락을 뽑았다. 테디는 딸의 손을 뿌리치려고 손을 들어 올렸다.

"그냥 좀 둬."

부인은 남편이 마지막 순간에 딸을 혼내고 가지 않도록 그의 손을 잡았다. 채 한 줌밖에 남지 않은 파란색 머리카락 위로 서로의 손이 뒤엉켰다. 손장난을 치려는 딸과 영원한 안식을 향해 떠나려는 아빠, 그들 모두를 보호하려는 엄마, 이렇게 각각 다른 목적으로 뻗은 세 개의 손이 한데 합쳐져 그대로 한 장의 가족사진이 되었다.

막내딸 이름이 '한나'였던 것 같지만, 확인 삼아 불러볼 수도 없는 노릇이었다. 가족이 고민하면 고민할수록 내 머릿속은 점점 굳어버리는 느낌이었다. 한나는 다음 주에 다섯 살이 된다고 했다. 그건 분명 기억난다. 예전 삶으로 돌아가기 위해 이들은 아무 일 없었다는 듯 아이의 생일에 파티를 열 것이다.

사실 아이들의 이름까지 기억할 필요는 없었다. 본래 이곳에 오지 않기로 되어있었으니까. 여러 가지를 고민한 끝에 부인은 아이들에게 아빠의 죽음을 직면하게 하는 일은 너무 잔인하다고 결론내렸다. 그래서 할머니, 할아버지에게 아이들을 맡기겠다고 했다. 그런데 오늘 아침 9시 30분, 그녀는 미리 한마디 말도 없이 B진료실로 아이들을 데리고 들어섰다. 나는 겁먹지 않고 '많을수록 좋죠, 뭐'라는 표정을 지어 보였다. 부인은 아이들을 앞세우고 이렇게 말했다. "얘들이 잘 해낼 거예요. 이게 낫겠어요."

그리고 잠시 후, 아이들은 아빠의 죽음을 목격하기 위해 새로 만든 서류 몇 개에 사인했다. 그때까지만 해도 훌쩍거리고 울거나

이의를 제기하는 사람은 없었다.

본래 테디는 지난 몇 주 입원해 있던 병실에서 마지막 의식을 치르고 싶어 했다. 그곳에서는 간호사들도 낯이 익었고 창밖으로 공원도 보였기 때문이었다. 하지만 어제 3시, 병실 관리부에서 (어쩌면 더 윗선에서) 이 일에 일반 병실을 사용해선 안 된다는 결정을 내렸다. 병원 경영진은 우리의 업무 공간을 전문병동으로 한정시키려 했고, 우리가 넴뷰탈*을 들고 주요 병동으로 슬그머니 숨어들기라도 할까 봐 몹시 꺼리는 눈치였다.

나는 덜 삭막한 공간에서 일을 진행하겠다고 테디를 안심시켰다. 가족들과 사적인 대화를 나누기도 좋고, 옅은 분홍색 벽지에 편안한 가구도 있고, 인공호흡기도 최소화해 과정을 논의하는 동안 말하기도 훨씬 편안할 거라고 설득했다. 물론 감시 카메라를 세 대나 설치했고, 이곳 상황을 감시할 수 있는 공간을 옆방에 마련했으며, 시체 안치소도 가까이 있다는 사실은 언급하지 않았다.

중요한 건 내가 이 일을 처음 맡았는데도 불구하고 오늘 아침처럼 예상치 못한 상황에도 능숙하게 잘 대처했고, 환자의 바람대로 모든 일을 잘 진행하고 있었는데, 지금 가족들이 반란을 일으키려고 하는 것이다. 건물 어디선가 네티가 이 모습을 지켜보고 있을 터였다.

나는 테디의 눈 속에서 오래전 내가 품었던, 그 물음에 대한 답을 찾으려고 애썼다. '이게 정말 내가 원하는 일일까?'

---

* 진정, 최면, 전신 마취제로 사용되는 약물로, 조금만 과다 복용해도 치명적인 호흡 마비가 나타나 사망에 이름.

그도, 나도 그렇다는 사실을 알고 있었다. 마지막 결정을 내릴 순간임을 알리기 위해 나는 얼굴의 긴장을 풀었다. 그 많은 준비 절차와 진단 과정, 심리 상담을 거쳐 이 자리에 왔지만 최종결정은 본인의 입으로 크고 정확하게 말해야 했다.

결정의 순간이 왔다. 그동안의 연구조사 결과가 보여주듯, 혼자 마음먹는다고 되는 일은 아니었다.

"하지 마요, 아빠." 둘째 딸의 말에 심란해진 듯 테디는 눈길을 돌렸다.

일을 중단시키려는 의도가 한층 강해졌다. 지침대로라면 진행을 멈춰야 할지도 모른다.

나는 가족들이 각자의 마음속을 천천히 방황하도록 몇 분 더 기다렸다. 침대에 눕거나 침대맡에 선 이들은 각자의 위치에서 이 상황을 되짚어볼 것이다. 어쩌면 눈앞의 장면을 완전히 지우고 오래전 아이들이 아직 산타의 존재를 믿던 그 시절로 돌아가 선물 포장을 뜯던 크리스마스 아침을 떠올리고 있을지도 모를 일이었다. 아니면 오후 내내 개를 찾아 어느 낯선 거리를 걸어 다녔던 일. 아니면 테디가 밴드에서 마지막으로 공연하던 날, 관객석 맨 앞줄에 엄마와 나란히 서서 노래를 따라 부르고 손뼉을 치던 그때로. 이렇게 잠깐이나마 기억 속을 헤매다가 다시 대화를 시작하면, 그땐 어떤 감정도 깊은 울림을 만든다. 결과야 어찌 됐든 지난 시간을 떠올리면 현재를 좀 더 의미 있게 느낄 수 있으리라.

나는 벽에 설치된 편면 유리 위 시계를 흘깃 보았다. 유리 너머로 네티나 위에서 내려온 누군가가 여전히 의심을 풀지 못한 채 상황을 관찰하고 있을 터였다. 여섯 명의 백인인 우리는 이곳에서 죽음의 순간을 조율하고 있었다. 지구 반대편 어딘가였다면 테디는 이런 서류에 사인할 필요도 없이 이미 수개월 전에 사라졌을 테지. 하지만 낙관론자였던 테디의 주치의는 그에게 화학요법을 여섯 차례나 실시했고, 치료가 성공하지 못했기 때문에 지금 나는 여기 이렇게 셔츠 겨드랑이를 땀으로 흠뻑 적시며 서 있게 된 것이다. 나는 테디가 적어도 마지막 순간만큼은 제대로 맞이할 수 있도록, 그리고 치욕스러운 모습으로 떠나지 않도록 돕고 있었다.

"어서 하시죠." 테디가 내게 말했다. 부인과 아이들은 고개를 숙여 그의 말을 따랐다. 그는 마음을 굳힌 듯했다. 상담하는 동안 사회복지사가 가족 모두에게 동등하게 발언권을 주어 그런 분위기가 많이 묻히긴 했지만, 가족 내에서 그가 우위적으로 결정권을 쥐고 있음을 느낄 수 있었다.

다음 단계를 진행해도 좋다는 의미로 거울 반대편에서 불빛을 깜빡이기로 되어 있었지만, 아무 반응도 없었다.

"구체적으로 말씀해주셔야 합니다." 그에게 말했다. 가족들은 더는 반응을 보이지 않았다. 비록 일을 진행하겠다는 의사 표현은 했지만, 법적으로 문제가 없으려면 정확한 언급이 필요했다.

테디는 마지막 순간까지 남의 말을 따라야 한다는 사실에 자존심이 상했는지 자세를 바꾸었다. 하지만 원칙대로 해야 한다는 사실을 그도 알고 있었다. 절차에 따라 당사자의 정확한 요구가 있었는지 윤리위원회에서 전체 과정을 리뷰할 것이 분명했다.

"네. 약물을 마시고 싶습니다."

"'네'라고 하셨죠?" 나는 그의 말을 확인했다. 반은 성공한 셈이었다.

나는 모든 과정을 명확하게 진행해야 했다.

약간이라도 모호한 표현이 있다면 나중에 어떤 결과를 가져올지 알 수 없었기 때문에 지금은 내 감정을 철저히 배제해야 했다. 네티는 우리가 중도 포기자의 숫자를 좀 더 줄일 수 있다면 큰 도움이 될 거라고 말했다. 이 프로그램이 이윤을 목적으로 하는 일은 아니었지만, 존재 자체를 정당화시킬 필요는 있었다.

"오늘 죽기를 원하신다는 말씀이시죠?" 내가 물었다.

둘째 딸이 평생 잊지 못할 사나운 눈초리로 나를 노려보았다. 부인은 세상을 원망하듯 입술을 깨물었다. 머리카락을 여러 가닥으로 땋아 비즈로 장식한 큰딸은 컵을 뚫어지게 쳐다보았다. 아까부터 내게서 눈을 떼지 않던 한나는 입에 넣은 엄지손가락을 있는 힘껏 빨며 마음의 위안을 찾고 있었다.

테디는 가족들의 얼굴과 내 얼굴을 번갈아 본 뒤 눈을 감았다.

나는 절대 그들을 재촉하지 않겠다는 뜻으로 운명이 담긴 컵을 조심스럽게 든 채 한 걸음 뒤로 물러나 누그러진 태도를 보였다. 이런 내 모습을 네티도 보았길 바랐다.

어제 4시, 네티는 말했다. "테디는 단순한 사람이에요. 첫 환자로 좋겠어요." 테디의 건강상태에 대해 의사의 확인을 받고 가족상담을 진행하는 한편, 의료기록을 수집하여 다른 전문의에게 예후에 관한 제2, 제3의 의견을 요청하고, 그가 본래 우울증이 있는 사람은 아닌지 심리전문가의 확인을 받는 등, 전체 과정을 지휘한 사람이 바로 네티였다. 모든 일이 원칙대로 이루어졌다. 나는 어젯밤 그들이 나눴던 대화 내용을 떠올렸다. 테디는 처음부터 의지가 확고했다. '전 지쳤어요. 완전히 지쳤다고요.'

961법안은 아무나 쉽게 죽음을 맞도록 허용하지 않았다. '당신에게 죽음은 어떤 의미입니까? 당신이 죽는 모습을 상상해보셨나요? 당신이 세상을 떠난 뒤 주변 사람들이 어떻게 살아갈지 생각하면 어떤 기분이 드십니까?' 당연히 '젠장' 같은 말이 먼저 튀어나올 테지만, 일단 병원에 한 달 정도 입원해본 사람이라면 이런 질문에 대해 한 번쯤은 고민하기 마련이었다. 그리고 그런 생각은 '내가 진정 원하는 것은 무엇인가'로 이어졌다.

테디는 '모두 내려놓고 싶다'는 말을 여섯 가지 문장으로 바꿔 표현했다. 그런데도 무수한 관점에서 바라본 죽음에 대한 질문은 형태만 바뀌어 끊임없이 반복되었고, 질문에 답하는 테디를 세 시간쯤 지켜보고 있자니 테디가 진정 내려놓길 바라는 고통이 사실은 평가 자체가 아닐까 의심될 정도였다.

다음으로는 아이들 상담이 이어졌다. 네티는 사회복지 상담사 중 크고 선한 눈매에 아이들이 좋아할 만한 사람을 찾아 상담실로 들여보냈다. 앞머리가 희끗희끗하고 화사한 색의 블라우스에 앞이 막힌 슬리퍼를 신은 그녀는 상담 내내 초등학교 선생처럼 아이들이 하는 말에 무조건 고개를 끄덕거렸다. 아빠가 택하려는 출구 전략의 개념이 무섭고 끔찍한 암 때문에 생긴, 어쩔 수 없는 결과 가운데 하나라는 사실을 아이들이 이해하고 이성적으로 받아들일 때까지 그녀는 아이들의 말을 듣고 또 들어주었다.

나는 상담과 인터뷰에 모두 참석하긴 했지만, 애초에 내 역할은 대화를 녹취하고 사람들의 심리 상태를 평가하거나 미세한 감정 변화를 기록하는 일 정도였다. 가령, 네니의 태도라든가(사포사기했나, 현실적인가?), 부인의 마음가짐(체념하고 있나, 환자를 격려하고 있나?), 그리고 눈에 띄게 감정 기복이 심한 아이들의 심리상태 등을 체크하는 게 내 일이었다. 그리고 사회복지 상담사가 가도 좋다는 표시로 고개를 까딱해 보이면 나는 얼른 내 자리로 돌아가 수치를 해석해 보고서로 만들었다. 그 보고서는 앞으로 생길지 모를 사회적 간섭에 대비해 근거를 마련하기 위해 작성하는 것으로, 그다지 생산적인 일은 아니었다. 눈송이가 땅에 떨어져 녹듯, 자살도 그와 같다는 사실을 누구나 알고 있었기에 이 보고서가 결정적인 역할을 하리라 기대하지는 않았다.

사실 보고서의 진짜 목적은 C구역 6층에 위치한 사무처 사람들에게 보고하기 위한 용도였다. 어떤 환자와 가족들은 자신의 의지나 안락함과는 무관하게 병원 침대 한 칸을 차지하고 모르핀을 맞으며 비참한 상태로 3개월 남짓 남은 삶을 유지하느니 존엄하게 죽음을 맞이하는 편을 바라고 있었다. 환자뿐 아니라 병원 입장에서 봐도 충분한 심리 상담을 진행하고 마지막 과정을 제대로 조율만 한다면 무의미한 생명 연장에 자원을 소모하는 것보다 넴뷰탈한 컵을 사용하는 쪽이 비용 측면에서 유리했다. 이미 일부 병원에서는 3개월마다 새 MRI 기계를 사들일 만큼 비용이 절감된다는 사실을 확인하기도 했다. 물론 이 점 역시 그리 강조해서 언급할 사항은 아니었다.

부인은 테디의 얼굴 가까이 몸을 숙이며 말했다. "나는 당신 뜻에 따르겠어요."

순간 그녀의 이름이 제럴딘이라는 사실이 떠올랐다.

나는 거울 쪽을 슬쩍 보았다. 봤죠, 네티? 이 방의 분위기에 내가 이렇게 예민하게 반응하고 있어서, 분란이 사라지니 내 머리도 제 기능을 회복하고 있어요.

아이들은 침대 주변에 바싹 붙어 서 있었고, 테디는 아무 반응도 보이지 않았다. 만약 오늘 결정하지 않으면 병실로 되돌아가 두 번 다시는 이곳으로 오지 못할 가능성이 크다는 사실을 말해줄까 잠시 고민했다. 그런 사례가 있었던 몇몇 환자는 일주일을 더 살면서 고통이 10점 만점에 10점이 될 때까지 기다리다가 우리가 묻는 말에 대답조차 할 수 없는 상태가 되어버렸다. 죽음이 먼저 그들을 찾아왔다.

네티처럼 레나 역시 테디는 별문제가 없으리라 믿었다. 테디는 레나에게 자신이 진짜 힘든 이유는 병으로 인한 고통보다도 진통제 때문이라고 말했다. 진통제를 맞고 잠이 든 날은 늘 악몽을 꾸었는데, 주로 자기 부인이 재혼하는 꿈이었다고 했다. 그는 자기자리를 대신한 다른 남자의 존재에 무척이나 괴로워했다. 밤새 그런 꿈에 시달린 다음 날 아침에는 아무것도 모르는 아내의 얼굴을 마주하기가 힘들었다고 했다.

레나는 1년 가까이 근무한, 믿음직한 어시스턴트였다. 그래서 담당 환자가 세상을 떠나는 날, 전화로 병가를 낼 때도 그녀가 일을 그만두리라 생각한 사람은 아무도 없었다. 레나를 대신해 네티가 워낙 능숙하게 일을 처리했기에 다행히 환자와 보호자가 동요하는 일은 없었다. 사실, 어시스턴트와 가족 간의 이상적인 관계는 불필요한 감정적 연결을 제한한 관계였다. 그런데 어제 점심 무렵, 레나는 신장내과로 옮기기로 했다며 자신의 의도를 분명히 했다. 그곳 환자들은 서서히 병들어 죽을 뿐, 큰 고통을 느끼거나 중대한 결정을 해야 할 필요가 없다고 말했다. 그녀는 이메일을

19

통해 그만두겠다는 뜻을 알려왔다. 네티와 나는 병원 식당에 갔다가 사무실로 되돌아오던 중 그 사실을 알게 되었다. "이게 아무나 할 수 있는 일은 분명 아니에요, 그죠?" 네티는 핸드폰을 보며 이렇게 물었지만, 딱히 대답을 듣자고 묻는 말은 아닌 듯했다. 한 20초쯤 흘렀을 때 그녀는 레나의 후임 문제를 결정했다. "에번. 당신이 이 자리에 지원한 건 아니지만, 당신도 스스로 적임자라는 걸 알고 있죠? 정간호사로 이미 근무 중이니 새로 공고를 내거나 인건비를 추가로 신청할 필요도 없고요. 업무 특성도 다 알고 있고. 테디와 가족까지 다 만나봤으니 내일 테디 일은 당신이 맡을 수도 있어요." 그녀의 눈이 내게 묻고 있었다.

테디가 나를 보더니 낮지만 또렷한 목소리로 말했다. "약물을 마시면 죽게 되는 건 알고 있어요. 그게 제가 바라는 바고요. 오늘. 지금 바로, 하고 싶습니다."

누가 보아도 강요의 흔적은 없었다.

제럴딘도 감정이 동요되어 남편을 응원했다. "네, 맞아요. 그래서 우리가 여기 온 거예요." 훨씬 좋았다.

"이쪽으로 오세요." 그가 내게 가까이 오라고 말하자, 내 마음은 한결 편안해졌다. 조금은 기쁘기까지 했다.

문학작품에서도 흔히 드러나듯, 죽음을 눈앞에 둔 사람은 다른 이들보다 더 나은 선택이 무엇인지 안다. 나는 테디가 누운 침대 중간 즈음에 자리를 잡고 섰다. 그러면 가족들이 침대 반대편으로 서야 해서 나와 그들 사이에 대립적인 구도가 만들어졌지만, 컵을 내밀고 뒤로 물러서기만 하면 끝이니 상관없을 듯했다.

어제 나는 네티에게 '제가 할 수 있어요'라고 말했다.

"잠깐, 잠깐만요." 제럴딘이 외쳤다. "1분만요."

"응, 그래." 마치 외출하려다 점퍼를 잊었다며 잠시 기다려달라는 아내에게 말하는 투로 테디가 대답했다.

그녀는 창밖으로 고개를 돌렸다. 창밖은 (입구가 굳게 닫힌) 정신의학과 건물 뜰로 이어져 있었지만, 녹색 빛이 도는 갈색 필름을 선팅한 유리창으로는 풍경이 또렷이 보이지 않았다. 어찌 됐든 상관없었다. 그녀의 표정은 지평선을 응시하는 듯 차분했다.

나는 최대한 편안하고 부드럽고 침착해 보이도록 노력했고, 그녀의 1분이 어떤 결과를 가져오든 열린 마음을 보이겠다는 자세로 기다렸다.

여전히 창밖으로 눈을 향한 채 그녀는 테디의 파란 머리카락 위로 손을 얹더니 그의 이마와 얼굴을 손바닥으로 천천히 쓸어내렸다. 테디는 그 손을 피하지 않고 그녀가 하는 대로 가만히 있었다.

일단 네티가 이 녹화기록을 검토하고 나면 이게 정확히 어떤 상황이었는지 내게 설명해줄 것이다. 그녀는 커피 한잔하자고 하겠지? 내일은 아니고, '내 위치가 어디쯤인지 가늠하기 위해' 모레쯤 얘기를 꺼낼 것이다. 우리는 붕대를 감은 환자들과 ID카드를 목에 건 직원들을 피해 병원 식당 구석에 자리를 잡을 테고. 그리고 정확히 내 위치가 어디쯤인지 네티가 말하는 동안 나는 테이블 위 애꿎은 컵만 손으로 만지작거리고 있겠지.

네티는 비브에 대해서도 분명 물어볼 것이다. '어머니는 요즘 어떠세요?'

2~3주에 한 번씩 네티는 어머니의 상태를 확인해야 될 의무가 생겼다. 네티가 나를 이 프로그램에 채용하겠다고 보고했을 때 인

사부에서는 가까운 가족이 퇴행성 질환을 앓고 있다는 사실을 문제 삼았다. 네티는 어머니의 상태 변화로 인해 내가 갈등이나 정신적 괴로움을 겪고 있지는 않은지 꾸준히 확인하겠다며 스스로 책임을 떠맡았다.

현재는 특별한 변화도 문젯거리도 없었다. 비정형 파킨슨병. 젊은 시절 불쌍한 섬 주민들을 모아 영어를 가르치다가 유독물질에 노출되어 발병했다고 어머니는 굳게 믿고 있었다. 비정형성이라 병의 진행이 불규칙했고, 믿을 만한 치료약에 대한 반응도 일정치 않았지만, 그녀는 자신의 병이 비정형성이라는 데 자부심을 가지고 있었다. 어머니는 새 의사라면 무조건 좋아서 담당의를 계속 갈아치우는 방식으로 자신의 질병을 기꺼이 받아들이고 즐겼다. 그리고 자청해서 머시 병원 근처의 요양시설로 거처를 옮겼고, 내가 이 일을 하게 됐다는 소식을 전하자 손뼉을 치며 좋아했다. "내 차례가 되면 네가 그 마법의 약을 가져다줘야 해." 자세한 건 하나도 모르면서 그녀는 자살한다는 말을 농담처럼 해댔고, 긴 오후 내내 우리가 주고받은 말은 그런 쓸데없는 얘기들이 전부였다.

"말기 환자만 신청할 수 있어요."

"네가 방법을 한번 찾아봐." 그녀는 눈을 찡긋하며 말했다. 너무 순식간이라 다른 사람은 알아보지도 못할 그녀의 윙크는 턱에서 이마 끝까지 얼굴 전체를 사용해야 했기 때문에 윙크라기보다는 얼굴 찡그림에 가까웠다. 그 가운데 무엇도 문제 될 건 없었고 슬프게도 어머니의 건강상태는 너무나 안정적이었다. 그게 내가 보고한 유일한 내용이었다.

나는 여전히 테디의 침대 옆에 선 채 크게 숨을 내쉬었다. 일이 매끄럽게 진행되지 않자 슬슬 화가 나기 시작했지만, 그런 내색을 비추지 않으려 애썼다. 결과가 어찌 되든 친절하게 이 사람들을 돕자고 마음을 다잡으며 '나마스테' 따위의 말들을 속으로 읊조렸다.

제럴딘이 남편의 목을 감싼 손에 힘을 주었다. 마치 이곳에서 멀리 끌어내고 싶다는 듯. "아뇨. 못 하겠어요. 미안해요, 테디." 진행을 중단시킬 만한 갈등상황이었다. 그녀는 등을 곧게 펴 나를 보았다. "집에서 하면 가족들이 받아들이기 훨씬 수월할 것 같은 데. 그렇게 해도 되죠?"

나는 고개를 끄덕여 보였다. 그것은 이런 의미였다. 그렇죠. 사람들은 대개 자기 집에서 자살하죠. 그럼, 어디 한번 남편을 집 안방으로 데리고 가 인터넷이든 길거리든 약을 살 만한 곳을 알아보세요. 남편분은 제 갈 길로 가겠지만 당신은 피의자 신분으로 몇 년은 조사받아야 할걸요? 직접 법을 어기고 싶지 않다면 필요한 약을 대신 구해주는 곳도 있긴 해요. 전화번호부에 연락처 따위가 있진 않아도 분명 찾을 수 있어요. 저도 이 방이 그리 편한 장소가 아니라는 건 알아요. 익숙한 환경이라면 훨씬 편안하게 느끼시겠죠. 따라야 할 법적 절차도 없고, 쓸데없이 서론이 길 필요도 없고. 집에서 아기를 출산하는 일 같은 다른 의료 행위보다 결과도 확실할 테고요. 죽는 게 최종 목표이니 당사자가 마음을 바꾸지만 않으면 복잡할 일도 없죠. 그러니까 중요한 건 집에서 힐 수 있느냐 없느냐가 아니라 그 얘길 왜 하필 지금 꺼내느냐는 거예요.

하지만 그녀의 행동은 소위 문학작품에서 말하는 '타협'처럼 죽음을 거부하는 모습으로 보이지는 않았다.

테디가 다시 주도권을 잡으며 말했다. "다음은 안 돼. 지금이어야 해."

"우린 어떡하고요?" 제럴딘이 외쳤다. "대체……"

테디가 입술을 내밀어 못마땅한 표정을 지어 보이자, 그녀는 더는 말을 잇지 못했다. 그녀는 남편의 마음을 돌리기 위해 부드럽게 남편의 왼쪽 팔로 손을 뻗었지만, 테디가 계속 손목을 돌리는 시늉을 하자 마지못해 손을 내렸다.

법적으로 아주 흡족할 만한 광경이었다.

"시간이 더 필요하시거나 사회복지사와 다시 이야기를 나누고 싶으시다면 당연히 그렇게 하실 수……"

"아뇨. 오늘 할게요." 제럴딘이 말했다. 그녀와 아이들은 테디의 다리만 내려다보고 있었다. 시트 아래로 쫙 벌어진 그의 다리는 마치 다른 사람의 것 같았다. 어쨌든 그녀는 노력하고 있었다.

한나가 입에 넣지 않은 반대편 엄지손가락으로 시트 끝을 계속 감아올리자, 테디가 손을 뻗어 제지했다. 제럴딘이 마음을 정하기 전에 테디가 아이들을 포옹해주면 좋으련만. 그녀는 마비가 온 테디의 오른팔을 들어 내 쪽으로 밀었다. 나는 한 손으로 컵을 감싸 쥐었다.

"그냥 옆에 잠깐만 앉아보세요. 금방 마무리할 테니." 테디가 내게 말했다.

나는 가족들, 그리고 편면 유리와 천장 폐쇄회로를 통해 이 상황을 지켜볼 누군가도 느낄 만큼 부드러운 눈길로 그들을 바라보왔다. "여러분 모두가 동의하셔야 계속 진행할 수 있습니다. 서두르실 것 없어요."

"우리는 같은 마음이에요." 제럴딘이 말했다. "꼭 오늘이라야 해요."

테디도 더는 늦추지 않았다. "약물을 마시길 원합니다. 죽고 싶어요. 오늘. 지금 당장이요."

나는 몇 초간 침착하게 상황을 판단한 뒤, 최종 고지사항에 대해 장황한 설명을 시작했다. 한나는 제 언니가 그랬던 것보다 더 사납게 나를 노려보았고, 뺨이 불그스레한 귀여운 아이가 그런 눈빛으로 나를 본다는 사실이 적잖게 당황스러웠다.

'우리는 이해하고 존중하는 바입니다, 여러분도 인정하고 받아들이셨습니다'처럼 딱딱하고 형식적인 말을 이어가는 중에도 나는 한나에게 부드러운 인상을 주려고 꽤나 노력했다.

테디가 마지막으로 '네'라고 말하고 나를 보더니 침대 아래쪽으로 내려간 내 팔을 보았다. "어, 지금 뭐 하는 거예요?"

침대 앞으로 다가갔다 물러섰다 하는 과정에서 어느 순간 컵이 약간 기울어진 모양이었는지 컵에서 흘러내린 액체가 길쭉한 타원형 모양으로 침대 시트를 적시고 있었다.

오, 주여, 그의 잔이 넘치나이다. 그리고 반쯤 비었나이다. 관점에 따라서는 반쯤 찼다고 말할 수도 있지만, 내 관점은 아니었다.

순간 정신이 아득해졌다. 사람들은 각자 진행을 가로막은 새 장애물의 의미가 무엇일까 생각하느라 아무 말도 하지 못했다. 흡수력이 거의 없는 병원 침대 시트 위로 약물이 고여 작은 웅덩이가 생겼고, 거기서 흘러넘친 물방울이 잿빛 리놀륨 바닥 위로 똑똑

떨어지는 소리만 공간에 울려 퍼졌다. 나는 채찍이라도 맞은 사람처럼 깜짝 놀라서 기울어진 컵을 원위치로 놓으려다 그만 팔을 너무 홱 돌리고 말았고, (여기서 '홱 돌렸다'는 말에 주목해야 한다) 이미 흘러내린 양만큼의 넴뷰탈이 내 셔츠와 바지 위로 쏟아졌다.

"젠장." 너무 놀라 해선 안 될 말이 튀어나왔지만 그게 문제가 아니었다.

프리뭄 논 노체레Primum non nocere.* 의료 행위의 가장 기본이 되는 원칙을 내가 어겼다.

네티는 빌어먹을 이 장면을 바로 확인할 테고, 모레까지 기다리지도 않을 터였다. 나는 평정심을 유지하려고 극도로 애쓰면서, 한편으로는 방에 모인 (나를 포함한) 모든 사람에게 용서를 빌면서 자리에 계속 앉아 있었다. 괴로운 표정으로 물고기처럼 입만 열었다 닫았다 하던 테디는 머리를 뒤로 젖히며 말했다. "내 편은 하나도 없군. 전부 하나같이." 갈라진 목소리였다. "바란 건 이거 하나뿐인데, 이거 하나."

아이들은 혼이 난 표정으로 뒤로 물러서 아무것도 보지 못하는 엄마만 처다봤다. 그녀는 손끝으로 눈을 가리고 있었다.

"정말 죄송해요. 제가 바로잡을게요. 조제실에 가서 대체할 약물을 받아오겠습니다. 약물이 나오는 대로 다시 가져오겠습니다. 몇 분이면 해결할 수 있어요. 정말 죄송합니다."

테디는 협상할 의지가 없어 보였다. "편안하게 쉬는 것, 그거 하나 바랐을 뿐인데." 그는 혼자 중얼거렸다.

---

* '무엇보다도 해하지 말라'는 뜻의 라틴어로, 의학 분야에서 격언처럼 사용된다.

한나는 어쩔 줄 몰라 엄마의 다리 뒤로 숨어버렸다. 가족들은 테디에게 다가가, 아니라고, 자기들은 항상 그의 편이었다고 변명했다.

내 입에서는 지켜지지도 않을 약속들이 계속 흘러나왔다. "질문들은 다시 반복하지 않아도 될 겁니다. 건너뛸 수 있어요. 10분이면 충분해요. 오래 걸려도 15분이면 됩니다."

사실, 절차상 이 엄청난 실수는 당연히 문서로 보고해야 할 성격의 사건이었다. 넴뷰탈을 받는 일은 무척이나 까다로워서 최소 20단계의 확인절차를 거쳐야 했고 그 절차에만 5분에서 10분이 걸릴 터였다. 넴뷰탈을 다시 주문하려면 일단 약제사를 찾아가 설명하는 데에도 시간이 걸릴 것이고, 누가 근무하고 있느냐에 따라 네티의 서명이 필요할 수도 있었다. 만약 지금 벌어진 이 재앙 같은 상황을 네티가 옆방에서 지켜보고 있지 않다면, 먼저 그녀를 찾아야 했다. 그녀는 어디에 있든 내 전화를 받겠지. 그런데 뭐라고 설명하지? 처음이라 너무 긴장해서 그랬다고? 안락사에 대한 내 생각이 무의식중에 행동으로 드러난 거라고? 아이들의 바람을 내 손이 대신한 거라고? 어쩌면 그런 심리적인 문제가 아니라 내게도 찾아온 파킨슨병의 첫 징후가 하필 안 좋은 타이밍에 나타난 것일지도?

이유는 중요하지 않았다. 네티를 찾았다 하더라도 필요한 행정적 절차를 거치고 약제사에게서 기적적으로 약을 받아내고, 모든 일이 우연찮게 순조로이 진행된다 해도 약을 가지고 이곳으로 돌아오는 데 30분은 족히 걸릴 것이다. 그리고 그때쯤이면 여기 모인 가족들은 분명 공공연히 반대의견을 낼 게 뻔했다.

제럴딘은 손가락으로 이마를 누르며 내게 말했다. "그냥 여기서 나가주시겠어요?"

"이해합니다. 조용히 생각할 시간을 드리고 다시……"

"나가라고요!"

손가락에 파란색 물이 든 큰딸이 나를 불쌍하다는 표정으로 쳐다보았다. 그럴 만도 했다.

"갈게요." 자리에서 일어서자, 바지에 흘린 냄뷰탈이 내 신발과 마룻바닥에도 조금 떨어졌다. 누군가 밟고 미끄러질 위험이 있어 방에 모인 가족들은 말할 것도 없고, 다른 사람들에게도 일러두어야 했다. 실수가 또 한 가지 추가됐다.

나는 누군가가 죽어 깊은 슬픔에 빠진 친척 중 한 사람처럼 복도에 서 있을 생각이었다. 다른 가족들이 필요한 일을 도와달라고 요청할 때까지 밖에서 대기하는 사람처럼. 병실 문을 닫고 밖으로 나와 광택이 있는 흰 벽에 등을 대고 미끄러지듯 주저앉았다. 그리고 지나가는 사람들이 바지에 묻은 짙은 얼룩을 보지 못하게 몸을 웅크렸다.

공기만큼은 이곳이 더 시원했다.

지퍼를 여민 시신 주머니를 싣고 바퀴 달린 들것이 시체 안치소를 향해 지나갔다. 주머니 안에서 흔들리는 덩어리는 '이 병원 어딘가, 누군가는 어렵지 않게 송장을 잘도 만드는데, 넌 뭘 하고 있냐'며 나를 놀리는 듯했다.

정리 좀 해보자. '약물 오남용에 관한 골든북'에서는 환자를 안락사하는 데 실패했다고 일을 그만둘 필요는 없다고 했다. 어쩌면 네티는 나를 안쓰럽게 여겨 다시 보조로 일하게 해줄지도 모른다.

만약 받아주지 않더라도 정신과 쪽은 언제든 지원할 수 있었다. 그곳은 다들 꺼리고 그만두는 사람도 많으니까 이런 작은 실수를 문제 삼지는 않겠지. 하지만 머시 병원의 다른 병동에서마저 나를 내친다면 가정방문간호를 하는 방법도 있다. 웨스트사이드의 저택에서 일하면 돈은 두 배로 받을 테니까. 모두 나쁘지 않은 선택들이었다.

내가 개인 간호를 한다고 말하면 어머니는 그리 반기지는 않겠지. 돈을 많이 준다는 얘기는 윤리적으로 뭔가 문제가 있다는 뜻이니까. (엄청 운이 좋은 경우가 아니라면 자살을 도와야 할 수도 있었다.) 하지만 결국에는 어머니도 불평불만을 그만두실 게다. 어머니의 대출이자도, 윌로우 우드에서 복숭아 요리를 드시며 생활하는 비용도 다 내가 벌어온 월급으로 충당하고 있으니까.

그럴듯한 가능성이 눈앞에 펼쳐지고 있을 때, 네티가 나타났다. 병원에서 신기에는 너무 좋은 구두가 나를 향해 걸어오고 있는데, 그런 신발을 신을 사람은 그녀밖에 없었다. 네티는 자신의 장점이 잘 드러나도록 옷을 입었다. 목줄에 달린 ID카드와 배지가 가슴 왼편에 비스듬하게 얹혀 있었다. 무엇보다 나를 가장 힘 솟게 한 것은 다름 아닌 그녀가 들고 있는 플라스틱 컵이었다.

나는 벽에 등을 기댄 채 잽싸게 일어섰다. 다행스럽게도 그녀는 한 손으로 내 머리를 쓰다듬었다. 아직 해고까진 아닌 듯했다.

그녀는 컵을 내밀었다. "같은 약물, 같은 용량이에요."

"제 건가요?" 내가 물었다.

"아뇨, 다시 들어갈 수 있겠어요?"

"가족들에게 시간을 더 줘야 할까요?"

29

"당신은 어때요?" 그녀는 내게 컵을 건네주었다. "나를 믿어요. 다 괜찮을 거예요. 그냥 좀 위축됐을 뿐이에요. 여기 모인 사람들 다 그랬잖아요. 이런 일 전에도 본 적 있죠?"

네티가 내 손을 잡았다. 처음에는 힘내라는 뜻인 줄 알았는데, 그녀는 내 손을 잡고 주먹을 쥐게 해 문을 두드렸다.

큰딸이 문을 열어주었다. 나는 단단히 마음의 준비를 하고 방 안으로 들어섰다. 방 안 분위기는 여전히 끔찍했다. 네티도 나를 따라 들어선 뒤 문을 닫았다. 물에 젖은 셔츠를 입었나 싶을 정도로 땀이 나긴 했지만, 나는 컵이 흔들리지 않게 조심하며 성큼성큼 걸어 들어갔다.

네티가 먼저 말을 꺼냈다. "안녕하세요. 제럴딘, 헤일리, 루비, 한나." 그녀는 나를 보며 그들의 이름을 하나하나 불렀다. "여기서 무슨 일이 있었는지 다 알고 있어요. 그리고……" 그녀는 누구의 잘못도 아니었다며 무력한 우리를 향해 어깨를 으쓱해 보였다. "테디, 당신이 원할지 어떨지 몰라 일단 넴뷰탈을 다시 받아왔어요." 그녀는 내 손에 들린 컵을 가리켰다.

"원합니다." 테디는 아내와 아이들을 향해 고개를 돌리며 대답했다. "주시겠어요?" 그가 먼저 요청하기는 이번이 처음이었고, 우리가 그의 입에서 자연스럽게 흘러나오게 하려고 여태껏 노력했던 그 한마디였다.

가족들은 침묵으로 동의했다.

"그럼 아까 했던 데서부터 다시 시작하겠습니다." 내 말에 가족들은 서로 부둥켜안았다.

네티가 진행해도 좋다는 의미로 내 귀에만 들릴 만큼 작게 혀를 찼다.

테디는 새로 가져온 넴뷰탈을 증오스럽다는 듯이 노려보며 말했다. "이리 주세요."

슬쩍 네티를 보니 규정을 만족하기에 충분하다는 표정이었다. 나는 테디의 건강한 손에 컵을 쥐여주었고, 그는 약물을 조금씩 천천히 한 번에 들이켰다.

딱 봐도 마시면 죽을 것 같은 그런 맛처럼 보였지만, 테디는 불편함을 드러내 다른 사람을 괴롭히고 싶지 않았는지 아니면 이미 더 끔찍한 고통을 맛보았기 때문인지, 별다른 반응을 보이지는 않았다. 그는 시트 위로 컵을 떨어뜨리듯 내려놓았다. 그리고는 공연히 손을 목으로 가져가 쓸어내리는 시늉을 했다.

네티는 내 손목을 살짝 건드려 뒤로 물러서자는 몸짓을 했다. 나는 장례식을 총괄하는 책임자처럼 공손하게 손을 앞으로 모으고 뒤로 물러서긴 했지만, 언제든 앞으로 나설 수 있게 상황을 주시했다. 가령 테디가 토할 수도 있었다.

테디를 둘러싼 아이들은 흐르는 눈물을 닦을 생각도 않고 아빠가 남기는 말 한마디도 놓치지 않으려고 애썼다. '사랑해요'라는 말 사이사이 '보고 싶을 거예요'라는 말도 들렸다. 제럴딘은 뒤에 서서 그 모습을 지켜보고 있었다. 이제 그녀가 가장이었다.

테디는 아이들을 달래는 한편 아이들의 얼굴 하나하나를 열심히 눈에 담고 있었다. "아빠도 너희들이 정말 그리울 거야."

그 많은 상담과 바보짓 끝에 나는 드디어 결론에 도달했다.

규정에는 어시스턴트도 함께 슬픔을 표현해도 좋다고 되어 있었다. 환자와 가족들에 대한 공감의 표시로 조용히 눈물을 흘려도 되며, 오히려 그것을 장려하는 분위기였다. 그렇다고 너무 많이 울어도 안 됐다. 하지만 '아이들이 그리울 거라고' 하지 않는가.

감정을 억누르기 위해 나는 '사랑해'라는 말을 몇 번이나 하는지 속으로 셌다. 그리고 스물하나를 세다 말고 그만 목이 메어 작게 꺽꺽 소리를 내고 말았다.

테디는 아이들에게 말했다. "다 괜찮아질 거야. 아니, 괜찮은 정도가 아니라 아주 잘 지낼 수 있어."

제럴딘도 애써 미소를 지어 보이며 덧붙였다. "그래, 엄마가 다 잘 해낼 테니까 너희들은 걱정 안 해도 돼." 그리고 그 안에 테디도 끼워 넣었다. "우리 모두 다 괜찮을 거야."

더는 흐느끼지 않으려고 숨을 고르면서 당분간은 이 가족 중 누구도 괜찮지 않으리라고 생각했다.

테디 역시 그런 낙관적 전망을 밀어내고 있었다. "학교 갔다 돌아오면……" 다음 말을 생각해내지 못한 테디는 한참 동안 말을 잇지 못했다. "다 함께 지내렴." 그리고 1분쯤 지나자 힘없이 눈이 감겼다. 그리고 다시 1분 뒤 정신을 잃었다. 그의 상태는 빠르게 나빠지고 있었다.

제럴딘은 뭐라도 해야 한다는 생각에 잔뜩 긴장한 모습이었다. 그녀가 테디의 머릿밑에 베개 하나를 더 받쳐주자, 얕은 숨소리가 더 커졌다.

"우리 아빠 죽었어요?" 헤일리가 내게 물었다.

"아직."

"그럼 우리가 하는 말 들을 수 있어요?" 루비가 물었다.

"조금은 들리실 거야." 내가 대답했다.

한나가 테디의 얼굴에 대고 큰 소리로 외쳤다. "사랑해요, 아빠!" 이 아이는 이 일이 왜 벌어지고 있는지 이해하긴 한 걸까?

네티는 손마디로 눈가를 찍어내고 있었다.

"얼마나 걸려요? 그러니까 아빠가 완전히……"

헤일리가 물었다.

"2~3분 정도."

내 말에 아이들이 느낀 정신적 충격은 곧 아빠의 몸에 찾아올 죽음에 대한 호기심으로 바뀐 모양이었다. 아빠가 숨을 들이쉴 때마다 그 모습을 주의 깊게 살폈다.

테디는 깜짝 놀랐을 때처럼 갑자기 깊게 숨을 들이쉬더니 목에서 가르륵거리는 소리를 냈다. 헤일리는 무슨 일이냐는 듯 나를 보았다. 네티도 바로 알아차렸다. 죽음이었다.

"이제 완전히 의식을 잃으셨어. 이 소리는 반사운동으로 나는 소리야." 나는 헤일리에게 확인시켜주었다.

소음은 점점 커지더니 구역질 소리에 가깝게 들렸다. 나는 목에서 소리가 덜 나도록 테디의 머리를 낮춰주는 게 좋다고 조언했다. 테디를 위해서가 아니라 남은 가족들을 위해. 이 가르륵거리는 소리는 가족들이 테디에게서 듣는 마지막 소리가 될 터였다.

지난주 네티가 진행했던 안락사는 아무 방해 없이 순조롭게 마무리된 케이스였다. 어젯밤 나는 참고차 그 영상을 다시 한번 돌려보았다. 비교적 젊은 여성 환자. 운동뉴런질환* 말기였지만, 컵을 들 수는 있는 상태였다. 그 자리에 '사랑해'라는 말을 해줄 사

---

* 운동 신경 세포와 근육이 서서히 약화되는 불치병.

람은 아무도 없었다. 그녀는 네티에게 '고마워요'라고 말한 뒤, 눈을 감고 조용히 죽음을 기다렸다. 네티는 능숙하게 편안한 분위기를 만들고 대략 5분간 여자의 손을 문지르며 환자의 목에서 힘이 빠져 머리가 처질 때까지 그 동작을 계속했다. 거친 숨소리가 2~3분 지속되다가 정적이 찾아왔다.

그 순간, 나는 내 상사가 이상하리만치 불안해한다고 느꼈다. 홀로 시신과 남겨진 그녀는 돌연 찾아온 공포를 억누르며 눈으로 방을 훑고 있었다. 마치 여자가 장난을 치며 옷장 속이나 침대 밑에 숨기라도 한 것처럼. 짧은 순간이었지만, 초자연적인 죽음의 형상이 그곳에 머물렀던 것이 분명했다.

테디의 목에서 마지막으로 거품이 부글부글 끓었고, 모든 신체 활동은 멈추었다. 병원의 다른 병실에서라면 이것은 응급상황이었다. 하지만 이곳에서는 제대로 된 결과를 의미했다.

이제 제럴딘은 홀로 가정을 꾸려야 했다.

나는 할 수 있는 한 신중하고 사려 깊은 표정과 몸짓으로 가족들이 이 순간을 헤쳐나가도록 도왔다. 제럴딘은 이런 일을 겪게 한 신을 원망하며 아이들은 두 팔로 끌어안았다. 정말 홍수가 몰려오기라도 하는 듯 그녀는 뒷걸음질 쳤다. 그때 코끝으로 어떤 냄새가 느껴졌다. 테디의 몸에서 나온 방귀, 어쩌면 그보다 더한 뭔가의 냄새. 한나는 냄새를 못 느낄 정도로 어리진 않은지 코를 움켜쥐었다. 이 상황과는 전혀 어울리지 않는 그 냄새는 내가 움직일 차례라는 신호였다. 나는 서로 부둥켜안은 가족들 사이로 들어가 테디의 발밑에 놓인 담요를 가슴까지 끌어올려 냄새를 차단했다.

입으로 숨을 쉬면서 목과 손목의 맥박을 확인했다. 내가 정해진 시간만큼 손가락을 테디의 몸에 대고 아직은 따뜻한 피의 온기를 느끼는 동안, 가족들은 기꺼이 뒤로 한발 물러서주었다.

제럴딘이 테디의 맥박이 전혀 뛰지 않는 걸 확인하는 나를 물끄러미 바라보다가 아이들에게 말했다. "이제 아빠는 돌아가셨어."

나는 고개를 끄덕여 그 말을 확인해주었다. "가족분들끼리 시간을 보내실 수 있게 비켜드릴까요?"

"아뇨." 오늘 아침 내내 지켜보았던 모습 중 가장 확신에 찬 목소리로 그녀가 대답했다. "제 남편은 여기 없어요."

방 한편으로 물러선 후에야 네티가 냄뷰탈이 흐른 바닥에 종이 타월을 떨어뜨려 잽싸게 발로 닦아낸 뒤 타월을 침대 밑으로 밀어 넣었다는 사실을 알아차렸다. 아이들은 다음 의식에 참석하지 않기로 하여 네티가 복도 끝 유가족을 위한 방인 C진료실로 아이들을 데리고 갔다.

나와 제럴딘은 시신을 닦기 위해 방에 남았다. 나는 세면대에 물을 채우고 욕실에서 수건을 가져온 뒤 침대 시트를 내렸다. 비쩍 마르고 희멀건 살. 한 시간쯤 지나면 많이 달라지겠지만, 아직은 살아 있는 몸처럼 보였다.

내가 테디의 한쪽 팔을 닦는 동안 제럴딘은 다른 쪽 팔을 닦으며 눈으로는 남편의 피부가 접힌 부위를 꼼꼼히 살폈다.

"내가 기억해야 할 이이 모습은 아닌 것 같네요." 그녀가 말했다.

나는 제럴딘이 남편의 얼굴을 닦을 수 있게 해주었다. 그녀는 테디의 몸과 매트리스가 맞닿는 부분에서 생기기 시작한 푸르스름한 자국을 손가락으로 눌렀다. 심장이 멎고 몸속의 피가 중력으로 인해 아래로 쏠리면서 생기는 현상이었다.

테디의 옷을 벗겨내자 반쯤 찬 기저귀가 드러났다. 기저귀를 벗겨 봉투에 담는 일은 내가 맡았다. 그리고 그의 몸통 주변과 다리를 닦았다.

"남편이 간밤에 죽는 꿈을 꾸었다고 오늘 아침 말하더군요. 이렇게 죽은 건 아니었고요. 아이들과 함께 호수에 가서 배를 타고 호수 한가운데까지 노를 저었다더군요. 평소 이이는 늘 거기까지 가보고 싶어 했었어요. 당신도 그 자리에 함께 있었대요. 우리는 당신이 이번 일을 맡게 됐다는 얘길 어제야 들었는데, 어떻게 꿈속까지 나타날 수 있는지, 참 신기하죠? 지난밤 나는 한잠도 못 잤어요. 이이는 모르핀을 맞았고요. 꿈 얘기는 아무래도 지어낸 것 같지만, 내가 그렇게 믿길 바랐나 봐요. 꽤 다정한 사람이죠? 꿈속에서는 모든 일이 다 잘됐다면서, 내게 멈추지 말자는 얘길 하고 싶었던 것 같아요. 참 이 사람다워요."

나는 오늘 그녀로 인해 모든 일을 그르칠 뻔한 사실을 굳이 말하지 않았다. 어쩌면 어젯밤 테디는 아내의 새 남편에 대한 악몽을 꾸었을지도 모를 일이었다. 그리고 제럴딘은 이제 막 혼자가 된 자신을 위해 뭔가 그럴듯한 해석을 내놓고 싶었던 건지도 몰랐다. 나는 아무 말 없이 세면대 위에서 물에 젖은 수건을 세게 비틀어 짰다. 그녀와 힘을 합해 테디의 희멀건 한쪽 무릎을 들어 올려 한편으로 돌아 눕히고 등을 닦기 시작했다.

그녀는 테디의 어깨에 몸을 구부리고 마지막으로 냄새를 맡았다. "이제는 체취도 남아 있질 않아요."

"병원 냄새예요." 내가 말했다.

그녀는 힘없이 웃었다. "결국 이이가 원하던 대로 됐네요. 이 사람 말이, 꿈 마지막에 우리가 알몸이 된 자신을 물속으로 밀어 넣었대요."

—∿—

테디를 안치소로 보내고 그의 가족들도 집으로 돌아간 뒤, 떨리는 마음으로 네티에게 먼저 문자를 보내 오늘 일을 보고하겠다고 말했다. 답장은 바로 왔다.

좋아요.

나는 사무실에서 네티를 기다렸다. 방에 놓인 커다란 책상 두 개는 지난번 이 병동을 레노베이션하고 남겨둔 것이었다. 우리에게 지급된 낡은 컴퓨터와 모니터처럼 이 책상들도 쓸데없이 덩치만 컸다. 두 책상은 각각 반대편 벽을 향해 놓여 있었다. 하나는 네티의 책상이고, 하나는 딱히 정해진 주인이 없이 여러 사람이 사용했지만, 지금은 주로 내가 사용하고 있었다.

나는 여러 각도에서 촬영된 테디의 안락사 영상을 플레이했다. 나는 케네디 대통령의 암살 장면을 확인하는 특수요원처럼 집중해서 영상을 살폈다. 한 장면에서 나는 너무 열린 태도를 보여 가족들이 오히려 어찌할 바를 몰라 하고 있다. 또 다른 장면에서 나는 도움을 요청하는 사람처럼 편면 유리를 계속 곁눈질하고 있다. 규성을 시키느라 노골적인 표현을 사용할 내 억겨워하는 눈빛으로 나를 째려보는 둘째 딸의 모습도 눈에 들어왔다.

넘뷰탈을 쏟은 난처한 순간은 침대 시트에 가려 정확히 어떤 상황이었는지 파악할 수 없었다. 그나마 위안이 되는 것은, 내가 방을 나간 몇 분간 방에 남은 가족들은 너무 당황한 나머지 어쩔 줄 몰라 하다가 일을 중단시킬 생각은 전혀 못 했다는 사실이었다. 윤리위원회에서도 그 점을 주목해주길 바랄 뿐이었다.

나는 레나가 진행했던 안락사 케이스들을 떠올렸다. 그때 레나는 사사로운 감정에 휘둘리는 사람처럼 보였다. 당시 나는 안락사가 끝난 후 겉으로 드러난 가족들의 만족감을 평가하고, 가능하다면 어시스턴트가 경험에 대해 직접 기술한 사후보고서와 가족들의 만족감이 상관관계가 있는지 확인하는 일을 했었다. 레나는 몇몇 케이스에서 전문가답다고 할 수 없을 만큼 무심코 드러난 자신의 내면 상황에 주목하곤 했다. 어떤 날은 컵을 건네주기도 전에 이미 눈물범벅이 되어 극도로 예민한 모습을 보이기도 했고, 또 어떤 경우에는 그릴에서 햄버거 패티가 구워지길 기다리는 사람처럼 내내 무표정하기도 했다. 그토록 극단적인 반응을 보인 이유는 레나가 직접 작성한 사후보고서에 분명하게 드러나 있었다. 그녀는 환자를 보고 가족, 그리고 자신의 모습을 떠올렸다고 했다. 또한 환자가 레나를 보는 시선에도 크게 좌우됐는데, 그들은 어시스턴트를 훌륭한 인도주의자, 사회 활동가로 보기도 했지만, 청부 살인자 또는 악마로 보기도 했다. 전날 밤늦은 시간까지 파티라도 즐기고 온 날에는 여파가 더욱 크게 나타났다. 그리고 어린 시절 부모를 모두 잃은 경험도 관련이 컸다. 레나의 어머니는 그녀가 열 살 때 심장마비로 죽었고, 아버지는 2년 뒤 자전거에서 떨어져 사망했다. 이런 경험 때문에 그녀는 병으로든 사고로든 자기도 언제 갑자기 죽을지 모른다는 생각에 시달렸고, 자신이 담당한 불쌍한 환자들이 자신과 별다를 바 없는 사람들이라고 여겼다. 나는 그녀가 작성한 보고서 여백에 이런 메모를 남겼다.

이 어시스턴트가 과연 이런 역할을 계속하는 것이 적합한지 의문스럽다.

그렇다면 나는 레나와 비교해 이 일을 얼마나 잘 처리했을까?

나는 재생 버튼을 다시 누르고 이번에는 방에서 일어나는 각 과정을 상세히 기록하고 울음을 터트리는 횟수 등을 세면서 연구원의 입장에서 장면들을 살폈다. 결국 내가 어떤 자리에 남게 될지 알 수 없었기 때문에 일종의 대비책이라 생각했다. 테디 가족에 초점을 맞춰 살피다 보니 이번에는 내 바보스러운 행동 외의 모습들, 또, 불안 심리가 최고조에 이른 시기(어시스턴트가 컵을 들고 들어설 때, 그리고 억압적이지만 절차상 꼭 필요한 고지사항을 알릴 때)와 뚜렷한 저점에 이른 시기(테디가 반드시 오늘 해야 한다고 고집했을 때) 등의 분위기 흐름이 눈에 들어왔다. 나는 우리가 고객들을 얼마나 깊이 배려했는지 강조했고, 고객들이 옳은 결정을 내리도록 진지하게 노력한 부분에 밑줄을 치면서 사람들끼리 주고받은 말과 표현들을 문장으로 바꾸었다. 네티는 장황한 표현으로 쓴 보고서를 좋아했는데, 질적 근거가 확실한 데이터를 디밀어 병원 관계자들을 꼼짝할 수 없게 만드는 것이 그녀의 목표였다.

네티는 어디에 묻혀 있는지 사부실로 돌아오시 않았나. 어쩌면 이 일을 계속할 수도 있겠다는 기대감이 조금씩 생겨났다.

나는 다음 케이스에 대한 자료를 읽었다.

은퇴 후 인생을 즐기던 전직 치과의사, 우마. 재작년 후지산을 등반했고, 지난해에는 산티아고 순례길을 걸었다. 그러다 2개월 전 연구개에 퍼진 종양을 발견했다. 예순두 번째 생일을 맞은 주에 암 진단을 받았는데, 그때는 이미 상태가 너무 안 좋아서 예후가 어떤지 설명을 들을 필요조차 없었다. 그래서 한 번쯤 시도할 법한 약물 치료조차 하지 않았다. 심리전문가들은 그녀가 하는 말을 세상을 떠날 준비가 됐다는 의미로 판단했다. 하이킹을 함께했던 친구 두 명과 배우자가 자리에 참석하기로 되어 있었다.

아직 테디의 영상이 돌아가고 있는 모니터 위로 갑자기 알림창이 떴다. 어시스턴트가 누구든 상관없이 그날 진행한 안락사의 결과에 대해 사후보고서를 작성하도록 예약된 프로그램이었다. 보고서 작성은 필수는 아니었지만, 설문 결과 심리적 긴장을 푸는 데 도움이 된다며 병원 측에서 억지로 밀어붙이는 경향이 있었다.

나는 커서를 알림창 구석으로 가져가 창을 닫았다.

––∿––

오후 5시, 미닫이문을 열고 병원을 빠져나가면서 이제 곧 다섯 살이 될 한나가 오늘 일을 어떤 식으로 일반화시킬까 상상해보았다. '모르는 사람이 건네주는 플라스틱 컵의 음료를 마시면 죽게 된다.' 처음 치과에 간 한나에게 간호사가 구강세정제를 주면서 입을 헹구라고 한다면 과연 아이는 어떤 반응을 보일까?

공식적인 기록으로 남기는 일은 아무것도 하지 않았지만, 내가 어린 시절 경험한 죽음의 기억도 오늘 일과 관련이 있을지도 모르겠다는 생각을 했다. 그때 나는 여섯 살이었고 팩에 든 오렌지 주스 같은 걸 마시고 있었다. 어머니는 복도에 서서 떨리는 손으로 무선 전화기를 제 위치에 꽂으려고 했다. 수화기가 떨어지면서 마룻바닥 위로 미끄러졌다. 파킨슨병으로 인한 증상은 아니었다. 어머니는 천천히 수화기를 집어 본체 위에 올려놓았다. 방금 온 전화는 남편이 죽었다는 소식을 알리는 시어머니의 전화였다.

아버지가 타던 짙은 황록색 폭스바겐이 국립공원 내의 급한 커브길을 달리다가 그만 도로를 이탈하고 말았다. 나무를 들이받은 차는 절벽 아래로 떨어져 오른편이 들린 채 얕은 개울 바닥으로 처박혔고 곧 불길에 휩싸였다. 경추 골절, 화상, 질식. 이런 단어들은 시간이 더 흐른 뒤에야 이해할 수 있었다.

아버지가 경사로에서 자동차 사고를 당하기까지의 긴 과정도 어쩌면 관련이 있을지도 몰랐다. 그의 청년 시절은 모든 게 순조로웠다. 과 수석에 국비 장학생으로 학교를 졸업하고 가난한 사람들을 위해 백신 접종 프로그램을 연구하던 중, 같은 자선단체에서 일하던 어머니를 만났다. 하지만 그의 인생은 이십대에 정점을 찍고 추락했다. 두 사람은 결혼했고 이상을 좇아 섬에 정착했지만 일이 잘 풀리지 않았다. 지역 주민들은 무지했고 무관심했으며 무엇보다 고마워하지 않았다. 죄책감과 당혹스러운 마음으로 부부는 본토로 돌아왔고, 구호 활동을 계속하기에는 애매한 이력만 남았다. 그리고 아이가 생겼다. 변변한 일자리 하나 없이 7년이라는 시간이 흘렀고, 그는 우울증을 세내로 치료하지 못해 연구실에서 직접 제조한 마리화나로 하루하루를 버텼다. 병원을 찾아가거나 하는 다른 해결책도 시도하길 거부했다.

어머니의 인내심은 한계에 다다랐다.

아버지는 결혼 초에 했던 수많은 약속 중 무엇 하나 지키지 못했다. 아버지가 죽기 전날, 어머니는 그에게 한동안 부모님 집에서 지내라고 말했다. 내가 열한 살이 되어 상황을 이해할 나이가 됐을 때 그녀가 말하길, 그렇게 하면 아버지가 마리화나를 덜 피울 거라고 생각했단다. "우리가 살려면 다른 방법이 없었어." 이후에 벌어진 일에 대해 어머니가 책임감을 느꼈는지 어땠는지는 한 번도 들은 적이 없었다.

점점 나를 집요하게 따라붙는 질문은, 아버지는 죽기 전 자기 아이를 얼마나 그리워할까, 그리고 왜 우리 아버지는 테디처럼 그걸 예상하지 못했을까 하는 것이었다.

그때 내 나이가 겨우 여섯 살이긴 했지만.

"돌려 말하지 않을게." 이후로도 어머니는 나를 위해 듣기 좋은 포장 따위 하지 않았다. "아빠가 죽었어. 어젯밤에. 차가 도로를 벗어나면서 사고가 났대. 누가 차 타고 지나가다가 연기를 본 모양이야."

"뭐라고요?" 내가 그렇게 대답했던 게 기억난다.

"지난여름에 캠핑 가서 오리한테 먹이 준 곳 기억나지? 그 주변 어디인가 봐. 강 근처. 다른 목격자는 없었고. 순식간에 벌어진 모양이야, 그 모든 일이."

나는 이렇게 물었다. "아빠한테 전화해도 돼요?"

"아니. 다시는 아빠랑 얘기할 수 없어. 만날 수도 없고."

나는 전화기를 들어 어머니에게 내밀면서 이 모든 게 그저 계속

되는 부부싸움에서 그녀가 취한 새로운 전략일 뿐이라고 생각했다. 귀엽게 이런 말도 했던 것 같다. "고집부리지 마시고요."

"나도 그런 거면 좋겠어. 아빠는 이 세상을 떠나고 싶어 했어."

죽음은 여전히 추상적이었지만 '세상을 떠난다'는 말은 알고 있었다. 1년 전 거북이 두 마리가 연이어 죽는 일이 있었다.

"몰리랑 밀리처럼?"

"그래. 몰리랑 밀리처럼."

거북이들을 집과 주차장 사이의 풀밭 둑 아래 묻을 때마다 '세상을 떠나는' 과정의 윤곽이 머릿속에 조금씩 자리 잡아갔지만, 그걸로 충분하지 않았다. "죽으면 아파요?"

"사람마다 달라. 엄마 생각에 아빠는 조금 아팠을 것 같긴 해. 그렇지만 금방 끝났을 거야." 그때서야 어머니는 나를 끌어안으며 엄마다운 모습을 보였다. "이제 아빠는 예전보다 훨씬 덜 아파. 그건 확실해."

"엄마가 어떻게 알아요?"

"사람이 죽으면 아무것도 느끼지 못하거든. 숨도 안 쉬고, 잠도 안 자고, 배도 안 고파. 생각도 안 하고. 아무 느낌이 없어."

"아무 느낌이 없는 것도 느낌이잖아요."

"그것도 맞는 말이네. 어쨌든 죽음 앞에서 우리는 항상 질 수밖에 없어."

"죽음이 이긴다는 뜻이에요?"

"예외는 없어."

나는 어머니에게서 몸을 떼며 물었다. "그럼, 그런 게임을 왜 하는 거예요?"

43

어머니는 대답하지 않았다. 대신 주스 팩을 든 나를 꽉 끌어안은 채 몸을 떨었다. 할머니에게 전화를 걸어 내가 했던 귀여운 말들, 그리고 대체로 그 소식을 잘 받아들였다는 말을 전하면서 어머니는 계속 울었다.

대충 이런 식의 대화가 오갔다고 어머니는 내게 말했다. 해가 바뀔 때마다, 특히 어머니가 새 친구를 사귈 때면 그 대화에는 이런저런 내용이 추가됐고, 그녀는 자신을 당황스럽게 만든 내 질문과 나의 존재가 자신을 계속 살게 한 힘이었다고 말했다. 모든 걸 놓고 싶어도 그럴 수 없었던 이유는 나 때문이었다고 얘기하고 다녔다.

하지만 우리가 계속 살아가기 위해서는 아이답지 않은 성숙한 생각 이상의 무엇이 필요했다. 아버지는 선견지명이 있었는지 보험 금액이 큰 생명보험에 가입해놓고 보장 기간에 이를 때까지 기다렸다. 그리고 (한때 대학 과 수석을 놓치지 않았던 똑똑한 머리로) 충분히 한적한 도로를 택해 차를 몰았다. 심리 상담 기록이 없었기에 (어쩌면 치료를 거부한 것도 다 천재적인 사고의 결과였는지도 모른다) 그의 죽음은 단순 사고사로 처리되어 보험금 전액이 지급될 가능성이 컸다. 어머니는 아버지를 쫓아낸 후 바로 이런 일이 터진 걸 보면 사고가 아닐지도 모른다고 생각했다. "네 아빠 이미 작정하고 있었던 거야."

어머니와 할머니, 할아버지는 의지할 데 없어진 나를 위해 (나로 말할 것 같으면 후폭풍의 중심이기도 했지만, 한편으로는 가족들의 눈에 넣어도 아프지 않을 소중한 아이였으므로) 보험회사 직원에게 부부 사이가 좋지 않았다는 말은 일절 하지 않기로 입을 맞췄다.

그리고 보험회사 직원이 찾아오자 가족들은 일 때문에 바쁜 어머니 대신 아버지가 나를 돌보느라 직장을 구하지 않았다며 그의 무직 상태를 정당화했다. 사실 아버지는 학교로 나를 데리러 오는 일을 툭하면 까먹었고, 어머니는 학위논문을 준비하면서 가끔씩 아르바이트로 상담 일을 했기 때문에 그건 말도 안 되는 핑계였다. 그렇지만 가족들은 누가 물어보면 (다행히 그런 질문으로 불쌍한 나를 괴롭히는 사람은 없었지만) 어머니는 일하다가 밤늦게 지쳐 돌아오고 아버지가 늘 집에서 저녁 식사 준비를 했다고 말하라고 시켰다.

보험금이 나왔다. 어머니는 안방에 놓을 퀸사이즈 침대와 갈색 폭스바겐 한 대를 새로 샀지만, 거의 1년이 지나도록 차를 주차장에 그대로 두기만 했다. 어머니가 일하던 학교에서 한 학생 일로 문제가 생겼다. 학교 행정실과 어머니는 서로 잘못을 인정하지 않고 다투었다. 어머니는 인생이 달라져야 할 시기라고 확신하며 은행에서 돈을 빌렸다. 그리고 자신이 일하던 학교와 내가 다니던 학교에 일주일 뒤 그만 나오겠다고 통보하고, 매일 통학을 도와주시던 할머니, 할아버지에게도 그렇게 알린 뒤, 다른 주로 이사했다. "다시 시작하는 거야." 어머니는 말했다.

어쩌면 외갓집에서 외할머니, 외할아버지와 함께 살 수도 있었을 텐데, 엄마는 그들이 아무것도 모르는 무식하고 인색한 사람들이라 안 된다고 했다. 이런 상황에서 그녀는 친정으로 가는 일도, 나를 그들의 손아귀에 쥐여주는 일도 있을 수 없는 일이라며 싫어했다. 어쩌면 연구 중이던 논문(〈통계로 알아본 유아기의 교육과 청소년기의 정신건강과의 상관관계〉)을 계속 써서 완성했다면 일이 잘 풀릴 수도 있었을 텐데, 그렇게 하지도 않았다. 그 주제는 더 이상 어머니를 매료시키지 못했다.

아는 사람 없고 새로운 교육 시스템을 접할 수 있는 곳으로 이 사하는 일만이 최선이었다. 그곳에서는 모든 일이 새로운 모험이 될 터였다. 매 순간 재미있고 신기한 일들이 가득한 곳.

아버지가 죽고 아직 장례식도 치르지 않았을 때, 나는 아버지가 그렇게 된 이유에 대해 혼자 연구해봤다. 아버지가 죽기 전 여름, 우리는 다 같이 차를 타고 공원의 그 도로를 지나갔는데, 그때 나는 혼자 뒷좌석에 앉아 있었다. 엄마와 아빠는 유산된 아이에 대해 얘기하고 있었다(이런 이야기도 나중에서야 알게 되었다). 차가 급커브를 돌 때마다 원심력 때문에 주황색 아이스박스가 이리 쏠 렸다 저리 쏠렸다 했던 사실이 기억났다. 뒷좌석에서 미끄러지는 (샌드위치와 레모네이드 정도만 담겨 있었지만 무게는 거의 내 몸무게 정도였을) 아이스박스에 밀려 나는 차 문에 꽉 눌렸다가 다시 좌석 가운데로 왔다가 하며 신나게 흔들렸다. 그러니까 아이스박스와 나는 차가 균형을 잡는 데 중요한 무게 중심이었던 것이다.

나는 옆 좌석에 엄마도 없고 뒷좌석에 나와 아이스박스도 태우 지 않은 채 아빠 혼자 그 커브 길을 돌려고 해서 차가 공중으로 날 아간 거라고 결론지었다. 그리고 장례식을 마치고 집으로 돌아올 때까지 기다렸다가 사람들에게 내 이론을 설명했다. 내 얘기에 귀 기울여줬던 걸 보면 분명 다들 친절한 사람들이었음이 분명했다.

기억 속 아버지는 일주일 중 5일은 수염이 거뭇하게 자라있었 고, 몸에서는 항상 침실 냄새가 났다. 그 외의 기억은 나중에 사진 을 보고 안 사실들이었다. 아니면 어머니에게서 이야기를 들었거

나. 그런데 어쩐 일인지 아버지가 홀로 차를 운전하는 모습만큼은 직접 본 것처럼 아주 생생했다. 자동차의 속도감을 즐기는 그의 눈에는 평소와 다른 강한 에너지가 흘렀고, 커브 길을 돌 때마다 그는 세게 핸들을 돌리더니 마침내 '여기'가 그곳임을 직감하며 자유를 향해 몸을 맡긴다. 영원과도 같은 환희가 몇 초 흐르고 날아가던 차가 아래로 추락하자, 그제야 상황을 파악한 아버지는 만화 속 캐릭터 같은 표정을 짓는다. 좌석 위로 몸이 뜨고 짙은 눈썹이 사선을 그리는 순간, 아버지의 머릿속은 뒤에 남겨질 내 생각으로 가득하다. 당신에게는 더 이상 잃을 것이 없다. 그러므로 그 순간 찾아온 망설임은 당신 때문이 아니라 나 때문이다. 자동차는 중력에 의해 계곡으로 추락하고 목이 부러지고 화상을 입은 아버지는 마지막 숨을 뜨겁게 내쉰다.

그날 이후, 일시적인 무중력 상태 이후에는 즉시 죽음이 뒤따른다는 개념이 내 머릿속에 깊이 각인되었다. 그래서 나는 비행기를 타지 못했다. 학교 체육 시간에 트램펄린 운동을 할 때도 내 차례가 되면 걷잡을 수 없이 몸이 떨렸다. 다른 아이들이 뒤에서 기다리는 데도 나는 한참을 그대로 서 있었다. 내가 공중에 떠 있다는 사실 자체가 못 견디게 두려웠다. 나는 엄마를 시켜 체육 선생님에게 이렇게 말하게 했다. "겁이 나서 오늘은 운동을 못 하겠어요." 그리고 이렇게 설득했다. "어쩌면 내일은 할 수 있을지도 모르죠." 그 말은 앞으로 절대 하지 않겠다는 뜻이나 마찬가지였다.

나는 1년도 채 되지 않아 다른 학교로 전학했다.

결론적으로 우리는 보험회사로부터 받은 보험금을 사기로 얻은 돈이라고 부끄러워하지 않고 위로의 선물로 여겼으며, 실제로 마음을 치유하는 데 꽤 유용하게 쓰기도 했다. 처음으로 내가 아버지의 죽음이 자살이었는지 물었을 때 나는 그동안의 의심이 사실이었음을 확신했다. 엄마는 '아빠는 아픈 사람이었어. 하지만 우리는 괜찮아'라며 다시는 말도 꺼내지 못하게 했다. 그건 우리가 최선을 다해 멋지게 살기 위해서는 과거의 비참했던 아버지의 모습을 철저히 무시해야만 한다는 암묵적 합의와도 같은 것이었다. 우리는 마치 아버지로부터 달아나기라도 하는 사람들 같았다.

아버지의 죽음을 각색하는 일은 우리를 보호하기 위한 본능과도 같았다. 그로부터 25년 뒤, 머시 병원에 이력서를 낼 때도 직계가족 중에 자살한 사람이 있느냐는 질문에 나는 잠시의 망설임도 없이 '아니요'에 체크했다.

—\/\—

최근 보수공사를 마친 병원 부지는 비바람에 풍화된 것처럼 꾸민 기둥과 그다지 신비스럽지 않은 원형 콘크리트 벤치 때문에 로마 유적지를 연상케 했다. 광장에는 폭탄을 견디는 대형 쓰레기통이 드문드문 놓여 있었다. 늦은 오후의 햇살 아래에서 ID카드를 만지작거리며 담배를 피우거나 커피를 마시는 사람, 국회의원처럼 광장을 서성이는 사람들을 보고 있자니 나름 고대 로마의 느낌이 나는 것도 같았다.

건물 밖을 나와 몇 걸음 걸었을 뿐인데도 피부에 남아 있던 에어컨의 냉기가 빠르게 사라지고 있었다. 한여름의 열기가 뒤에서 나를 푹 감싸 안은 느낌이었다. 부드러운 기색이라곤 없었다.

보통 근무교대가 이뤄지는 오후 3시가 되면 간호사들이 병원 밖으로 우르르 쏟아져 나와 집으로 돌아가는 십대 학생들 무리에 섞이곤 했다. 낮 동안의 실수를 어둠으로 덮을 수 있는 밤에 근무가 끝나는 사람도 있었다. 내 주변에는 건강하지만 건강하다는 사실을 인식조차 못 하는 사람들로 가득했다. 셀 수 없이 벌어지는 응급상황은 단지 병원 안의 일일 뿐, 병원 밖 어리석은 사람들은 남의 가방을 훔치거나 풀숲에서 섹스를 하며 각자의 삶을 이어가고 있었다. 머시 병원에서 근무하기 시작한 후부터 일과를 끝내며 주위의 힘든 사람들을 돌아보자는 '오후 5시의 인류애' 같은 캠페인은 그저 꿈같은 소리라는 사실을 깨닫게 됐다. 살이 뒤룩뒤룩한 얼굴로 무지방 머핀을 집어 들고, 멍한 눈으로 집으로 돌아가는 사람들에게 타인의 이야기는 관심 밖의 일이었다.

어쩌면 지금쯤 한나도 다가올 생일을 어떻게 보낼까 고민하고 있을지도 모를 일이었다.

나는 주위를 둘러보았다. 가뭄으로 물이 조금밖에 없는 분수대에 공사장 인부 둘이 발을 담그고 마리화나를 나눠 피고 있었다. 햇빛에 일렁이는 물속에서 그들의 발이 한가로이 흔들렸다.

내가 병원을 나올 때 함께 나왔는지, 이제 막 출산한 세 명의 여자와 그들이 탄 휠체어를 밀고 나오는 세 명의 환자이송 요원이 보였다. 그 옆에는 각자의 남편들이 자기 아이를 새 카시트에 태우고 부드럽게 어르며 걸어가고 있었다. 촉촉한 피부에 졸린 얼굴을 한 신생아들은 모두 의식하지 못할 건강을 약속받은 모습이었다. 오늘 타인히기 못히고 병원에 남은 아기들은 그들이 알 바 아니었다. 관을 삽입한 채 적외선 램프 아래 누워 있는 아기들과 낙관적인 결과를 기대하며 인큐베이터 앞을 끊임없이 서성이는 부모들은 딴 세상의 얘기였다. 퇴원한 산모들의 얼굴은 붉게 상기되어 있었는데, 더운 날씨 때문이 아니라 정상적인 호르몬의 분비로 인한 결과였다. 활기가 넘치는 얼굴들이었다.

병원을 나가는 사람들과 반대로 휠체어를 타고 병원으로 들어가는 노인들도 있었는데, 그들은 보들보들한 어린 생명체의 모습에 본능적으로 경이로움을 느꼈다. 그리고 잘 돌아가지도 않는 고개를 길게 빼고 틀니를 활짝 드러내며 넋을 놓고 아기들을 바라보았다.

이제 막 엄마가 된 여자들은 휠체어를 타고 거의 동시에 각자의 차로 다가갔고, 그 모습을 공중에서 보안용 드론이 지켜보고 있었다. 이 장면을 신호로 어디선가 빅 밴드가 등장해 음악이라도 연주할 것만 같았다.

하지만 이 억누를 수 없는 생명의 흐름에도 불구하고 어떤 곡도 갑자기 튀어나오지는 않았다. 아기들은 하나하나씩 제 위치에 앉혀져 안전벨트를 매고 집으로 떠났고, 그들의 머릿속엔 (네가 생명을 유지하는 데 필요한 건 뭐든 다 주겠다는) 생의 첫 거짓말이 앞으로 끊임없이 주입될 예정이었다. 한편 아기들을 잠깐이라도 더 보려고 애쓰던 노인들은 병원으로 들어가 검사 결과에 실망하고 합병증을 견디며 찾아오는 사람 하나 없는 쓸쓸한 병실에서 (미안하지만 다른 방법이 없다는) 마지막 진실을 마주하게 될 터였다.

좀 더 머리가 깨인 어시스턴트라면 미숙해서 앞을 내다볼 수 없는 순간을 저 어리고 순결한 아기들을 보며 초월할 수도 있었을 텐데. 그래도 아직 건강한 사람들이 많다는 데 기쁨을 느끼며, 저

끝없이 이어지는, 죽음이라는 운명의 소용돌이 속에서도 성장해 나갔겠지. 그래, 잘 봐. 난 그런 어시스턴트가 될 테니. 하지만 이들조차 결국은 똑같은 바보가 아닌가. 모든 병은 치유되고 깨끗이 나을 수 있다고 주장하는 사람들처럼. 이들은 마치 죽음을 별개의 존재처럼 여겼고, 저 아기들이 태어나 거리로 나오게 한 음양의 조화와는 다른 문제라고 생각했다. 나는 그럴 수 없을 것 같았다. 수많은 테스트를 묵묵히 견뎌야 했던 테디를 위해, 그리고 오늘 오전에 있었던 일들을 이웃에게 어떻게 말해야 할까 고민하는 제럴딘을 위해.

네티는 오늘 일을 사후보고서에 기록해보라고 부추길 것이다. 이처럼 엉망진창이 된 데뷔식을 치르고 난 후 가까운 나무 그늘에 앉아 깊은 생각에 잠겨 내 울분을 모두 담아 기록하면서 뭔가 얻은 것은 없었냐고 묻겠지. 어쩌면 몇 개의 단락으로 내 속의 숭고한 분노를 모두 날려버릴 수도 있을 터였다. 네티는 눈을 깜빡이며 이렇게 말할 테지. '누가 알아요? 진실에 가까운 뭔가를 찾아낼지?'

됐습니다. 우리 부모님은 나를 그런 멍청이로 키우지는 않았거든요.

2분 정도 걸어 병원 앞마당을 벗어나자, 매번 병원을 나올 때마다 찾아오는 분노는 슬그머니 흩어지고 오후 5시 퇴근길의 사람들처럼 똑같이 무신경한 상태로 돌아왔다. 나는 얼른 넴뷰탈을 쏟은 나 자신을 용서하고, 안락사를 관찰하는 대신 직접 진행한 덕분에 시긴딩 급여가 얼마나 늘었는지 재빨리 미깃속으로 깨신기를 두드려보았다. 그리고 나니 가장 기본적인 욕구를 채우는 일만

이 간절해졌다.

　시원한 에어컨 바람 밑에서 먹는 저녁 식사.

　그리고 어머니.

—〜—

　머시 병원에서 윌로우 우드로 가려면 6차선 고속도로 위로 세워진 회색의 인도교를 건너야 했다. 다리 폭은 정확히 사람 한 명과 자전거 한 대가 지나갈 정도여서 앰뷸런스나 들것은 지나갈 수 없었고 도로를 달리는 차를 향해 돌 (또는 몸)을 던지지 못하도록 다리 위에는 철망 펜스가 설치되어 있었다. 퇴근길에 어차피 죽을 인간의 운명에 대해 생각하지 않았더라도 그 다리에 친 펜스는 분명 그런 의도로 보였다. 좀 더 멀리 내다보고 도시계획을 했더라면 병원 부지의 공동묘지 구역 건너편에 풋볼 경기장 하나쯤 만들어 이 구역을 최대한 활용할 수도 있었을 텐데, 그리 영리한 사람이 도시계획을 한 것 같진 않았다.

　어머니의 몸은 수년에 걸쳐 서서히 나빠졌다. 그녀는 학교 체육관에 인접한 창문도 없는 사무실에서 상담사로 일하며 연금 개시일까지 얼마 남지 않은 기간을 꾸역꾸역 힘들게 버텼다. 규칙적으로 바닥을 튕기는 농구공 소리, 자기 팀을 응원하는 십대 아이들의 환호성이 그녀에게는 배경음악과 다름없었고, 병이 악화되는 속도가 느렸던 건 다 그 배경음악 덕분이라고 어머니는 확신했다. 하지만 나는 정말 도움이 된 것은 포커라고 생각했다. 부모님이 허리케인이 수시로 지나는 지역에 간이천막을 치고 살며 별다

른 놀 거리도 없던 그 시절, 아버지는 어머니에게 포커를 가르쳐
줬고, 천막 안에서는 늘 포커를 치는 두 사람의 즐거운 말소리가
배경음처럼 들렸다. 은퇴 후 어머니는 22년간 고등학생들을 상담
하며 배운 온갖 요령을 총동원하여 포커의 고수가 되어 있었다.
어느 정도였냐면, 카지노 토너먼트에 직접 참가할 만큼 몸 상태가
나쁘지 않았을 때는 연금을 밑천으로 충분히 먹고살 만한 정도의
돈을 벌어올 정도의 실력을 갖추고 있었다. 그녀는 단박에 패가
나쁜 사람을 알아보고 허세를 부리거나 일격을 가할 줄도 알았고,
파킨슨병으로 굳어진 얼굴 덕분에 패를 읽히지도 않았다. 다행히
게임에 중독되지도 않아서 어느 정도 돈을 따면 자리를 뜰 줄도
알았다. 대개는 그랬다. 큰돈을 잃은 적도 있었는데, 대개는 나도
알고 있었지만 분명 내가 모르는 경우도 몇 번 있었던 듯했다. 어
쨌든 그녀가 내게 재산권을 위임할 때까지만 해도 어머니에게는
대출액을 상환하고도 남을 정도의 돈이 있었다.

병의 진행 속도가 갑자기 빨라진 건 8개월 전이었다. 그녀는 재
활용 분리수거함에 버려진《내셔널 지오그래픽》을 발견하고 콜
라주 작품을 만들 생각에 책 꾸러미를 질질 끌고 아파트 계단을
오르고 있었는데, 잠시 후 눈을 떠보니 계단 밑에 턱이 피범벅 된
채 누워 있었다. 앞니 두 개는 아파트 현관 옆 바닥에 떨어져 있었
다고 했다. 다음 날, 나는 다른 사람과 근무시간을 일주일간 바꾸
기로 하고 네 시간 거리의 이곳으로 달려왔다. 어머니는 마치 전
리품이라도 되는 듯 상앗빛 이빨 두 개를 내밀었다. "누가 내 입을
총으로 쏴서 맞힌 것 같지 않니?" 그 시간과 이어진 치과 치료를
받는 어머니를 보면서 나는 우리 앞에 다시 한번 변화의 시기가

왔음을 직감했다.

"이런 결론을 내렸어." 마취가 풀리자 어머니는 혀 짧은 소리로 이렇게 말했다. "네가 직장을 관두고 나랑 함께 있어줘. 괜찮은 일 자리는 여기도 있을 거야. 생활비로 드는 비용도 줄이고, 언제 무슨 일이 생길지도 모르겠고." 손목 양쪽을 붕대로 칭칭 감고 검지에는 부목을 대고 한쪽 빰엔 꿰맨 흉터 자국, 멍이 들어 시퍼런 두 눈, 거기에 이빨까지 빠진 어머니가 이런 말을 한다고 상상해보라. 가까이 이사 오라는 게 뭐 그리 대수인가 싶었다.

961이 통과된 직후의 일이라 머시 병원의 사이트에서 다음과 같은 구인 광고를 보았을 때 그 공고가 무슨 의미인지 파악하는 건 별로 어렵지 않았다. '파일럿 프로그램에 참여할 간호사를 모집합니다.' 주로 하는 일은 환자의 정신 상태에 대한 평가와 권한 대행이었고, 작문 실력과 윤리위원회 및 다른 병동을 포함한 타부서와 협업능력 등을 요구했다. 최근에 일하던 정신과 병동에서 사십대 여성 환자 한 명이 죽었는데, 어찌나 고통스럽게 죽었던지 병원에 모르는 사람이 없을 정도였다. 그녀는 조현병 환자였고 약물중독증세가 있었다. 망상 증세는 거의 보이지 않았지만 일상에서 할 수 있는 일이라고는 커피 마시기, 담배 피우기, 그리고 의사가 처방한 약을 제외한 약이란 약은 모조리 먹어치우기, 그게 전부였다. 예전 직업으로 인해 폐암에 걸렸고, 암이 발견됐을 무렵에는 이미 뼈까지 전이된 상태였다. 하지만 본래 가진 정신병으로 인해 암으로 인한 통증에 대해서는 제대로 치료조차 받지 못했다. 그녀의 예상 생존 기간은 겨우 한 달이었지만 누구도 약물 중독자에게 진정제를 충분히 처방해주지 않았다. 결국 병원 측은 그녀가 내지르는 비명에 다른 환자들이 덜 괴롭도록 그녀를 급식 장소에서 멀리 떨어진 병실로 옮겼다. 고통으로 울부짖던 그녀의 신음 소리에 대한 기억과 평소 불붙은 차 안에서 아버지는 의식이 있었는지에 대한 궁금증이 나를 이 일에 지원하게 했다. 과연 편안한 죽음을 마다할 사람이 세상에 있을까?

나는 8개월 전에는 심장 병동에서 일했다. 그전에는 유람선, 그전에는 생각조차 하기 싫은 일반 병동에 있었다. 그렇게 계속 거슬러 올라가다보면 어머니의 무릎 위 정도가 되려나. 인터뷰 날짜를 잡기 위해 네티가 내게 전화했을 때 그녀는 내 뒤죽박죽 이력에서 신체적·정신적으로 두루 고통을 경험한 흔적이 느껴진다며 새로운 환경과 체계에 적합한 능력이라고 추켜세웠다. 1년 반 동안 함께 살았고 내 방랑기질을 잘 이해하던 줄리아는 네티가 그런 말을 한 걸 보면 나와 네티가 서로 잘 맞는 파트너가 될 모양이라고 말했다. 나는 채용됐고, 줄리아는 내게 행운을 빌어주었다.

어머니는 말했다. "이건 정말 가치 있는 일이야. 넌 병원 일이라면 이미 진절머리 나도록 다 경험해봤잖니? 삶이 진정 다다르려고 하는 목표는 사실 죽음이거든."

내가 아파트를 빌리겠다고 하자 그녀는 갑자기 생각난 듯 말했다. "나 결심했어. 이제 내가 요양원 말고 갈 데가 어디 있겠어? 원래 내가 사람 만나는 것도 좋아하고 낮 동안은 나를 도와줄 사람도 필요하잖아. 아직 정신이 멀쩡할 때 옮기는 게 좋겠어. 네가 여기 살아. 내가 나갈게."

그녀는 이사 오겠다는 내 말에 지극을 받아 지기도 주도적으로 뭔가를 하고 싶었던 것 같았다.

처음에 어머니는 윌로우 우드로 간다는 생각에 들떠 있었다. 거처를 옮기겠다고 직접 결심했기 때문인지 그곳의 경험을 전부 좋게만 생각했다. 그런데 놀랍게도 (요양원에 한 번이라도 발을 들인 사람이라면 놀랄 일도 아니지만) 그곳으로 옮긴 후부터 어머니의 상태는 빠르게 악화됐다. 전부터 먹던 약은 더 이상 효과가 없었다. 식욕과 기운을 조금씩 잃더니 마침내는 예전의 관심사에도 별 반응을 보이지 않게 됐다. 근처를 지나가던 옛 학생과 함께 점심을 먹고, 아무리 먼 동네에서 벌어진 정치적 부정행위에도 분개하며 시위에 동참하고, 포커를 치고, (규모가 꽤 큰 온라인 커뮤니티에 가입해) 터키석 등의 보석에도 잡다한 관심을 보이던 어머니였다. 하지만 직사각형 모양의 방 한 칸, 때로는 식당에서 벌어지는 이상한 일들에 비하면 이런 주제는 별 흥밋거리가 되지 못했다. 한때는 감탄스러울 정도의 호기심으로 세상을 대하던 어머니가 이제는 기력이 쇠해 이런 말이나 하고 있었다. '미란타를 꼭 저렇게 가둬둬야 하는 거야?'

윌로우 우드 입구의 긴 목재 파고라로 들어서면 길 끝에서 대저택의 계단식 정원을 만나게 될 것만 같지만, 실상은 미닫이 유리문 한 쌍과 현관문의 번호키를 만나게 될 뿐이었다. 건물 정면, 바람 한 점 없이 뜨거운 옥외통로에는 햇볕을 피해 모자챙으로 얼굴을 가리거나 선글라스를 낀 노인들이 여기저기 흩어져 있었다. 이곳 사람들은 기본적으로 째깍째깍 돌아가는 시곗바늘을 지켜보며 살고 있었다. 건물 내부에는 더 많은 사람이 있었고, 덮개를 씌운 의자에 앉아 문이 열리고 닫힐 때마다 에어컨의 냉기와 외부의 열기가 서로 다투는 모습을 바라보며 누군가가 자신을 찾아오길 기다리고 있었다.

나는 사무적인 미소를 띠고 깊이 숨 쉬지 않게 조심하면서 병원 직원 같은 빠른 걸음으로 로비를 지나갔다. 그러다 운이 나쁘게도 다섯 걸음 만에 소변으로 의심되는 물웅덩이를 발견했지만, 나는 이곳 직원이 아니므로 그게 어떤 상황인지 더 깊이 알려고 하지는 않았다.

화이트보드를 보니 론은 오늘 비번이었다. 이번 일로 얻은 가장 큰 혜택은 론이었다. 처음 시설을 둘러보러 왔을 때 그는 위층 약국 카운터에서 처음 시설에 들어온 한 환자에게 혈압약에 관해 설명해주고 있었고, 그 모습이 무척 친절해 보였다. 더욱 중요한 것은 보통 간호사들과 다르게 이제 막 빤 듯 구깃구깃한 유니폼을 입은 그가 낙타처럼 순한 눈빛으로 환자에게 예의 바르게 마음 쓰는 한편, 나에게도 똑같이 배려의 시선을 보내고 있었다는 사실이었다. 어머니도 금세 알아차리고 내 옆구리를 손가락으로 쿡 찌르며 눈짓을 해 보였다. 5분 뒤 나는 그와 이야기를 나누었고 옥외 통로로 나가 그를 기다렸다. 그는 지금 막 환자를 샤워시키려던 참인데, 내게도 곧 기회를 주겠노라고 했다. 그날 우리는 함께 밤을 보냈다.

어머니에게는 적당히 편집해서 론과 만난 이야기를 해주었더니 그녀는 이렇게 대답했다. "혹시라도 다투지 않게 신경 써. 직원 중에 우리 편 하나는 필요하니까." 그런 면에서, 물론 다른 면에서도 그랬지만, 그는 제 역할을 훌륭히 해냈다.

휴게실 끝 비상구로 이어진 계단을 통해 느릅나무 구역 2층 복도로 올라갔다. 어머니 방의 문이 열려 있었는데, 그것만으로도 매우 놀랄 일이었지만 더욱 당황스럽게도 방 안에 어머니가 계시질 않았다. 욕실에는 불이 켜져 있었다. 침대 위 베개 옆에는 블라우스들이 단정하게 개킨 상태로 있었다. 다른 사람이 훔쳐갈까 봐 어머니가 늘 걱정하던 비싼 블라우스들이었다. 보행 보조기도 방에 그대로 있었다. 보조기는 마치 벌이라도 받는 듯 방구석에 처박힌 상태로 놓여 있었다.

어머니가 손때 묻은 난간에 기대어 발을 앞뒤로 천천히 움직이며 걸어오는 모습을 예상하며 복도를 확인해보았다. 하지만 아무도 없었다. 나는 카펫 위를 살금살금 걸어가 회반죽 바른 벽에 찰싹 붙어 허리를 굽히고 옆방의 실내도 살폈다.

병동 전체를 한 바퀴 돌 때쯤 세탁실 근처에서 트리시를 만났다. 그녀는 자칫 푸석해 보일 수도 있는 은색 머리카락을 반짝이는 자주색 얇은 머리끈으로 우아하게 묶고 있었다. 라텍스 장갑을 낀 손에는 이불 시트 한 뭉치가 옷에 닿지 않게 멀찌감치 들려있었고 장갑 위로 비치는 손톱 색은 머리끈과 같은 색깔이었다. 원래 이 작업은 두 직급 아랫사람들이 하는 일인데 사무실에 일이 없어 나온 게 분명했다.

그녀는 나를 보더니 눈인사를 했다. "에번! 어머니 아직 못 만났어요?"

"어머니가 방에 안 계세요."

"걱정할 거 없어요. 어머니를 마지막으로 본 게 언제였죠?"

"월요일에 왔어요."

"그동안 변화가 좀 있었어요. 이거 좀 먼저 갖다 놓고요."

나는 그녀를 위해 세탁실 문을 열어주었다.

"고마워요. 확신하는데, 어머니는 지금 액티비티 센터에 계실 거예요. 거기서 수업이 있거든요. 끝날 시간 다 됐어요."

"어머니가 방을 나가 사람들과 어울리신다고요?"

"그런 셈이죠." 트리시는 장갑을 벗더니 손가락 끝에서 손목까지 항균 세정제를 골고루 발라 자기 직급에 맞는 품위를 되찾았다. "내가 당신 어머니 진짜 좋아하는 거 알죠? 어머니의 '모든 면'을 좋아해요."

"어머니도 당신에 대해 그렇게 생각하세요."

"그러니까, '그 점'에 대해서 말인데요. 지난 며칠 사이에 어머니 상태가 눈에 띄게 달라졌어요. 어머니도 스스로 느끼고 계시고요. 이식한 임플란트가 마침내 제 기능을 하는 게 아닐까 싶어요. 정말 잘된 일이에요." 그녀는 말끝에 '그런데요'라고 덧붙이며 잠시 머뭇거렸다.

우리 사이에는 비슷한 직업을 가진 사람들끼리의 동질감 같은 게 있어 직원과 환자 가족의 형식적인 관계보다는 좀 더 가까운 사이를 유지하고 있었다. 어머니만 아니었다면 그녀는 순조로운 일과를 보냈을 텐데 어머니가 뭔가 해서는 안 될 무리한 요구를 했으리라 짐작할 수 있었다. "말씀하세요. 전 다 받아들일 수 있어요." 내가 말했다.

마치 못 받아들일 수도 있다는 듯이 트리시는 고개를 기울였다. "오늘 오후 어머니랑 혼자 안전하게 갈 수 있는 장소에 관해 얘기하다가 말다툼을 좀 했어요."

"이미니 혼자 이딜 기신다고요?"

"당신도 곧 보게 될 텐데, 그게 핵심이에요. 하지만 저로서는 환

59

자를 보호해야 할 의무가 있다는 사실을 알아주셨으면 해요. 대화가 좀 격해졌거든요. 이미 어머니께도 사과드리긴 했지만 당신에게도 사과하고 싶어요." 그녀는 목소리를 낮추며 말했다. "어머니께 나쁜 년이라고 욕을 했어요."

이렇게 친절하고 유능하고 바닐라 향기를 풍기는 직원이 욕을?

"나쁜 년이라고요?"

그녀는 창피한 얼굴로 고개를 끄덕였다.

"배우신 분이 입에 올릴 단어는 아닌 것 같네요."

트리시는 기절할 것 같은 얼굴이었다. "어쩜, 어머니도 똑같은 말을 하셨어요!"

"자라면서 줄곧 들었던 말이거든요."

그녀는 미소 짓고 있었지만, 이 골치 아픈 환자 때문에 정신을 온통 빼앗긴 모양이었다. "이유야 어찌 됐든 당연히 그러지 말았어야 했는데, 나도 모르게 튀어나왔어요. 어머니와 너무 가깝게 지낸 탓도 있고요. 그게 변명이 될 순 없겠지만요. 진심으로 죄송하게 생각하고 있어요."

그녀의 말대로 사이가 꽤 가깝다 보니 나는 트리시의 사생활에 대해서도 조금 알고 있었다. 그녀는 중년의 이혼녀였고 두 딸의 양육권을 온전히 다 넘겨받아 함께 살고 있었는데, 아이들은 벌써부터 가게에서 좀도둑질을 하고 다녔다. 거기에 덧붙여 시설에서 겪은 몇 가지 응급상황 이야기도 들은 적이 있었다. 가령, 12호 자그마한 남자 노인이 샤워 중에 넘어진 사건이며, 치매 할머니가 식당에서 음식이 막 나오는 순간 자리에 앉은 채로 대소변을 실수한 일 같은 에피소드들. 이런 상황에서 욕 한마디 안 하고 버틴다는 게 가능하기나 할까?

"그럴 수도 있죠." 내가 말했다.

"이해해주셔서 고마워요."

"그렇지만 사과를 받아들일지는 어머니께 달린 일 같아요."

"아직 제 사과를 받아주지는 않으시네요." 그녀가 말했다.

"하루만 기다려보세요. 그렇게 뒤끝 있는 분은 아니시거든요. 그런데 궁금한 게 하나 있는데, 액티비티 센터에서는 뭘 하나요?"

"노래 교실을 해요."

"어머니가 이곳 생활에 적응하셨단 말씀인가요?"

"그 정도까지는 아니고요."

"어쨌든 수업에 참여하신다는 거죠?"

"너무 열심이세요. 제가 괜히 한소리 했겠어요? 지난 며칠 동안 어머니를 계속 지켜보고 있었다고요."

—⟍⟋—

나는 세면대에서 세수하다가 거울에 비친 내 눈 속에서 오늘 아침 테디가 죽게 도와준 그 남자의 모습을 찾고 있었다. 그때 누군가 화장실 문을 주먹으로 두드렸다.

"안에 누구 있어요?" 이렇게 외치며 문을 벌컥 열고 들어선 어머니는 혹시 모를 상대의 반격에 대응하기 위해 두 손을 모아 쥔 채 서 있었다. 얼굴에 짙은 화장을 한 그녀는 전에 본 적 없는 화려한 무늬의 블라우스를 입고 있었는데, 한쪽 어깨 위로 금새 단추들이 박혀 있었다. 입술에는 한때 즐겨 바르던 선홍색 '레이디

데인저' 립스틱을 발라 생기 있어 보였다. 숨을 약간 헐떡이긴 했지만 조금도 몸이 불편한 사람 같아 보이지 않았다. 다시 무대에 오르기 전 테이블 밑에 숨어 칵테일이나 한잔 들이켜려는 사람처럼 보였다.

"에벌리, 여기 있었구나." 사랑이 듬뿍 담긴 목소리였다.

에벌리는 공동생활체에서 지내던 시절의 내 이름이었다. 열 살 때 내가 직접 지었고 9개월 정도 사용하다 말았지만, 지금도 어머니 입에서는 불쑥 그 이름이 튀어나오곤 했다.

어머니는 똑바로 서서 활짝 웃고 있었는데, 지난 1년 동안 그처럼 몸을 똑바로 세우고 서 있는 모습을 본 기억이 없었다.

"오늘 어떠세요?" 내가 물었다.

계속 숨을 헐떡거리며 어머니는 진지한 눈빛으로 나를 봤다. 요양원에 입소한 이후 어머니는 머리 모양에 더 이상 신경 쓰지 않았지만 ("고작 여기 노인네들한테 젊게 보이겠다고 화요일마다 우르르 사람들 틈에 끼어 미용사 찾아가고 싶은 맘 없다."), 오늘은 투톤으로 염색한 웨이브 머리를 드라이하고 머리 윗부분에는 은색 반짝이로 장식까지 하고 있었다.

나는 다시 물었다. "저 아무 대답도 못 들은 것 같은데. 오늘 기분 어떠시냐고요?"

어머니는 손끝이 타일 벽에 닿을 만큼 양팔을 옆으로 쭉 뻗었다가 조금씩 위로 올리며 말했다. "기운이 넘쳐."

"트리시 말이 노래 부르신다면서요?"

"맞아. 여기 오는 그 남자, 스모키한 목소리로 기타 치면서 노래하는데, 스탠더드 재즈에 완전 딱 어울려. 억지로 노래 수업 떠맡아 옛날 인기 가요나 부르고 있긴 하지만. 여기 사람들 수준이 그렇지 뭐. 지금 당장은 돈 받고 공연하는 데가 여기뿐이래. 뭐가 한참 잘못됐지. 그 사람 진정한 뮤지션인데 말이야. 여기 말고 어디든 가야 해. 그 사람이나 나나."

잠깐 시간을 돌려 지난 월요일, 어머니가 저녁 식사를 하는 동안 나는 옆에서 음식을 잘게 잘라주면서 '그래, 아니'로 답할 수 있는 간단한 대화와 현재 건강상태에 대해 체념한 듯한 말만 서로 주고받았었다.

어머니는 계속 말을 이어갔다. "나 화장실 때문에 여기까지 온 거야. 액티비티 센터에는 화장실이 남녀 공용 하나밖에 없거든. 여기 노인네들, 너보다도 조준을 못 한다니까."

그러면서 어머니는 변기 커버를 들어 올려 자리를 잡더니 검은색 바지의 고무 밴드를 내리고 시트 위에 앉았다. 무릎을 구부리자마자 쪼르륵쪼르륵 소리가 울려 퍼졌다.

혼자 화장실 가는 일 역시 전에는 불가능한 일이었다.

나는 어머니 혼자 조용히 볼일 보시도록 문고리를 잡고 나가려고 했다. 그러자 어머니가 한쪽 발을 뻗어 내 앞을 가로막았다. "그냥 있어."

내가 기저귀 떼는 연습을 할 때를 제외하고는 그동안 우리가 함께 화장실에 머물러본 역사가 없었다.

"철 좀 들어라. 쉬 좀 하는 건데 뭐 어때." 나를 못 나가게 막은 일이 만족스러웠는지 어머니는 다시 시트에 편히 기댔다. 나는 너무 놀라 그 사리에 멈춰 있다. 내가 그토록 늘단 진 문 잎을 가로막은 어머니의 발 때문도, 눈가의 파란색 아이섀도 때문도 아니었다. 문 앞으로 발을 뻗을 때의 그 재빠른 동작, 힘들이지 않고도 똑똑히 흘러나오는 발음, 게다가 아직도 쉬를 하고 있다는 사실, 이 모든 게 합쳐져 아찔한 광경을 만들었고, 또한 이 광경은 가장 헌신적으로 어머니를 돌본 아들이나 접할 수 있는 친밀하고 사적인 모습이기도 했다.

"여기 사는 에비라는 키 큰 여자 기억하니? 엘리베이터 맞은편, 다섯 번째 방에 사는? 전에는 서로 얘기 나눈 적도 없었거든. 근데 그 여자도 사람이더라." 전에 어머니는 그녀를 가리켜 이런 심한 판결을 내린 적이 있었다. "벽도 아니고 벽지 같은 인간." 그 판단이 수정된 게 분명했다. 어머니는 말했다. "진주니, 옷이 가득한 옷장이니, 그런 게 다 그저 허세였더라고. 내가 기운이 넘쳐 보였는지 같이 얘기라도 하자며 일광욕실로 부르는 게 아니겠어? 갑자기 말이야. 그래서 갔더니 카드 한 벌을 꺼내더라고. 재미 삼아 카드게임이나 하자면서. 대체 어떻게 알았을까?"

"어머니 립스틱 색깔 보고요?"

"7개월 동안 자기 코만 올려다보며 지냈는데 난데없이 불러내서 파이브 카드 드로우 할 줄 아느냐고 묻더라. 그래서 나도 사실은 카드게임 좋아한다고 말해줬지." 어깨를 들썩이고 고개를 갸우뚱하는 그 자체만으로도 놀랄 일이었다. "내 소문이 새어 나간 게 분명해." 어머니는 휴지를 몇 장 뜯어 밑을 닦으며 말했다.

책임감에서 나온 몇 가지 질문이 슬그머니 고개를 들었다. 어머니가 만약 내 환자라면 일어서면서 혹시라도 균형을 잃고 넘어져 또 이빨이 빠지거나 엉덩이가 깨지지 않게 잡을 준비를 하고 침착한 마음으로 옆에서 대기해야 할까? 아니면 어머니는 내 환자가 아니니까 반쯤 벗은 채 넘어지면 얼른 달아나 비상 버튼을 누르고 직원이 와서 뒷수습하고 난 후에 제멋대로 도파민을 분비하고 있는 저 임플란트 장치를 다시 조절해달라고 주치의에게 메시지를 보내야 할까?

둘 중 어느 것도 하지 않은 채 나는 세면대 옆에 그대로 서 있었다. 나는 본래 하던 역할인, 관찰하고 주요 사항을 메모하는 연구원으로 되돌아갔다. 현재 어머니의 주치의이자 구세주인 마레 박사에게 모든 일을 알려야 했다.

어머니는 옷을 약간 끌어 올리고서는 마치 팔걸이의자에 앉은 듯 변기 뒤편에 등을 기대고 양쪽 은색 손잡이 기둥 사이에 자리를 잡았다. "에비는 그냥 그래. 프로급은 아니야. 어제 팩 소금 내기로 둘이서 몇 판 했었어. 한 세 게임 했나, 바로 그때 말하자면, 예수님을 만난 거야." 자기가 말하고 자기 혼자 웃는 그 소리조차도 내게는 유쾌하게 들렸다. "스페인 사람인데 여기 온 지 두 달 됐대. 십대 시절부터 이런저런 게임을 했다더니 확실히 아는 게 많더라."

어머니는 양손으로 레일을 잡고 훌쩍 일어서며 노련하게, 그리고 감사하게도 바지를 끌어 올렸다. 그리고 주섬주섬 바지 위로 블라우스를 정리하면서 나를 옆으로 밀어내 세면대 앞에 섰다.

"어머나." 거울에 비친 자기 얼굴을 보고 어머니는 얼른 서랍을 열어 클렌징크림을 꺼냈다. 그리고는 화장을 할 때와 마찬가지의 열정으로 크림을 얼굴에 듬뿍 발랐다.

"에비힌데는 살살 히 실 기죠?"

크림 바른 얼굴 위로 짜증이 묻어났다.

65

나는 옛일을 환기시켰다. "전에 어머니가 그러셨잖아요? 재미 삼아 하는 게임은 몸풀기 같은 거라고. 그 말은 곧 제대로 다시 한 판 붙겠다는 말이라고요."

그녀는 거울 앞으로 몸을 기울이며 내 잔소리를 나무랐다. "흥 분부터 하지 말고 잘 생각해보세요, 간호사 양반. 카드는 내 것이 아니라 에비 것이라니까요."

티슈로 클렌징크림을 닦아내자 예순두 살의 민얼굴이 드러났고, 피부는 창백했지만 촉촉해 보였다. 그 모습이 꽤나 젊어 보였는데, 어머니도 그렇게 느꼈는지, 제 기능을 되찾은 얼굴 근육을 이렇게 저렇게 움직여 보았다. 무서운 표정, 상대를 홀리는 표정, 익살스러운 표정, 모두 마음먹은 대로 쉽게 됐다.

그녀는 몸 구석구석에 샤넬 향수를 뿌린 뒤 다시 말을 이었다. "그래, 인정할게. 게임을 좀 더 재밌게 하려면 8시에 나오는 컵 푸딩을 걸고 하자고 말하긴 했어." 그러면서 늘 하던 대로 눈을 찡긋했다. 3일 전만 해도 푸딩 컵의 비닐 뚜껑 하나 벗기는데도 한 손으로는 컵을, 한 손으로는 뚜껑을 잡고 온전히 집중해야 겨우 열수 있었다.

"트리시가 어머니한테 나쁜 년이라고 했다면서요?"

"그랬지." 그 주제는 이미 관심 밖이었다. 어머니는 별생각 없이 뒤로 팔을 뻗어 변기 물을 내렸다. "나가자."

방을 가로질러 걸으면서 어머니는 약간 비틀거렸다. 부드럽게 걷기에는 종아리 근육에 아직 힘이 부족한 모양이었다. 하지만 보행 보조기는 그대로 방구석에 외로이 남겨둔 채 지나쳐 걸었다.

복도에서 어머니는 손잡이 난간으로 손을 뻗었다가 마치 뜨거운 걸 만진 사람처럼 얼른 떼더니 대신 내 허리에 팔을 둘렀다.

"다음 달부터 방문객 식대를 올린다는구나. 11.7 달러래."

"저도 들었어요."

"우리 걱정하지 말자." 어머니는 반대편 손을 흔들며 말했다. "몸 상태만 좀 더 좋아지면 금방 진짜 게임판에 나갈 수 있을 거야."

첫 검사 후 마레 박사는 너무 희망을 품어선 안 된다고 경고했다. "안정기에 들 때마다 상황을 충분히 즐기시는 건 좋지만, 현실은 계속 직시하셔야 해요." 그 말은 곧 몸 상태가 나빠지는 시기도 올 수 있다는 뜻이었다. 의사는 이 말을 하면서 떨고 있는 어머니의 오른손에 줄곧 눈길을 주었다. 만약 임플란트 수술을 받는다면 상태가 악화되는 속도를 조금 늦추거나 최상의 경우 일시적으로 병의 진행을 멈추게 할 수도 있지만, 건강한 상태로 회복되는 일은 불가능하다고 했다. 첫 수술비용을 내기 직전에도 그는 너무 큰 기대를 하지 말라고 또 한 번 말했다. "희망은 현대 의학이 주는 중독성 강한 마약이에요. 하지만 제가 드릴 수 있는 것은 과학뿐입니다." 논리적이면서도 시적인 박사의 말에 어머니는 완전히 설득당해 이번 수술의 효과도 긍정적이리라 재차 확신했다. 그 이후 마레 박사 밑에서 일하는 젊은 의사들이 수술 준비를 했고, 3주 전 수술실에 들어가기 전까지는 박사를 다시 보지 못했다. 수술을 마친 후 박사는 아무도 없는 불 꺼진 대기실 구석으로 나를 부르더니 비꼬는 투 없이 이렇게 말했다. "이제 우리가 할 일은 희망은 품는 일뿐이에요."

하지만 수술은 별 효과가 없었다. 그다음 월요일, 머리 뒤쪽 머리카락 일부를 면도한 부위에 전선을 잇대어 기계 장치에 연결하고 어머니는 부스 안에 들어가 앉았다. 의사들은 어머니의 주요 신체 기능을 테스트하고 장치 수위를 조절했다. 마레 박사는 앉아라, 서라 지시했고, 어머니는 평소보다 조금 나아진 모습으로 지시에 따르면서 미소를 지어 보였다. 신체기능이 20퍼센트 향상되었다고 그들은 말했다.

"옆에서 도와주지 말아봐. 뭘 할 수 있는지 한번 봐야지." 어머니는 말했다.

어머니는 플라세보 효과 때문에라도 병세가 호전되리라 믿으며 나름 애썼지만, 복도에서, 계단에서, 식사 도중 갑자기 몸이 굳는 증상은 그대로였다. 병원에 치료비 잔금을 내면서도 어머니에게는 따로 말하지 않았다. 이번 수술로 그다지 얻은 것이 없다고 생각했기 때문이었다. 불과 3일 전까지는 그런 줄만 알았다.

어머니는 걸음을 멈추더니 매끈한 내 뺨에 손을 갖다 댔다.

"혹시, 면접 봤니?"

"아니요."

"내가 네 상사였으면 벌써 면접 기회를 줬을 텐데."

"별다른 일 없었어요."

"거짓말. 높은 양반들한테 보고라도 하고 온 거야?"

"엄마 몸 상태에 대한 얘기나 해요, 우리."

어머니는 내 옷깃을 매만졌다. "네 표정이 왜 이런지 그것부터 얘기해봐."

"알았어요. 오늘 어시스턴트 역할을 했어요."

"하!" 어머니는 너무 큰 소리로 말했다.

"내 아들이 드디어 자살 어시스턴트가 됐구나!"

"안락사 어시스턴트요."

"그 말이 그 말이지. 결론은 같잖아. 너 혼자?"

"네."

"도움 없이 말이지. 그런데?"

"좀 긴장했지만, 어떻게 하긴 했어요."

"네가 해냈구나?"

"환자가 해낸 거죠."

"네가 그 자리에 없었으면 못할 일이었지. 뒤늦게 예민해진 모양이로구나." 어머니는 손뼉을 마주치려다 말고 물었다. "그런데 왜 그 사실을 나한테 숨기려고 한 거야?"

"어머니한테 훨씬 좋은 소식이 있으니까요. 괜히 흠집 내고 싶지 않았어요."

"내 소식? 전혀 흠집 안 났는데?" 그러면서 어머니는 고개를 숙여 몸 곳곳을 살피고 손가락 발가락을 과장되게 꼼지락거려 보였다. "여기서도 샴페인을 좀 구할 수 있었으면 파티라도 여는 건데 말이야."

"그럼 임플란트 수술은 성공적이라고 봐도 되는 거죠?"

어머니는 외부적인 조건에 의해 건강이 회복되었다는 내 생각을 거부했다. 그녀는 항상 자기 몸에 대해 너무 긍정적인 믿음을 가진 나머지 세속적인 것은 전혀 받아들이려고 하지 않았다. 치료를 받고도 효과가 없으면 어머니는 병원에서 과대 광고를 했거나 기술의 한계 때문이라고 여겼고, 만내로 효과가 있으면 그건 모두 특별한 자신의 몸 덕분이라고 생각했다.

"최근에 근육들이 말이 안 들었었는데, 조금씩 나아지고 있어. 조금만 노력하면 회복될 거 같아. 전부 말이야."

"자진해서 사람들과도 어울리고요?"

"뭐랄까? 이곳의 주황색 벽 색깔이 내 면역력을 약화시키나 봐." 그녀는 배 옆에 난 알약 크기의 혹이 간지러운지 손가락으로 긁적거리며 말했다. "지난 며칠은 '계속' 즐거웠어."

"내일 아침 마레 박사님한테도 알려야겠어요." 내가 말했다.

"아니 왜?"

"큰 변화가 있었잖아요. 저도 그렇게 느끼고. 어머니도 그렇게 느끼시고요. 추적 검사를 해볼 필요가 있어요. 트리시도 그렇게 생각하고요."

"난 뭐 별로 잘못한 거 없다. 트리시랑은 그냥 가볍게 말다툼한 정도지만, 그때 기분이 얼마나 좋았는지 아니?" 어머니는 천장을 향해 주먹질하는 시늉을 했다. "감사한 마음마저 들더라. 마치 뭔가에서 풀려난 기분이랄까."

"지금 자제심 말씀하시는 거죠? 무슨 일이 일어나고 있는지 마레 박사님도 궁금하실 것 같네요."

"그 사람이 상관할 일이 아니야."

"제가 걱정돼서 그래요."

어머니는 팔짱을 끼며 물었다. "뭐가 걱정되는지 구체적으로 말해볼래?"

"좀 흥분하신 것 같아요."

"내 평생 이렇게 행복한 기분은 처음이야." 어머니는 웃음기를 거두고 말했다.

"식사는 잘하세요?"

"어느 때보다도 더 잘 먹고 있어."

"잠은요?"

"잘 자. 화장실도 규칙적으로 잘 가고 있고. 더 궁금한 거 있어?"

언제라도 싸울 태세를 보이는 어머니를 보는 일이 싫지는 않았지만, 예전의 활기 이상으로 열을 올리는 모습이 어딘가 걱정스러웠다. 마레 박사는 분명 장치를 미세 조정할 필요가 있다고 생각할 터였다. 트리시도 그걸 원할 테고.

"전에는 화장실에 저랑 함께 가신 적이 없잖아요. 그런데 오늘은 웬일이세요?" 내가 말했다.

"트라우마 같은 거겠지. 너도 여기 일주일만 있어봐라. 프라이버시에 대한 생각이 많이 바뀔 걸?"

"혹시 다른 분들 방에 가보신 적 있으세요? 그러니까 남자분? 그냥 여쭤보는 거예요."

"그따위 질문이나 할 거면 당장 꺼져줄래?"

"이것 보세요. 전에는 그런 심한 말 하신 적 없었잖아요."

"속으로 생각한 적이야 많았지." 갑자기 어머니는 양쪽 어깨를 돌리고 팔짱 낀 손을 풀어 자기 몸을 쓰다듬으면서 긴장을 풀기 위해 의식적으로 노력했다. "우리 다른 얘기 하자. 마지막으로 캠핑 갔던 게 언제였더라?"

"벌써 몇 년 됐네요. 그때 비에 홀딱 젖었었죠." 거대한 태풍이 온다는 일기예보 때문에 내가 일하기로 한 크루즈의 출발 날짜가 연기됐다. 하지만 어머니는 캠핑 가는 데는 별 지장 없을 거라며 내기를 걸어도 좋다고 했다. "하룻밤 겨우 버텼잖아요."

"그건 네 생각이지. 내 기억에는 대자연의 위대함만 남았는걸. 그래서 말인데, 잘하면 캠핑도 다시 갈 수 있겠다는 생각이 들더라. 잘하면 말이야. 봤지? 나 현실적인 거? 오늘, 트리시 일은, 내가 모험 삼아 현관 밖으로 나가보고 싶다고 먼저 그랬거든. 그런데 트리시가 같이 가줄 직원이 없다고 혼자서는 공원에 못 나간다면서 열 받게 하잖아. 오늘 날씨가 좀 더웠거든. 내가 쓰러질 수도 있다고. 물론 쓰러질 수 있지. 좀 쓰러지면 어때서?"

"분명 트리시는 조심하려고 그랬을 거예요. 그게 그분이 할 일인 걸 어쩌겠어요. 트리시가 어떤 생각으로 그랬을지 저는 알겠어요. 이해해요."

"내가 나쁜 년이라는 말이니?"

나는 어머니의 손을 잡았다. "빠르게 걷는 어머니 모습이 진짜 그리웠는데, 볼 수 있게 돼서 정말 기뻐요."

"나도 그래." 어머니는 말했다.

직접 마레 박사를 찾아가 현재 상태를 보여주면 어떻겠냐고 막 말하려던 참이었는데 어머니가 잡은 손을 놓는 바람에 그만두었다. "우리 치킨 테트라치니*부터 먹자."

갑자기 어머니는 위로 팔을 뻗어 나를 품 안으로 끌어당기고 꼭 안아주었다.

탈취제와 식당 특유의 냄새 사이로 풍기던 어머니의 향수 냄새가 콧속을 훅 찔렀다. 시트러스와 장미 향이 뒤섞인 그 향수 냄새

•   크림소스에 닭고기, 버섯 등을 넣고 파스타 위에 올려 먹는 음식.

는 문득 고등학교를 졸업할 무렵 살았던 작은 집의 이미지를 떠올리게 했다. 짙은 색의 목재로 만든 그 주택은 라플라카 대로변에 있었다.

어머니는 한쪽 팔로 나를 다정하게 끌어안은 채 샐러드바를 지나쳐 테이블 쪽으로 향했다. 가는 길에 함께 식사를 하는 두 노인을 지나쳤는데, 그들은 자매로 시설에 온 지는 꽤 된 것 같았다. 식당에 오기 위해 단정하게 옷을 차려입고, 갈색, 주황색, 녹색의 부드러운 음식이 깔끔하게 담긴 접시를 앞에 놓고 앉아 있었다. 혹시 채소를 못 먹을 경우를 대비해 테이블에는 초콜릿과 바닐라 맛의 엔슈어** 두 병도 함께 놓여 있었다. 두 사람은 이미 오래전부터 이런 음료로 영양을 보충하는 모양이었다. 그래도 두 분은 서로 의지할 사람이 있어 다행이라고 생각하던 참이었는데, 어머니가 한마디 했다. "불쌍하고 우울한 노인네들. 나는 저렇게는 안 살 거야."

앉을 만한 빈 테이블을 발견하자마자 어머니는 재빨리 달려가 자리를 맡았다. "여기 앉자." 어머니는 식기가 세팅된 두 자리에 손을 올려놓으며 말했다.

"3일 전 어머니 움직임을 생각하면 진짜 엄청 빨라지셨네요."

어머니는 코웃음을 쳤다. 그런 어머니를 보니 괜히 한마디 하고 싶은 충동이 생겼다. "그거 아세요? 제가《사이언티픽 아메리칸》에서 어떤 대규모 연구에 대한 기사를 읽었거든요. 여섯 개 대륙의 대학팀이 참여한 프로젝트였대요. 연구에서 어떤 사실을 발견

** 음식물 섭취가 어려운 사람에게 주는 특수 영양 보충 음료.

했는지 아세요?"

"뭔데?"

"나쁜 년들은 대개 옳다는 결론을 얻었대요." 나는 무표정한 얼굴로 말했다. 어떤 낌새도 알아채지 못하게, 냉담까진 아니지만 진지한 표정을 지었다. "나머지 인류와는 어울리지 않게 대개 그렇다고 하네요. 어머니도 찾아 읽어보세요. 꼭 읽어볼 만한 기사예요." 어머니는 내 팔꿈치를 세게 꽉 움켜잡더니 의자에 나를 밀어 앉혔다. "누구도 마레 박사에게 전화하지 않아. 내 뒤에서 몰래. 내 앞에서는 물론이고."

나는 어머니의 말을 따라 했다. "누구도 마레 박사에게 전화하지 않아요."

그 말에 어머니는 팔을 살짝 치면서 말했다. "그래야 착한 아들이지."

─\/─

어머니가 쓰러져 앞니가 빠진 그 아파트의 로비는 100년은 된 듯 낡아 보였다. 로비 가장자리에는 짙은 남색과 분홍색 타일이 번갈아 깔려 있었다. 주위를 가득 메운 습기와 어디선가 풍기는 오래된 오줌 냄새, 열기 등이 합쳐져 바닷가 근처에 온 것 같은 착각을 불러일으키기도 했다.

이곳으로 이사 오기 전 나는 줄리아와 그럭저럭 잘 지내고 있었다. 어린 시절, 몇 달간 공동체 생활을 할 때 우리는 이층침대를 함께 썼던 사이였고, 어머니를 제외하면 그녀는 그때 알았던 사람 중 지금까지 연락이 닿는 유일한 사람이었다. 20년이 지난 어느 날, 줄리아는 내게 연락해 근처에 오게 되면 한번 들르라고 말했다. 그때 나는 크루즈선을 타고 있었고 그녀는 항구에서 1마일 떨어진 곳에 살고 있었다. 그렇게 우리는 싸구려 피자집에서 다시 만났다. 우리는 그 시절, 밑바닥이 보이지 않을 만큼 깊었던 건포도 병과 아동 노동법을 어겨가며 우리에게 매일 주어지던 허드렛일을 함께 떠올렸다. 지붕이 새는 바람에 사람들이 모여 토론을 하던 장면도 기억해냈다. (사람들은 직접 목공 기술을 배워 지붕을 수리해야 할지 수리공을 불러야 할지 의견이 분분했고, 그런 회의는 이전에도 그리고 이후에도 여러 번 계속 되었다.) 우리는 차를 마셨다. 그래서 그녀는 맨정신이었다.

그때 겪었던 모든 일이 나름 유쾌한 경험이었다는 사실을 줄리아를 만나 다시 한번 확실해졌다. 어머니는 당시 상황에 대해 다른 관점을 가지고 있었다. 어머니는 건포도 병도, 끊임없이 반복되던 잡일도, 우리가 그곳을 떠난 이유도 기억하지 못했다.

줄리아는 바로 뒤편에 치킨 가게가 있는 작은 아파트 1층을 빌려 살고 있었다. 나는 다음 승선까지 이틀의 시간이 남아 있었기에 그녀의 집 서재에서 신세를 졌다.

첫날 아침, 그녀는 당시 자신은 열다섯이었고 나는 비록 열 살밖에 안 됐었지만 내가 꽤 귀엽다고 생각했기 때문에 지금쯤 괜찮은 신랑감이 되어 있지 않을까 궁금한 마음에 오랜만에 연락했다고 고백했다. 내가 신랑감으로 적합한지는 의문이었지만 그럴 수 있는 일이라고 우리는 시도 합의했다. 어쨌든 그녀는 나를 다시 만나 무척 반가워했다. 나 역시 그녀의 집에서 이틀 밤이 아니라

더 머물고 싶은 마음이 생겼던 것 같다. 나는 가진 짐 없이 떠도는 중이었기에 집이 복잡해질 염려는 없었다. 그리고 집에는 필요한 생활용품이 이미 다 갖춰져 있었으므로 뭘 더 살 필요도 없었다. 우리 둘 다 미래를 위해 돈을 절약할 수 있는 선택이었다.

나는 세인트 빈센트 병원의 인력풀에 이력서를 넣었다. 하지만 희망부서는 기분에 따라 수시로 바뀌었다. 그리고 유색인종 여성이 주를 이루는 분야에서 백인 남성으로서 받게 되는 귀가 솔깃한 제안들도 계속 물리쳐야 했다. 나는 한 달도 안 돼 심장 병동에 임시직으로 들어갔다. 이미 어린 시절 공동체 생활을 경험해본 두 사람이 그렇게 다시 만나 하나의 공동체를 이루며 지내게 되었다. 간호사와 환경 감시원이었던 우리는 세상 어느 공동체보다 공간을 청결하게 유지했으며, 화장실에 휴지가 떨어지는 일 따위는 절대 만들지 않았다. 가끔 각자 인터넷을 할 때면 나는 함께 전쟁 게임을 할 상대를 찾았고, 그녀는 데이트 상대를 찾았다. 그렇게 만난 후보들이 더 깊은 관계로 나갈 조건을 충족시키지 못한다 해도 몇 번 만나 즐겁게 지내기에는 충분했다. 줄리아와 나는 저녁을 먹고 나면 주로 영화관에 갔다. 치킨 가게에서 연료를 바꾼 후로는 집 안으로 매캐한 냄새가 흘러들어왔지만, 한편으로는 화장실 파이프로 뜨거운 열기가 나와 추운 겨울을 따뜻하게 보낼 수 있어 꽤 유용했다. 어머니가 쓰러지기 전까지 나는 그런 생활을 이어가고 있었다.

내가 짐을 싸는 동안 줄리아는 옆에서 말했다.

"우리 나름 즐거웠잖아. 다시 돌아올 거지?"

"어머니한테는 내가 필요해."

"이렇게 헤어지는구나. 이번 겨울만 춥게 지내면 홈 엔터테인먼트 시스템도 살 수 있었는데. 그리고 우리가 뭘 위해 그렇게 열심히 돈을 모았는지 결과도 서로 확인하고 말이야."

그리고 지금, 나는 어머니의 물건들과 함께 살고 있었다. 이 집에는 썩고 있는 물건들이 넘쳐났다. 부엌 싱크대 위에서 갈색으로 변하고 있는 바나나부터 분명 좋은 의도로 창턱에 올려놓았지만 이제는 일주일에 두 번 물 주는 것조차 포기해버린 화분에 이르기까지. 나는 창문이란 창문은 모조리 열고 천장에 달린 실링팬을 돌렸다. 그리고 나를 스치고 흐르는 공기를 느끼며 방 한가운데 가만히 멈춰 서 있었다. 벽돌로 막아버린 벽난로 위에는 어머니가 태평양 섬에서 살던 시절 직접 그렸다는 그림이 놓여 있었다. 그 그림은 어머니가 무척 아끼는 것 중 하나였다. 새까맣게 탄 채로 정글에서 발견된 세스나 경비행기는 그 위로 덩굴 식물이 뒤엉켜 생명의 색을 되찾아가는 중이었다.

"그걸 발견하자마자 네 아버지가 그림 도구를 가지고 다시 오자고 말했어. 비행기에 탄 사람들은 이미 다 썩어 있었지만, 벨트로 몸을 고정하고 모처럼의 휴가를 즐길 준비를 한 모습이 어딘가 활기 넘쳐 보였었지."

그림의 색감은 무척이나 화려했다. 그때부터 그녀는 청록색에 거의 집착하다시피 했다. 1980년대의 일이었다. 녹색 덩굴 식물이 조종석 위를 온통 뒤덮고 열대 지방 특유의 화사한 꽃송이를 활짝 터트리며 현대사회에 대한 자연의 위대한 승리를 표현하고 있었다 기체 위에는 밝은 파라색의 앵무새가 '봤지?'라고 말하는 듯 정면을 향해 머리를 똑바로 세우고 앉아 있었다.

어머니 말에 따르면 두 사람은 이렇게 만났다고 했다. 사회를 개혁할 이상에 사로잡혀있던 젊은 어머니는 자신이 영어를 가르치는 학생들에게 줄 미술용품을 사기 위해 마을까지 자전거를 타고 가다가 우연히 자동차 사고 현장을 목격하게 됐다. 전복된 랜드크루저에는 아버지가 타고 있었고, 그는 이런 사고를 겪어본 적이 없어 난처해하고 있었다. 아버지의 머리 아래 차 천장에는 주사기 상자가 여기저기 흩어져 나뒹굴고 있었고, 고개를 돌렸을 때 거기에 어머니가 서 있었다. 그리고 첫눈에 사랑에 빠졌다. 치료를 위해 찾아간 병원은 시설과 의료진이 형편없었고, 침대를 가릴 것이라곤 커튼밖에 없었던 그곳에서 두 사람은 처음으로 관계를 가졌다. 어머니는 내게 이런 얘기를 해줄 만큼 허물없는 사람이었다. 그리고 아버지는 양 다리에 깁스를 하고 있었다고 친절하게 알려주어 내가 그때의 상황을 생생하게 그릴 수 있게 해주었다. 얘기만 들어도 흥분될 지경이었다.

그 얘기는 여기까지 하고, 한편 주인은 없고 다 말라빠진 물감과 부러진 이젤만 남아 있는 그녀의 아파트에는 자살 어시스턴트가 된 그녀의 아들이 그동안 모아둔 비상금으로 어머니의 청구서를 대신 내며 살고 있었다. 내가 그렇게 열심히 돈을 모은 이유는 결국 어머니의 빚을 갚기 위해서인 것으로 드러났다.

나는 소파 뒤 잔뜩 쌓여 있는 빨래 더미 위에 옷을 던져놓고 욕실로 들어갔다. 그리고 관능이라고는 눈곱만큼도 찾아볼 수 없이 간단하게 샤워를 마쳤다. 누군가의 죽음을 목격한 날 저녁에는 대개 자위가 하고 싶어졌고, 내가 기억하는 한 항상 그랬었는데, 오늘은 전혀 발기되지 않았다. 테디의 죽음이 오늘 밤 내 성욕을 꺾은 듯했다.

수건으로 몸을 닦는 동안에도 당황스러운 기분은 가시질 않았다. 내 에로스를 타인의 타나토스와 뒤섞이게 하고 싶은 생각은 전혀 없었고, 피해자가 생기지 않는 이 취미를 나는 반드시 계속하고 싶었다.

그렇게 급히 떠나기 전까지 레나가 안락사를 도운 환자들은 꽤 많았다. 그녀가 사후보고서에 기록하길, 일이 진행 중일 때는 미처 의식하지 못했던 세세한 부분들이 일을 마무리한 후에 머릿속에 계속 떠오르고 그런 현상이 며칠간 계속됐다고 썼다. 가스레인지 위에 냄비를 올려둔 것처럼 마음이 불안하다고 표현했었다. 지금 당장 가서 끌 수 있는 그런 상황이 아니라 멀리 외출한 뒤에야 가스 불을 끄지 않았음을 문득 깨달았을 때의 그런 불안함. 그런 복잡한 생각으로 자위가 될 리 없었다.

금방 샤워를 마쳤지만 몸에서는 이미 다시 땀이 솟기 시작했다. 나는 수건을 두르고 소파에 앉았다.

어머니는 예전처럼 움직일 수 없게 되자, 괜찮은 소파를 하나 장만해야겠다고 생각했다. 몸을 아주 편안하게 받쳐주어 심지어 멀쩡한 사람조차 빠져나오기 어렵다는 영업직원의 말에 그녀는 소파를 주문하고 카드를 내밀었다. 그래서 소파 할부금이 한 달에 21달러씩 지금도 나가고 있었다. 나는 갈색 인조 스웨이드로 된 등받이에 머리를 기댔다. 소파 팔걸이에 희한하게도 아프리카 대륙 모양으로 생긴 와인 자국만 없었더라면, 중고시장에 내다 팔 수도 있었으련만. 나는 쿠션 사이 깊은 틈 사이로 손가락을 슬며시 집어넣었다. 이제는 이 소파뿐 아니라 모든 게 다 내 것이었다.

레나가 표현했던 불안한 심리에 대해 생각해보았다. 나는 'i'를 쓰면서 위에 점을 안 찍은, 그런 기분이었다.

해결책이 하나 있긴 했다. 나는 핸드폰을 찾아 입을 벌린 내 모습을 사진으로 찍은 다음, 괜찮은 보정 필터를 적용해 론에게 보냈다.

몇 분 뒤에 답장이 왔다.

우리는 벌써 저녁 먹었어. 볶음요리. 배고프면 남은 거 줄게.

나는 이렇게 설명했다.

윌로우 우드에서 치킨 먹고 왔어. 내가 원하는 건 밥이 아니야.

이번에는 더 빨리 답장이 왔다.

얼른 와.

—⋀—

론, 사이먼과 함께 밤을 보낸 날이 벌써 수십 일이건만, 처음에는 늘 손님 같은 기분이 들었다. 나는 부엌 조리대 옆에 놓인 스툴에 앉아 자신들의 서식지를 왔다 갔다 하는 두 사람을 쳐다보았다. 론은 냉장고에 얼굴을 넣고 내게 내줄 만한 게 있나 찾고 있었다. "맥주가 안 보이는데?" 그는 사이먼을 향해 외쳤다.

보통의 집이었다면 대개 TV가 있을 법한, 거실 귀퉁이에서 사이먼은 식물들에 에워싸인 채 거대한 구형 테라리엄에 난 잡초를 뽑고 있었다. 유리 화분 속 식물 이파리는 둥근 지붕을 향해 웃자라 있었다. "거기 있어." 사이먼이 론에게 외쳤다. "좀 더 행복한 생각들을 해봐." 그는 상추처럼 보이는 식물에서 이파리들을 솎

80

아내 무릎 위에 올려놓았다. "이렇게 하면 식물들이 천천히 자란다고 아버지가 그러셨어."

"찾았다!" 론은 냉장고 선반 안쪽을 조심스럽게 손으로 더듬었다. "페일 에일밖에 없네. 에번은 다크 에일을 좋아하는데."

"모두 다 살기 힘든 시대야." 사이먼이 말했다.

"살아남아야지." 내가 대답했다.

사이먼은 화분 한 귀퉁이의 풀을 잡아당기며 말했다. "이 녀석들 엄청 퍼졌네. 이렇게 하면 식물들이 천천히 자란다고 우리 아버지가 그랬다니까. 내 말 들었어?" 내가 보기에는 잡초를 뽑기 전과 후의 유리 화분 속 풍경에는 아무런 변화가 없는 것 같았다. "망할 놈의 기후 변화."

"사이먼이 화내도 좀 이해해줘." 론이 내게 말했다.

조금 전 소파에서 나를 충격으로 몰아넣었던 그 다급함이 이 집의 사소한 일상으로 조금씩 무뎌져 가고 있었다. 하지만 두 사람이 나를 조금 도와주기만 하면 나는 내 열정을 다시 불러 모을 수 있으리라. 무슨 일이 있어도 오늘 밤은 집에 가지 않겠다고 나는 생각했다.

"오늘 일은 어땠는지 얘기해 봐." 론이 물었다.

처음 론이 사이먼과 다 같이 만나자며 나를 집으로 초대했을 때도 지금과 비슷한 상황이었다. 준비한 램 빈달루*를 함께 먹으며 그들은 내게 무슨 일을 하냐고 물었다. 네티는 우리가 진행하는 프로그램에 대해 다른 사람들에게 말하기를 꺼렸고, 나 역시 이들

---

* 양고기에 고추와 커리를 넣고 매콤하게 만든 인도 요리.

과의 관계가 이렇게 오래 지속될 줄은 예상하지 못했기에 정신과에서 자살 경향성에 대한 대규모 프로젝트를 진행 중인데 그중 일부 업무를 맡고 있다고 애매하게 설명했다. 그 정도 설명에도 (칸막이 없는 오픈 플랜식 사무실을 설계·디자인하는) 사이먼은 자살을 일상적으로 다루는 일은 상상하기조차 힘들다며 무척 놀란 반응을 보였다.

나는 내 일이 별거 아닌 것처럼 보이려고 론을 쿡쿡 찔러 윌로우 우드에도 자살하는 사람들이 꽤 많지 않냐고 물었다. 론은 어쩌다 자살하는 사람이 있긴 하지만 대개는 우울증에 빠진 환자를 의료진이 먼저 알아보고 환자가 계획을 실행에 옮기기 전에 미리 막는다고 대답해 내 노력을 무효로 만들었다. "그런 사람들에게는 관심이 필요해." 론은 말했다.

나는 더 이상 변명하지 않았다. 그날 밤, 저녁 식탁 의자에서 둘의 침대로 자리를 옮기면서 (거기에 간 진짜 목적이기도 했다) 내 말이 양심에 찔릴 만큼 엉뚱한 얘기는 아니라고 나는 생각했다. 이후에도 두 사람은 나를 계속 집으로 불렀다. 론은 혼자 밥 먹는 나를 안쓰러워했고, 나 역시 제대로 된 식사를 원했기에 그들의 초대를 마다할 이유가 없었다.

평소 나는 커플과 잠자리를 하는 일에 대해 관계가 좋으면 아주아주 잘된 일이지만, 관계가 안 좋아지면 떠나면 그만이라고 생각하고 있었다. 내가 떠나도 두 사람에게는 서로가 있으니, 누구도 상처받지 않고 끝낼 수 있었다.

토요일 밤이 지나면 결국 일요일 오후가 오게 마련이었다. 몇차례 더 마트에서 장을 보고 함께 식사하고 나니 우리 관계는 점점 로맨스처럼 보이기 시작했다. 하루는 저녁 식사로 함께 카르보나라를 먹고 있는데, 사이먼이 편찮으신 할아버지를 방문하러 두 사람이 집을 비운 동안 식물들을 돌봐달라며 아파트 열쇠를 내밀었다. 그들이 돌아왔을 때 나는 열쇠를 돌려주려고 했지만, 론은 이렇게 말했다. "사이먼 말이 네가 열쇠를 가지고 있으면 여러모로 편리할 거래."

"뭐가 편리한데?"

론은 눈을 깜빡거리며 사이먼에게 물어보라고 했다.

이제 와 생각해보니, 그날 밤이 내 직업에 대해 솔직히 말할 마지막 기회였는데 나는 끝내 말하지 못했다. 사이먼은 할아버지가 병실에 들어온 사람 아무나 붙잡고 제발 죽여달라고 부탁을 해서 병원 직원들이 무척 당황해했다는 얘길 했다. 나는 961법안과 노인들이 자격을 얻는 방법을 설명했다.

"글쎄, 그건 할아버지답지 않은 모습이었어." 사이먼은 자랑스럽게 말했다. "끝내 할아버지는 모르핀을 모두 거부하셨지. 다 당신이 감내해야 할 고통이라고 하시면서. 지켜보는 우리는 힘들었지만, 할아버지 세대에는 원래 그랬잖아. 사랑하는 사람들이 지켜보는 가운데 할아버지는 결국 혼수상태에 빠지셨고, 우리는 그렇게 하는 게 옳다고 느꼈어."

죽어가는 사람의 요청을 거절하는 일이 정말 옳은 것인지 조심스럽게 물으려던 찰나, 론이 먼저 과장스럽게 말했다. "어떻게 머시 병원은 돈을 받고 그런 일을 해줄 수 있는 거야?"

"음."

"너희 자살 연구팀은 이 일이랑은 상관없는 거지?"

"그럼, 전혀."

사이먼은 내가 하는 일을 다시 떠올린 듯 고개를 흔들었다. "넌 너무 어두운 세계에 살고 있어."

그 이후로 나는 론이 오늘 있었던 일을 물을 때마다 과거의 환자 얘기를 끄집어낼 수밖에 없었다. 다행히도 할 얘기들은 차고 넘쳤다.

"우리 병원에 매일 오는 환자 중 한 명이 이번엔 면도날을 삼켰는데 아무렇지도 않았대. 이틀 동안이나. 그 여자가 거짓말로 허리가 아프다면서 응급실에 찾아와 정밀검사를 해달라고 하더래. 엑스레이가 아니라 MRI 촬영을 해야 한다면서."

"배 속이 완전 칼집이 됐겠는데?"

"그게 본래 계획이었겠지. 응급실 의사가 바로 알아차리고 우리한테 보낸 거야. 그 여자도 사실대로 불었고. 지금은 24시간 내내 감시하는 중이야. 그 여자 말이 이제 자살 충동은 지나갔대. 면도날은 아직 배 속에 남아 있는데 말이야. 그래서 팽창성 하제를 삽입했는데, 어찌나 몸부림을 치던지, 아직도 응급실로 실려 가고 싶은 모양이야."

"거봐." 론이 말했다. "넌 아무래도 부서를 잘못 선택했어. 내 환자들은 힘들게 설득하지 않아도 설사약 잘만 받아먹는다고."

"잠깐만." 사이먼이 풀을 뽑다 말고 대화에 끼어들었다. 손에 한 움큼 들고 있던 샐러드처럼 생긴 풀은 퇴비 용기에 던져 넣었다. "아무 문제 없이 면도날 섞인 똥을 싸는 게 정말 가능해?"

"아마 그런가 봐." 내가 대답했다.

"그 여자 나중에 어떻게 됐는지 말해줘." 그가 말했다.

내가 집 열쇠를 가지고 있으면 무엇이 편리해지는지 나는 사이먼에게 묻지 않았지만, 다음과 같은 일이 우리에게는 일상이 되었다. 초인종을 누르면 둘 중 한 사람이 문을 열어주며 왜 열쇠로 문을 열고 들어오지 않느냐고 물었다. 그러면 나는 화분에 물 주러 올 때나 그렇게 하겠다고 말하고 그 집에서 항상 자고 왔다.

"좋아. 잘 시간이야." 사이먼은 거실 복판에 서서 티셔츠와 반바지를 벗어 그대로 떨어뜨렸다. 그는 마흔 살이었고 흑인이었다. 끝쪽부터 희끗희끗해지고 있는 머리카락이 그의 나이를 분명히 드러내고 있었다. 바쁘게 움직이는 뇌와 몸과는 반대로 사이먼의 머리통은 약간 거북이 같은 모양새였다. 그는 우리 셋 중 유일하게 헬스장에 나가 꾸준히 운동했고, 건강을 위해 음식도 가려먹었다. 론은 우리도 마흔 살쯤 되면 좀 더 책임감 있게 생활을 할 거라고 말했다. 그러면서 우리 둘은 계속 맥주를 마셨다.

사이먼은 조금 당황한 표정이었다. "계속 마실 거야? 나는 내일 아침 회사에서 교육이 있단 말이야."

기분 좋은 제안은 문득 도시 어딘가에서 홀로 침대에 누울 제럴딘에 대한 생각으로 이어졌다. 나는 그녀의 이름을 잊지 않으리라. 절대로.

나는 예의 바른 손님이었기에 시키는 대로 바지를 내렸지만, 내성기도 예의를 지킬지는 확신이 서질 않았다. 사이먼은 한쪽 팔로 내 목을 감아 끌어당겼다. 몸이 서로 맞닿았다. 내가 가벼운 발사나무라면 그는 탄탄한 마호가니였다. 나이가 들면 단단한 근육도 따라오는 걸까?

론이 말했다. "사실은 잠깐 옥상에 나가 앉아있자고 말하려던 참인데. 밤 기온이 조금만 더 높았더라면 다 벗고 올라가도 좋았을 것 같아. 위에 누가 올라가는 걸 본 적이 없거……"

사이먼은 눈을 감으며 론의 말을 저지시켰다. 그는 자주 이렇게 1분 정도 우리에게 억지 명상을 시키곤 했는데, 일종의 전희였다.

나도 눈을 감았다. 무엇이 떠올랐냐고? 시체 안치소 금속 선반 위에 누운 테디가 서서히 말라비틀어지는 영상이었다.

처음부터 다시.

이번에는 침대에 누운 엄마가 내일은 무슨 일이 벌어질까 기대하며 이불 밑에서 발을 톡톡 두드리고 있었다.

나는 눈을 떴다.

사이먼은 아직 눈을 감고 있었다. 의도적으로 깊은 호흡을 하면서. 감사한 마음으로 오늘 하루를 되새기며.

사이먼과 나를 보며 미소 짓고 있던 론은 포옹하고 있던 우리를 함께 껴안았다.

"너 아직 옷 안 벗었어." 사이먼이 말했다.

"벗었다고 상상하면 되잖아." 론이 우리를 더 세게 끌어안으며 말했다.

내가 이곳을 찾는 이유는 바로 이것 때문이었다. 두 사람이 조금씩 다른 간격으로 들이쉬고 내쉬는 숨소리. 규칙적인 이 소리가 늘 마음을 편안하게 했다.

건강하다는 사실을 의식조차 못 하는 건강함.

민감한 부위에 키스가 오가며 분위기가 무르익었지만, 내일 아침 세부계획에 대해 이야기 하다가 그만 주의가 흐트러지고 말았다. 사이먼은 회의 때문에 스트레스를 받았고, 론은 이른 시간에

교대근무를 나가야 했다. 우리는 이쯤에서 멈추기로 했다. 이 정도로도 괜찮다고 나는 생각했다. 우리 셋이 함께 침대에 누워 아무 일도 없었던 적은 오늘이 처음이었다. 두 사람 사이에 누운 나는 발기 능력이 시험에 들지 않은 것이 오히려 감사하게 느껴졌다.

론은 금세 잠이 들었고, 사이먼 역시 그 일에는 관심이 없었다. 그는 잘 자라며 내게 굿나잇 키스를 해주었다.

—∿—

눈을 뜨자 천천히 돌아가는 실링팬이 눈에 들어왔다. 왼편에서는 사이먼이 고른 숨소리로 코를 골고 있었고, 오른편에는 론이 털로 덮인 등을 내게 돌린 채 자고 있었다. 잠든 둘의 모습은 세상에 전혀 휘둘리지 않는 사람처럼 평온한 모습이었다. 사이먼이 몸을 뒤척이며 내 베개 위로 한 손을 뻗었다. 그의 손가락이 내 머리카락 위에 닿았다. 처음으로 섹스 없이 보낸 어젯밤에 중요한 의미가 담겨있다면 어떡하지? 그들도 내가 망설인 것을 눈치챘던 걸까? 혹시라도 내게 더 이상 매력이 없는 건 아닐까? 아니면 우리 역시 결혼생활을 오래 한 스러플*처럼 사랑이 식은 걸까?

침실 어딘가에서 핸드폰 진동 소리가 울렸다. 나는 조심스럽게 침대에서 내려가 바지 주머니에서 빛을 내는 핸드폰을 꺼내 들었다. 다행히 두 사람은 깨지 않았다.

•   스리Three와 커플Couple의 합성어.

핸드폰 화면에는 어머니의 얼굴이 밝게 빛나고 있었다. 야생동물 보호구역에서 찍은 사진 속 어머니는 원숭이와 장난을 치고 있었다. 화면 아래쪽 시계는 오전 3시 17분을 가리키고 있었다.

나는 거실로 나가 속삭이는 목소리로 전화를 받았다. "여보세요?"

"나야." 흥분한 듯 헐떡이는 숨소리였다. "화 안 내겠다고 맹세해."

"무슨 일인데요?"

"맹세부터 해."

전화기 너머로 낮은 휘파람 소리가 들렸다. "이거 무슨 소리예요?" 내가 물었다.

"약속부터 하라니까."

휘파람 소리는 날카로운 '삑' 소리로 바뀌었다. "주전자에 물 끓이는 소리예요?"

"차 끓이고 있어."

"지금 집에 계신 거예요?"

"그래." 기뻐서 어쩔 줄 모르는 목소리였다.

"거기서 뭐 하고 계세요?"

"차 끓이고 있다니까. 너야말로 어디서 뭘 하고 있니?"

"론 집에 와 있어요."

"사이먼도 같이? 분위기 좋겠구나. 아 참, 내가 상관할 일이 아니지. 중요한 건 내가 여기까지 걸어왔다는 거야. 내 두 발로. 그리고 계단도 내 힘으로 오르고. 진짜 멋지지 않니?"

"가만히 계세요. 10분 안에 갈게요."

"아니, 그러지 마. 너무 늦었어. 내일 반짝반짝 빛나는 얼굴로 출근해야지. 나 도와줄 필요 없어."

"어머니 거기 가신 거 아는 사람 있어요?"

말도 안 되는 내 말에 어머니는 웃었다. "메모를 남겨놓긴 했지. 하지만 보진 못할 거야. 금방 돌아갈 거거든."

"지금 한밤중이에요."

"나도 알아. 나는 도움이나 조언을 청하자고 전화한 게 아니야. 단지 이 좋은 소식을 너한테 알리고 싶었을 뿐이라고."

"지금 한밤중이라고요!"

"다음부턴 전화하지 말까?"

"내일 얘기해요."

"네가 정 원한다면 그러지 뭐. 얘, 그냥 내 말 좀 믿어줘. 차 한 잔 마시고 소파에서 잠깐 눈 좀 붙이다가 샤워할 거야. 너는 이런 내 모습이 기쁘지도 않니?"

—⋏—

바닥에 주저앉아 멍하니 테라리엄을 보고 있자니, 사이먼이 아버지에게 받은 그 식물이 유리 화분 안에서 뿌리를 내리고 위로 조금씩 자라 작은 이파리를 하나씩 하나씩 유리벽을 향해 펼치는 과정이 눈에 보이는 듯했다.

5시 30분. 이른 시간이었지만 여름 태양은 이미 붉게 이글거리며 창문 유리를 뚫고 들어와 새로운 하루가 시작되고 있음을 알리고 있었다.

나는 팔굽혀펴기와 스쿼트 운동을 몇 차례 번갈아 했다.

6시 30분쯤, 다시 반쯤 잠든 상태로 소파에 누워 있는데 네티에게서 문자가 왔다.

8시 30분에 실습실에서 간단히 복습 좀 할까요?

실습실. 본격적으로 뭔가를 하려는 모양이었다. 답장을 보냈다.

안 그래도 기다리고 있었어요.

어머니에게 전화를 걸었다.

"여보세요." 노래하는 목소리였다. 전화기 너머로 공항 안내방송이 들리지 않는 게 다행이었다. 대신 혼자 신이 난 라디오 DJ의 억양이 전화기 너머로 울려 퍼졌다. 어머니의 호흡수는 1분에 최소 16회는 될 정도로 여전히 빨랐다. 어쩌면 임플란트에 대한 비정상적 반응일 수도 있었다. 아니면 지금 가구를 들어 옮기는 중이거나.

"지금 뭐 하고 계셨어요?"

"집에 안 들어오고 뭐 하고 있니?"

"오지 말라고 하셨잖아요."

"화초 다시 살아나라고 흙에 숨구멍 만들어줬어. 흙이 너무 단단해지면 물 흡수가 잘 안 되거든. 이제는 좀 나을 거야. 고맙다."

"잘하셨네요."

"식물이 자라는 데는 물이랑 빛, 시간이 필요해. 우리처럼. 이 집에 네 손길이 닿은 흔적이 별로 없더구나. 네 잘난 상자들 빼고는 말이야."

"신경 쓰려고 생각은 했어요."

"서구세계가 몰락한 이유도 다 그래서야. '생각만 했기 때문에.' 그나저나 내 새들은 다 어디 갔니?"

도자기에 색을 입혀 만든 큰부리새와 앵무새 무리는 어머니가
열대 지역을 여행할 때 수집한 기념품으로 색은 지나치게 화려했
고 형태도 조악하기 이를 데 없었다. 크기도 제각각인 그 새떼는
평소 책장 눈높이에 옹기종기 모여 앉아 제발 숨겨달라고 애원하
고 있었다. 그런 소원이라면 기꺼이 들어줘야지.

"벽장 세 번째 칸에 있어요." 내가 말했다.

"팔지만 말아라."

"팔릴 걱정은 안 하셔도 될 것 같아요."

어머니는 밤새 감상에 취해 한숨도 자지 않은 게 분명했다. 아
마도 시차가 다른, 지구 반대편 어딘가에 은퇴해 사는 착한 사마
리아인 친구에게 전화를 걸어 자신들의 옛 모습과 지난 시절을 회
상하고 이야기 나누며 그리워했을지도 모를 일이었다. 그리고 보
나마나 윌로우 우드에서 입기에는 너무 좋은 옷들을 꺼내 여행 가
방에 담고 있을 게 분명했다. 가방 앞에 앉아 블라우스 두 벌과 드
레스 한 벌을 정리하고 있는 어머니의 모습이 눈앞에 그려졌다.

"감시하는 사람 없이 맘대로 돌아다니는 일이 이렇게 신나는
건지 몰랐어."

"오늘은 뭘 하실 계획이에요?" 내가 물었다.

"이제 곧 신트라가 와서 내가 하룻밤 더 집에 있어도 좋은지 어
떤지 확인하러 온댔어. 신트라가 내 빈 침대를 보고 그 조그만 얼
굴에 얼마나 놀란 표정을 지었을지 상상이 가지 않니? '아 이런,
미브는 내게 어딜 간 거죠?' 이러면서." 어머니는 높낮이 없는 섬
뜩한 목소리로 인디언 억양을 흉내 내며 말했다. 어머니의 이 말

투는 내가 그동안 의심했던 사실을 재차 확인시켜주었다. 윌로우우드 같은 시설의 입소자들은 자신은 절대 인종차별주의자가 아닌 것처럼 행동했다. 쉽사리 놀림거리가 되는 독특한 억양을 지닌, 다른 인종의 간호사들이 워낙 많기 때문이었다.

"엄마."

그녀는 신트라를 정말 많이 좋아한다면서 방금 한 말은 농담이라고 우겼다. 그러면서 바로 다른 얘기를 꺼냈다. "조금 천천히 돌아가려고 해. 사실대로 말하면, 예전 생활로 되돌아갈 정도까진 아닌 거 나도 잘 알고 있어." 자각 능력이 그나마 잠시 되돌아온 듯했다. "여기 온 이유는 내 능력이 어느 정도인지 스스로 한번 테스트해보고 싶어서 그랬던 거야. 그리고 통과했고. 지금은 그걸로 충분해. 그 둘하고 네가 어떤 관계건 지난밤은 잘 보냈길 바란다. 어제 보니, 너 그게 정말 필요해 보이더구나." 그 말을 끝으로 어머니는 인사 한마디 없이 전화를 뚝 끊어버렸다.

잠에서 깬 론이 잔뜩 발기된 채 복도로 나왔다. 그리고 욕실로 들어가면서 말했다. "요즘 가뭄이 심하니까 같이 샤워하는 게 좋겠어."

나는 정말로 그게 절실했다. 바로 옆방에 사이먼이 잠들어 있다고 생각하니 왠지 부정을 저지르는 것 같은 스릴감에 심장이 떨렸고, 결국 그도 행위에 동참하게 되리라 상상하니 더더욱 흥분됐다. 비록 사이먼이 끼게 되면 사정하는 데 시간이 오래 걸려서 그게 좀 피곤하긴 했지만. (평소 감정 기복 없이 고른 태도와 더불어 그런 이유로 그가 우울증치료제를 복용하고 있는 건 아닐까 생각했지만, 그가 그 부분에 대해 언급한 적도 없고, 나 역시 굳이 약장을 뒤져볼 마음까진 없었다.)

그런데 처음 의도와는 정반대로 론과 나는 결국 물만 낭비하고 말았다. 론은 내 몸에 다급하게 손을 뻗었다. 그는 군사학교에서 12학년을 마치고 졸업하자마자 바로 콜보이가 되었는데, 그때의 경험을 전혀 부끄러워하진 않았지만 그렇다고 속 시원히 말해주지도 않았다. 그리고 간호학교에 들어가 간호사가 되었다. 그 결과, 론의 섹스 테크닉은 누구 못지않게 프로다운 면모를 갖추게 되었다.

그때 반갑지 않은 이미지가 머릿속에 떠올랐다. 도시 반대편에 있는, 테디가 직접 만든 욕실에서 제럴딘이 샤워를 하고 있는 장면이었다. 아이들의 얼굴을 보는 일도, 새로운 하루를 시작하는 일도 힘겨워 될 수 있는 한 샤워기 아래에 오랫동안 서 있는 그녀의 모습이 그려졌다.

나는 내 주의력이 흐트러졌는지 확인하기 위해 아래를 내려다보았다. 새 일자리를 얻은 나는 절대 좋다고 할 수 없는 부작용도 함께 얻게 되었다.

나는 내 몸을 빨고 있던 론의 입을 떼어내 그를 일으켜 세우고 그의 앞에 무릎을 꿇었다. 전기 스위치에서 이상한 소리가 났지만, 우리는 둘 다 신경 쓰지 않았다. 나는 내 앞에서 펼쳐지는 작업에만 집중했다. 오늘 아침 론을 속이는 데는 그 소리도 한몫했다. 론의 두 다리에 힘이 들어가자 나 역시 흥분해서 하수구에 바로 사정하는 척 연기했다. 내 평생 가짜로 사정한 척을 한 건 이번이 처음이었다.

수건으로 몸을 닦는 동안 론은 아직 물기가 남은 몸으로 턱을 내 어깨에 올리며 가까이 다가섰다. 섹스를 마친 후의 나른한 목소리로 그가 물었다. "내가 무슨 생각 하고 있는지 맞춰볼래?"

"무슨 생각?"

"오늘 치즈 샌드위치 트럭이 오는 날이야."

—\/—

오전 8시 25분, 실습실에 들어서자 네티는 먼저 와서 나를 기다리고 있었다. 병원 침대와 창문 사이에 자리를 잡은 그녀는 발뒤꿈치로 무게중심을 잡고 서서 앞뒤로 몸을 흔들며 핸드폰의 액정 화면을 손끝으로 획획 넘겼다. 침대 위에는 반창고 색깔의 인체 모형, 스벤이 편안하게 이불을 덮고 누워 있었다. 틀로 찍어 만든 금발의 올백 머리는 피부색보다 훨씬 노란 색조였고, 미소 띤 얼굴은 지쳐 보였다. 간호사와 의사들의 잦은 실습으로 스벤의 구멍이란 구멍은 모두 부드럽게 닳아 있었다. 그에게 약물을 마시게 하는 일쯤이야 식은 죽 먹기였다.

네티는 내가 방에 들어온 것을 알았을 텐데도 고개를 들지 않다가 내 등 뒤에서 딸깍 문 닫히는 소리가 나자 그제야 전화기를 내려놓았다. 기다란 두 개의 형광등 불빛이 네티의 안경에 반사되어 표정은 전혀 보이지 않았다. 그녀의 시선이 어디를 향했는지는 알 수 없었지만, 어쨌든 그녀는 침대를 돌아 내게 걸어오면서 두 팔을 크게 벌렸다.

"기분은 어때요?" 나를 놀리는 게 분명했다.

"좋아요." 나도 팔을 벌려 포옹을 하려고 했지만, 네티는 내가 자신을 안을 수 없게 어깨를 잡았다. 그녀는 프로의 경계를 유지하면서 지금 시작하려는 일이 무엇이건 간에 분위기를 부드럽게 하려는 의도로 이렇게 한 게 분명했다.

네티는 내 어깨에서 손을 내리며 말했다. "내가 잘못 생각했나 봐요. 나는 당신이 단순히 보고서를 기록하는 역할 그 이상을 하면서 훈련을 해왔기 때문에 덜 불편해할 줄 알았거든요."

"그랬어요. 실전에 나가도 되겠다고 생각했었는데……."

"지금부터라도 배우면 돼요. 자, 스벤이 지금 죽기를 바라고 있으니까 가서 도와줘요. 몸은 다 컸지만 정신은 아직 미숙한 청소년기 자녀들이 함께 있어요. 두 번 생각하는 건 안 돼요." 그녀는 비품함에서 플라스틱 컵 두 개를 꺼내 내 손에 쥐여주었다. "두 컵 모두 3분의 2씩 채우세요."

만약 정맥주사를 준비하는 과정이나 창상의 괴사조직을 제거하는 방법을 보여주는 일이었다면 평가자에게 나의 행위와 진행 중 주의해야 할 점을 재빨리 설명하면서 움직이는 게 가능했다. 하지만 이 일은 비록 연기이긴 하지만, 절차 자체가 기본적으로 대화로 이루어져 있어 서둘러 해치울 수가 없었다. 나는 스벤에게 가깝지만, 너무 가깝지는 않은 위치에 서서 그가 상상 속의 아이들과 작별인사를 나누고 눈물을 흘리는 내용을 가정해 중간중간 말을 멈추고 그들의 대화를 듣는 척했다. 나는 즉흥적으로 두 아들의 나이는 십대 후반이고, 그중 하나는 조울증을 앓고 있어 감정조절이 잘 안 된다는 설정을 해서 가족관계를 복잡하게 만들었다. 설정이 너무 과했다는 건 나도 알았지만, 그만큼 네티에게 깊은 인상을 남기고 싶었다. 또 다른 아들은 좀 더 현실적이고 헌신적인 캐릭터로 그다지 마음에 드는 사람은 아니었다. 그 아들은 안락사에 동의한다는 사인은 했지만, 그리스 정교의 신실한 신자였기에 아버지가 죽은 뒤 수습을 자신이 직접 하게 해달라고 요구했다. 나는 굉장히 침착하고 예의 바르게 일을 진행해 나갔다. 환자와 상상 속의 가족들과 사전준비를 마쳤을 즈음에는 누구도 이의를 제기하는 사람이 없었다.

이런 과정을 거치는 동안 다른 컵 하나는 안전하게 옆 테이블에 올려놓았다. 나는 스벤에게 정말 오늘 이 일을 마무리하고 싶은지 물은 뒤, 컵을 내주고 뒤로 물러섰다.

"가족들과 함께할 수 있는 시간이 몇 분 더 남았어요. 온전히 당신을 위한 시간입니다. 저는 이쪽에 있겠습니다." 그가 약물을 삼킨 후에 나는 이렇게 말하고 뒤로 물러섰다. 나의 말투와 태도는 따뜻하고 적절했으며 배려가 넘쳤다.

과감히 고개를 들어 네티를 돌아보았더니 그녀는 여전히 스벤에게서 눈을 떼지 않고 있었다. 그녀는 손가락으로 윗입술을 톡톡 치다가 나를 보며 물었다. "테디에 비해 어떤 점이 개선되었다고 생각하죠?"

"컵 하나를 안전한 위치에 놓아둔 점이요."

"맞아요. 그리고 하나 더 덧붙이자면, 어제보다 조정하는 행위 자체가 훨씬 자연스러웠어요. 적어도 오늘은 허둥대는 모습을 보이진 않는군요. 왜일까요?"

"어제는 테디 아이들이 갑자기 나타나서 당황했었어요. 제럴딘도 계속 불확실한 태도를 보였고요. 그래서 그랬던 것 같아요. 무슨 일이 벌어질지 모르는 상황이었거든요."

"그 외에 더 하고 싶은 얘기가 있나요?"

예상했던 질문이었다. "노마 아시죠?"

네티는 잠시 기억을 되짚었다. "비올라 연주자 말이죠? 유방암이 뼈로 전이되었던 환자."

"네. 당신이 방에 들어섰을 때 방에 있던 사람들 모두 무척 긴장한 상태였었잖아요. 전 과정을 녹화할 거라는 말을 재차 했을 때 딸의 얼굴이 어땠는지 기억하세요? 자기한테 나쁜 의도로 사용되기라도 할까 봐 당황하는 기색이었죠. 그때 당신은 전혀 물러서지 않았어요. 가족들을 무시하지도 않았고 설득하려고 하지도 않았어요. 1분 정도 시간이 흐른 뒤 당신이 보인 심리적 안정이 방 안 분위기를 가라앉혔어요. 그들이 원하는 결과였고, 당신이 그들을 적절히 이끌었죠. 그 장면을 여러 번 되풀이해서 돌려봤어요. 결과에 상관없이 모름지기 어시스턴트라면 현장 분위기의 온도를 조절할 수 있어야 한다고 생각해요. 당신은 그 역할을 제대로 해내셨어요."

"고마워요. 해석이 더 훌륭하네요."

"저도 방금 그런 역할을 하려고 시도했어요. 이 방에서 제 위치를 확고히 하고, 바깥세상은 무시한 채 특정한 목적의식을 가지고 함께 앞으로 나아가는 일이요. 공정해지려고 노력했고, 집중력을 유지했더니 약물을 쏟는 실수는 하지 않았어요. 앞으로 늘 이렇게 해야겠다고 생각했어요."

네티는 목에서 소리가 날 정도로 머리를 옆으로 기울였다. "좋아요. 나를 본보기로 삼았다니 정말 감사한 일이고요. 그런데 이제 내가 신경 쓰였던 부분은 단순히 약물을 엎지른 그런 일이 아니었어요. 더 심각한 징후를 발견했거든요." 그녀는 두 손으로 목을 감싸 쥐며 말했다. "이건 내 개인적인 생각인데 말이에요."

"속 시원히 다 말씀하셔도 괜찮아요."

"조금 전 스벤 자녀들에게 했던 말 있잖아요, 가족들을 위한 마지막 시간이라는 말. 그 말을 들으니 그럼 그동안은 누굴 위한 시간이었나 하는 의문이 생기는군요."

아. 그 말은 우연히 내뱉은 말이 아니라 내 진심이었다.

"그 전까진 일을 진행할지 아니면 그만둘지 저와 환자가 결정하는 시간이었죠." 내가 말했다.

"다른 병동에서라면 그 말이 맞아요. 하지만 우리는 아니에요. 현실에서 테디와 가족들을 위해 우리가 하는 역할은 그보다 더 작아요. 거의 없다고 봐도 좋을 만큼. 모욕적으로 들릴지 모르지만, 당신은 어시스턴트일 뿐 그 이상도 이하도 아니에요. 당신이 어제 일을 진행해도 괜찮을 거라고 생각한 이유도 그 때문이었어요. 그날 당신의 기분이 슬프건 혐오감으로 가득하건 그런 건 상관없어요. 환자와 가족들이 준비됐든 안 됐든 상관없긴 마찬가지고요. 노마의 일을 처리하던 내 모습에서 당신이 무엇을 봤건 그건 그저 나예요. 감정이입을 줄이고 적당히 연기해야 해요. 한 걸음 뒤로 물러서서 거들기만 하는 거죠. 이 말이 분명 당신에게 도움이 될 거에요. 우리는 컵을 건네주는 일 외에는 거의 필요 없는 존재들이죠."

"그저 거들기만 하라고요?" 나는 스벤의 다리 위에 두 손을 올리며 네티의 말을 따라 했다.

"노마가 죽을 때 내가 무슨 생각한 줄 알아요? 의식을 잃으면서 딸아이의 손을 꼭 잡았는데, 아이의 손톱 밑에 때가 껴있더군요. 그날 아침 저 애는 무얼 했을까? 화단 정리를 했나? 무덤을 팠나? 그렇게 쓸데없는 생각을 하고 있었던 거죠. 처음에 가족들이 불안해했다는 사실도 지금 당신이 얘기해서 처음 알았어요. 나한테는 그들과 함께했던 그 시간이 의식이 없었던 순간이나 마찬가지였어요."

"그 말을 들으니 제가 너무 순진했다는 생각이 드는군요."

"그럴 수 있어요. 특히 당신은 처음이었으니까. 우리는 어느 선 이상의 관계를 넘어서는 안 돼요. 결국 당신이 살아남으려면 이 방법밖엔 없어요. 그렇게 해야 잠도 훨씬 잘 올 테고요. 레나를 봐요. 어떻게 됐는지."

나는 제럴딘을 떠올렸다. 그리고 제럴딘을 떠올리는 나를 떠올렸다. 하수구에 사정하는 척했던 나를.

"무슨 말인지 알겠어요."

네티는 상체를 뒤로 젖혔다. "내가 얘기 하나 해줄까요? 나한테 큰 도움이 됐던 얘기예요. 내 친척 중에 중국 작은 마을에서 간호사로 일했던 분이 있었어요. 주민 대부분이 소를 키우는, 그림처럼 아름다운 마을이었지만, 동네에는 늘 소똥과 도축장 냄새가 진동했었죠."

"어머니의 형제분이셨나요?" 내가 물었다.

"맞아요. 상하이는 농지가 별로 없는 곳이더군요. 우리 이모는 아흔이 넘도록 혼자 살았는데, 돌아가시기 3주 전에 한 번도 본 적 없는 웬 어가친구리는 분이 이모를 돌보겠다고 갑자기 나타났어요. 그게 중요한 건 아니고요. 이모는 십대 시절부터 계속 간호사로 일했는데, 스스로 병원에 가지 못할 만큼 아픈 사람이 생기면 이모가 자전거를 타고 동네 어디든 찾아갔었죠. 마을 사람들 사정을 하나하나 다 꿰뚫고 있었어요. 사람들도 이모를 신뢰했고요. 그녀가 은퇴할 나이가 되자 마을 사람들은 계속 자기들을 돌봐달라며 자동차까지 사줄 정도였어요. 지금이랑은 좀 다른 시대였죠. 일을 정말 그만두어야했을 때는 나이가 일흔일곱이셨어요. 내가 처음 간호학과에 들어갔을 때 나는 이모에게 이 일을 하면서 얻은 게 많았냐고 물은 적이 있어요. 그녀는 오히려 내 질문을 이상하게 여겼죠. 환자의 상처에 붕대를 감을 때면 스스로 붕대가 되었고, 약을 줄 때는 스스로 약컵이 되었다고 하더군요. 간호사로서 해야 할 일을 했을 뿐이라고. 그 이상 무슨 일을 더 할 수 있냐고 물으시더군요."

"부처님 말씀처럼 들리네요." 내가 말했다.

"집에서야 무슨 일이 벌어지고 있었는지 알 게 뭐예요? '간호사로서 해야 할 일을 하는 것.' 내게는 정신적 지주와도 같은 말이었어요. 이 일은 그런 일이죠. 나를 내 머리에서 분리해야 해요. 그렇지 않으면 내가 너무 많은 공간을 차지하게 돼요."

"그러니까, 저는 넴뷰탈이로군요." 컵을 집으며 내가 말했다.

"잘했어요." 그녀는 컵을 손에 쥐고 찌그러뜨렸다. "나는 좀 서둘러 나갈게요. 종양학 부서담당자한테 테디 보고서를 전달해야 하거든요."

"아직 끝난 게 아니었군요."

네티는 허공에다 자판을 치는 시늉을 했다.

"어차피 내가 해야 했던 일이에요. 오늘 아침 디브리핑이 끝나면 마무리할 생각이었어요."

"왜죠? 어제 진행 결과에 대해 왜 저한테서 직접 들으려고 하셨던 거죠?"

나는 자책하는 표정을 지었다.

"다 지난 일이에요. 당신은 처음 맡은 일이었고. 그걸로 됐어요. 반성했으니 다음 단계로 넘어가자고요."

그리고 그녀는 7층으로 가기 위해 지칠 줄 모르는 둔근을 부지런히 움직이며 계단을 올라갔다.

—⌁—

나는 사무실로 돌아와 테디 건에 대한 보고서를 읽어보았다. 네티가 비디오 파일의 장면마다 세부 내용을 기록하고 사망진단서를 첨부해 어젯밤 10시 36분에 인트라넷에 올린 자료였다. 요약본의 주요 변동사항에는 사전고지 없이 테디의 자녀들이 갑작스럽게 참석했다는 내용이 적혀 있었고, 내가 약물을 엎지른 일과 눈에 띄게 거슬렸던 행동들은 모두 축소하여 기록되어 있었다. 그녀는 내 실수를 덮어주고 있었던 것이다.

그런데 어시스턴트의 수행능력을 평가하는 칸에도 네티가 작성한 기록이 있었다. 보통 이 평가란을 작성하는 일은 내 업무였는데, 이번에는 네티가 직접 작성한 것이었다. 문제를 내 탓으로 돌리진 않았지만, 그래도 몹시 기분 상하게 만드는 내용이었다.

예기치 못한 직원의 퇴사로 인해 결원이 발생했지만, 환자가 선호하는 날짜와 시간을 존중하여 새 임상 간호사를 대체 투입해 계획대로 일을 진행했다. 새로 투입된 직원은 환자 및 환자 가족과 안면은 있었지만, 이전 어시스턴트만큼 교육을 받은 상태는 아니었다. 과정을 리뷰하면서 환자와 환자의 배우자, 조정자 사이에서 불필요한 역학관계를 확인할 수 있었다. 관찰 도중 그가 환자 가족에게 지나치게 감정이입 하는 모습을 보여 상황을 통제하기 위해 현장에 개입하긴 했지만, 본래 직원의 업무는 그대로 진행됐다. 역학관계가 환자의 바람과 상충하지는 않았기에 결국 이번 건은 성공적으로 마무리되었다. 앞에서 언급한 바와 같이 이 직원은 업무에 처음으로 투입되었음을 다시 한번 강조한다.

현재로서는 직원을 교육할 수 있는 객관적이고 적절한 내용의 교육 자료 개발이 절실한 상황이다. 따라서 이번 사례는 원인을 분석·정리하여 교육 자료에 포함할 필요가 있음을 밝힌다. 장소, 직원의 개인적 특성과 관계없이 과정 및 결과를 일관성 있게 처리하는 것이 우리의 목적이기 때문에 우리는 앞으로도 안락사에 참여한 직원의 성격적 특성이 안락사에 어떤 영향을 미쳤는지 지속적으로 평가해야 할 것이다. 어시스턴트를 포함한, 이 일에 관여된 모든 사람을 위해서도 필요한 과정이다.

개인적인 생각이라더니, 젠장!

그때 네티 자리의 전화기에서 벨이 울렸다. 나는 몸을 돌려 전화기로 손을 뻗었다. 병원 내부, 환자 병실에서 걸려온 전화였다. 화면에 뜬 번호가 눈에 익었다.

우마. 치과의사. 오늘 2시 30분에 미팅이 잡혀 있었다. 벽시계를 보니 9시 15분이었다.

"네, 에번입니다." 전화를 받았지만, 상대는 아무 말도 하지 않았다. "우마 씨인가요?"

"네." 마침내 대답이 돌아왔다.

"네티와 통화하고 싶으신 거죠? 지금 자리에 없습니다만."

또다시 침묵. 현재 예약된 미팅은 우마의 안락사 결정을 재확인하기 위해 세 번째로 잡힌 상담이었고, 그녀가 이 일을 정말 원하는지 우리는 네 가지 부분으로 나누어 심리상태를 체크할 예정이었다. 만약 우마가 네티와 얘기하기를 고집한다면 나는 통화를 나중으로 미뤄야겠다고 생각했다.

내가 먼저 말했다. "미팅 스케줄이……"

"지금 얘기하는 편이 좋겠군요. 약속 시간을 확인하려고 전화한 건 아니고요, 취소하고 싶어서 전화한 겁니다." 그녀는 네티와 통화하기를 원한 게 아니었다. 그녀는 음성 메시지를 남기려는 것이었다.

"상담 시간 변경을 원하시나요?"

"아뇨, 나는……"

내 속의 연구원 기질이 바로 튀어나왔다. 나는 볼펜 끝을 네티의 노트패드에 대고 받아쓸 준비를 했다.

"나는……" 수화기 너머에서 웅얼거리는 소리가 들렸다. "그래. 이거 안 할 거야."

"원하신다면 네티가 병실에 들러보라고 얘기해놓을까요?"

"아니! 이 일에 대해선 더 얘기하고 싶지 않으니까." 이 말은 방에 있는 다른 사람에게 하는 말이었다. 누군가가 옆에서 계속 우마에게 전화를 끊으라고 재촉하는 듯했다. "이런 식으로 말하려던 게 아니었는데. 당신은 어떨지 모르지만 나는 내 죽음에 대해 쉽게 이렇다저렇다 말하기가 힘들군요." 그러면서 뭔가를 한 모금 마시는 소리가 나더니 목에 걸린 듯 발작처럼 기침하기 시작했다. 숨이 막힐 것처럼 헛기침을 연신 해대며 그녀가 말했다. "하고 싶은 말은 다 했어요. 그럼 끊을게요."

그리고 전화가 끊겼다.

추측건대 우마의 건강 상태가 그리 좋지 않은 모양이었다.

안락사 추천은 절차가 그리 간단하지 않았다. 961법안의 주요 골자대로라면 환자가 죽음을 앞당기기 위해 안락사 논의를 시작하려면 반드시 각기 다른 상황에서 구두로 두 번 이상 안락사를 요청한 기록이 있어야 했고, 요청이 자발적이어야 함은 두말할 필요도 없었다. 이런 기록이 전산에 입력되면 병원에서는 환자를 담당하는 의사에게 이 프로그램의 추천서를 보내게 되어 있었다. 그리고 의사에게 환자의 병력과 예후에 대해 재검토하고 화학요법에서부터 음악치료까지 여러 치료법을 모두 다루었는지도 확인하도록 했다. 가능한 치료를 모두 시도했는데도 불구하고 건강이 회복될 희망이 없고 환자의 고통을 완화시킬 만한 특별한 방법이 없다고 판단되면, 그리고 예상되는 고통의 정도가 법에서 정한 기준 안에 포함되면, 그때부터 합법적으로 안락사를 선택할 수 있는 권리에 대해 환자와 상담을 시작할 수 있었다. 하지만 실제 이런 식으로 일이 진행되는 경우는 거의 없었다.

우리가 이 일을 막 시작하여 고객이 정말 몇 없던 시기에 네티는 암 병동에 입원한 환자 중 '자살, 넴뷰탈, 안락사' 같은 몇 가지 주요 키워드를 사용한 사람의 진료기록을 추적하여 감시하기로 했다. 그리고 한 환자가 자기 가족들도 모두 있는 자리에서 인턴 의사에게 이 세 단어가 들어간 질문을 했는데도 인턴은 이렇게 대답했다. "우리 병원에선 절대 그런 일을 하지 않습니다." 이후 네티가 활용 가능한 의료행위를 환자가 요청했을 때 이를 보류하는 것은 엄연한 진료 태만이라는 사실을 지적하며 항의하자, 그제야 의료 '팀'도 환자 추천에 좀 더 협력적인 태도를 보이기 시작했다.

네티는 한발 더 나아가 환자의 진료기록을 빠르게 훑어볼 수 있는 컴퓨터 프로그램을 개발하고 환자가 사용하는 부정적 단어의 범위도 '낙담한, 체념한, 괴로워하는, 기가 꺾인, 용기를 잃은' 등으로 확대했다. 한편 일을 복잡하게 만들 수 있는 갈등요소, 가령 질병의 불확실한 진행 경과라든가 가족 간의 불화, 불안정한 심리 상태기록, 경제적 어려움 등이 보이는 환자는 미리 걸러냈다. 그런 다음 안락사할 잠재적 가능성이 있는 환자를 찾아냈을 때 환자의 담당의와 추천을 논의했다. 그 전까지 의료진이나 환자는 네티가 자신들을 지켜보고 있다는 사실을 전혀 눈치채지 못했다.

우리가 어떻게 우마와 접촉하게 되었는지 과정을 머릿속으로 되짚어보려는데, 네티가 문을 열고 들어왔다.

"우마가 그만두겠대요."

네티는 고개를 끄덕였다. "배우자가 70퍼센트 정도만 동의한 상태였어요. 예상했던 일이에요." 의자에 앉아있던 나는 의자 바퀴를 굴려 제자리로 돌아가려는데, 네티가 한 손으로 의자 등받이를 붙잡았다. "이유가 뭐라던가요?"

"이유는 말하지 않았어요. 이 일에 대해 더 이상 얘기하고 싶지 않대요."

"전화 내용 녹음했어요?"

"아니요."

"잘했어요." 그녀는 내가 적어놓은 메모를 흘낏 보았다. "벽에도 귀가 있다는 말, 알죠?"

윤리위원회는 안락사 프로그램을 취소한 적이 있는 환자에 대해서는 다시 프로그램에 참여할 수 없다는 조항을 의도적으로 만들었다. 환자들은 새로운 추천서를 받지 않는 이상 다시 상담하거나 연락을 할 수 없었다. 나는 노트에서 메모한 페이지를 뜯어 반으로 접었다.

"고마워요." 네티가 말했다. "다른 문제가 생겼어요. 어떤 정신과 의사 하나가 자기 학생들한테 우리 프로그램에 대해서는 입도 뻥긋하지 말라고 했대요."

"대체 누가요?"

"분명 사람을 죽게 하는 일이 병원에서 해야 할 일반적인 의료 행위는 아니죠."

"병원 홍보물에도 그런 내용은 안 들어가고요." 내가 말했다.

네티는 내 농담에 웃지 않았다. "그 사람한테 동영상 몇 개를 보여줘야겠어요. 우선 미미와 이야기를 나눠본 다음, 살바토레를 만날 생각이에요."

"끔찍한 일이 벌어질 것 같은 말투인걸요."

"지금 내가 느끼는 기분만큼은 아니에요. 한 시간 뒤에 다시 만나기로 했으니 그전에 먼저 좀 달려야겠어요. 그렇게라도 안 하면 그 사람한테 다 퍼붓게 될 것 같군요." 네티는 책상 밑으로 손을 뻗어 조깅복과 운동화를 꺼냈다.

어느 날 밤, 나는 집 근처 공원에 앉아 있었다. 그때 머리끝에서 발끝까지 짝 달라붙는 파란색 스판덱스 운동복을 입고 같은 색 고무 밴드로 머리카락을 단단히 묶어 올린 네티가 조깅을 하며 내 앞을 지나갔다. 네티의 집에서 그곳까지는 최소 15킬로미터가 넘는 거리였다. 그때 나는 잔디밭에 구운 양파를 질질 흘려가며 햄버거를 먹고 있었다. 네티가 내게 아는 척하지 않은 이유는 정말 나를 보지 못했거나 아니면 내 앞에 멈춰 서면 햄버거가 먹고 싶어질까 봐 그랬거나 둘 중 하나라고 생각했다.

네티가 나간 뒤, 나는 민감한 문서들을 모아 파쇄기에 밀어 넣어 천천히 국수 가닥으로 만들었다.

그날 내게 남은 일은 상담 진행이 다소 느린 고객들의 리스트를 확인하는 일뿐이었다.

샌퍼드. 68세. 대규모 농기계 임대사업을 하는 회사의 전직 CEO. 운동뉴런질환이 두 다리에서 상체로 서서히 진행 중. 조금씩 걸을 수 있었을 땐 수차례 유람선 여행을 즐겼고, 휠체어를 타기 시작한 후에도 간병인의 도움을 받아 한 번 더 여행을 다녀왔다. 세 번 이혼, 아이 없음. 초창기 부동산 투자로 현재 엄청난 자산을 소유하고 있음. 모든 면에서 초탈한 태도를 보이며, 이번 일을 진행하는 데도 마찬가지라서 일의 진행이 매우 더딤. "내가 어떻게든 약물을 삼킬 수 있을 때까지는 이 일을 처리해주시오." 그는 가능하면 남자 직원이 자기를 도와주길 원한다고 말했는데, 어제까지는 불가능했지만 이제는 가능했다. 그는 이런 말을 했다. "인간으로서 이런 결정을 하게 되다니 참 색다른 경험이로군요."

숲이 울창한 시골길을 따라 차를 운전하며 자신이 택할 수 있는 결정들을 고민하는 아버지의 모습을 상상하니 정말 그렇다는 생각이 들었다. 살아 있었다면 지금쯤 샌퍼드 나이쯤 됐을 터였다. 사업수완이나 부동산에 대한 안목 따위는 제쳐놓고 겉모습만 보면 두 사람은 매우 닮아 있었다. 아버지의 차가 도로를 따라 질주하고 있고, 수신 상태가 좋지 않은 라디오에서는 끊임없이 잡음이 들린다. 아내와 아이를 택할 것이냐 아니면 가드레일을 택할 것이냐. 둘 중 하나를 선택하는 일은 정말 힘든 일이다. 인간만이 그런 결정을 내릴 수 있다. 샌퍼드처럼 죽음을 향해 속도를 높이는 일. 그 일이 바로 여기서 벌어지려 하고 있었다.

나는 샌퍼드의 나머지 기록들도 마저 빠르게 훑었다. 현재 그는 병 때문에 아무것도 할 수 없는 상태였다. 일주일이 지나면 엉덩이 굴근이 마비되고, 그다음에는 등 중앙이 미친 듯이 가렵고, 그런 식으로 병은 계속 상체로 진행 중이었다. 현재의 주요 사안은 좌절감과 변비라고 적혀 있었다. 사실 이런 걸로 입원할 사람은 거의 없지만, 그는 워낙 돈이 많았기에 현재 병원 VIP실에 입원 중이었다. 간호사들이 적어놓은 기록으로 판단했을 때 그는 그쪽 직원들에게 매우 매력적인 존재인 게 분명했다. '따뜻한 성격에 대화를 좋아함. 치료에 매우 협조적임.' 그리고 의료 윤리 위반이 의심되는 문장도 있었다. '병원 직원들에게 극도로 관대함.'

당일 참석 인물로는 '마리아나'라는 이름이 적혀 있었다. 전 부인일까? 진료기록 검토가 끝나야 그와 다음 상담을 진행할 수 있다는 내용도 보였다. 나는 스케줄에 상담 가능한 날짜를 적고 약간의 메모를 한 다음, 네티에게 이 환자가 빠른 진행에 관심이 있을지 확인해달라는 문자를 보냈다.

—⋀—

버스를 타고 공원 입구에서 내리자마자 어머니는 서투르게 샌들 두 짝을 벗어던졌다. 그런 동작쯤은 쉽다는 듯 해 보였지만 내 눈에는 쉬워 보이지 않았다. 프랑켄슈타인이 만든 괴물이 샌들을 발로 차는 영상을 처음 보고 따라 하는 것 같은 모습이었다. 어머니는 몸을 앞으로 숙이더니 기적적으로 고꾸라지지 않고 신발을 집어 들어 내게 내밀었다.

"좀 들어줘." 그리고는 호수 주변의 부드러운 흙으로 조심스럽게 발을 내디디며 걸어갔다.

이 낡은 신발은 그저 평범한 샌들이 아니었다. 이 샌들을 처음 산 날, 어머니는 그걸 신고 거실을 빙빙 돌며 모델처럼 걸어 다녔다. 거실 테이블 옆에 앉아 분수 계산을 하고 있던 나는 스펀지처럼 보이는 샌들의 코르크 힐에 마음을 빼앗겨버렸다. 어머니는 포커대회 첫 경기에 신고 나갈 신발이라며 이 사치품을 정당화했다. 그녀는 경기에서 자신이 여성이라는 점을 활용할 생각은 없었지만, 발가락만큼은 자랑하고 싶었던 모양이었다. 어머니의 발은 앙증맞거나 화보 사진에 들어갈 그런 예쁜 발과는 거리가 멀었지만, 어딘가 매력적이고 여자다운(어머니 앞에서 이 말을 했다면 나를 한 대 쥐어박았을 것이다) 구석이 있었다. 어머니는 경제적으로 여유가 좀 생기면 정기적으로 페디큐어 샵을 예약해 다녔고, 여유가 없을 때는 풋 로션, 손톱깎이, 부석, 다양한 종류의 스크럽 파일 등이 담긴 자주색 플라스틱 통을 꺼내 직접 발가락들을 매력 있고 섹시하게 가꾸었다. 병이 발병한 후에는 부엌 식탁에 노트북을 올려놓고 포커게임을 하면서도 어머니는 예전과 다름없이 발톱을 예쁘게 색칠하고 이 샌들을 신고 게임을 했다.

"토스터 옆에 앉아있다고 아무렇게나 입고 제대로 신경 쓰지 않으면 일이 잘 될 리가 없지."

버클의 가죽끈이 갈라지고 코르크 힐이 딱딱하게 굳었지만 이 샌들은 여전히 공원에서 막 신기에는 너무 소중한 신발이었다.

"이 느낌." 어머니는 그늘이 짙게 드리워진 습지의 진창 속에 발가락을 넣고 꼬물거리며 말했다. 최근 대지를 태울 듯이 달구던 땡볕은 그 기세가 조금 누그러졌지만, 강렬한 여름의 기억은 어머니의 피부에 고스란히 흔적을 남기고 있었다. 어머니는 진흙 속으로 발을 더 힘껏 밀어 넣으며 미친 듯이 즐거워했다.

"바로 이 느낌이야." 그녀는 다시 발을 철벅거리며 내 팔로 손을 뻗었다. 하지만 넘어질까 봐 한 행동은 아니고 자신의 느낌을 제대로 전달하고 싶은 마음에 나를 흔들려는 의도였다. "이 느낌이라니까."

나도 맞장구쳤다. "이 느낌이죠!"

그녀는 왼쪽으로 몸을 틀더니 호수 뒤편 습지 쪽에 쓰러져 누워 있는 통나무를 살펴보았다. 이곳은 한가로이 산책하기 보다는 해질 녘 남녀가 서로 탐닉하기에 좋을 만한 그런 장소였다.

"자연이 우리를 위해 벤치를 준비해뒀군!" 달콤한 공기를 양껏 들이마시기 위해 어머니의 어깨는 쉬지 않고 올라갔다 내려갔다 했다. 어머니는 누운 통나무를 지나 걸으며 내게 따라오라고 손짓했다. "내가 그토록 바란 게 바로 이런 거라니까!"

어미 오리 한 마리와 노란 솜털이 보송보송한 새끼 오리 두 마리가 어머니를 피해 얕은 물가로 황급히 흩어졌다. 어머니는 나를 보며 오리들을 손가락으로 가리켰다. "오리처럼 생겼고, 오리처럼 꽥꽥거리고, 오리처럼 똥 싸고. 오리가 틀림……"

"오리를 유인하는 아주 확실한 방법이네요."

어머니는 나를 가리키며 오리들을 향해 말했다. "내 아들이 좀 웃기지?"

오리들은 다시 자기들끼리 모여 물가로 나오더니 우리를 경계하며 마른 풀숲에 몸을 숨겼다. 그리고는 어머니가 뭘 하는지 지켜보려고 목을 길게 빼고 노란 머리를 서로 밀쳐댔다.

바닥에 널브러져 있는 콘돔과 여자 속옷 한 벌을 보더니 어머니는 옆걸음으로 가볍게 비켜 갔다. "이거 봤어? 책임감 있는 사람들이 다녀가셨네."

지난 2주 동안 어머니의 건강은 꾸준히 좋아졌다. 몸 상태가 개선되면서 비정상적으로 들떴던 기분도 많이 부드러워졌고, 화장도 한결 자연스러워졌다. 이제는 공원을 산책하는 일도 가능해졌다. 태양이 우리 위에서 환하게 빛났다.

나지막한 새소리에 어머니가 고개를 돌렸다. "까치 소린가? 분명 까치 울음소리네." 소리가 나는 쪽을 향해 두 걸음 다가가자, 새 한 마리가 후다닥 날아갔다. "에벌리, 너도 신발 벗고 이리 와 봐."

"어머니." 내가 부르자, 그녀는 움찔하는 척 해 보였다. "세 이름 에번이거든요?"

"아직도? 그 이름 꼭 으깬 감자 같다니까. 이건 다 네 아버지 잘못이야. 에벌리가 훨씬 나아. 너 아직도 아버지를 네 맘속에 간직하고 있는 거니?" 어머니는 손가락으로 내 가슴을 가리켰다.

이제 오리 가족은 물로 달아났다. "가까이 와봐!" 어머니가 말했다.

"여기서도 다 보이니까 샌들이나 지키게 해주세요. 우리 둘 중 하나는 그래도 발이 깨끗해야죠."

"너만 손해야." 어머니는 두 팔을 양옆으로 쭉 뻗어 느린 프로펠러처럼 빙빙 돌면서 두 발로는 계속 철벅 철벅 소리를 냈다. "그동안 내 발바닥은 늘 거친 곳만 디뎠어." 그 말에는 여러 의미가 내포되어 있었다.

"얼른 오라니까. 대체 왜 신발을 안 벗는 거야?"

"들어가고 싶지 않아요."

진흙탕에 들어가지 않은 진짜 이유는 어머니가 넘어질 경우를 대비해서였다. 어머니가 신체 능력을 잘못 판단해 넘어질 가능성은 지금도 충분히 있었고, 그렇게 되면 어머니를 호수 밖으로 끌어내어 달래가며 버스 정류장까지 다시 힘겹게 걸어가야 했다.

"네가 이런 건 내가 널 임신했을 때 술을 마셔서 그런 것 같아."

또 시작이었다. "어쩌면요."

"네 아버지랑 마신 쿠바 리브레 탓이야. 우리가 처음 섬에 들어갔을 때 현지인들이랑 친해지려고 술을 좀 마셨었거든. 내가 술을 안 마시면 클로드도 안 마시려고 해서 어쩔 도리가 없었어. 내가 한 잔 마시면 그 사람은 석 잔 마시는 식이었지. 운이 좋은 날은 네 아버지 기분이 좋아져서 치킨 '몰*'이라는 훌륭한 요리도 만들어줬었어. 요리를 하는 한두 시간은 축제 분위기가 되곤 했으니, 내가 어떻게 안 마셨겠어? 그 사람은 맨정신일 때보다 럼주가 한두 잔 들어가야 그나마 괜찮았지. 너도 그렇다고 인정했잖아. 하지만 네가 이렇게 가끔 이상한 사람이 될 때는 아무래도 내가 잘못했구나 하는 생각이 들어."

"이 정도 뇌 손상은 사는 데 별 지장 없어요." 내가 말했다.

"임신하고 3개월은 일주일에 서너 번도 더 마셨던 것 같아."

나는 어머니를 향해 기꺼이 용서하겠다는 눈빛을 보냈다.

"네가 늘 하던 대로 농담한 거거든? 그때 마신 술이 네가 자라면서 너의 참모습을 끌어내는 데 틀림없이 한몫했을 거야."

"제가 진흙에 안 들어간 것도 그래서예요."

"그렇구나."

"어머니가 술을 좀 더 마셨더라면 지금쯤 어머니 옆에 서 있었을 텐데, 아쉽네요."

"네 눈에는 진흙밖에 안 보이니? 주위를 둘러봐. 풀밭도 있고, 햇볕도 있잖아. 네 소중한 발을 깨끗하게 말릴 시간도 충분하고. 심지어 클로드도 지금 여기 있었다면 좋든 싫든 내 옆으로 들어왔을걸?"

아버지가? 진짜? 아버지는 야외활동을 좋아하는 척했지만 깔끔하지 않은 것은 참질 못했다고 어머니는 여러 번 비웃듯이 말했었다. 그러니 그가 진흙탕 속에 들어오는 것은 있을 수 없는 일이

---

* 고추, 카카오 등의 양념을 넣은 멕시코풍의 쌉쌀한 소스.

었다. 지난 2주간 어머니는 감정이 계속 고조된 상태였긴 했지만, 그렇다고 아버지가 이 세계의 불결한 것까지 사랑했다는 식으로 옛 기억을 떠올린 적은 없었다.

　어머니는 계속 말을 이어갔다. "그 사람은 여기 있는 내내 진흙 속에 발을 집어넣었을 거다. 있는 그대로 세상을 받아들이면서 말이야. 그렇다고 수렁에 빠지지도 않았을 거야." 그 말을 강조하기 위해 어머니는 발 앞꿈치로 진흙을 눌러 꾸르륵하는 소리를 냈다.

　아니. 이 부분에 대해서만큼은 나도 똑똑히 기억하고 있었다. 장례식을 마친 그날 밤, 어머니는 냉장고 문을 열고 아버지가 살아 있었을 때 자신이 요리했던 치킨을 손가락으로 조금 뜯어먹으며 옆에 있는 친구에게 말했다. 나는 그 닭고기를 분명히 기억하고 있었다. 그 닭에서 나온 차골*을 세 번 이사할 때까지 계속 가지고 다녔기 때문이었다. 그때 어머니가 했던 말도 기억하고 있었다. "네 아빠 좁고 한정된 시야를 가지고 있었어. 항상 그랬어. 잘난 회색 고글을 벗을 줄 몰랐지. 그런데 이제 알겠어. 이 일은 어쩌면 당연한 결과였을지도 몰라. 그이는 눈앞에 민들레를 보고도 잡초라고 했던 사람이야. 펑크 난 타이어 같은 진짜 문제도 계시가 아니었나 싶어." 그러다 문득 바로 옆에 자신의 개인 기록장치인 어린 아들, 바로 내가 장례식을 위해 새로 산 옅은 청색 정장을 입고 서 있다는 사실을 알아차렸다. 그녀는 얼른 냉장고 문을 닫고 손가락에 묻은 기름을 입으로 빤 뒤, 몸을 낮춰 두 팔로 나를 감싸

　　•　목과 가슴 사이에 있는 V자형 뼈. 이 뼈를 두 사람이 서로 잡아당겨 긴 쪽을 얻은 사람은 소원을 이룬다는 미신이 있다.

안았다. 그런 아버지들로부터 나를 보호하겠다는 듯이. "그건 그 냥 비유야." 그렇게 말했지만, 그래도 나는 그 말이 무슨 뜻인지 알아듣지 못했다. 그녀는 다음 말을 이어갔다. "그래서 아빠는 우리를 위해 세상에 놓인 그 많은 길을 보지 못했었나 봐. 너처럼 밝은 길이 분명 있었을 텐데." 그런 식으로 어머니는 아버지의 좁은 시야를 비난하다가 나중에는 그런 일이 생길 수밖에 없었다며 자신의 생각을 강요했다. 차가 들이받은 그 나무와 아버지, 모두 자초한 일이었다.

그랬던 아버지였는데, 오늘 오후에는 두 발을 진흙에 담그고 인생이라는 바다를 향해 머리부터 용감하게 뛰어드는 그런 멋진 남자로 바뀌어 있었다.

"아버지에 대한 완전히 새로운 해석이네요." 내가 말했다.

"난 그저 예번 너랑은 다르게 그 사람은 이 멋진 자연을 즐길 정도의 호탕함은 있었을 거라는 거지. 내가 예를 든다는 게 그만, 괜히 민감한 얘길 꺼냈나 보다. 그렇다면 사과할게. 나는 늘 네 걱정뿐이야."

나는 어머니 기를 좀 꺾고 싶었다. "어머니를 여기 데려온 사람이 누구던가요? 제 아이디어라는 걸 설마 잊으신 건 아니죠?"

"그럼 끝까지 책임져야지. 나 좀 즐겁게 해줘. 난 네 엄마잖니. 내 옆에 좀 와주라."

"갑자기 화장실이라도 가고 싶으면 어쩌시려고요? 그럼 제가 도와드려야 하잖아요."

"저 빈정대는 말투. 너 이거 거의 정신병 수준이야. 사회와 거리감을 두고 사는 네 모습을 그런 식으로 정당화하는 모양인데. 그런 건 개성으로 보기도 힘들어. 그냥 병이야. 네가 그래 봐야 사회에서 더 소외될 뿐이라니까."

어머니의 제자들이라면 이런 종류의 독설을 좋아했을 테지. 어머니는 쓰러져 썩고 있는 통나무껍질에 오른발을 단단히 고정하고, 더 깊은 물가의 진흙으로 대담하게 발을 옮겨놓았다. 늘어놓던 잔소리는 어느새 잊고 오후의 태양을 향해 두 팔을 활짝 벌린 채 늪 속에 발을 넣었다 뺐다 했다.

호수 주변 숲의 무성한 나뭇가지를 비집고 눈부신 햇살이 비치고 있었다. 엉덩이와 어깨를 돌리고 손가락을 이리저리 움직이는 어머니의 머리 뒤로 햇살이 후광을 만들어 마치 시바*를 눈앞에서 보는 것 같은 착각이 일었다.

어머니는 갑자기 멈춰 서서 나를 못마땅한 얼굴로 노려보았다. 문득 어떤 생각이 그녀의 황홀감을 방해한 모양이었다. "너 자살하고 싶다고 생각해본 적 있니?"

"아뇨. 물어봐줘서 고맙긴 한데 갑자기 그건 왜 물으세요?"

"네가 하는 일. 그리 유쾌한 일은 아니잖니."

"처음 시작할 때는 괜찮은 일 같다고 하셨잖아요."

"어떤 일의 선두에 서서 걸어갈 때는 절대 겁먹을 필요 없어. 그런데 말이지, 네 아버지의 어두운 면이 너한테 너무 많이 보인단 말이야." 어머니는 잠깐 고개를 돌리면 내가 바로 낭떠러지를 향해 달려가기라도 할 것 같은지 계속 못 미더운 눈빛을 보내며 진흙탕 밖으로 걸어 나왔다. "얘기가 나왔으니 말인데, 윌로우 우드

* 힌두교 파괴의 신.

에 특이하게도 요르단에서 온 여자가 한 명 있거든. 머리에는 스카프를 두르고 기도용 매트도 가지고 있어. 그런데 그 여자 엄청 아파. 절대 좋아질 수 있는 그런 수준이 아니야. 네가 하는 그 서비스를 이용하면 좋을 것 같은데."

"그 처방은 어머니가 내리신 건가요?" 내가 물었다.

"그 사람 간부전인가 간암인가 그렇대. 여하튼, 병이 뭐든 간에 요양원에 머무는 시간보다 머시 병원에서 치료를 받는 시간이 더 길어. 처음에는 수술 때문에 가더니 그다음에는 다른 부위에 계속 합병증이 생긴 모양이었어. 시술을 받고 나면 항상 전보다 상태가 더 나빠져서 배를 움켜쥐고 돌아오더라고. 왜 영화에 보면 죄수가 고문을 당하고 온몸이 시퍼렇게 멍든 채로 감방으로 돌아오는 그런 장면 있잖아. 꼭 그런 모습이라니까. 일주일에 한 번은 그러는 것 같아. 결국 의사도 살날이 몇 달 안 남았다고 솔직하게 말했대. 그런데도 병원에서는 그 여자한테 또 다른 약물을 시도해보자고 했나 봐. 지금까지 온갖 실험을 한 것도 모자라서. 그 여자는 하겠다고 그랬대. 내가 직접 물어봤었거든. 그렇게 하기로 동의했냐고. 아마도 그 여자 무슨 일인지도 제대로 모르고 그러는 것 같아. 예전에는 기체조할 때 제일 앞에 서 있었다는데. 이제는 혼자 기도하고 울고 그러느라고 방에만 틀어박혀 있다가 식사시간에만 씩씩한 얼굴로 나오는데 음식에는 거의 손도 못 대고 있어."

"그러니까 그 여자분 죽을 때가 다 됐으니 안락사라는 주제에 관심이 있을지도 모른다, 그런 얘기이신 거예요?"

"마음속 깊은 곳에는 그리고 싶은 생각이 있을 기야. 틀림없어."

"누군가 권하는 사람이 없어 못 하고 있다는 말씀이세요?"

"아킬라의 이번 생은 너무 불운했어. 자식은 없고 조카딸만 하나 있어. 며칠에 한 번씩 들러서 과일도 사다 주고 침대 정리도 해주고 병원에도 데려가고 그래. 이런 상황을 더 악화시키는 건, 아킬라가 자신의 고통이 그저 신의 변덕이라 여기면서 전부 다 견뎌내려 한다는 거지. 간을 이식하기에는 나이도 너무 많고 몸 상태도 안 좋아. 자세한 내막은 모르겠지만. 곧 다시 병원으로 간다기에 너한테 알려주는 거야. 병실 번호를 알아뒀다가 잠깐 들러도 되잖아. 그냥 내 아들이라고 말하고 안부 묻는 척하면서 가봐. 그러다 대화가 그쪽으로 흐르면, 어쩌면 무슨 일을 하느냐고 먼저 물을 수도 있고. 그러면 너한테 좋은 기회가 될 수도 있잖아. 나쁠 거 뭐 있어?"

"어머니가 친구분을 추천하실 수는 없어요."

그녀는 의미심장하게 웃으며 말했다. "이 여자는 죽음도 선택할 수 있다는 걸 모르나 봐."

"추가로 치료받는 데 동의하셨다면서요."

"병원에서 동의할 수밖에 없게 만들었겠지. 가끔 온다는 조카도 치료를 계속하라고 부추긴 모양이고." 어머니는 역겹다는 표정을 지었다. "그 사람들 대체 무슨 생각으로 그러는지 이해할 수가 없어. 죽어가는 사람에게 강제로 치료를 받게 하다니."

"강제가 아닐 수도 있죠. 그 친구분이 2퍼센트의 가능성이라도 잡으려고 그러는지 누가 알아요. '엄마,' 끝까지 환자를 포기하지 못하는 보호자들이 의외로 많다고요. 환자들은 그런 마음을 뿌리치지 못하는 거고요."

"날 그런 식으로 부르지 좀 말아줄래? 뭔가 조종당하는 기분이 든단 말이야."

"가끔 그럴 때도 있긴 했죠. 아무튼 이슬람교도들은 우리한테 안 와요. 이슬람교에서 안락사를 허용하지 않거든요."

"그럼 그 성스러운 문을 지나는 사람들은 대체 어떤 사람들이라니?"

"주로 백인이면서 불가지론자. 경제 수준은 중상위 계층."

"돈 많고 아픈 백인들이 제일 먼저 앞장섰군. 예상했던 대로야. 분명 교육수준도 높을 테고. 자기도취에 빠진 짜증 나는 얼간이들이겠지."

"대체로 그래요."

"그럼 다른 사람들은? 나머지 사람들은 문화적으로 적합하지 않다는 말이니? 이 불쌍한 여자가 그 마법의 단어를 입에 올린 적이 없다는 이유만으로 그냥 고통 속에서 죽어야 하는 거야? 이런 엉터리."

지난 몇 달간 윌로우 우드에서 벌어지는 소소한 사건에만 관심을 보이던 어머니가 이처럼 정의에 불타오르는 모습을 보니 기뻐서 가슴이 벅차올랐다. 이런 모습이 앞으로도 계속되기를 바랐다. 희망. 어쩌면 아킬라도 그 희망을 버리지 못해 지금 고통받고 있는지 몰랐다.

"너, 우리랑 비슷한 사람들만 돕겠다고 그 일에 지원한 건 아니겠지?" 어머니가 물었다.

"우리 프로그램은 이제 막 걸음마를 뗀 수준이에요."

"내가 너를 변명이나 늘어놓는 사람으로 키웠다고 말하진 않았으면 좋겠구나. 옳은 일을 하는데 누가 너를 막겠니?" 그러면서 내 이마를 가리켰다. "더 나은 세상을 원한다면 익숙한 것을 과감히 버릴 줄 알아야 해."

어머니는 손바닥이 마치 스포트라이트라도 되는 것처럼 두 손을 들어 자기 얼굴을 비췄다. 그녀는 익숙한 것을 과감히 버리는 선구자의 대표적인 예였다.

"새로 만들어진 법이 아직은 생소한걸요." 내가 말했다.

"그렇다면 공정하게 만들기에 더욱 좋은 시기인 거지. 네가 안 하면 나라도 가서 아킬라에게 직접 얘기해볼 거야."

"자살하라고요?"

"얘기가 그쪽으로 자연스럽게 흘러가게 할 자신 있어." 그 말을 하는 어머니의 얼굴에 음흉한 미소가 번뜩였다.

"말리진 않을게요. 하지만 제가 안락사 어시스턴트라는 얘기나 병원이 그런 서비스를 하고 있다는 말은 절대 하시면 안 돼요."

"그건 이미 약속했잖니. 절대 눈치 못 채게 할게." 마지막 말에 힘을 주며 어머니는 한쪽 발을 뒤로 빼 무릎을 굽혀 절하는 시늉을 했다. 그러다 순간 몸이 앞으로 기울어지는 것을 보고 얼른 손을 뻗었지만, 다행히 어머니는 한 손으로 바닥을 짚으며 균형을 잡았다. 쫙 벌어진 손가락 바로 옆에는 쓰고 버린 파란색 콘돔이 있었다. 어머니는 나를 올려보며 물었다. "무슨 문제라도 있어?"

"없어요."

몸을 일으켜 세운 어머니는 손에 묻은 흙을 바지에 문질러 닦으며 말했다. "이렇게 내 주변을 맴돌 필요 없어. 난 네가 돌봐야 하는 환자가 아니야."

"어머니 말이 맞아요." 어머니는 병원 침대에서 내게 처음 전화한 이후로 뭔가를 분명하게 요청한 적은 단 한 번도 없었다. 그런 식으로 그녀는 철저히 독립적인 자기만의 이야기를 교묘하게 지어냈다. 주된 전개 방식은 대충 이랬다. 미래의 가능성을 죄다 엉망으로 만들며 멀리 떠났던 나는 돈을 아끼기 위해 다시 어머니 집으로 돌아온다. 그리고 의료 지식을 쌓기 위해 어머니의 약물 치료를 옆에서 지켜보며 연구하고, 이 분야의 전문가들과 인맥을 확장하기 위해 그녀를 그들에게 데려간다. 그리고 한 달마다 윌로우 우드에서 청구되는 비용을 기꺼운 마음으로 지불한다.

내 엄마만 아니었으면 난 그녀를 사기꾼이라고 불렀을 것이다.

어머니는 새로 발견한 진흙탕 속으로 발가락이 푹 파묻히도록 발을 밀어 넣으며 말했다.

"난 그냥 네가 나를 조금만 믿어줬으면 하고 바랄 뿐이야."

"진실을 알려드려요? 저는 그럴 수가 없어요. 어머니 마음은 예전처럼 건강해졌어요. 그건 참 기쁜 일이에요. 하지만 몸은 아직 아니에요. 그러니 자꾸만 어머니의 판단력을 의심할 수밖에요."

기뻐 날뛰던 어머니의 자존심이 갑자기 멈춰 섰다. "나를 의심하고 있다고?"

잘못된 단어 선택이었다. 어머니에게 의심은 삶의 반대말이나 마찬가지였다. 아버지의 차가 나무를 들이받는 사고를 내고 얼마 안 있어 나는 정신과 의사들이 소위 '공포'라고 부르는 것을 경험한 적이 있었다. (그렇다고 정신과 의사에게 치료를 받았다는 말은 아니다.) 꿈속에서 주차된 차 뒤편으로 가거나 긴 모퉁이를 돌기만 하면 신음을 내며 쌓여 있는 엄청난 시신들을 마주치곤 했다. 그런 악몽을 물리치기 위해 어머니가 생각해낸 처방은 이런 것이었다. '그것들의 존재를 의심한다고 말해. 그것들을 향해 외치고, 너 자신에게도 크게 외쳐. 그럼 좀 더 강해졌다는 기분이 들 거야.' 그러니까 의심은 그녀에게 그런 의미였다.

어머니는 어깨에 잔뜩 힘을 주며 싸울 준비를 했다. "내일 스카이다이빙이라도 하러 가야 너는 내가 어떤 사람인지 깨닫겠구나." 엄청난 허세였다. "난 이런 사람이야."

바로 그때, 진흙 밖으로 삐죽 솟은 나무뿌리에 어머니 발이 걸렸다.

착한 아들인 나는 몇 발자국 떨어진 곳에 그대로 멈춰 서서 어머니가 요구한 거리를 유지했다. 그리고 환자가 필요로 하는 것을 주라던 네티의 이모의 영혼과 교신했다. 어머니는 넘어질 수도 있고 그렇지 않을 수도 있다. 나는 어떤 일이 벌어지기를 예상하거나 의심하거나 실행에 옮기기 위해 여기 온 게 아니었다.

다행히 어머니는 넘어지지 않고 오롯이 자기 힘으로 바로 섰다. 그리고 '흠' 하며 나를 돌아보았다.

어머니 머리에 이식한 전극에 키스라도 하고 싶은 충동을 느꼈지만, 좋은 간호사라면 절대 해선 안 되는 행동이었다. 단순히 아들로서 그렇게 한대도 지나친 생색내기로 오해받기 십상이었다.

"나는 지금 강해지는 중이야. 느낄 수 있어. 그런 나를 조금이라도 조종하려고 든다면 넌 평생 후회하게 될 거야. 내 상태가 완벽해진 날엔 끊임없이 널 따라다니면서 괴롭힐 거거든. 네 방 가구도 다 옮겨버리고, 네가 먹는 수프 그릇도 다 뒤집어엎을 거야."

나는 가만히 웃었다.

"그리고 시리얼 그릇도. 밥 한 끼 제대로 못 먹게 해줄 테니깐 두고 봐라."

어머니 말에 흘려 나도 모르게 두 걸음 앞으로 떼었다가 발이 진흙 속으로 푹 빠지고 말았다.

어머니는 두 손으로 내 팔을 꽉 잡고는 나무 꼭대기를 향해 크게 소리쳤다. "잡았다!"

─〜─

샌퍼드는 각도가 조절되는 전동 침대에 누워 있었다. VIP 병동에 입원한 소수의 환자에게만 제공되는 침대였다. 한때 그는 우람한 체격이었지만, 지금은 바람 빠진 풍선처럼 몸의 근육이 모두 사그라든 상태였다. 그의 눈길이 문가에 선 내게 닿았다. "어이쿠, 드디어 남자 직원을 보내왔군. 잘됐어." 그는 말을 마치기가 무섭게 발작처럼 기침하기 시작했다. 한 손을 얼굴로 가져갔지만 입을 가리기에는 어중간한 위치였다. "이리 올 것 없어요. 내가 할 수 있어." 그리고 다른 손으로는 침대 제어장치를 더듬었다. 그의 손은 제어장치에 고정되어 있었는데도 조종 스틱에 손가락을 갖다 대지 못했다.

"도와드릴까요?"

그는 의미 없이 손가락을 몇 차례 더 휘둘러보다가 나를 향해 고개를 끄덕였다. 손가락으로 스틱을 감싸 쥘 수 있게 도와주었더니 그가 말했다. "아침이라 그래요." 그리고 스틱을 쉬어싸듯 움직여 침대 각도를 올리자 기침도 멎었다. 열두 가지 기능을 갖춘 난간 없는 침대를 보니 마치 고급 호텔에 온 것 같은 착각이 들었다.

두 다리는 발밑에 받쳐놓았던 베개에서 떨어져 그대로 바깥으로 쭉 뻗어 있었고, 맨발은 침대 발치에 늘어져 있었다.

"나 좀 일으켜주시게." 그가 말했다. 나는 그의 양옆에 베개를 놓아 쓰러지지 않도록 위치를 고정해주었다.

자세 잡는 일이 마무리되자 그는 직접 자기소개를 했고, 누가 봐도 명백하게 부유한 그의 경제적 능력에 나는 머리를 조아려 존경을 표시했다. 물론 머시 병원은 모든 환자를 동등하게 돌본다고 늘 자부해왔지만, 이 병실에 있는 베개는 속을 합성섬유가 아닌 거위 털로 채운 것이었다. 그뿐이 아니었다. 전용 요리사에, 파스텔 색상의 환자복에, 엄청난 위험을 무릅쓰고 바닥에 카펫까지 깔아놓고 있었다. VIP 병동에는 병실 하나당 카메라가 두 대씩 설치되어 있었는데, 침대 바로 뒤에 하나, 그리고 병실 입구에 하나가 있었다. 병실에 설치된 카메라는 '신기하게도' 약물이 오남용되는 사례를 최소화하고 의료진과 환자 사이에 더 정확한 의사소통이 이뤄지도록 도와준다는 연구 결과도 있었다.

한 달 전 샌퍼드를 담당한 신경과 전문의가 우리에게 연락해온 이유도 어쩌면 모든 세부정보를 녹화하고 있는 이 카메라 덕분인지도 몰랐다.

네티는 회의적이었다. 샌퍼드는 죽음이 임박한 말기 환자가 아니라 단지 거동이 불편할 뿐이었다. "샌퍼드의 변호사가 토지 소유 문제를 해결할 때까지 기다리는 게 좋겠어요. 상담은 그 다음에 해요." 그녀는 VIP 병동 환자의 안락사를 도울 때는 환자의 문제를 99퍼센트 이상 해결한 뒤에야 일을 진행하기를 원했다. 다른 병원에서도 돈 많은 환자로 인해 프로그램이 이슈가 된 적이 있었기 때문이었다. 배우자 잘 만나 부자가 된 한 환자는 안락사를 신청하면서 병원 관리자들에게 실내 정원을 만들어주겠다고 약속했다. 일이 마무리되자마자 병원은 자금을 지원받고 조경사를 고용했는데, 유가족들은 변호사를 고용했다. 그리고 어디선가 존엄사를 반대하는 사람들이 (스스로를 뭐라 칭하는지는 모르겠지만) 나타나, 병원이 환자의 죽음을 이용해 부당한 이득을 취했다고 주장하면서 기자회견을 요청했다. 단순히 장폐색으로 사망한 환자가 후에 정원 건축 비용을 지원한 일이 밝혀진 것보다 훨씬 나쁜 상황이었다. 하지만 샌퍼드의 주치의는 그의 의견을 전적으로 지지했고, 이는 정확히 네티가 원하는 방식이었다.

"향수 뿌리셨나?" 그가 물었다.

나는 애프터셰이브 로션 향이라고 말했다.

"냄새가 너무 강한가요?"

"그건 아닌데, 이발소 냄새가 나서요. 그냥 코가 제 기능을 한다는 사실이 기뻐서 그럽니다. 그럼, 시작해볼까요? 당신 이야기부터 들어봅시다."

"어떤 이야기를 말씀하시는 건지?"

"나를 맡을 사람이 최소 어떤 사람인지는 알고 시작하고 싶어요. 세세한 부분까지 격의 없이. 당신은 이 일이 처음인가요? 기혼, 이혼, 아님 뭐죠?"

"아니요, 결혼한 적은 없습니다. 저는 제 소개를 드리고 앞으로의 계획에 대해 말씀 나누려고 왔습니다."

"그러니 자기 얘기를 해야지. 이성애자? 아니면 게이?"

나는 코오롱을 뿌린 것을 후회했다. "게이입니다."

"남자 간호사라. 이 직업을 택한 계기가 있었을 것 같군. 그리고 결혼을 안 했으면 싱글인가요?"

나는 콧잔등을 찡그리면서 대체 이런 정보가 어떤 점에서 그의 죽음과 관련이 있는지, 내가 느낀 당혹스러움을 정중하게 표현해 보이려고 애썼다.

"어느 쪽이라도 차별하려는 의도는 아니에요. 당신이 내 자살을 도울 거라면 그래도 몇 가지 기본 정보는 알려줘야지. 누구 만나는 사람은 있나? 그래요, 나는 알아야겠어요."

"아니요. 지금 만나는 사람은 없습니다." 사실 나와 론과 사이면, 우리 셋은 한 이불을 덮는 사이였지만, 나는 없다고 말했다.

"그렇군. 어디 봅시다." 커진 그의 눈에서 뭔가를 아는 사람의 통찰력이 엿보였다. "다시 이혼하고 보니, 이런 관계가 의외로 간단명료해집니다. 안 그래도 그 여자는 집안일에는 관심이라곤 없는 사람이었는데, 내 몸이 이 꼴이 되고 말았지." 그가 묶여 있지 않은 손으로 시트를 걷어 올리자, 가느다란 종아리가 드러났다. 그의 종아리는 VIP 병동 환자에 맞는 관리를 받아 수분으로 번들거렸다. 내게 한 질문들은 사실 자기 이야기를 꺼내기 위한 도입부였던 셈이었다.

"누구라도 병에 걸리면 어쩔 수 없이 손해를 줄이는 쪽으로 움직이게 돼 있거든. 어차피 그 여자에게 죽이나 떠먹여주길 기대하지도 않았지만. 당신이 누구에게 관심이 있는지는 몰라도 이기적인 여자나 남자와는 어울리지 않길 바라오. 제발, 그런 사람과는 결혼해야 할 상황을 만들어선 안 돼. 함께 산책이나 포도농장 투어를 할 때까지는 그런대로 괜찮았지만, 그 여자는 오줌 한번 싸는데도 별걸 다 갖춰놓아야 직성이 풀리는 그런 여자였어. 그 여자가 자기 화장실을 어떻게 꾸며놨는지 당신도 봤어야 하는 건데."

말하는 속도는 느려졌지만, 이야기는 거기서 끝이 아니었다.

"보이시나? 내 목이 제 상태로 돌아온 거? 그런데 그 여자에게는 매사가 경쟁 아니면 멸시였어. 게다가 나한테 죽 떠먹일 사람도 벌써 고용해놨더군. 간병인의 임금 일부는 자기가 슬쩍 했을 테고. 그리고 그때까지만 해도 나는 좌약을 넣게 되리라고는 꿈에도 몰랐지. 그녀에게는 해줄 만큼 해줬고, 몇 차례 난리가 난 이후에 모든 걸 끝냈지. 나는 중개인이 필요한 게 아니었으니까. 여기는 맘대로 지낼 수 있는 내 방이 있고 말을 많이 할 필요도 없어요. 그거 말고 내 몸에 필요한 게 뭐가 더 있겠소? 가끔 얘기하고 싶을 땐 대화상대도 있고. 지금처럼 말이요."

그는 침대 옆 팔꿈치 높이에 있는 작은 탁자를 바라보았다. 탁자 위에는 오렌지 주스 한 잔이 있었다. 컵의 표면에 맺힌 물방울이나 컵 가장자리에 꽂힌 딸기가 마치 사진 촬영용처럼 보였다.

"들어요. 10분 전에 가져온 주스라 아직 신선해요. 나는 별로 생각이 없거든."

"아뇨, 괜찮습니다."

"이곳에서는 도움이 필요할 때 버튼만 누르면 언제든 사람들이 내 방으로 들어와요. 집보다 낫지. 게다가 훈련도 잘 받은 사람들이고. 그들은 내가 스테로이드를 복용하고 계속 지껄여대도 항상 귀를 기울여줘요. 참을 수 있을 때까지 들어주고, 해야 할 일을 하고, 일정한 직업 정신만큼 친절하게 응대하고, 그런 다음엔 가버리지. 내가 이곳을 나갈 때까지. 내게 필요한 건 바로 그런 거요."

"제가 오늘 온 이유도 그래서입니다."

"아하! 그렇지, 죽는 얘길 하려던 참이었지? 당신네 부서는 일반적인 의료 사업과는 완전히 다른 일을 하더군요. 참 흥미로운 분야란 말이지. 그쪽 계통에서 끝장을 보려고 하는 곳은 아마 거기밖에 없을걸. 요즘《티베트 사자의 서》를 음성 파일로 듣고 있어요. 하루에 한 챕터씩. 정말 흥미로운 책이지만 라운지에서 아무나 붙잡고 '치카이 바르도Chikhai Bardo*'니 존재의 소멸이니 그런 얘길 했다가는 정신병자 취급을 당하겠지. 정말 애석한 일이 아닐 수 없어요. 특히나 여자들은 어쩔 줄 몰라 해. 그래서 내가 남자 직원을 보내달라고 요청한 거요. 우리 뇌는 좀 다르게 움직이니까. 게이라도 말이요. 농담이니까 고소하지는 마쇼. 정신과 의사와도 이런 얘길 나눈 적이 있었어요. 우리도 여자들만큼 삶을 사랑하지만, 힘든 일에 직면했을 때 흥분하거나 초조해하지 않아. 여자들처럼 과정에 열중하지도 않고. 우리는 결과를 원해. 내 말이 틀렸나?"

"사람마다 죽음을 대하는 태도는 다 달라서요."

"중립을 취하시겠다? 물론, 맘대로 하쇼. 그래도 내가 알 건 알지. 남자들은 뭐든 끝을 보려 해. 정상까지 오르고, 모조리 분해해보고, 어떻게 결론이 나는지 알아야 직성이 풀린단 말이야. 반면

* 죽음과 환생 사이의 첫 번째 단계.

여자들은 여정을 중요시해. 과정을. 그건 전적으로 여자들만의 특권이지. 내 말이 틀렸냐고? 외교적으로 굴려고 노력하지 말아요. 내 말이 맞다는 거 이미 알고 있으니까. 당신이 여기 왔다는 말은 내 요청이 명백히 받아들여졌다는 뜻 아니오? 윗선에서도 이의를 제기하지 않았고. 사회복지과에서 이런 요청을 받아들이다니, 내 생각이 더 굳건해지는 느낌이오. 그리고 고맙기도 하고. 우리 회사 HR 부서였다면 세상에는 남자만 있는 게 아니라면서 나를 엄청 못살게 굴었을 텐데."

"이의는 없었습니다. 우리가 하는 일에서 그건 정당한 요구거든요."

그는 머리를 들지는 못했지만, 눈썹을 들어 올릴 수는 있었다.

"우리가 하는 일?"

"죽음을 돕는 일이요."

"그렇군. 그런데 정말이지, 주스 좀 들어요. 누군가는 그걸 짜느라 얼마나 수고를 들였겠소."

나는 딸기를 뺀 뒤 주스를 마셨다.

그는 주스를 꿀꺽꿀꺽 삼키는 내 목을 가만히 지켜보았다. "이 오렌지가 어떤 온실에서 수확한 건지, 열매를 키우고 수확하는 일은 얼마나 고됐는지. 그런 걸 우리가 다 알아야 할 필요는 물론 없지만."

"맛이 좋군요." 내가 말했다. 별 노력 없이 손쉽게 유리잔을 탁자 위에 올려놓는 내 손을 그가 바라보았다. 내가 컵을 떨어뜨리지 않으려면 수없이 많은 작은 근육들이 제대로 기능해야 했지만, 나는 그 사실을 인지조차 못하고 있었다. 나 역시 건강을 의식하지 못하는 수많은 사람 중 하나였다.

"한 가지만 물어봅시다. 처음에는 왜 주스를 마시지 않겠다고 했소?"

"글쎄요."

"규정에 어긋나는 행동이었나?"

"아뇨. 그냥 싫다고 말씀드렸을 뿐입니다."

"자꾸 질문해서 미안해요. 그럼 그게 스스로 정한 규칙에 어긋난 행동이었기 때문이었나요? 그냥 좀 궁금해서 그래요. 한편으로는 마시고 싶은 마음이 있었으면서도 머리로 '생각'한 게 아니오? 뭔가를 생각했겠지. 어떤 식으로 보일까 걱정도 되고. 안 그런가요?"

마치 취직이 안 될 것 같은 회사에 면접을 보는 느낌이었다. "아마도요."

"그러다가 또 마시겠다고 했는데, 당신의 성격과 관련이 있나요? 이렇게 주저하는 태도는?"

"처음에는 무슨 이유에선가 망설였지만, 모르겠어요, 옛날식으로 예의를 표하려는 행동이었겠죠. 두 번 권했을 때 마셨고요. 그게 답니다."

"그냥 권할 때는 마시지 않더니 시키니까 마시는군요. 마치 명령을 기다린 사람처럼."

"잠깐만요. 지금 이거 즐기고 계신 거 아닌가요?"

다문 그의 입에 엷은 미소가 떠올랐다. "괴롭혀서 미안해요. 하지만 내 마지막 날 당신의 도움을 받게 됐을 때, 당신이 주저하는 모습을 보고 싶진 않아서 말이요. 머뭇거리며 살기에는 인생이 너무 짧거든."

"제가 머뭇거리는 일은 없을 겁니다." 그 말의 정당성을 보여주기 위해 나는 기꺼이 딸기를 먹어 보였다. "저의 주스 마시는 습관에 관해 토론하고 싶으신 게 아니라면, 이제 환자분께로 주제를 옮겨도 될까요?"

그는 가까스로 고개를 끄덕였다. 아마도 면접에 통과한 모양이었다. "계속하시오."

"제가 온 이유는 날짜를 의논하기 위해서입니다. 그전에 확인하고 싶은 사항이 있는데, 당일 참석자로 마리아나라는 여성분을 언급하셨더군요. 그분에 대한 정보가 별로 없어서요."

내가 이 방에 들어온 이후 처음으로 그는 풀이 죽은 모습을 보였다. "그분은 오지 않아요. 이번 일과는 전혀 무관한 사람이라 생각하시면 될 거요. 저기." 그는 침대 아래쪽에 접혀 있는 시트를 다시 가리켰다. "내가 위로 올라갈 수 있게 도와줄 수 있소? 다리를 잡아줘요."

그가 침대를 낮춰 편평하게 만드는 동안 나는 그의 종아리를 잡았다. 그가 침대 아래쪽이 올라가도록 제어장치를 조종하자 무릎이 위로 올라갔다. 나는 다리를 몸 쪽으로 밀어주었다. 마치 두툼한 요를 옮기는 느낌이었다. 그는 상체를 일으켜 몇 초간 반듯하게 앉았다가 원래 누워 있던 위치와 거의 비슷한 곳에 푹 쓰러졌다. "엉덩이가 침대 중앙에 가까이 있어야 하거든. 정말 고맙소."

"마리아나 씨께 참석해달라고 부탁하셨나요?"

"그렇소. 그분은 내가 몇 차례 수행할 때 만났던 구루°예요. 두 번째 아내가 이혼하면서 그 구루를 내게 소개해줬지. 그분은 수년간 나를 도와줬지만 이번 일에는 참석하지 않겠다고 하셨소."

방 귀퉁이에 설치된 카메라들이 신경 쓰였다. "그분이 이번 일을 반대하면서 더 의논해보자고 하시던가요?"

"그분에겐 그럴 권리가 없소. 친구도 가족도 아니니까. 육체의 감옥에서 벗어나고 싶다는 내 바람을 그분도 이해하셨지. 내 생각을 존중했고. 다만 그 자리에는 있고 싶지 않다고 하셨지. 무리한 부탁이었다는 건 나도 알고 있었소."

"그 일로 환자분께서는 어떤 기분이 드셨나요?"

"실망스러웠지."

나는 그 말이 곪아 터지도록 내버려두었다. 이제는 잘 움직이는 그의 손가락이 침대 제어장치 옆을 톡톡 두드렸다. 마치 버튼 하나만 누르면 나를 방에서 튕겨 나가게 할 수도 있다는 듯이.

내면을 온전히 표현할 시간을 주는 일은 심리 치료에도 도움이 되었지만, 지금은 이 공백이 가학적이라는 느낌을 지울 수가 없었다.

그는 푹 패인 마음속을 내게 드러냈다. "나는 그분이 와주길 정말 바랐소. 그래서 거절당했을 때 나는 그저 실망한 정도가 아니었지. 얼마나 슬펐는지 몰라요. 알겠소?"

예상했던 대로. 그는 자신의 감정을 느끼고 고통을 말로 표현함으로써 마리아나가 어떤 인물인지 내게 설명했다.

• 자아를 터득한 신성한 사람. 힌두교, 불교, 시크교 등에서 스승으로 일컬어진다.

"마리아나라는 분이 참석하지 않아서 이번 일에 어떤 식으로 영향을 미칠 거라 생각하시나요?"

"내가 자연사를 바라는지 묻는 건가요? 그건 아니오. 물어봐줘서 고맙소."

"제가 지금 이해한 대로라면, 그분이 참석하지 않은 채 이 일을 진행해도 정말 괜찮으시겠어요?"

그의 눈이 번득였다. "괜찮든 아니든 나는 내 생각을 지킬 거요. 이 문제에 대해 질문할 시간은 이제 지났어요. 어쨌든 염려해줘서 고마워요. 진심으로. 당신들 모두 이처럼 적절하게 준비를 해준 덕분에 나 역시 죽어가는 동안 그분이 여기 와서 손을 잡아주기를 마냥 기다리고만 있을 수가 없군요. 당신들과 나, 서로의 목적을 위해서라도 마리아나는 그날 그 자리에 오지 않는 걸로 하죠."

"전 그저 확실히 하고 싶어서 그러는데, 감정적으로 도움이 될 만한 다른 방법이 있다……"

"쓸데없는 소리 그만. 다른 건 없어. 당신이 있잖소. 그쪽이 도와주는 거죠?"

"네." 내가 대답했다.

"최소한 열심히 하는 척이라도 해요. 그럼 날짜를 정하고 이 일을 마무리 짓도록 하죠."

"제가 여기 온 이유도 그 때문입니다."

"이런 내 모습을 놀릴 수도 있었을 텐데. 이달 말쯤은 어때요? 스케줄이 꽉 찼나요?"

내가 패니를 보며 배운 흰 거지는, 더 빌이주지도 밀고 그렇다고 화를 내지도 말아야 한다는 것이었다. 레나가 그만둘 무렵, 한

번은 어떤 환자가 그녀에게 엄청난 적개심을 표출한 적이 있었는데, 그때 레나는 당황하며 아무런 조치도 취하지 못했다. 환자는 아이가 있는 젊은 여자였는데, 대장암이 골반으로 전이되었고 복수가 차서 배가 부풀어 오른 상태였다. 그녀의 아이들은 사회복지사와 함께 옆방에 있었고, 남편은 그녀가 약물을 마시는 동안 침대에 함께 누워 있었다. 그녀는 레나에게 빈 컵을 내주며 물었다. "당신은 계속 이렇게 잘 살아 있는데, 도대체 왜 나만 죽어야 하지? 왜지?" 전날 밤늦도록 흥청망청 논 게 분명해 보이는 레나는 대답하지 못했고, 빈 컵을 쥔 손만 부들부들 떨었다. "지금 내 눈에는 당신과 당신이 하는 일이 가장 특별하고 아름답고 좋아 보여. 우리가 서로 반대 입장이 되어 지금 죽을 사람이 당신이었으면 좋았을 텐데. 저 구석에 가 서 있지 그래요?" 레나는 그녀의 말대로 구석 창가로 가서 팔짱을 끼고 기다렸다. 하지만 그녀는 그치지 않고 레나를 향해 계속 소리를 질러댔다. "내가 모르핀 때문에 정신이 오락가락해서 이러는 줄 알아? 나는 진짜로 궁금하다고! 너는 사는데, 나는 왜 못 살지? 젠장, 도무지 이해가 안 가." 화면에 레나의 얼굴은 보이지 않았지만, 그 환자는 계속 지껄여댔다. 남편은 자기 아내를 진정시키기 위해 아무런 행동도 하지 않았고, '사랑해'라는 말도 하지 않았다. 레나를 향한 그녀의 마지막 말은 거칠고 난폭했다. 이후에도 지속된 공격적인 말들을 남편은 알지도 못했다. 그는 아이들을 데리러 가버렸고, 레나는 혼자서 시신을 닦고 서류 작업을 마무리했다. 나와 함께 녹화 기록을 지켜보던 네티가 말했다. "저런 말에 레나가 골낼 필요는 없었어요. 저 사람들에게 그녀는 상징적인 존재였을 뿐이니까."

그래서 나는 샌퍼드를 전문가로서 대할 뿐 개인적인 감정은 개입시키지 않기로 했다. 그는 나에 대해 알고 싶은 것이 아니었다.

"생각해둔 날이 있으신가요?"

"다음 주 화요일은 어떨까?"

"네, 좋습니다. 혹시 네티에게서 진찰 전용 스위트룸에 대해 들으셨습니까? 내려와서 직접 둘러보실 수 있게 미리 얘기해두겠습니다."

"나는 이 방 경치가 더 좋소만, 아무튼 고맙소."

"안 될 이유 없죠." 그렇지만 나와는 다르게 생각하는 누군가가 분명 있을 터였다. 의료시설의 펜트하우스와도 같은 이 방으로 우리가 슬그머니 기어드는 걸 그들이 반길 턱이 없었다. 이사진의 찬반 투표까지 가기도 전에 이곳의 최고참 담당 간호사인 카멀이 먼저 나설 게 분명했다. 그러나 어쨌든 고객은 왕이었다.

"제가 먼저 확인을 좀 해봐야 할……"

"이미 내가 다 처리했소."

"정말요?"

"어라? 당신한테도 감정이란 게 있긴 있었군. 이미 승낙까지 받았으니 확인할 필요도 없소." 샌퍼드는 그나마 잘 움직이는 한쪽 팔을 위로 올리더니 침대 위로부터 두 줄로 늘어뜨린 체인 끝의 작은 막대 위에 손목을 걸쳤다.

"도와드릴까요?"

"도움이 필요했다면 먼저 도와달라고 말했을 거요. 원하는 것을 요구하는 데는 더해히 아무 문제 없거든. 가끔 그냥 팔에 힘 빼고 매달린 기분이 나쁘지 않아요. 참, 기왕이면 저녁 시간에 죽고 싶은데 말이오."

"몇 시?"

"11시. 내가 가장 좋아하는 시간이라오."

그 말을 듣자마자 내 머리는 초과근무로 받을 수당부터 계산하고 있었다. 이게 다 그와 나 사이에 적당한 거리를 두고 평정심을 유지한 덕분이었다. 내가 서류 작업과 약물 수령하는 일을 9시쯤 시작한다고 치면, 대충 새벽 1시쯤에는 그를 시체 안치소로 보내고 서명을 마칠 수 있을 듯했다. 그렇게 되면 거의 50퍼센트의 초과근무수당을 추가로 받을 수 있었다. 하루 치 수당과 맞먹는 금액이었고, 그 비용은 샌퍼드가 지불할 터였다. "카멀에게 확인해보도록 하겠습니다." 나는 병실을 나가면서 말했다.

"얼마든지." 그는 기둥에 달린 체인을 앞뒤로 달가닥거리며 대답했다.

––––––/\/––––––

책상 앞에 앉아 키보드 틈새에 낀 부스러기를 털고 있던 네티가 나를 올려보며 물었다. "그 남자 환자는 준비가 다 끝났던가요?"

"마리아나는 참석하지 않는답니다."

"가족?"

"구루라더군요."

네티는 키보드에서 나온 먼지를 쓸어 담아 폐지함에 버렸다.

"저런, 그 일로 차질이 생길 수도 있겠군요. 언제 하겠대요?"

"다음 주 화요일이요. 그럼 스케줄에 넣겠습니다."

"회피하는 타입의 사람이라 좀 걱정스럽네요. 그가 평생 써온 책략에 말려드는 느낌이랄까."

"회피라뇨? 그는 정말 노련한 사업가인걸요."

"부인이 셋인걸요? 회피형 맞아요. 그 사람에게 구루가 있었다니, 어쩌면 내가 잘못 생각했을 수도 있지만. 어쨌든 그가 남자 직원을 원했는데, 드디어 뜻대로 됐군요. 그건 그렇고, 혹시 아이리스를 돕는 일에 관심 있나요?"

"오늘이잖아요?"

"맞아요. 사실 지금 시작할 시간이에요." 네티는 자기 책상 위에 놓인 파란색 농반*을 가리켰다. 농반에는 넴뷰탈이 담긴 컵 하나가 있었다. "갑작스러운 일인 건 알지만, 두 딸과 파트너가 지금 와 있어요. 파트너 이름은 '레노어'구요. 이번 일을 어떤 식으로 진행할지, 어떤 의미를 부여할지 자기들끼리 완벽하게 마음이 맞아 진행 중이에요. 우리에게 기대하는 건 별로 없는 것 같아요. 그러니 그냥 들어가서 할 일만 하고 나오면 돼요. 환자가 죽은 후에도 가족들끼리 시간을 보낼 수 있게 해달라더군요. 시신 닦는 일도 그 사람들이 알아서 하겠다고 했으니 내버려 두면 돼요. 평소 쓰던 비누도 챙겨 왔더라고요. 어때요, 괜찮겠어요?" 네티는 컴퓨터 모니터 귀퉁이의 시계를 확인했다. "대략 한 시간 전쯤 메토클로프라미드**를 투약했어요."

"제가 간다는 걸 환자와 가족들이 알고 있나요?"

---

* 강낭콩 모양으로 생긴 의료용 쟁반이나 접시.
** 구토를 막는 약.

"나 아니면 당신, 둘 중 한사람이 가는 걸로 얘기해뒀어요. 지금은 가족들이 환자가 좋아하는 시를 읽어주고 있더군요. 우리한텐 신경 쓰지 않을 거예요. 전에 환자 만난 적 있죠?"

"본 적 있어요." 키가 크고 뼈가 앙상한 여환자로, 프라이 브레드* 같이 작고 동그란 종양이 몸통 전체에 퍼져 있었고, 팔다리와 목으로 번져가는 중이었다. 그녀가 조금이라도 몸을 움직일라치면 종양이 터져 피고름이 흐르곤 했다.

"평소 쓰던 향을 가져와 피우고 싶어 했지만, 병원에서는 소방법이 어쩌고저쩌고하면서 못하게 하더군요. 화재경보기가 울리지 않게 연기 안 나는 양초를 가져오겠다고 했어요."

"제가 할게요."

"좋아요, 그렇게 해요." 네티는 내게 쟁반과 서류를 건네주었다. "C22호실에 있어요. 녹음기 가져가요."

"주머니 안에 녹음기 있어요." 내가 말했다. "참, 샌퍼드 말인데요. VIP 병동에서 진행하고 싶대요. 늦은 밤, 자기 방에서요." 그렇게 하는 데 생길 여러 장애물을 네티가 머릿속에 떠올리도록 나는 잠시 말을 멈추었다가 덧붙였다. "장소, 시간은 카멀을 통해 이미 다 얘기했더군요."

"우리한테 후폭풍이 불지 않은 게 놀랍네요. 대단한 발전이에요. 할 말이 더 남았나요?"

나는 샌퍼드와 아이리스 사이에 조금이라도 간격이 생기도록 최대한 시간을 끌고 싶었지만, 네티는 넴뷰탈 컵을 향해 고개를

* 미국 나바호 원주민이 먹는 기름에 튀긴 빵.

까딱하면서 지금 내가 가야 할 곳이 어딘지 가리켰다.

"그럼 얼른 가봐요."

—⋏—

문을 열어준 여자는 누가 봐도 아이리스의 딸이었다. 그녀의 짙은 머리카락은 길고 곱슬곱슬했는데, 아이리스가 보여줬던 예전 건강한 시절의 사진 속 모습과 닮아 있었다. 목에 늘어뜨린 초록색 체인 안경줄 때문인지 엄마보다도 키가 더 커 보였다.

"실례지만 데니스인가요, 툴라인가요?" 내가 물었다.

"툴라예요. 네티는 아닐 테고, 에번이겠군요. 들어오세요!" 그녀는 안으로 들어오라고 손짓했다. 피워둔 향초에서 레몬그라스와 일랑일랑 향이 났다. 그 향은 인간이 부패하면서 낼 세속의 냄새를 덮고 있었다. 그들은 의자와 소파 그리고 철제 침대 난간에 주황색 천을 드리워 방 전체를 하나의 커다란 고름집으로 변신시켰고, 침대에 누운 환자가 그 속에 교묘하게 숨어들도록 꾸며놓았다.

이불을 덮고 옆으로 누운 아이리스는 한쪽 팔을 이불 밖으로 꺼냈는데, 서너 개의 분홍색 종양이 팔에도 자라고 있었다. 머리 바로 옆에는 빛바랜 조각보가 접혀 있었다. 솜씨 좋게 배열된 조각보는 그녀의 추억이 담긴 물건임이 분명했다. 하지만 반복되는 빨간색과 초록색 마름모 무늬가 너무 요란스러워 방의 분위기와는 어울리지 않았다.

입이 귀 끝에 걸린 아이리스는 소리를 내지는 않았지만, 몸을 흔들며 웃느라 눈이 반쯤 감겼고 가슴은 들썩거렸다. 얼굴은 스테로이드 부작용으로 퉁퉁 부은 상태였다. 풍성한 은발을 가진 레노어는 이불을 덮고 아이리스 옆에 바짝 붙어 함께 웃고 있었다. 100년도 더 되어 보이는 세피아 톤의 자연 풍경을 담은 사진첩이 그녀의 옆에 있었다.

"에번이 왔어요." 툴라가 말했다.

방 안 여자들은 그게 그들의 권리라는 듯 고개조차 들지 않았다.

가족들과 비슷한 골격을 가진 데니스는 의자 양쪽 팔걸이에 팔을 얹고 편한 자세로 앉아 있었는데, 마치 영혼은 어딘가 다른 곳을 헤매는 사람처럼 조금은 분리된 듯한 모습이었다.

침대 아래편에는 액자에 넣은 사진들이 잔뜩 펼쳐져 있었다. 노 젓는 배에 탄 아이리스와 레노어의 사진이 보였다. 아이리스는 가슴 가까이 노를 잡고 카메라를 향해 몸을 기울이고 있었고, 턱을 치켜들고 입을 한껏 벌려 포식자의 미소를 띠고 있었다.

전직 다리 모델이던 아이리스는 촬영이 끝나면 사람들과 어울려 노는 것이 일인 사람이었다. 그러다 우연히 광고회사의 기획자가 되었고, 나중에는 사장 자리까지 올라 건물을 짓고 회사를 운영하게 됐다. 그때 남편과 이혼하고 레노어를 만났다. 광고 일에 신물을 느낀 그들은 사업을 정리했다. 그리고 지금으로부터 3년 전 심리치료사가 되기 위해 교육을 받던 중, 쿵! 날벼락과도 같이 희귀 암이 아이리스에게 찾아온 것이었다.

잘 찍은 10여 개의 사진 속에는 툴라와 데니스의 성장이 담겨 있었다. 같은 파란색 벨벳 드레스를 입고 사진을 찍은 두 소녀는 각기 다른 풍경에서 각자의 친구들과 자기 일을 하는 여자들로 자랐다. 사진 속에서 전남편의 모습은 보이지 않았다. 아이리스가 아이들을 데리고 집을 나올 때 그들은 각각 여섯 살, 여덟 살이었다.

그들은 규정을 위반했는데, 아이리스를 포함한 모두가 반쯤 채운 와인 잔을 들고 있었다. 병을 보니 프랑스산이었다. 이전 환자들 가운데 술로 인해 문제가 불거진 적이 있었기 때문에 병실에서는 음주를 금한다는 규정을 그들도 전달받았을 터였다. 하지만 아이리스는 분명 정답을 좋아하는 유형의 사람이 아니었다. 네티는 사실을 알면서도 이 정도쯤은 눈감아주려는 듯했고, 나 역시 기꺼이 그렇게 하기로 했다. 아이리스가 한 병을 전부 마시지만 않는다면 넴뷰탈을 삼키는 데는 아무 문제가 없을 테니까.

오늘 아침 나는 아이리스의 마지막 인터뷰 내용을 다시 읽어보았다. '죽음은 두렵지 않아요. 놀랄 일도 아니에요. 하지만 나에 대해 자꾸만 커지는 혐오감은 너무 견디기가 힘들어요.'

피부에 생긴 종양은 일정한 순서 없이 마구잡이로 생겨났다. 순환계나 신경계를 따라 생기지도 않았다. 어떤 부위에서는 균일한 간격으로 돋았지만, 또 어떤 부위에서는 빽빽하게 무리를 이루며 생겼다. 심각한 외모 손상은 환자를 실존에 대한 고민에 빠뜨릴 수 있다고 정신분석의도 설명한 바 있었다. 비단 다리 모델이 아니라 평범한 사람이라도 자신의 몸에 낭포 꽃이 피고, 터져서 피고름이 흐르고, 자꾸만 퍼져나가는 모습을 지켜보는 것은 쉬운 일이 아니리라.

이런 꽃 덤불은 손목을 휘감고 손등까지 덮었지만, 다행히 손바닥까지 퍼지지는 않아 스스로 컵을 들고 입술로 가져가는 일은 가능했다.

침대는 창을 향해 있었고 창턱에 받쳐놓은 작은 그림이 흐릿한 햇빛을 자그맣게 가리고 있었다. 아이들 그림책의 삽화처럼 밝은 색상이었다. 풀이 우거진 언덕 꼭대기에 네모난 통나무집이 멋들어지게 자리 잡았고, 지붕의 굴뚝에서는 연기가 구불구불 피어오르고 있었다. 창백한 하늘빛과 땅 위에 짙게 깔린 어둠, 그리고 지평선을 따라 이제 막 빛나기 시작한 별들로 보아 이 환상의 나라는 지금 날이 저무는 중이라는 것을 알 수 있었다. 통나무집 옆의 비틀린 나무 한 그루가 그림의 주제를 표현하고 있는 것 같았다. 잎이 다 떨어진 가지 하나가 바닥까지 드리워져 있었는데, 다시 위로 뻗어 올라가려는 어떤 의지도 보이질 않았다. 주위 풀밭은 잘 다듬어져 있었고 색깔은 선명했으며 집에서는 분명 파이 냄새가 퍼질 것 같았다. 그런데 기묘하게도 죽은 나뭇가지만이 이 모든 풍경이 진짜일지 모른다는 생각을 하게 만들었다. 그림 속 풍경이 되는 게 아이리스의 목표였을까? 그림은 침대 정면에 놓여 있었다.

그림의 의미가 궁금했지만 나는 그런 마음을 꾹꾹 눌러 감췄다. 아이리스는 레노어와 이야기 중이었고, 두 딸은 자기들끼리 서로 이야기하는 중이었다. 그들은 나의 존재를 부정하지도 않았지만 끼워주지도 않았다.

"잠시 뒤에 다시 올까요?" 내가 물었다.

아이리스는 고개를 들더니 딸들을 향해 눈썹을 올렸다. 매력이 넘치던 옛 시절을 엿보는 것 같았다. 하지만 그 제스처로 인해 귀

밑의 작은 종양 하나가 터졌다. "아니에요. 당신만 준비됐다면 나도 좋아요. 어차피 작별인사는 이미 마쳤는걸요." 그녀가 고갯짓을 하자 가족들이 각자 위치로 움직였다.

나는 시작했다. "아시다시피 모든 과정이 정해진 형식에 따라 진행되게……"

"그럼요. 당신이 해야 할 일이 있다면 뭐든 다 하셔야죠."

나는 작은 테이블에 카메라를 죔쇠로 고정했다. 그리고 아이리스에게 질문했고, 그녀는 적절한 때에 '네'라고 대답했다.

마지막 단계에 이르자, 그녀는 다시 고갯짓으로 딸들을 침대 주위로 모이게 했다. "침대 위로 올라와. 얼른얼른."

레노어도 옆에서 거들었다. "와인 잔도 가져오고."

디렉터스 컷을 위해 나는 방금 한 말은 못 들은 척 고개를 돌렸다. 내 관심은 온통 손에 쥔 컵에 쏠려 있었지만, 단단히 잘 잡고 있었기에 약물은 미세한 떨림조차 보이지 않았다.

이제 사랑하는 가족들에게 남은 마지막 과제는 낭포를 터트리지 않고 아이리스를 만지는 일이었다. 레노어는 한 손을 아이리스 어깨의 온전한 피부 위에 올려놓았다. 툴라와 데니스는 각각 오른쪽 종아리와 왼쪽 손바닥에서 깨끗한 부위를 찾아냈다.

아이리스는 가족들이 각자 자리 잡은 모습을 둘러보면서 말했다. "이런, 벌써 나를 다 나눠 가지셨네. 나는 조만간 재가 될 테니까 그때는 나눠 갖는 일이 훨씬 쉬울 거야." 애정 어린 눈빛으로 아이리스를 바라보는 레노어의 눈은 차분했다.

밝게 동자처럼 우아한 윤기인 속에서도 아이리스의 팔꿈치 쪽에서 누런 피고름이 흘러내려 시트를 더럽혔다. 그녀가 조심스럽

143

게 자세를 바로잡자, 붉은 얼룩이 좀 더 커졌다. 툴라가 알아채고 고름 부위를 누르거나 덮을 뭔가를 찾으려다가 그만두었다.

아이리스는 손을 내밀어 컵을 받아 몸 가까이 가져갔다. 그녀는 철학적인 눈빛으로 컵 속에 담긴 심연을 응시하지도 않았고, 다가 올 죽음이 어떤 맛인지 머뭇머뭇 입술을 대보지도 않았다. 받자마 자 그녀는 컵을 입에 가져갔고, 가족들도 다 같이 자기 잔을 들었 다. 아이리스는 다른 사람들보다 더 빠르게 잔을 비웠다. 마치 밤 새 계속되는 술 마시기 게임에서 드디어 자기 차례가 왔다는 듯. 그녀가 약물을 삼키는 동안 레노어의 손끝이 아이리스의 어깨를 따라 움직였다.

툴라는 웃으며 울었다. "역시 우리 엄마라니까!"

"역시 나지." 아이리스는 툴라의 손목을 잡으며 말했다.

데니스가 눈으로는 엄마를 계속 바라보면서 손으로는 컵을 받 아 내게 건네주었다.

"이런, 들었던 것보다 훨씬 지독한 맛이네."

그러자 레노어가 와인을 권했고, 아이리스는 나를 보며 미안해 하는 미소를 짓더니 거절했다. "난 괜찮아." 그녀는 이불자락으로 입가를 닦으며 말했다.

비교적 적은 횟수인 여섯 번의 '사랑해'가 오고 갔다.

"그냥 나 좀 잡아줘. 그거면 됐어." 아이리스가 말했다. 가족들 의 손길에 둘러싸인 채, 그녀는 그림을 응시했다.

아이리스는 세 여자가 계속 자기 몸에 손을 대게 한 상태에서 천천히 몸을 흔들었다. 약 기운이 아직 몸 전체에 퍼지지는 않았 기에 그녀의 눈빛은 빛났다. 가족들은 혹시라도 그녀가 쓰러지면 바로 잡아줄 수 있게 긴장하고 있었다.

아이리스가 무릎을 손으로 짚으며 몸을 앞으로 기울이자 신음이 흘러나왔고, 소리는 조금씩 커졌다. 몸이 깊게 내려올수록 신음 소리도 더 깊어졌다. 그녀는 숨을 들이마시기 위해 잠시 멈췄다가 다시 소리를 냈는데, 점점 커지는 그 소리는 야성의 소리와도 같았다. 또다시 호흡, 그리고 이후의 데시벨은 한층 높아졌다. 엄마의 신음을 자신도 내는 것처럼 툴라의 입이 벌어져 있었다.

나는 뒤로 물러서 기꺼이 안 보이는 사람이 되어주었다.

어머니와 나는 저런 장면을 만들지 않으리라. 이처럼 벌거벗겨진 느낌은 절대 경험하고 싶지 않았다. 내 어머니의 마지막 말이 울부짖는 소리가 아니길. 하긴 절대 그럴 리 없지. 그녀는 절벽 아래로 발을 내딛거나 사자의 이빨 사이에 머리를 들이밀며 '진짜 흥미롭지 않니?'라고 말할 사람이었다. 내가 조금만 다른 반응을 보여도 사실을 인정하고 받아들일 때까지 나를 괴롭히곤 했었다. 어머니가 계속 낙천적인 상태로 남아 있길 바랐다.

웬델은 어머니가 중년에 만난 남자친구 중 한 사람이었다. 나는 그를 통해 인생을 해석하는 데 여러 시각이 있을 수 있다는 사실을 처음으로 깨달았다. 머리가 희끗희끗한, 미얀마 출신의 교수였던 그는 예전 우리 아버지처럼 촉망받던 젊은 시절보다 훨씬 못한 인생을 살고 있었다. 책 출간에 실패한 원인을 그는 자금 조달의 문제로 봤고, 어머니는 열의가 부족해서라고 했다. 여하튼 그는 자신이 연구한 분야에서는 위상을 잃었지만, 좀 더 감수성 풍부한 학생들, 그러니까 일곱 살에서 이홉 살까지의 꼬맹이들에게 역사를 가르치며 나름 인기를 얻었고, 그렇게 건강하고 실용적인 방법

145

으로 현실에 적응해나갔다. 그리고 그보다 훨씬 실용적인 방법은 우리 어머니를 웃게 하는 일이었다. 하지만 아니나 다를까, 그는 어머니의 기대에 부응하는 삶을 살지 못했고 결국 몇 안 되는 소지품을 챙겨 집을 나가야 했다. 짐을 쑤셔 넣은 여행 가방을 들고 옆문으로 나가는 그의 눈가에는 눈물이 맺혀 있었다. 그는 나에게 잘 지내라며 여러 번 행운을 빌어주고 이렇게 말했다. "어머니가 항상 옳은 건 아니야. 때로는 구렁에 빠질 수도 있어. 필요하면 살려달라고 소리도 치렴. 법에 어긋나는 일도 아니란다." 나는 고개를 끄덕이며 그의 말을 열심히 들었다. 예의 바른 내 태도를 봐서라도 그가 계속 머물기를 바라면서. 하지만 그는 떠났다.

한마디로 우리는 죽은 사람을 그리워하며 슬프게 우는 그런 사람들이 아니었다. 비가 오는 우울한 날이 있을 수도 있었지만, 어머니에게는 아니었다. 만약 우리가 아버지를 따라 무덤으로 뛰어들었다면, 결국 우리는 가슴을 치고 운명을 한탄하면서 계속 거기에 머물 수밖에 없었을 거라고 그녀는 말했다. 그녀는 자신이 가진 카드로 할 수 있는 최선의 게임을 했다고 말하기를 좋아했다.

툴라는 아이리스입술에 키스했다. 가족들은 터져 나오는 울음을 막을 생각도 않고 목 놓아 큰 소리로 울었다.

아이리스는 주위를 둘러보다 모든 사람을 슬프게 한 데에 책임감을 느꼈는지 조용히 미안하다고 말했다. 그리고 그쯤에서 그녀의 시선이 닿은 것은 가까이에 있는 레노어였다. 이제 그녀에게 창틀의 그림은 단순한 형상 그 이상도 이하도 아니었다. 개에게 미술작품이 아무런 의미가 없듯. 그녀는 계속 상체를 일으켜 앉으려 했지만, 내 눈에 그녀는 이미 시체 같았다. 무슨 이유에선지 갑자기 그녀가 크게 활짝 웃었다. 과거의 수수께끼라도 풀린 것일까, 아니면 매캐한 트림이 올라온 것일까? 무엇이든 간에 뇌가 멈출 때까지 약물은 계속 그녀의 몸 구석구석으로 퍼질 터였다.

아이리스가 나를 보며 레노어에게 뭐라고 조용히 속삭였다. 레노어가 내게 다가와 말했다. "와주셔서 감사했어요. 그런데 밖에서 기다려주시면 어떨까요? 필요하면 다시 부르도록 할게요."

"물론 그렇게 하겠습니다. 그런데……"

"카메라는 돌아가게 두시고요. 절대 건드리지 않아요."

"네, 전 그럼 이만." 나는 무덤덤하게 말하고 밖으로 나간 다음, 소리가 나지 않게 천천히 문을 닫았다.

내가 나가자마자, 아이리스를 뺀 나머지 여자들은 더 크게 울면서 노래를 부르기 시작했다. 닫힌 문을 사이에 두고도 간단한 음률의 노래 가사를 대충 알아들을 수 있었다. 그런 것들이 허용되던 시절의, 약간은 암울한 내용의 동요 가사였다. 아이리스는 자장가를 들으며 잠이 드는 자신의 모습을 낯선 이가 지켜보는 게 싫었던 모양이었다.

복도 끝 멀리에서 머리를 빡빡 깎고 다리에 핀을 박은 십대 소년이 휠체어에 앉아 360도로 빙빙 도는 연습을 하고 있었다. 재활치료센터에서 그를 이리로 보낸 게 틀림없었다.

C22호에서는 음조를 낮춘 장송곡이 더 크게 흘러나왔다.

평소 난 그렇게 고약한 인간은 아니었지만, 만약 내가 죽게 되면 과연 누가 나를 찾아와 건배를 해줄까? 네티의 이모도 '특별한' 친구가 있다고 했는데. 하지만 확실한 것은 아무 것도 없었다. 아흔일곱 살이 되도록 매일 데친 시금치를 먹으며 기를 쓰고 살아갈지, 아니면 완벽하게 순진한 아내 옆에서 매일 밤을 보내게 될지. 매시간 탈출하고 싶은 욕구를 억누르고 방랑벽을 모른 체하면서 일주일에 6일을 일해 번 돈으로 각종 고지서를 납부하고 열 명의 아이들을 키우며 살아갈지, 누구도 모를 일이었다. 아이들은 모두 친절하고 현명하게 자라리라. 하지만 그런 후에도 죽음은 어김없이 나를 찾아온다. 들것에 실려 이런 곳으로 들어선 나는 머리 위 환기시설에서 달가닥거리는 소리를 들으며 누워 있고, 인턴 의사는 갑자기 찾아온 날카로운 두통의 원인이 무엇인지 꼭 찾아내겠다고 약속한다. 하지만 이미 망각의 강을 건너고 있는 내게 나의 사랑하는 가족들은(화가, 교수, 비행기 조종사가 된 내 아이들은) 나를 위해 장송곡을 부르기 시작한다. 어쩌면 발을 주물러줄지도 모르겠다. 복도는 점점 어두워지고 나는 홀로 남는다. 주변에는 아무도 없다. 내 몸은 이미 차갑게 식어 있다. 죽고 사는 이 모든 일이 어쩌면 의자 빼앗기 게임과 같다는 생각이 들었다.

도대체 이런 게임을 우리는 왜 하는 것일까?

나의 죽음은 지금 문 뒤에서 벌어지는 이런 부드러운 의식과는 거리가 멀 것이라고 생각했다. 먼저, 나를 위해 와줄 사람도 없었고 마지막 순간을 믿음직하게 지켜줄 아이들의 아버지가 될 가능성도 매우 희박했다. 줄리아라면 기꺼이 의식에 참석해줄 수도 있겠지만, 그녀에게 내 소식을 전할 사람이 있을지 의문이었고 그녀가 며칠씩 휴가를 얻을 수 있을지도 알 수 없었다. 론과 사이먼은? 그들은 겁이 너무 많았다. 예전에 만났던 한두 사람은 내 소식을 듣고 오히려 고소해할지도 몰랐다. 아니, 이들 중 누구도 오지 않을 것만 같았다. 그들은 모두, 나처럼, 그저 스치는 사람들이었다.

마지막까지 내 옆에는 그렇고 그런 사람만이 남아 있겠지. 늦은 밤 가슴을 조여오는 통증(할아버지가 예순넷의 나이에 그렇게 돌아가셨다)으로 인해, 또는 쇼핑몰에서 벌어진 폭도들의 총격전 한가운데로 잘못 걸어 들어갔거나, 길을 가다가 별안간 쓰러진 나무에 깔려 죽는 식의 갑작스러운 죽음은 오히려 축복이었다. 그런 축복조차 누리지 못한다고 가정했을 때, 내 마지막 약한 숨이 꺼질 그때가 언제든, 그들이 내 이마를 쓸어줄 때 내가 눈을 마주치고 간절히 바라볼 그 사람이 누가 됐든, 지금 내 옆의 사람들은 여전히 낯선 이방인 쪽에 가까웠다.

최소한 관을 들어줄 몇 사람만이라도 내 옆에 있도록 인내심을 가지고 살았어야 했다는 뒤늦은 후회가 밀려왔다. 하지만 그런 일은 생기지 않았다. 어머니와 나는 거의 취미 삼아 이 도시에서 저 도시로 이사를 다녔다. '넌 앞으로도 가만히 머물러 사는 일이 쉽지는 않겠구나.' 한번은 심리치료사가 내게 이런 말을 했다. 그녀는 숱이 많은 앞머리를 검게 염색해 사회복지사라기보다는 기타리스트처럼 보였다. '너의 롤모델은 누구니?' 그때 들었던 그 질문이 갑자기 생각나면서 내 머릿속에 떠오른 유일한 사람이 바로 아이리스였다.

의자 빼앗기 게임의 승자가 가장 마지막에 남는 사람이라면, 아이리스는 바로 최후에 남은 그 한 사람이었다. 나는 그렇게 죽고 싶다고 생각했다. 이 철문 안쪽에서 아이리스가 죽어가는 그 모습 그대로.

노랫소리가 갑자기 낮아지더니 울음이 터졌다. 소름 끼치는 웃음소리도 들렸다. 나는 나중에 문서에 기록하기 위해 시간을 확인했다. 굳이 안으로 들어가 무슨 일이 벌어진 건지 확인할 필요는 없을 듯했다.

복도 끝 소년이 방향을 틀더니 나를 향해 빠르게 다가왔다. 운동 경기 중 부상을 당한 모양이었다. 금속 보조기를 착용한 부러진 다리는 잔디밭에서 거칠게 태클을 하다가 생긴 영광의 상처가 분명했다. 그로 인해 한 계절을 망쳤으니 분명 무척 번거로운 일이 아닐 수 없었지만, 아이의 다리는 곧 새것처럼 좋아질 터였다. 그리고 나이가 들어 배불뚝이 아저씨가 된 어느 우중충한 겨울날 아침, 그는 그날 오후의 경기를 떠올리며 달콤하면서도 씁쓸한 추억으로 되새길 것이다.

그는 휠체어 바퀴를 열심히 굴리다 말고 고개를 들어 진료실 문에 귀를 대고 서 있는 나를 쳐다보았다. 그는 씩 웃으며 말했다. "안 물어볼게요."

나도 같이 싱긋 웃어주었다. 웃는 아이의 얼굴을 마주하고 보니 방금 그에게 찾아올 중년의 아픔을 상상한 일이 후회스러웠다.

소년이 휠체어를 굴리며 멀어져갈 때 레노어가 문을 열었다. 레몬그라스 향과 함께 상상했던 광경이 눈앞에 열렸다. 괴로워하는 딸들과 침대 중앙에 입을 반쯤 열고 누워 꼼짝도 하지 않는 아이리스.

레노어는 아직도 숨이 제대로 쉬어지지 않는 모양이었다. 그녀는 팔을 벌려 나를 안고는 내 가슴에 얼굴을 묻었다. 그녀의 젖은 뺨이 내 목에 닿았다. "고마워요, 고마워요, 고마워요, 고마워요, 고마워요, 고마워요."

"아닙니다." 나는 휠체어의 소년이 이 장면을 지켜보길 바라며 대답했다.

난데없이 눈물이 흐르기 시작했다. 전문가답게 차분하게 감정을 제어하며 떨구는 조용한 눈물이 아니라 꺽꺽거리는 격한 울음이었다. 훌쩍거리던 레노어의 울음소리도 더욱 커졌다.

소년이 이 모습을 보았다면 우리가 한 가족이라고 생각하겠지. 문제 될 건 없었다. 적어도 이 복도에는 보안 카메라도 없으니까.

여전히 목이 메고 콧물이 줄줄 흐르며 몸서리가 쳐졌지만, 흐느낌이 조금 잦아들어 나는 겨우 제대로 숨 쉴 수 있게 되었다. 레노어는 다시 한번 나를 꽉 안아주었고, 나는 그녀의 위로를 기꺼이 받아들였다. 그러면서 한편으로는 나무가 그려진 그림의 의미가 무엇인지 지금 물어볼까 고민했다.

'이 어시스턴트가 과연 이런 역할을 계속하는 것이 적합한지 의문스럽다'는 생각을 지울 수가 없었다.

—∿—

햇볕이 쨍쨍 내리쬐는 가운데 론은 윌로우 우드 정문과 경사로 사이의 잔디밭에 얇은 널빤지를 깔고 누워 반쯤 졸고 있었다. 그는 담배를 피우지 않았지만, 기회가 있을 때마다 담배 태울 시간이 필요하다며 밖으로 나가곤 했다. 다른 동료들이 모두 그렇게 했기 때문이었다. 어머니는 직원들의 그런 행동이 직장 내 시위 형태에 매우 가깝다고 말했다. 그는 감청색의 유니폼 상의를 가슴까지 끌어올려 배를 다 드러내고 대자로 뻗은 채 누워 있었다.

내가 그의 얼굴에 그림자를 만들자, 그가 눈을 떴다. 그는 눈을 가늘게 뜨고 나를 보았다. "컴플레인할 테면 해봐. 그렇지만 나 지금은 명찰 뗐다."

"그래도 위생법에는 걸릴 것 같은데."

"다시 들어가면 소독할 거야. 하지만 그거랑 상관없이 이런 뜨거운 뙤약볕에 오래 살아남을 생명체는 없을걸. 저길 봐." 그러면서 콘크리트 현관 근처, 그늘이 살짝 드리워진 경사지를 손으로 가리켰다. 거기에는 희고 검은 털의 더러운 고양이 한 마리가 배를 드러내고 발을 옆으로 뻗은 채 누워 있었는데 론이 누운 자세랑 똑같아서 둘 다 비행기에서 떨어진 게 아닐까 하는 생각이 들었다. "주방 직원들이 불쌍해서 가끔 먹을 걸 주는 모양인데, 그 거로는 충분치 않은가 봐. 이런 날씨에는 수분이 부족하기 쉬워서 요로감염에라도 걸리면 다음에는 어떻게 되는지 말 안 해도 알지?" 그는 고양이를 향해 '쉭쉭' 하고 소리를 냈다. 하지만 고양이는 꿈쩍도 하지 않았다. 다시 한번 더 크게 소리를 냈지만 반응이 없었다.

"죽은 걸까?" 내가 물었다.

"아직 파리가 꼬이진 않았잖아."

"어쨌든 이런 곳에 계속 있으면 피해를 줄 것 같은데."

론은 다시 바닥에 벌렁 눕더니 나를 쫓아내려고 했다. "좀 다른 데로 가줄래? 너야말로 피해를 줄 수 있거든. 나 쉬는 시간 아직 3분 남았어." 그러면서 눈을 감았다.

나는 뒤로 물러서 그의 얼굴에 다시 햇볕이 떨어지게 했다.

"재밌는 얘기 없어? 자살 얘기 말고 말이야. 크루즈선에서 일할 때 얘기 좀 해봐."

"600명이 한꺼번에 설사병에 걸린 그런 얘기?"

"그건 사이먼도 같이 있을 때 얘기해줘. 난 '승객과 나눈 섹스' 뭐 그런 종류가 땡기는데."

"이젠 그 얘기 다 알잖아."

"모르거든."

그가 모르는 이야기는 없었다. 승무원으로 일하는 데는 여러 규정이 있었고, 나는 규정을 어길 필요성을 느끼지 못했다.

"그럼 네 상사 얘기는 어때? 오늘 사무실에서 무슨 일 없었어?"

"캐시 말이야?" 한 번 시작한 거짓말은 또 다른 거짓말을 낳았다. 우선 네티라는 이름은 한번 들으면 쉽게 까먹을 만한 이름이 아니었기에 나는 평범한 다른 이름을 둘러댔다. 게다가 네티는 961법안이 처음 시행될 때부터 이 부서에 소속되어 있었다. 하지만 캐시라는 이름을 가진 사람은 머시 병원에만 한 트럭은 될 터였다.

"지금쯤이면 분명 뭔가 흥미로운 얘기들을 털어놓을 때가 됐을 텐데."

그랬다. 네티의 부모님은 오십대에 접어들면서 줄곧 건강이 좋지 않았다. 만성질환을 앓고 있었고 상태는 점점 나빠졌다. 네티의 남동생이 집을 떠나 자기 인생을 사는 동안 네티는 부모님 대신 쇼핑을 하고 의사의 진단을 확인하면서 그들 곁에 머물러 있었다. 그녀는 누구도 비난하지 않았다. 그렇다고 단순히 착한 딸 신드롬 때문이었다고 변명하기에는 시대가 많이 변했다면서 그녀는 그저 부모님을 많이 사랑했었노라고 만했다. 결국 아버지는 돌아가셨지만, 어머니는 치매라는 먼 길을 돌아 세상을 떠났다. 언젠가부터 뭔가를 자꾸 까먹기 시작하더니 6년 후에는 아예 주변 사람들을 알아보지 못했고, 이후로 8년 동안 끊임없이 밥을 달라고 했다. 그 뒤에 네티는 잃어버린 시간을 만회하기 위해 일과 공부를 병행하는 한편, 더 나은 죽음에 대해 연구하기 시작했다.

961법안이 통과되자마자 그녀는 이 일에 필요한 직무능력을 써내려갔고, 법안과 관련된 각종 문서와 제안서 등에 이름을 올렸다. 그리고 법안 조항을 확대하여 인지능력이 쇠퇴하기 시작한 환자들이 지적 능력을 완전히 상실하기 전에 미리 안락사에 동의할 수 있도록 자신의 모든 시간과 에너지를 바쳤다. 다른 사람들이 자신의 어머니처럼 느리고 고통스럽게 죽는 것만은 피하게 하고 싶었기 때문이었다. '내 최고의 안건은 치매'라고 말할 때 그녀의 모습은 마치 한 나라를 대표하는 여왕이라도 되는 것 같았다.

"아니. 캐시는 자기 얘기 거의 안 해." 나는 론에게 말했다.

"전문가로군. 너도 그 사람한테 네 얘기한 거 없어?"

"없어."

"나는 어때? 나한테는 좀 털어놓을 생각 없어?" 그러면서 론은 내가 걸려 넘어지게 하려고 발을 쭉 뻗었고, 나는 그 위로 펄쩍 건너뛰었다.

"알아야 할 얘기만."

"하지만 나는 알아야겠어." 그가 발로 내 발목을 치면서 말했다. 그러다 다시 벌렁 누워 햇볕을 쬐었다.

고양이는 계속 움직이지 않았다. 수없이 많은 밤, 간호사들을 병실 문 앞에서 서성이게 한 그 질문이 떠올랐다. 죽은 걸까 아니면 잠자는 걸까? 고양이의 발은 여전히 하늘을 향한 채 가슴이 오르락내리락하지도 않았다. 코는 분홍색이었고, 약한 바람에도 전혀 움직이지 않는 털은 몸을 제대로 감싸주지 못하고 있었다. 나는 눈에 힘을 주고 사망 여부를 판단하기 위해 내면의 감각을 총동원해 부동자세의 고양이를 지켜보았다.

죽지 않았다. 고양이의 몸은 아직 제 기능을 하고 있다고 나는 확신했다.

론이 손으로 눈을 가리면서 올려다보았다. "그런데, 어머니 일은 정말 잘됐어."

"고마워. 그건 너희한테도 좋은 소식 아니야?"

"나 진심으로 하는 말이야." 그는 이마에 댔던 손을 떨어뜨리며 말했다.

"오, 나도 진심이거든."

론은 나를 발로 차려고 했다. 내가 그의 한쪽 발목을 잡았지만, 그는 가만히 있었다.

"왜 저항 안 해?" 내가 말했다.

"나 마사지해주려는 거 아니었어?"

"여기서?" 나는 그의 늘씬한 발목 관절을 문질렀다.

"나중에 해줘. 여긴 내 직장이야." 그는 발을 빼며 말했다. 나는 그의 다리를 놓아주었다.

"솔직히 말하면, 비브 일은 진짜 놀라워."

"울 어머니가 스트레이트 플래시*라도 하신 거야?"

"왜 이래? 퇴소하시잖아. 다른 사람들은 절대 못 할 일이라고."

●   포커에서 같은 종류가 다섯 장 연속 나온 패.

"뭐라고?"

"퇴소하실 거라고. 허락이 떨어질 때까지 여기저기 얼마나 물어보고 다니셨는데. 너 몰랐구나?"

물론 모르고 있었다. 이것은 임플란트 수술을 받기 훨씬 전부터 계속된 기나긴 게임이었다.

갑자기 나는 열일곱 살 소년이 되어 카지노 호텔 로비 카운터에 어머니와 함께 서 있었다. 그녀는 대리석 카운터 맞은편의 금발 머리 젊은 남자 직원에게 의미심장한 눈길을 보내며 호텔 예약률이라든가, 근무 외 시간에 수영장을 이용하는지, 포커를 얼마나 잘 치는지 등을 물었다. 그녀의 행동에는 전혀 진척이 없었고, 그 사실을 어머니와 직원 둘 다 잘 알고 있었다. 하지만 그녀는 청구서를 받을 때까지도 습관처럼 계속해서 시시덕거렸다. 숙박 요금은 체크인할 때 들은 금액과 정확히 같은 금액으로 청구되어 있었다. 심지어 미니바 사용요금도 고스란히 적혀 있었다. 호텔 밖으로 걸어 나오면서 그녀는 이 특별한 배움의 순간을 이렇게 요약했다. '물어보지 않으면 절대 모르는 거야.'

나는 어머니가 윌로우 우드 직원들을 몇 번이고 찾아가 홀로 생활할 수 있을 만큼 건강이 좋아졌다고 설득하는 모습을 머릿속에 그려보았다.

태양을 등진 역광 속에서도 내 놀란 표정은 그대로 다 드러났다.

그가 일어나 앉으며 말했다. "와. 너 이제야 안 거구나."

나는 고개를 끄덕였다.

"퇴소처리는 트리시가 맡고 있어. 어제까지는 비밀로 해달라

156

했었지만, 지금쯤이면 비브가 네 앞에서 먼저 자랑하고 계실 줄 알았는데."

나는 머리를 흔들었다. 그는 무릎을 당겨 가슴 앞에서 끌어안더니 앞으로 한 바퀴 굴러 두 발로 착지하며 벌떡 일어섰다. 발을 디딘 위치가 조금만 더 앞으로 나왔으면 하마터면 우리는 입술이 서로 닿을 뻔했다. 그는 셔츠와 바지에 붙은 마른 풀잎을 손으로 털어냈다.

론이 갑자기 일어서는 바람에 고양이의 경보시스템이 발동한 모양이었다. 고양이는 순식간에 몸을 뒤집으며 일어나더니 스핑크스처럼 바짝 경계하는 태세를 갖췄다. 그러다 곧 긴장을 늦춰 우리 쪽으로는 눈길도 주지 않은 채 앞발을 핥았다.

나는 최근 월로우 우드를 방문했을 때 기억을 재빨리 되짚어보았다. 그리고 내게 어머니가 퇴소할 준비를 하고 있다는 사실을 알리지 않은 사람들의 얼굴도 하나하나 떠올려보았다.

"어머니가 나한테는 말하지 말라고 했단 말이지?"

"긍정적으로 받아들여. 이곳을 제 발로 걸어서 나가는 사람은 정말 극히 드물어. 가장 가까운 보호자에게 알리지도 않고 환자가 직접 퇴소 준비하는 일은 더더욱 특별한 일이고 말이야. 오히려 어머니한테 감동해야 하는 거 아니야? 그동안 노력도 많이 하셨잖아. 재활치료실 예약해놓고 얼마나 열심히 왔다 갔다 하셨다고. 어머니가 훔치신 건지 어떤 건지는 모르겠지만, 돌아올 때는 늘 시설의 장비 절반은 가지고 오시는 것 같았어. 역기며 볼스터*, 덱

●　요가할 때 몸을 받치는 도구.

스터리티 볼**. 너도 어머니 방에서 그런 기구들 봤을 거 아니야?"

"못 봤어."

론은 잠시 생각하더니 다시 말을 이었다. "우리 이런 식으로 한 번 생각해보자. 나는 네 친구고, 너의 어머니도 정말 좋아해. 아주 많이. 그리고……" 그는 주머니에서 명찰을 꺼내 셔츠 앞자락에 핀으로 고정했다. "나는 이 시설의 직원이야. 내가 방금 말한 얘기는 모두 전해 들은 말이라는 걸 이해해줬으면 좋겠어. 내가 영어를 쓴다는 이유로 사람들이 여기저기서 계속 나를 불러대거든. 소문은 와전되기 일쑤지. 어머니가 시설을 나가시는 게 진짜인지 어떤지 나는 확신할 수 없어. 그러니까 방금 한 말이 사실과는 거리가 멀 수도 있다는 얘기지."

나는 그의 명찰을 손으로 가렸다. "이렇게 하면 어떻게 되는데?"

"다음 주 화요일이래. 이 말도 그냥 오늘 아침에 주워들은 얘기야. 트리시가 전화로 얘기하는 걸 옆에서 들었어. 이제 됐어?"

"이제야 실토하는군. 어머니가 어쩌려고 저러시는지 그저 황당해서 그래. 당장 아파트 계단은 어떻게 오르시려고."

"너 그동안 뭘 본 거야? 어머니 완전 한 마리의 야생 짐승이야. 스테어마스터에서 운동하시는 모습을 네가 봤어야 했는데."

"환자 스스로 이런 결정을 내리는 게 도대체 가능한 일이야? 누가 테스트하긴 했어? 시설에 내야 하는 각종 비용은 어떻고. 그걸 어머니 혼자 알아서 다 처리할 수 있다고 생각하는 거야?"

** 손과 손목을 강화하는 운동을 할 때 사용하는 구슬.

당연히 그렇게 믿었겠지. 비록 어머니의 각종 청구서를 처리하는 사람도, 어머니를 장애인으로 등록해 채권자들을 물리친 사람도, 마레 박사가 예상 생존 기간을 10년 미만으로 잡았을 때 은행의 기존 담보대출을 이자가 더 낮은 것으로 겨우 갈아타 상환 기간을 20년으로 늘린 사람도 모두 나였지만, 나는 어머니야말로 현명한 결정을 내리는 원조 중의 원조라며 모든 사람에게 떠들고 다녔었다. 그런데 지금 어머니는 뇌의 어느 부위가 바뀐 건지는 몰라도 완전히 들뜬 상태였고, 모든 일을 혼자서 다 처리할 수 있다고 믿고 있었다.

"그럼 포커 얘기도 못 들었겠네?" 론이 말했다.

"노름은 금지 사항 아니야?"

"온라인에서 하는 건 좀 애매해. 사무실에서는 모르는 모양이지만, 어머니가 청소부 중 한 사람한테 2주 연속 히트 쳤다고 말했나 봐. 1만 6천 달러 넘게 따셨대."

"어머니가 그런 걸 하도록 시설에서는 그냥 놔뒀단 말이야?"

"비즈니스 센터를 이용하는 사람은 아무도 없으니까. 그냥 내버려둬. 성공하셨는데 뭘 그래. 설령 관리부 직원들이 알았다 해도 이러쿵저러쿵 쓸데없는 참견만 했을 거라고. 그때까지는……"

"환자를 돌볼 의무는 도대체 어디 간 거야?"

론은 두 손을 내 어깨에 올리며 말했다. "에번, 사랑은 다 어디 간 거야? 어머니는 여기 들어오실 때보다 훨씬 좋아지셨어. 수술이 효과가 있었던 거라고."

"마레 박사님한테 이걸 확신도 못 받았어. 박사님은 이번 일을 허락하지 않으실 거라고."

"미안하지만, 벌써 박사님께 부탁해서 재검도 받았어. 무척 기뻐하셨다고 하던데. 지금 걱정하는 사람은 너뿐이야. 트리시가 박사님과 재활치료센터 쪽 사람을 너희 집으로 모시고 갔었어. 거기서 어머니는 당신의 신체 능력을 제대로 보여주셨다고 했어."

나는 내 어깨에 올린 론의 손을 뿌리쳤다. "사람들이 내 집에 왔었다고?"

"어머니 집이겠지. 그리고 마레 박사님이 굉장히 뿌듯해하셨대. 어머니의 움직임을 비디오로 촬영까지 하셨다니까. 이것도 오늘 아침에 들은 얘기인데, 너는 모를 것 같아서 말해주는 거야, 진짜야."

"트리시가 통화하는 걸 옆에서 못 들은 적은 몇 번이나 되는 거야?"

"이제 나는 요 귀여운 주둥이를 다물어야겠군."

"이런 사실들을 나한테 몇 주나 숨기다니. 내가 그동안 얼마나 여러 번 트리시나 너나 다른 직원들을 마주쳤는데."

그는 웃으며 말했다. "이로써 나도 비밀을 지킬 수 있다는 사실을 증명한 셈이지."

─⎯⋀⎯─

주방 근처 복도에서 한 손에는 파일을, 한 손에는 포장을 반쯤 벗긴 브라우니를 들고 있는 트리시를 만났다.

"제 어머니에 관한 새로운 소식이 있다고 들었어요."

그녀의 눈동자가 커졌다. 사실 이런 일이 벌어지리라고 예상은 했었다. 그녀는 비닐 포장지를 손으로 구겼다. "그래요, 에번. 소식이 있어요."

"저한테는 언제 알려주실 생각이었나요?"

"분명 이번 일에 대해 자세하게 말해줄 필요가 있긴 하죠. 내 사무실로 가는 게 어때요?"

남이 들으면 안 될 이야기를 하는 것도 아닌데 왜? "여기서 그냥 말씀하시죠."

나는 사실을 숨긴 요양시설의 행위에 대해 정말 화난 사람처럼 감정을 과장해서 드러냈다. 한편 트리시는 몸을 앞으로 기울이며 브라우니를 쥔 상태에서 깍지를 껴 최대한 예의 바른 태도를 보였다. 그건 나를 위해서가 아니라 혹시라도 옆을 지나가는 누군가가 볼까 봐 그런 것 같았다. "당신 어머니께서 이번 일을 시도해보고 싶어 하셨어요. 또 그럴 만한 신체 능력도 되셨고요. 우리는 앞으로 집에서 이용 가능한 추가적인 서비스를 준비하고 있어요. 어머니가 확실히……"

"그러니까 저는 어머니 대출금이나 요양원 비용을 대신 낼 걱정은 그만두고 제가 살 아파트나 구하러 다니면 되겠군요? 아니면 이제 저는 시간 맞춰 찾아가는 요양보호사가 되는 건가요? 이계획에서 제 역할은 대체 뭐죠?"

"무슨 말 하려는지 정확히 알아요. 앞으로 어머니나 당신에게 벌어질 상황들을 현실적인 상태로 유지하고 싶으신 거잖아요? 어머니가 정말 괜찮은 건지도 알고 싶고요. 그리고 경제적인 문제도 고려해야 할 대고요. 그럼 우선 이 집부터 확실하게 밀씀드릴게요. 저희도 꼭 같은 마음이랍니다. 정말이에요." 트리시는 환자의 성난 아들을 다루는 말투로 내게 말했다. 현재 내가 서 있는 위치를 안다는 것은 좋은 일이었다. "우리는 어머니의 미래를 걱정하는 당신 같은 아들이 있다는 게 비브에게 얼마나 행운인지 너무나도 잘 알고 있답니다."

그녀의 마지막 말을 빈정거림으로 받아들여야 할지 어떨지 쉽게 결정할 수가 없었다. "그렇게 말해주셔서 고맙네요."

어머니의 계획에 따라 일어나는 이런 변화는 예전부터 늘 있었던 일이라 이젠 익숙해질 만도 하건만, 여전히 나는 당황스러웠다. 이번 일로 극진한 보호자였던 나는 어느새 시간과 돈 따위의 자질구레한 일들만 걱정하고 자기 생각만 하는 이기적인 아들이 되어 있었다. 어머니가 항상 갑자기 꺼내 보이곤 하던 깜짝 놀랄 일들로 인해 나는 PTSD*라도 얻은 것일까? 아니면 대부분의 환자들이 상태가 악화되어가는 요양시설에서 제멋대로 뛰쳐나온 어머니의 행동에 화가 난 것일까?

트리시는 머리를 살짝 숙이며 수줍은 미소를 지어 보였다. 화가 난 환자 가족들을 진정시킬 때 하는 몸짓이 분명했다. "중요한 사실은 어머니 상태가 지금 훨씬 좋아졌다는 점이에요. 맞죠?"

"맞아요."

"당신 어머니를 위해 우리는 다 함께 노력 중이에요. 마레 박사님은 검진을 위해 친절하게 여기까지 와주셨고요. 아마 박사님도 그런 경험은 처음이셨을 거예요. 왜냐하면 어머니가 우리를 당신 아파트로 불렀거든요. 집이라는 환경에서도 얼마나 잘 생활할 수

---

* 외상 후 스트레스 장애.

있는지 보여주려고요. 그리고 당신에게 말하지 말라고 너무 단호하게 부탁하셔서, 환자의 권리도 있고……."

사생활을 침해당했으니 화를 내야 옳았지만, 결의에 찬 어머니의 모습이 눈앞에 선했다. 트리시가 그런 일을 감행했을 리 없었다. "계속 말씀하세요."

"우리는 잠시 머무르면서 부엌과 욕실, 그리고 아파트 계단에서 어머니가 움직이는 모습을 충분히 관찰했어요. 어머니는 정말 멋지게 계단을 오르내리셨어요. 여섯 번이나요. 다시 젊어진 게 아닌가 싶더군요. 지금까지 이곳을 거친 환자를 무수히 봐왔지만, 어머니 같은 분은 처음이었어요. 여기 직원들도 어머니가 집에서 혼자 생활하실 수 있고, 또 그래야 한다는 데 찬성하고 있어요. 환경이 바뀌어도 아무 문제가 없도록 필요한 일은 다 할 생각이에요. 이런 얘기들이 꿈처럼 느껴진다는 거 알고 있어요. 실질적인 결정이 이루어진 다음에 전해 듣게 됐으니 의아해하는 것도 무리는 아니에요." 그녀는 등을 곧게 펴며 말을 이었다. "다시 한번 미리 알려드리지 못한 데 대해서는 사과할게요. 어머니를 지지하기 위해 저는 최선을 다했어요."

"당신 잘못이 아니에요. 어머니가 어떻게 하셨을지 안 봐도 알 것 같아요."

트리시는 마음이 놓였는지 다시 나를 향해 몸을 기울이며 말했다. "당신도 받아들이리라 생각했었어요. 어쨌든 그분 아들이니까요."

어머니는 방에 없었다. 화장실 역시 비어 있었다.

다가올 이벤트를 준비하며 액티비티 센터에서 몸을 단련하고 있을 어머니의 모습이 눈앞에 그려졌다. 청록색 타이츠를 산뜻하게 입고 다리를 벌리고 서서 양손으로 공을 잡고 있는 모습이. 발앞에는 기구실에서 빼돌린 운동 도구들이 놓여 있을 터였다.

하지만 그곳에는 회색 운동복 차림에 뼈만 앙상하게 남은 남자한 사람만 있을 뿐이었다. 두 손으로 역기를 쥐고 매트 위에 누운그는 팔을 들어 올리기 위해 입술을 앙다물고 열심히 천장만 노려보고 있었다.

나는 비즈니스 센터에서 어머니를 찾아냈다. 그녀는 유물처럼오래된 컴퓨터 앞에 등을 구부리고 앉아 있었다. 모니터는 문에서보이지 않게 반대 방향으로 돌린 채였다. 옆에서 보니 어머니는입을 반쯤 벌리고 화면을 보며 심술궂게 웃고 있었다.

"딱 걸리셨어요."

어머니는 손을 들어 컴퓨터 화면을 가렸다. 그리고 최대한 애교넘치는 눈빛을 지으며 나를 향해 고개를 돌렸다. "음, 왔구나. 우리 아들."

"범죄 현장을 손으로 가리는 것보다 단축키로 윈도우 창을 왔다 갔다 하는 편이 훨씬 효과적일걸요."

"네가 뭔가 좋은 방법을 알고 있을 줄 알았다니까. 나, 누굴 속이고 여기 와 있는 거 아니다. 사무실 직원이 그만두라면, 그만둘생각이었어."

"에비랑 예수님은요? 왜 그분들하고 안 하시고요?"

"그건 연습 게임이었어. 나는 진짜 돈이 필요하거든." 그녀는 뒤에서 모니터를 훑어보는 나를 잡았다. "보지 마. 오늘은 많이 못 땄어. 방금 전에 투페어 보다 좋은 패를 받았는데, 아이디 '레드벅 63' 패가 더 좋은 거 있지? 너 때문에라도 이제 그만 나가야겠다. 60초만 기다려줄래?"

"맘대로 하세요."

"얘기 아직 시작하지 마. 1분만 기다려줘." 어머니는 조심스럽게 마우스를 움직여 컴퓨터 화면 위에 자신이 가진 카드 패를 내려놓았다. 그리고 여러 개의 윈도우 창을 클릭해 닫고 로그아웃했다. 한 달 전만 해도 책상 앞으로 몸을 돌리는 데만 1분이 걸리던 어머니였다.

어머니는 사이트에서 천천히 로그아웃되는 모습을 눈으로 지켜보면서 말했다. "집으로 돌아가려는 내 계획을 너는 어떻게 생각하는지 말해봐. 진짜로."

"뭘요?"

"너한테 말해도 좋다고 어제부로 내가 허락했거든. 내 정보원에 따르면 너는 윌로우 우드에 도착한 지 최소 30분이 넘었고, 너는 여기 오면 항상 론부터 찾지. 그러니 이제 네가 얼마나 놀랐는지 말해보라고."

"잠깐만요. 저는 이곳에서 감시 대상인가요?"

"그 정도는 아니고."

"네, 론한테서 들었어요. 어머니의 동거인이자 보호자이자 아들로서 진작 들었으면 좋았을 얘기를요. 훨씬 예전에 들었어야 했을 얘기를요."

"그러지 마. 지금 중요한 건 타이밍이 아니잖니?" 그녀는 의자를 돌려 나를 마주 보았다. "지금이라도 들었으니 됐잖아. 네 생각은 어때?"

"제 생각이 신경 쓰이긴 하세요? 제가 걱정된다고 말하면 그냥 욕이나 퍼부으실 거잖아요."

"글쎄, 나는 집에서 아주 잘 지낼 수 있어. 처음 며칠 밤은 정부에서도 확인차 사람을 보낸다더군. 보건소 간호사가 상태를 점검하러 올 거래. 작업치료사˙도 계속 지켜본댔고. 그러면 그 후에는 자유의 몸이 되는 거야. 이런 확인 절차도 더 이상 필요 없게 돼."

"저라면 여러 계획을 먼저 꼼꼼히 알아보겠지만, 그렇게 생각하는 사람은 저뿐인 것 같네요."

"너만 괜찮다면 소파에서 자는 건 상관없어. 네가 결정할 문제가 있다면 그거뿐이야." 어머니가 의자를 밀며 자리에서 일어서자, 평소보다 키가 훨씬 커 보였다. 그녀는 엉덩이를 실룩거리며 방 밖으로 걸어 나갔다. "솔직히 말하면, 네가 더 빨리 알아채지 못한 게 놀라워. 이렇게 지루하고 좁은 동네. 삶을 도와준다고? 도와주고 지켜보고 침이나 닦아주려고 멈춰서는 그런 사람들뿐인데? 여긴 악몽 같은 곳이야. 죽는 걸 도와준다고 말하는 편이 나아." 작은 목소리로 말하던 어머니가 잠시 말을 멈췄다. "지금 나, 네 직업 얘기한 거 아니다."

론이 복도 반대편에서 크렉산˙˙ 주사가 놓인 농반을 들고 꽤 빠

˙ 환자에게 적당히 가벼운 일을 시켜 치료하는 사람.
˙˙ 혈액 응고저지제.

166

른 걸음으로 이쪽을 향해 걸어오다가 우리를 보더니 속도를 늦추었다.

"신중하게 행동해줘서 고마워요." 어머니가 그에게 말했다.

"뭘요." 두 사람은 어색하게 서로 주먹을 부딪쳤다.

론이 내 어깨에 손을 올리며 말했다. "나는 결백해. 너한테 거짓말하기 싫었어. 정말이야." 그는 정말 그런 듯 보였다.

"내가 그렇게 해달라고 했어." 어머니가 말했다.

"엄밀히 말하면 내 월급을 주는 사람은 어머니이시니까." 그가 말했다.

나는 사실은 내가 주는 거라고 말하려다 참았다.

"집이 너무 좁으면 언제든 우리 집으로 와도 좋아."

궁금한 걸 못 참고 어머니가 물었다. "그렇게 해도 사이먼은 괜찮대니?"

"물론이죠."

어머니는 자기 아들과 간호사 사이에서 흐르는 전율을 감지했다. "사람마다 시각이 다르니까."

론은 눈썹을 올리며 "두 분 다 환영이에요"라고 말하고는 모퉁이를 돌아 사라졌다.

어머니는 팔을 돌리며 스트레칭을 했다. 내가 머릿속으로 상상한 모습 그대로였다. "그런데 너, 내 계획에 대해 그럴 줄 알았다고 하려고 했니, 아니면 내 얘기 듣고 깜짝 놀랐다고 하려고 했니?"

"아무 생각 없었어요."

그녀는 내 어깨를 두드리며 말했다. "그렇지. 그렇게 있는 그대로 받아들이면 되는 거야."

—◇—

내가 처리해야 할 다음 환자의 이름은 레오, 나이는 아흔 살. 여든여섯 살의 여자친구 미르나가 그 자리에 함께했다. 그들과 나눈 인터뷰 내용은 경이로움으로 가득했다. 두 사람이 그토록 오래 산 일, 서로를 만난 일, 그리고 몸 상태가 너무 악화되기 전에 안락사를 결정한 일 등, 모두가 그들에게는 기적이었다. 요리사였던 레오는 만두 만드는 솜씨가 뛰어나 은퇴할 무렵에는 호주 서부에 차이니즈 레스토랑을 세 개나 갖고 있었다. 미르나는 사진작가로, 전 세계를 다니며 찍은 어린아이들의 사진을 책으로 펴내 돈을 많이 벌었다. 하지만 아이들 사진은 너무 귀엽기만 하다는 게 그녀의 결론이었다. "내게 힘이 조금만 더 남아 있었다면, 다시 가서 아이들의 할머니, 할아버지의 모습을 사진으로 담고 싶어요. 그러면 전혀 색다른 책이 만들어질 텐데."

두 사람은 은퇴자 공동체에서 서로 만났다. 어머니도 한때 호기심에 그런 곳에 들어가려고 알아보긴 했지만, 그녀에게는 그럴 만한 돈이 없었다. 매일 저녁 테이블에는 새로운 메뉴판이 올라오고, 빨간색 폴로셔츠를 입은 상주 직원들이 운동과 취미활동을 도와주는 그런 곳이었다. 레오와 미르나가 처음 만났을 때 그들은 각각 다른 사람과 결혼한 상태였지만, 그런 곳에서 늘 그렇듯, 두 사람의 배우자는 먼저 세상을 떠났다. 아내와 남편을 묘지에 묻는 큰일을 치르고 난 뒤, 둘은 진지한 관계로 만나기 시작했다. 덩치가 작은 중국 남자와 왜소한 백인 여자가 짧은 시간 안에 이처럼 잘 어울릴 수 있게 된 것은 그들이 살아온 오랜 세월 덕분이었다. 두 사람의 외모에서 눈에 띄는 차이가 있다면, 레오는 숱이 많은 흰 머리카락을 짧게 잘랐고 미르나는 숱이 적은 머리카락을 밤색으로 염색했다는 정도였다. 그들은 황혼기에 만났지만 똑같은 모양의 안경을 쓰고 짙은 눈동자와 두툼한 코를 가지고 있었다. 아마도 시간은 우리 모두에게 그루초 막스*의 가면을 씌우기라도 하는 모양이었다.

"전 부인을 사랑했지만, 그녀는 먼저 떠났어요." 레오는 세 단어를 말할 때마다 얕은 숨을 내쉬며 말했다. "그리고 몇 주 후에, 미르나를 데리고 댄스파티에 가게 됐죠. 그걸 보고 사람들 사이에서 한바탕 난리가 났었지."

"우리는 그냥 춤추고 싶었을 뿐인데 말이에요. 둘 다 키가 작아 서로 잘 맞았거든요." 미르나가 말했다.

레오에게 처음 증상이 나타난 것은 3개월 전이었다. 췌장암 말기. 그의 나이를 고려하면 선택할 수 있는 치료방법은 거의 없었다. 일시적으로 상태를 완화시키는 방사선 치료와 음식을 소화시켜주는 약 처방 말고는 다른 방법이 없었다. 하지만 그마저도 효과가 없어 레오는 음식을 거의 삼키지 못했다. 고통을 줄이려면 진정제를 맞아야 했지만 몽롱한 상태로 우리 질문에 답하기가 쉽지 않았기에 지금 그는 숨쉬기도 벅찬 상태였다. 그는 말했다. "아직 생각할 수 있을 때 멈춰야겠어요."

---

* 주로 짙은 눈썹과 콧수염으로 분장하여 등장한 미국 희극 배우.

미르나의 눈에서 거리낌 없이 눈물이 흐르기 시작했다. "원래 이 나이가 되면 눈물이 잘 난답니다." 그리고 물었다. "조명을 좀 꺼도 될까요?"

나는 그렇게 했다.

"훨씬 낫군요."

내가 절차대로 엄청난 양의 대본을 읽어 내려가기 시작했을 때 갑자기 레오가 신부를 만날 수 있냐고 물었다.

병자성사*, 특히나 이렇게 갑작스럽게 요청했을 때는 더더욱 들어주기 힘든 부탁이었다. 가톨릭교회는 우리가 하는 일을 좋아하지 않았다.

"오늘 아침 갑자기 신부님을 찾는 일은 힘들 것 같습니다만." 나는 말끝을 흐리며 그가 신부와 넴뷰탈 중 어느 쪽을 더 원하는지 눈치를 살폈다. "혹시 아는 신부님이 계십니까?"

레오는 고개를 저으며 코를 손목으로 눌렀다.

내가 물었다. "그럼 영성훈련을 받은 자원봉사자를 만나보는 건 어떠세요? 그렇게라도 하시겠어요?"

"지금 올 수 있나요?"

"아마도요."

"좋아요. 불러주세요."

미르나가 물었다. "가슴에서 내려놓고 싶은 얘기가 있으면 나한테 말해도 괜찮아요."

---

* 병, 사고 등으로 죽음에 임박한 환자의 고통을 덜어주고 신의 구원을 청하기 위해 치르는 가톨릭 의식.

"당신과는 관계없는 일이라오."

그 말을 들은 미르나는 나를 향해 고개를 끄덕였다. 그의 말에 감정이 상한 것 같아 보이지는 않았다.

원목실 역시 우리와 관계된 일을 하고 싶어 할 리는 없었지만, 일단 전화를 걸어보았다. 어떤 여자가 전화를 받았고, 나는 지금 상황에 대해 최대한 잘 설명했다. 전화 반대편에서 침묵이 흘렀다. 신을 따르는 봉사자로서가 아니라 뭔가 재수 없는 일에 얽혀 걸린 한 인간으로서 고민하는 눈치였다. "혹시 그분께서 저희를 만나 뭘 하고 싶어 하시는지 알 수 있을까요?" 그녀가 물었다.

레오와 미르나가 나를 쳐다보고 있었다. "신부님을 불러달라고 하셨어요. 도움을 받고 싶으시다고요."

"어떤 집단에서는 자살을 죄악으로 간주하고 있어요." 여자가 말했다.

"네, 그건 알고 있습니다만, 바로 이쪽으로 와줄 만한 분이 계실까요?"

"10분만 기다려주세요."

그녀는 5분 만에 모습을 드러냈고, 나는 또다시 복도로 추방당했다. 내가 나간 사이 나의 조수, 녹음기가 모든 상황을 지키고 있을 터였다. 그렇지만 레오가 생의 마지막 순간, 여자를 불러 결혼식을 거행하는 장면을 내가 놓친 거라면? 아니면 자기가 만든 만두로 누군가를 죽이고 지금 고백하는 거라면? 방 안에서 벌어지는 일에 신경 쓰지 않으려고 나는 부단히도 애를 썼다. 마음을 비운 채, 척추를 늘려 자세를 바로잡은 뒤, 손의 균형을 맞춰 냄비틸을 쏟지 않게 할 방법에만 집중하려고 노력했다. 지나가는 사람들

171

이 나를 이상하게 쳐다보지 않도록 나는 복도 벽에 등을 기대고 최대한 무심한 자세로 서 있었다.

문이 열렸다. "예식은 어떤 특정 교파에도 속하지 않는 버전으로 진행했어요." 여자는 나와 넴뷰탈로부터 최대한 멀리 떨어진 채 중얼거리듯 말하고 바삐 자리를 떴다.

미르나가 나를 다시 맞아주었다. 레오는 조금 전보다 긴장이 풀린 것 같은 표정이었다.

마지막 단계를 진행하는 동안, 내가 묻는 질문 하나하나에 그는 신중하게 대답하면서 끝까지 책임감 있는 모습을 보여주었다. 이 모든 과정을 조용히 지켜보는 미르나의 턱은 쉬지 않고 바들바들 떨렸다.

"네, 약물을 마시고 죽기를 바랍니다."

하지만 이 말을 하기 전 그는 잠깐 할 말이 있다며 중간에 불쑥 끼어들었다. 그리고는 전쟁에서 부상당한 군인 한 사람을 죽게 도와준 적이 있다는 사실을 털어놓았다. 이전에 했던 두 번의 인터뷰에서도 나온 이야기였다. 그는 이 얘기를 또 꺼내 도대체 누구를 안심시키려 한 걸까? 그는 구체적으로 어떻게 도왔는지는 밝히지 않았고, 그저 '여기서 진행하는 것처럼 그렇게 쉽지는 않았다'고만 얘기했다. 결국 그가 하고 싶었던 말은 그가 했고, 또 내가 하는 이 일이 어쩌면 전쟁터에서 만난 사람들끼리 서로 베풀수 있는 선한 행동일 수 있다는 게 그의 요점인 것 같았다.

건물 어디선가, 어쩌면 나중에라도, 내 모습을 조심스럽게 지켜보고 있을 네티의 모습을 그려보면서 나는 그의 말을 인정한다는 의미로 고개를 끄덕여주었다.

그는 미르나에게 몸을 기울여 가볍게 입맞춤을 했다. 두 사람은 두 번의 '사랑해'와 함께 애정의 말을 서로에게 전하며 있는 힘껏 꽉 껴안고는 근육의 힘이 풀릴 때까지 서로를 놓지 않았다.

"이제 주시오." 그가 말했다.

그리고 약물을 마셨다.

잠시 충격에 빠져 아무 말도 없던 두 사람은 조금 전보다 더욱 필사적으로 서로를 끌어안고는 허공을 응시하며 마음을 가라앉혔다. 그리고 조용히 썰물이 빠져나가는 모습을 지켜보았다. 내가 자리를 비워주겠다고 하자, 레오가 말했다. "뒷일을 위해 여기 있어줘요. 미르나를 위해서."

미르나는 마디가 굵은 손가락을 들어 창가를 가리키며 그쪽으로 가달라고 예의 바르게 부탁했다. 추방은 아니었다. 다만 자신이 눈물 흘리는 모습을 보이기 싫었을 뿐이었다. 나는 창밖을 보는 척했지만 사실은 유리창에 비친 둘의 모습을 계속 지켜보고 있었다.

1분 뒤, 레오의 목소리가 들렸다. "미르나, 갑자기 이렇게 하는 게 맞나 싶은 생각이 들어."

침대를 향해 몸을 구부리는 미르나의 모습이 유리창에 비쳤다. "무슨 소리예요?"

그래요, 레오, 무슨 소릴 하는 거예요? 후회의 시간을 위한 큰 창은 이곳에 없었다. 혹시 마음이 바뀌었대도 지금 바로 말하지 않으면 늦어요.

레오가 다시 말했다. "당신이 걱정돼서 하는 말이에요."

다행이었다. 위세척을 할 필요는 없게 됐으니. 한번은 한 여자가 약물을 다 마시고 한 10분쯤 조용히 앉아 있다가 갑자기 네티에게 다시 살려면 어떻게 해야 하냐고 물은 적이 있었다. 네티는 침착하려고 애쓰면서 그럴 시기는 이미 지났다고 설명했다. 1분 뒤, 환자는 전혀 위안이 안 되는 말을 남기고 눈을 감았다. "방금 한 말은 신경 쓰지 마세요. 여하튼 나는 죽을 테니까."

"함께 지낼 만한 사람을 찾아보면 어떻겠어?" 그가 미르나에게 물었다.

"당신은 그 걱정뿐이군요. 정말 고마워요. 하지만 난 예전부터 혼자였어요. 그럭저럭 잘 살아갈 거예요. 그리고 당신이 있는 곳으로 곧 따라갈게요."

"단 하루의 저녁도 허투루 보내지 않겠다고 약속해줘요." 레오가 말했다.

"약속할게요."

그는 고개를 끄덕이다가 나를 향해 목소리를 높였다. "이건 이대로 또 한 번의 짧은 인생이로군요."

나는 그 말을 가슴에 간직했다.

죽음을 기다리며 자신이 터득한 인생의 지혜를 얘기하던 그가 다시 미르나에게 말했다. "세금고지서가 오면 그날 바로 내버려요. 마감일까지 기다리지 말고. 그러다 깜빡하면 괜히 연체료만 물어요."

"그럴게요." 그녀가 대답하면서 벽시계를 확인했다.

"방에만 있지 말고 가끔 바람도 쐬고. 사고방식을 바꿔야 해요. 많이."

"알겠어요."

마침내 그는 아무 말이 없었다. 조용히 그녀의 팔만 토닥일 뿐이었다.

말은 하지 않았지만 느린 숨소리는 꽤 오래 지속되어 나는 정말로 창밖만 쳐다보고 있었다. 정신병동 환자 셋이 뜰에서 몰래 담배를 나눠 피우는 모습이 눈에 들어왔다. 담배를 다 피우자 한 사람이 담배를 자기 종아리에 대고 정성껏 비벼 껐다. 그러고는 덴 자국을 손으로 긁었다.

나는 뒤로 돌아 레오의 상태를 점검했다. 미르나는 차가워진 그의 얼굴을 가까이에서 자세하게 들여다보더니 두 손으로 자신의 뺨을 감쌌다. 그리고 레오가 숨을 쉬는지 입가에 귀를 대보았다. 나는 그녀가 감정을 다 소진할 때까지 기다려주었다. 마음이 어느 정도 진정되자 그녀가 나를 불렀다. "죄송하지만, 성함이 뭐라고 하셨죠?"

이 정도면 충분히 눈에 안 띄는 거 맞죠, 네티? "에번입니다."

"에번. 확인 좀 해주시겠어요?" 이제는 레오가 아니라 그의 몸일 뿐인 시신을 향해 그녀가 고갯짓했다.

나는 그의 맥박을 체크하고 잠잠해진 가슴에 청진기를 대보면서 사망확인 절차에 들어갔다.

"1분 정도 편안해하는 것 같더니 죽었어요." 미르나가 말했다. "이제 어떡해야 하죠? 장의사를 불러야 하나요? 사람들에게는 뭐라고 말하죠?"

"서두르실 필요 없어요. 두 분이 함께 계시도록 따로 시간을 좀 드릴까요?"

"할 말은 이미 다한걸요."

"그럼 의사를 부르도록 하겠습니다."

그녀는 내가 마치 심폐소생술이라도 하겠다고 말한 것처럼 깜짝 놀랐다.

"공식적인 사망선고를 받아야 해서요." 내가 덧붙였다.

"네, 그렇게 하세요."

필요한 곳에 전화를 걸어 알리는 동안 미르나는 침대 주변을 빙빙 맴돌았다. "이제는 정말 조그마해졌네." 그녀는 혼자 중얼거렸다. 레오를 가리켜 한 말인지, 자신을 가리켜 한 말인지, 아니면 그녀의 남은 삶을 말하는 것인지 알 수 없었다.

"뭐라도 좀 갖다드릴까요?"

"아니요. 아직 헤어 나오려면 멀었어요. 죽음이란 이래야죠. 내 남편도 그렇게 고통스럽게 죽은 건 아니었어요. 심장마비였거든요. 우리는 바로 병원으로 갔어요. 병원에서는 그를 살려내지도 못하면서 30분을 넘게 응급처치를 계속하더군요. 가슴에 충격을 주면서 그를 이 세계로 다시 끌어오려고 했어요. 두 번쯤 되돌아오는 듯했지만, 나는 그가 죽어가고 있고 그 사람 역시 그만 멈추길 바란다는 걸 느낄 수 있었어요. 마침내 의사들도 내 말에 귀를 기울이더군요. 그가 평화롭게 떠나도록 내버려두었으면 좋았을 걸. 세상은 너무 탐욕스러워요. 항상 더 많은 걸 얻어내려고 하니까. 오늘 일로 나는 다시 한번 확신하게 됐어요. 레오는 분명 '충분하다'고 느꼈을 거예요. 그거면 된 거죠." 넴뷰탈을 만든 사람들이 이 말을 들었더라면 감격해서 어쩔 줄 몰라 했을 터였다.

내가 시신을 닦는 내내 그녀는 평화로운 죽음의 과정에 대해 계속해서 감동했다. "너무 간단하면서도 멋진 방법이었어요. 정말

176

간단하군요." 미르나는 카메라에 대고 레오 이야기를 하면서 광고라도 찍을 기세였다. 그런 광고가 나가면 모든 사람이 넴뷰탈을 한 병씩 마시려고 들지도 몰랐다.

아니지, 그녀는 나이가 너무 많았다. 좀 더 젊고 잘생긴 얼굴의 모델이 필요했다.

모델이 MRI 기계 안에 지친 표정으로 누워 있다. '검사 결과에 또다시 실망하셨습니까? 병의 예후가 좋지 않거나 고치기 힘든 만성 질병 또는 마비로 고통받고 계십니까? 가능한 치료는 이미 다 해보았지만 효과가 없으십니까? 그렇다면 이제 넴뷰탈을 고려해볼 시기입니다. 수십 년간 넴뷰탈은 말기 환자들에게 사용하기 쉽고 효과가 빠른 약물로 인정받아왔습니다. 선택은 당신의 권리입니다. 직접 결정하세요.'

마지막은 꽃이 만개한 초원 한가운데 환자가 접이식 의자에 앉아 있고 주위에는 화면발이 잘 받는 가족들이 환자를 지켜보고 있는 장면이다. 약간의 과장을 보태 환자가 축하 케이크 한 조각을 먹는 모습을 보여준다.

'약간의 나른함이 지나면 곧 최고의 편안함을 맛보실 수 있습니다. 영원히. 환자가 더 이상 고통받지 않는다면 가족들도 한결 마음이 놓이실 겁니다.'

미소를 지으며 환자가 가족들을 의미심장하게 바라본다. 가족들도 서로 마주보며 이제 때가 되었다는 표정을 짓는다. 뭔가 여운을 남기며, 거기서 컷.

'반드시 의사의 처방내로 사용하세요. 체리 맛과 조콜릿 맛 누 가지가 있습니다.'

그때 갑자기 넴뷰탈은 특허권이 만료된 상태라는 사실이 떠올랐다. 광고를 찍는다 해도 이익을 얻을 사람이 없었다.

—/\/—

내가 레오의 몸을 씻기고 닦은 뒤, 그의 얼굴 위로 시트를 끌어올리는 모든 과정을 미르나는 옆에서 지켜보았다.

"조카딸이 혹시 도와줄 일이 생길지 모르니 오늘 밤에 와서 기다리겠다고 하더군요. 고맙지만 괜찮다고 했어요. 평소 그렇게 가까운 사이도 아니었거든요. 역시나 오지 말라고 하길 잘했다는 생각이 들어요. 누가 밖에서 기다렸다면 신경이 쓰여 지금처럼 못했을 것 같아요. 집중하는 데 방해가 됐을 테니까요. 죽음은 그저 죽음일 뿐이죠. 이 나이엔 대단한 비극이라고 할 수도 없어요."

그녀는 시트 밖으로 삐죽 나온 레오의 손에 손가락을 살짝 갖다 댔다. 비통해한다기보다는 흥미로워하는 것처럼 보였다. "아직도 온기가 남았네." 그녀는 손을 떼며 말했다. "그러니까 말이죠, 몇 주만 내게 여유를 줘요. 주변 일들을 좀 정리하고 나도 레오와 똑같이 할 참이에요." 그녀는 쑥 들어간 레오의 가슴에 손을 얹으며 나보고 들으라는 듯 속삭였다. "금방 따라갈게요."

내가 적당한 대답을 생각해내기도 전에 미르나는 방금 한 말이 무슨 의미였는지 자기 뜻을 명확히 밝혔다. "그 약물 어디서 구할 수 있어요? 나는 집에서 마시고 싶어요. 여기까지 올 필요도 없을 것 같은데." 그러면서 두 손으로 내 손을 꽉 잡더니 자기 쪽으로 홱 끌어당겼다. "사실 오늘에야 마음을 굳혔어요."

분명히 이 모습이 카메라에도 고스란히 찍혔을 터였다. 방금 행동은 복잡한 구내식당에서 누군가를 불렀는데 듣지 못했을 때나 하는 행동이었다.

제발 이러지 마세요. 이 할머니는 대체 왜 내게 이런 걸 묻는 거지? 은퇴자 공동체 액티비티 센터에서는 인터넷이 안 돼서? 게시판에 딜러 연락처가 적혀 있지 않아서? 나는 가장 무난한 대답으로 이 상황에 대처했다. "이 부분에 대해선 제가 도와드릴 수 있는 게 없습니다."

바로 그때 의사가 노크하며 들어왔다. 애도의 뜻을 전하는 의사의 말에 미르나는 이렇게 대답했다. "너무 훌륭했어요. 정말 간단했고요."

"그러셨다니 다행입니다." 의사는 마치 그녀의 두통이 말끔히 사라졌다는 말을 듣기라도 한 사람처럼 대답하고는 곧장 사망진단서 작업에 들어갔다.

미르나는 나를 의사 쪽으로 살며시 밀며, 마치 지금이 바로 자신이 원하는 처방을 받아낼 때라는 표정을 지어 보였다. 나는 손을 들어 흥분한 미르나를 진정시켰다. 그녀는 이미 너무 많이 떠들었다.

의사는 일을 마치고 방을 나갔다. 그녀는 내게 고개를 끄덕였다. "공식적인 채널을 통해야 한다는 거 알고 있어요."

"오늘 정말 큰일을 겪어 많이 힘드신 거 이해합니다. 그런데 레오는 건강이 많이 안 좋았고 계속 나빠지는 상태였지만, 그쪽 분은 건강하시잖아요. 이미님께서 이길 하겠다고 말씀하는 선 레오와는 아주 다른 차원의 문제라고요."

"그렇게 다르지도 않아요."

나는 그녀의 손을 잡고 정해진 대본대로 말했다. "이번 일로 얼마나 상심이 크실지 상상조차 할 수 없습니다."

그녀는 얼굴을 내게 바싹 들이대며 물었다. "그래서 도와줄 거예요, 안 도와줄 거예요?"

나는 명확하고 똑똑한 음성으로 말했다. "무슨 말씀하시는지 알아들었습니다만, 쉽게 도와드릴 수 있는 문제가 아닙니다. 차분하게 다시 생각해보셨으면 해요."

그녀는 잠시 당혹스러운 표정을 짓더니 말을 이었다. "아, 알겠어요. 오늘 아침 갑자기 내린 결심이라고 생각하는 모양인데, 그렇지 않아요. 몇 년 동안 진지하게 고민했다고요. 나이 든 사람들에게는 놀랄 일도 아니에요. 오늘에야 구체적인 방법을 알게 된 셈이랄까."

그때 레오가 나지막하고 길게 방귀를 뀌었다. 완벽한 문장으로 된 방귀였다.

미르나는 허리를 펴며 히죽히죽 웃었다. "끝까지 신사라니까."

시신을 운반할 환자이송 요원들이 도착해 서류를 내밀었다. 곧 레오는 들것에 실려 시체 안치소로 향했다. 미르나는 떠나는 레오를 바라볼 생각도 않고 계속 나에게만 집중했다. "도와줄 거죠?"

그녀의 조카딸이 와 있었더라면 얼마나 좋았을까. "괜찮으시다면 전화를 걸어서 누구라도 좀 오시라고 할까 싶어요. 당신 얘기를 좀 더 들어주실 만한 분을요."

"도움을 줄 사람이라면 누구라도 환영이죠."

내 말뜻을 잘못 이해했지만 굳이 해명하지 않고 내버려두었다.

사실상 내가 정부에, 그러니까 사회복지사에게 그녀를 넘길 때까지도 그녀는 여전히 내가 자신의 부탁을 들어주고 있다고 착각하고 있었다.

"나도 레오와 똑같이 마음의 준비가 끝났어요. 한 점의 의심도 없어요."

그 부분에 대해서는 알레호가 그녀와 이야기를 나눌 것이다. 그는 노인 우울증 전문이었다. 알레호가 이 일과는 관계없는 사람이라는 사실을 제발 그녀가 빨리 깨닫기만을 바랄 뿐이었다. 만약 미르나가 병원 직원에게 자살에 관한 얘기를 계속해댄다면 그녀가 받게 될 처방은 넴뷰탈이 아니라 전기 충격이 될 수도 있으니까.

문이 열리고 거북이 등껍질로 만든 안경테에 격자무늬 조끼를 입은 남자가 들어오는 것을 보자마자, 그녀는 그가 전에 만난 적이 있는 사람임을 알아차렸다. 텅 빈 방 한가운데, 레오가 있던 그 자리에 선 그녀의 작은 새 같은 가슴이 빠르게 오르락내리락했고 앞으로 내민 두 손은 주먹을 꼭 쥐고 있었다. 그녀는 비난하는 눈빛으로 나를 보았지만, 마음이 조금 진정되자 그에게 이렇게 말했다. "미리 얘기한 것도 아닌데 금방 와줘서 고마워요."

"불러주셔서 제가 고맙죠. 그럼 제 사무실로 가실까요?" 알레호가 말했다.

"네." 그녀가 대답했다.

알레호에게 팔을 잡혀 복도로 나가면서도 그녀는 내게 고맙다는 인사를 잊지 않았다. 두 주먹은 어느새 느슨히 풀어져 있었다.

나는 방을 나서기도 전에 이미 머릿속으로 사후보고서를 쓰고

있었다. 레오의 일을 성공적으로 마친 데 대한 기쁨, 편안한 죽음
에 만족감을 표한 미르나를 보며 내가 느꼈던 만족감, 그리고 그
녀가 넴뷰탈을 달라고 졸랐을 때 대처 방법을 알게 해준 프로토콜
의 유용함 등에 대해 썼다. 죄책감에 대해서는 따로 언급하지 않
았다.

완화
치료

작업치료사 조앤이 어머니를 거실 바닥에 눕히고 폼롤러로 스트레칭을 하도록 돕고 있었다. 일주일 전부터 일상이 된 우리 집 풍경이었다. 어머니는 노란색 플리스 소재의 운동복을 입고 있었는데, 최근 카드게임에서 딴 돈으로 산 옷이었다. 어머니는 종아리와 발을 소파 위에 올리고 누워 힘든 기색도 없이 몸을 움직였다. 조앤의 옆에는 윌로우 우드 로고와 함께 '요양치료'라고 적힌 파일이 펼쳐져 있었다. 어머니가 목표량을 채우자 조앤이 파일에 표시했다.

어머니는 현관으로 들어서는 나를 보고 몸을 돌리며 자랑했다. "몸이 완전 자유자재로 돌아가고 제어도 잘돼." 상태가 얼마나 좋아졌는지 강조하기 위해 그녀는 폼롤러를 한쪽으로 밀어낸 뒤 이런저런 필라테스 동작을 해 보였다.

윌로우 우드에서는 어머니의 퇴소에 대해 제대로 의견 조율을 하지 않은 잘못을 만회하기 위해 조앤에게 반드시 아들과 충분한 대화를 나누라는 지시를 내린 모양이었다. 그녀는 오늘 세 시간 동안 한 활동에 대해 아주 자세하게 설명했다. 샤워, 옷 입기, (최근 몇 달 사이 이곳에서 전혀 이루어지지 않았던) 집 청소, 그리고 (청소와 마찬가지로 이루어지지 않았던) 식사 준비. 이른 점심을 위해 그들은 감자와 샐러드를 곁들인 생선튀김을 만들었다. 그리고 설거지를 마친 뒤 어머니는 건물 로비에서 4층까지 계단을 올라갔다 내려왔는데 한 번도 비틀거리지 않고 스스로 균형 조절을 잘했다고 말했다.

"기쁘시죠?" 조앤이 내게 물었다.

"기쁘세요?" 나는 가식적인 미소를 짓고 있는 어머니에게 물었다. 그리고 조앤에게 대답했다. "기쁘군요."

그녀는 주머니에서 스마트폰을 꺼내 어머니 앞으로 내밀었다. 지문인식을 통해 오늘 일정을 사인받기 위해서였다.

"이로써 저도 제 밥벌이를 한 셈이로군요."

어머니는 무릎으로 일어서서 화면에 엄지손가락을 갖다 댔다.

"목요일까지죠?" 조앤이 말했다.

어머니가 윙크를 하며 말했다. "장담할 순 없죠."

조앤이 나가자마자 어머니는 나를 보며 말했다. "있지, 오늘 방문을 마지막으로 며칠은 안 올 거야. 본격적으로 움직일 시간이 온 거지. 너 오늘 밤에 론네 집에 갈 거니?"

"아직 모르겠어요."

"뭐든 너만 좋다면 나도 좋아. 딱 한 시간 정도만 도와줬으면 좋겠는데. 나머지는 내가 알아서 할게. 보호자 사인이 필요하다고 해서 은행에 좀 같이 가줬으면 해. 이의 있니?"

이의 없습니다, 어머니. 어머니가 윌로우 우드를 나온 덕분에 나도 경제적으로 약간의 여유가 좀 생겼다. 어머니는 자기 일은 스스로 해결하겠다고 거듭 주장하면서 각종 고지서를 지불하는 일을 직접 처리했고 금전적인 도움도 거절했다. 추측건대, 연금과 포커에서 딴 돈만으로도 생활비는 충분히 되는 모양이었다. 어머니는 내게 다시 의지하지 않으려고 했고 모든 일에 항상 현명한 판단을 내리려고 무척이나 노력하는 것처럼 보였다. 그녀의 마지막 보루는 월로우 우드였는데, 어머니가 쓰던 방을 3개월간 잡아 놓는 조건으로 처음 예치했던 보증금 14만 5천 달러를 그곳에 맡겨놓고 나왔던 것이다. 이는 만약의 경우를 대비한 트리시의 아이디어였다.

어머니는 벽장에서 새하얀 스니커즈를 꺼내더니 플라밍고처럼 한 번에 한 발씩 들어 올려 신발을 신고 끈을 묶었다. 바닥에 주저앉지도 않았고, 그렇다고 넘어지지도 않았다. 정말 놀라운 일이었다. 그리고 어깨에 작은 배낭을 둘러멨다.

"이렇게 해보면 어떨까? 밖에 나갔을 때 반 블록 정도만 떨어져서 걸으면 어떻겠니? 네가 뒤따라오면서 지켜보면 되잖아. 어떻게 생각해?"

"좋아요."

"오늘 아침 작업치료도 했고, 날씨가 이렇게 타는 듯이 덥긴 하지만 집에서 은행까지 그다음에 도서관까지 걸으면 1마일 이상 운동하는 셈이야."

"어머니가 하고 싶으시다면 그렇게 해야죠."

"네가 하고 싶어야 하는 거지. 만약에 내가 검사를 다 통과하면 넌 어떻게 할 생각이니?"

"론과 사이먼네 집에 저녁 먹으러 가야죠."

"난 지금 네 인생 얘기를 하는 거야. 그 사람들과 뭘 어쩌고 있는지는 모르겠다만, 언제까지 그렇게 남의 집에 얹혀살 듯 지낼 거야?"

"그 얘기는 벌써 하셨잖아요. 어서 은행에나 가자고요." 나는 그녀를 문 쪽으로 돌려세웠다.

"나한테 손대지 말아줄래? 그렇다고 매달리지도 말고. 나는 혼자 있어야 더 잘 하는 사람이라고. 너도 이제 시간이 됐어. 이곳을 떠나서……" 그녀는 내가 가야 할 곳을 정확히 몸으로 표현하기 위해 양손을 위로 쭉 뻗어 손가락을 폈다.

─⋀─

어머니가 쓰러진 이후로 아파트 계단에는 미끄럼 방지용 노란색 테이프가 붙었다. 그녀는 한 계단 한 계단을 조심스럽고도 쉽게 걸어 내려갔다.

나는 어머니가 앞서가도록 계단 위에서 잠시 기다리다가 물었다. "바쁠 때도 이렇게 잘 내려갈 수 있으시겠어요?"

그녀는 고개를 돌려 나를 쳐다보며 물었다. "대체 내가 왜 바쁘게 움직여야 하지?"

마음가짐에 대해 또 한바탕 강의를 퍼부을까 봐 나는 어머니에게 얼른 가시라고 손짓을 했다.

건물 밖으로 나왔을 때 어머니는 이미 반 블록 이상 떨어진 저만치서 노란색 운동복을 입고 걸어가고 있었고, 그 모습이 약간 낯설게 느껴졌다. 그녀는 팔꿈치를 자연스럽게 흔들며 보도 위를

188

성큼성큼 걸었다. 아이들 무리를 뚫고 앞으로 나간 그녀는 내가 잘 따라오고 있는지 뒤돌아보지도 않고 모퉁이를 돌아 사라졌다.

어머니의 시선은 먼저 캠핑용품 가게 진열창 안에 머물렀다가 아코디언을 연주하는 사람에게로 넘어갔다. 연주자는 양쪽 팔 전체에 문신을 하고 있었다. 매우 진지한 얼굴로 '하바네라*'를 빠른 속도로 연주하고 있었는데, 마치 회전목마에서 흘러나오는 배경음악 같았다. 그는 매우 젊었고 번쩍거리는 악기에 비하면 차림새가 너무 추레했다. 다른 사람들은 그런 모습 때문에 모두 고개를 돌리며 그 앞을 지나쳤을 테지만, 어머니는 그래서 더욱 그에게 관심을 보인 것이 분명했다. 어머니는 가방에 손을 넣더니 지갑을 꺼냈다. 나는 그녀가 얼마를 건네는지 보일 만큼 충분히 가까이 다가갔다. 10달러 지폐 몇 장. 예전이라면 1달러나 5달러 정도를 주었을 텐데. 아무리 인터넷 게임으로 꾸준히 돈을 따고 있다 해도 (그렇다고 듣긴 했어도) 꽤 많은 돈이었다. 수표책을 꺼내 들지 않은 게 다행이라는 생각마저 들었다.

하지만 어떤 부분에서는 더 조심스러운 모습을 보이기도 했다. 어머니는 바클리 애비뉴에서 길을 건널 때 신호가 빨간불로 바뀌려고 하면 항상 급하게 달려가곤 했었지만, 지금은 천천히 걸어 초록 불이 다시 켜질 때까지 제자리에서 차분히 기다렸다. 한편 옆구리에 요가 매트를 끼고 길 건너편에서 오던 한 젊은 여자가 달려오는 버스를 보면서도 급하게 길을 건너려다 보도에 발을 내딛는 순간 비틀거리며 넘어지려 했다. 어머니는 여자가 차도로 떨

---

* 쿠바에서 생겨나 스페인에서 유행한 민속 춤곡.

어지지 않게 얼른 손을 내밀어 잡아주었다. 어머니에게서 도움을 받은 여자는 고맙다고 말하고 다시 바쁘게 걸어갔다. 신호가 초록불로 바뀌자, 턱을 당당히 치켜들고 도로를 건넌 어머니는 거대한 황동 문을 밀고 은행 안으로 들어갔다.

빈 의자 등받이에 손을 올린 채 대기실에 서 있는 어머니를 찾아냈다. 그녀는 대기표를 손에 들고 대기 번호가 표시된 화면을 열심히 지켜보고 있었다.

"어머니랑 함께 기다리는 건 괜찮을까요?" 내가 물었다.

"네가 원한다면."

"제가 만난 환자 이야기 하나 해드릴까요? 어머니가 '혼자 있어야 잘한다'고 하시니까 그분 생각이 나서요."

"얘기해보렴."

"어머니 또래쯤 된, 돈 많은 남자분인데, 세 번째 부인에 대해 뭔가 알게 됐대요. 퇴행성 질환 진단을 받으셨거든요. 몸 상태가 점점 나빠지면서 진짜 간호, 그러니까 마음에서 우러나온 그런 간호가 필요하게 된 거죠. 그래서 그 분이 어떻게 한 줄 아세요?"

"창녀들을 찾기 시작했나?"

"그런 생각은 못 해봤네요."

"절대 있을 수 없는 일이라고는 할 수 없지. 돈 좀 있는 남자들이란. 그 사람이 너한테 전부 얘기하진 않았을 거야. 어쩌면 제출한 신청서 어딘가에 창녀를 구해달라고 써놓았을지도 모르지."

"아뇨, 아니에요. 그분이 한 얘기로는 부인과 이혼하셨대요. 누군가의 보살핌이 가장 필요할 그 순간에 말이죠."

어머니는 빈 의자에 몸을 기댔다. "여자를 보내줬구면."

"어머니가 처음으로 병 진단받았을 때 남편이 없으니 애써 위로할 일도, 안 아픈 척할 필요도 없어 차라리 다행이라고 하셨던 말, 기억하세요?"

내 말을 듣고 어머니는 잠시 놀란 표정을 지었다. 마치 자신이 진짜 그런 말을 했었는지 의아해하는 것 같았다. "흥미롭군."

"제 환자 이야기를 듣고 어떤 생각이 떠오르셨어요?"

"글쎄. 그 사람이 먼저 널 찾아온 거지?"

"네."

"내 생각이 어떻든 무슨 상관이겠냐만, 어딘가 감동적인 데가 있네. 부인도 필요 없다, 계속 아프고 싶지도 않다. 아, 알겠다. 몸이 아프든 아니든, 그는 사람들에게 더 이상 의지하고 싶지 않았던 거야. 부인도 간호사도 자길 이해하는 데는 한계가 있으니까. 감동적인 이야기네." 어머니는 한동안 손가락으로 의자 등받이를 톡톡 두드렸다. "네가 나에 대해서는 어떻게 얘기하고 다니는지 갑자기 궁금해지는구나."

"아무 얘기도 안 해요."

"거짓말. 거기 잠깐만 서 있어." 그녀는 원래 은행 창구였지만 지금은 서비스로 커피를 제공하는 바를 가리키며 말했다. "도움이 필요할 때 말할게." 그녀는 대기표를 들어 보였다. "앞에 여섯 사람 남았어."

나는 물러서서 어머니를 지켜보았다. 어머니는 자기 차례가 되면 번호를 부르기도 전에 창구로 달려가려고 미어캣처럼 바짝 집중해서 창구 직원들이 일하는 모습을 감시하고 있다. 그리고 잠시 후 창구에서 어머니가 나를 불렀다.

점잖은 옷차림에 커프 링크스까지 한 이십대 남자 직원이 상황을 설명했다. 어머니는 지금 공동예금계좌를 해지하려고 하고 있었다. 필요한 신분증과 두 사람의 사인만 있으면 이 직원은 통장 잔액과 최근 게임으로 번 돈을 온전히 어머니 이름으로 된 새 계좌로 옮길 예정이었다. "이 부분에 대해 동의하시는 거죠?" 그가 내게 물었다.

어머니의 눈은 내가 사인해야 할 세 가지 종류의 서류에 꽂혀 있었다.

"어머니께서 이렇게 하고 싶으시다면 해야죠. 하지만 제 생각에 이건 그렇게 좋은 방법은 아닌 것 같아요."

"그게 무슨 뜻이야?"

"안전이 우선이라는 거죠."

"어떤 위험이 있는지 말해볼래?"

"지난 1년 동안 어머니의 경제적인 문제를 제가 겨우겨우 처리해왔잖아요. 그럴 수밖에 없는 상황이었기 때문에 제힘으로 다 해결했다고요."

고맙다는 말이 돌아올 줄 알았지만, 어머니는 아무 말도 하지 않았다.

"그런데 계좌를 해지해버리면 '제가 다시 어머니를 도와야 할 일이 생겼을 때' 또 은행에 들락거리면서 번거롭게 서류 작업을 해야 해요. 이런 걸 고려했을 때 가장 좋은 방법은 계좌를 그냥 살려두는 거예요. 분별력 있는 사람이라면 다들 그렇게 할걸요. 그게 더 깔끔한 방법이라고 생각하지 않으세요?"

"그래? 아, 글쎄."

어머니는 창구에 고리로 고정한 펜을 보며 고개를 끄덕였다.

내가 사인을 다 마치자마자, 어머니는 다시 커피 바 쪽으로 가 있으라고 말하고는 돈을 모두 인출했다. 그리고 돈뭉치를 두 번 센 후에 배낭 안쪽 주머니 깊숙한 곳에 집어넣었다. 가방 지퍼를 채우면서 어머니는 내게 살짝 곁눈질해 이번에도 뒤에서 따라오 라는 눈빛을 보냈다.

한 블록쯤 떨어져 걷고 있는데 어머니가 빵집 앞에서 내게 오라 고 고갯짓을 했다.

빵집 유리창 앞은 온통 타르트 밭이었다. 초콜릿, 레몬, 산딸기 맛의 타르트들이 줄지어 가지런히 진열되어 있었다. 어머니는 그 중 위쪽 선반에 놓인 격자 장식의 타르트 하나를 가리키며 말했 다. "저것 좀 봐."

"맛있어 보이네요. 사시게요?"

"아니. 잠깐 보기만 해. 윗부분의 격자무늬도 완벽하고 빵 반죽 도 갈색으로 고르게 구워진 것 같지? 그런데 넌 저 런처 겉모습만 으로 맛이 좋을지 어떨지 판단할 수 있니? 네 생각을 말해봐."

"모르겠어요. 맛있을 것 같긴 한데. 딱 사진 촬영용 같기도 하고 요. 어쩌면 몇 년 동안 저 상태로 저렇게 진열돼 있었을 수도 있었 겠네요."

"네가 말한 가장 좋은 방법이란 게 바로 이런 거야."

"이런 거라니요?"

"'깔끔한 방법' 말이야. 겉보기와 맛보기는 다른 문제야, 그렇 지?"

"아, 무슨 말씀이신지 알겠어요. 전 어머니를 믿어요."

"아니, 넌 나를 안 믿어. 내가 물컵에 손이라도 뻗으면 넌 내 손만 보고 있어. 다른 사람들은 전부 나한테 자유를 주면서 날아가라고 하는데, 너만 이렇게 나를 졸졸 따라다니면서 아주 신경 쓰이게 해. 왜 그런 것 같니?"

"어머니가 시키셨잖아요."

"일종의 테스트였는데, 넌 낙제했어. 이제 그만 좀 해. 내가 몸이 안 좋아지는 바람에 너까지 드라마 같은 일에 휘말린 것뿐이야. 넌 네 삶을 다 제쳐놓고 참 재빠르게도 돌아오더구나. 하지만 난 그렇게 해달라고 부탁한 적 없다. 너 스스로 온다고 했을 때 말리지 않았던 건 사과하도록 하마."

"제가 '스스로' 왔다고요?"

"순교자인 척하지 마. 나는 네가 자유롭게 살길 바라거든. 은행 담보대출은 내가 전화로 해결하고 네 돈은 돌려줄 거야." 어머니는 계속 말을 이었다. "내 주변에서 얼쩡거릴 필요 없어. 넌 천성이 슬픔에 빠져드는 애니까. 네 아버지도 똑같았어. 신파극을 좋아했었지. 넌 좀 다르게 살 수 없니?"

"제가 어머니 앞길을 막기라도 했어요? 아들이라면 당연히 해야 할 일이고 어머니라면 당연히 고마워할 일을 한 거잖아요. 꼭 그렇게 병리학적으로 따지고 드셔야겠어요?"

그때 땋은 금발 머리에 반짝이는 왕관을 쓴, 네 살쯤 된 여자아이가 빵집 앞으로 달려와 우리를 밀치며 창가로 다가섰다. 우리는 둘 다 입을 다물었다. 한눈에 봐도 아이의 엄마로 보이는 여자가 바로 뒤따라왔다. 아이는 유리창 반대편에 초콜릿으로 생쥐 귀와 코, 콧수염을 그려 넣은 머랭 과자를 가리키며 찍찍거렸다. "그게

194

좋아? 그래, 그걸로 사줄게." 아이의 엄마는 빵집 문을 열며 아이에게 말했다. 그리고 둘은 안으로 들어갔다.

어머니는 나를 향해 돌아섰다.

"그게 좋니? 나도 그럼 그렇게 말해줄게. 심리학적 근거 빼고 말이야. 네가 나한테 해준 일들은 정말 고맙게 생각하지만 난 너를 내 옆에 붙들어 맬 생각은 애초에 없었어. 난 네가 네 삶을 살았으면 좋겠어. 됐니?"

어머니는 몸을 돌려 걸어갔다. 어느 때보다 기운찬 걸음걸이로.

─⋀─

나는 뒤돌아 걸었다. 집으로 가야 하나? 그 순간 집으로 간다는 개념은 나에게 전혀 안정감을 주지 못했다. (아버지가 죽고 처음으로 이사할 때 어머니는 다 괜찮을 거라며 이렇게 말했다. '집은 거북이 등딱지 같은 거야.')

어머니가 머시 병원에서 처음 나에게 연락했을 당시의 전화 통화, 나를 재빨리 어머니 옆으로 오게 한 그 대화 내용을 기록으로 남겨뒀어야 했다는 생각이 들었다. 그때 왜 녹음할 생각을 못 했을까? 나 자신을 분석하는 데 큰 도움이 됐을 텐데.

먼저, 내가 이 일을 선택하게 된 이유가 정말 죽음이라는 신파극을 좋아해서였을까? 아니. 이 일을 택한 건 신념이 있어서였다. 그리고 인정받고 싶은 욕구가 있었고, 네티로 인해 그 욕구는 더욱 커졌다. 이 인은 그냥 직업이 한 종류일 뿐이고 환자들은 그저 고통받는 사람들일 뿐이다. 나는 그들을 치료하거나 위로하려는 게 아니었다. 그저 나도 누군가를 도울 수 있는지 알고 싶은 인간적인 바람이 있었을 뿐이었다.

어쩌면 나는 내면에 존재하는 네티 이모를 발현시키는 데 조금은 다가갔던 걸까? 아니. 그렇지만 아이리스가 죽어갈 때 나는 마음속 깊은 감정을 잘도 감추었다. 가이드라인대로 미르나의 뜻을 배반했고, 심지어 어머니와도, 그녀의 뜻대로 은행 서류에 사인을 해주지 않았나. 분명 나는 간호사로서 해탈의 경지에 다다르고 있는 게 틀림없었다. 아직 거기에 완벽히 도달했다고는 할 수 없지만 내가 바라는 상태였다.

내게 주변에서 맴돌려는 욕구가 있다는 어머니의 말은 그런 의미였을까? 어쩌면 내가 좀 더 영적인 역할을 찾았더라면 (가령 죽음의 조언자 같은!) 나는 샌퍼드가 며칠 동안 자리에 누워 쌕쌕거리며 체인 스토크스 호흡*을 반복하는 동안 옆에서 리라를 연주할 수도 있었을 텐데. 누군가를 돕겠다고 이리저리 방황하는 나의 욕망을 그런 식으로 충족시킬 수도 있었을까?

틀렸다. 너무 느리고 너무 부드러운 방법이었다. 어머니도 그런 나를 존중해줄 리 없었다.

어머니는 소파를 되찾았고, 이제는 할부금도 직접 낼 수 있게 되었다.

어머니가 쓰러지신 후 누구라도 인정할 만큼 어머니를 돌보려고 애썼는데, 그게 드라마였다고? 자식의 도리 때문에 어쩔 수 없이 그런 거라고 말하는 사람도 있을 것이다. 하지만 그런 설명은

---

* 세차고 괴로운 호흡과 무호흡이 반복되는 상태.

나를 그런 식으로 키우지 않은 어머니에게는 너무 구닥다리 같은 설명이었다. 나는 내가 원했기 때문에 어머니에게 돌아왔다. 기꺼운 마음으로, 내 삶을 꾸려나가고 싶은 마음을 기꺼이 물리치고, 어머니가 가르친 방식대로. 만약 어머니가 나를 낯선 사람처럼 대한다면 그건 내 문제가 아니었다.

'언제 어디서든 삶을 채울 걸 찾아야 해. 현실에 안주해선 안 돼.' 어머니는 이런 사실을 아주 힘들게 터득했기에 결혼 초기에 자신과 했던 협상에 대해 내게 주절주절 얘기하다가 끝에는 꼭 그런 말로 마무리하곤 했다. '삶에 대한 열정으로 가득한 누군가를 만나면 바로 떠날 생각이었어.' 하지만 내가 생긴 후로 그녀의 약속은 내가 열두 살이 되면, 열여덟 살이 되면, 아니면 돈벌이가 되는 일자리를 구하면 떠나는 걸로 바뀌었다.

'내가 그처럼 상자에 갇힌 것 같은 삶을 살고 있을 때 나는 이후에 어떤 일이 벌어질지 알고 있었어.'(이를테면, 아버지의 자동차 사고 같은 일.)

어머니는 그렇게 부당했던 현실에 대해 지루한 이야기를 한참 하고 나면, 나중에는 더 말할 힘도 없다는 듯이 목소리를 낮춰 소곤거리곤 했다. 너무 큰 소리로 떠들어대면 마치 검은색 케블라옷을 입은 깡패들이 앞문을 부수며 쳐들어와 입에 담지 못할 욕을 퍼부으며 자신을 잡으러 오기라도 할 듯이. '아들, 세상은 우리가 한 장소에 머물면서 다른 사람과 물건 따위에 정붙이고 살기를 원해. 그렇게 얌전히 있어야 세상 사람들한테는 쓸모가 있거든.' 그때시 그녀의 해결책은 뭐였냐고? 그녀는 지수 작품에 '기고 싶은 곳에 가고, 하고 싶은 일을 하라. 네 삶을 대신 살아줄 사람은 아무도 없다'라는 문구를 수놓아 직장을 옮길 때마다 책상 위에, 그리고 책상 뒤에 걸어놓고 보았다.

　이런 얘기를 듣고 자란 나는 과연 어떤 길을 택했을까?

　간호사였다.

　현실적인 면에서 그 일은 꾸준한 수입을 의미했다. 한곳에서 오래 버티지 못하도록 타고난 내게 그것은 끝없는 가능성의 원천을 의미했다. 한 직장에서 또 다른 직장으로, 일자리를 옮길 때마다 나는 새로운 기대를 품었다. 하지만 처음에는 아무리 매력적으로 보였던 직장이라도 수습 기간이 끝날 즈음이 되면, 나를 믿는 만큼 경영진은 슬슬 자신들의 추한 모습을 드러내곤 했다. (다른 직원들도 마찬가지였고, 때로는 환자가 그러기도 했다.) 역겨움을 느껴 떠나지 않을 때는 지루함 때문에 견디지 못했고, 아니면 친구의 친구가 다른 뭔가를 시도해보라며 제안하기도 했다.

　나는 불평하지 않았다. 산부인과든 호스피스 병동이든 가는 곳마다 똥이 잔뜩 묻은 난장판을 목격했고, 그런 일은 현재의 나를 있게 했다. 수많은 환자뿐 아니라 룸메이트, 함께 일한 동료, 데이트 상대, 그리고 물론 어머니까지, 이 모든 사람을 지켜봄으로써 내가 얻은 결론은 우리는 이 세상에 오래 머물기 위해 태어난 존재가 아니라는 사실이었다.

　어느새 나는 어머니의 아파트 근처까지 와 있었다. 사람들로 붐비지는 않았지만 무료 주차구역이 있어 차들이 가득 줄지어 있었다. 내 앞에는 또 다른 시대에 지어진 오래된 낮은 잿빛 건물들이 한 줄로 늘어서 있었고, 창턱과 발코니의 화분에는 꽃이 가득 피어 있었다. 집에 가고 싶지 않았다. 또다시, 어디론가 떠날 때가 왔다는 징후였다. 하지만 우리가 '사실은' 이곳에 오래 머물며 화단에 금송화를 가꾸기 위해 온 것이라면 어쩌지? 나는 아파트를 향해 계속 걸었다.

만약 어머니가 사랑과 보호를 서로 약속했던 그 사람과 좀 더 오래 머물렀더라면 어쩌면 우리는 세상에 좀 더 쓸모 있는 사람들이 되었을까?

어쨌든 어머니가 원하는 방식은 아닌 게 확실했다.

아버지의 죽음 이후, 어디에도 매이지 않고 살아온 삶, 당혹스러운 이웃, 낡은 아파트, 짜증 나게 하는 직장 상사, 그리고 웬델 같은 남자들. 어머니는 이 모두를 지랄 같은 삶에서 어쩔 수 없이 겪게 되는 진통으로, 정당한 변곡점으로 간단하게 정리해버리곤 했다. 어느 날 불만이 폭발하면 그다음 날엔 이삿짐 트럭을 집 앞으로 불렀고, 아니면 택시에 짐을 잔뜩 구겨 싣고 내가 학교에서 돌아올 때까지 기다렸다가 함께 역으로 향했다.

끝없는 모험의 연속이었다.

처음 공동체에 정착했을 때 어머니는 내게 새 이름을 선택할 결정권을 주었다. 나는 깔끔한 느낌이 드는 '에버'라는 이름을 골랐다. 공동체의 겉모습에 매우 예민했던 줄리아는 이름을 부사형인 '에벌리'로 하면 어떻겠냐고 충고했다. 그리고 나는 어머니가 에벌리 브라더스*를 좋아한다는 사실을 알고 있었기에 여러 사람을 기쁘게 할 그 이름을 최종적으로 선택했다. '에버'가 '변함이 없다'는 뜻이라는 건 몇 년이 지나 심리치료사가 말해주어 처음 알

---

* 미국의 컨트리 록 밴드. 대중음악 발전에 중요한 역할을 했다.

게 되었다. 내 삶에서 큰 부분을 차지하는 개념은 아니었지만 상관없었다. 나는 심리 상담을 그만두기까지 그 치료사를 다섯 번 만났다. 게다가 우리가 공동체를 나오기 전까지 온전히 그 이름만 사용했던 기간은 9개월밖에 되지 않았다. 부엌일을 분담하는 과정에서 논란이 생겼기 때문이었다.

어쨌든 그 덕분에 나는 줄리아를 만나게 됐다. 줄리아는 그때 겨우 열다섯이었는데도 어머니가 어떤 사람인지 금세 알아차렸다.

공동체에서 지내게 된 첫 주, 어머니와 나는 팬트리 바닥에 두툼한 요를 깔고 거기서 잠을 잤다. 벽은 무슨 이유에선지 반짝이는 빨간색으로 칠해져 있었다. 그리고 검은색 바닥은 요와 베개, 가방만으로도 이미 꽉 찬 상태였다. 정말 비좁고 갑갑했다. 밤이 되면 나는 침낭 속에 몸을 웅크리고 요 가장자리에 누워 잠을 잤지만, 눈을 떠보면 어머니와 마치 뇌파를 주고받기라도 한 것처럼 서로 머리를 바짝 맞대고 있을 때가 많았다. 어머니가 먼저 잠이 깨 내가 거기 있는 걸 발견하면 그녀는 매트리스 구석으로 꿈틀꿈틀 움직여 최대한 멀리 떨어지곤 했다. 그러던 중 하루는 밤마다 열리던 회의에서 어머니가 말했다. 내 아들이 좀 더 쾌적한 공간에서 지낼 수 있길 바란다고. 내가 있을 만한 다른 공간이 있었던 걸까? 어쨌든 어머니의 요구는 그럴 듯했고 효과가 있었다. 그날 밤 나는 바로 위층으로 자리를 옮겨 줄리아와 이층 침대를 함께 썼다. 그녀는 나를 환영하며 이렇게 말했다.

"이제부터 너는 위층을 써. 어차피 너랑 네 엄마는 여기 오래 있을 것 같지도 않으니까."

아파트 앞에 도착했지만, 안으로 들어가고 싶지 않았다. 대신 나는 핸드폰을 들여다보았다.

줄리아는 내 전화를 반갑게 받았다. "너는 드라마를 좋아하는 게 아니야, 네 엄마를 좋아하는 거지. 항상 그게 문제였어. 네 엄마는 맨날 혼자서 도망칠 궁리나 하고 있는데, 네가 빨리 포기하지 않으면 진짜 네 드라마는 다 얼어 죽고 말 거야."

"너무하네."

"이런 말 들으려고 전화한 거 아니었어?"

"난 위로가 필요해."

"그렇다면 잘못 골랐어. 미안해. 너의 또 다른 문제는 나한테 자주 전화하지 않았다는 거야."

"네 생각을 안 한 건 아니야. '베이비 러버'랑은 어떻게 돼가?"

"나 이제 그 남자 그렇게 안 불러."

"아이 셋 갖고 싶다는 소리는 이제 안 하나 보지?"

"아니. 그건 아닌데, 데이브 지금 내 옆에 있거든. 운전 중이야. 지금 네 방에 놓을 중고 서랍장 사러 가는 길이야."

"그럼 방금 '베이비 러버'라고 한 말도 다 들었겠네."

"지금까지 이런저런 소리 하는 거 다 들었지."

"와우."

"당황할 거 없어. 아직 살림을 합치진 않았으니까. 지금 사는 집이 굉장히 좋은 조건이래. 네 방은 아직 비어 있으니까 못 참겠으면 언제든 돌아와도 좋아."

"고맙네."

"그러니까 내 말은 네가 전화를 자주 했으면 데이브에 대해 더 알았을 것 아니냐고. 이 남자 진짜 괜찮은 사람이야."

"전화는 왜 나만 해야 해? 네가 전화해도 되잖아."

"내가 전화하면 너는 너무 날로 먹잖아. 손 하나 까딱 안 하고. 아직 내 도움이 필요하다면 너도 노력을 좀 해야지 않겠어?"

"웃기시네."

"네가 더 웃기거든."

이런 막다른 상황에 몰리자 줄리아와 함께 지내던 그때가 못 견디게 그리워졌다. 그녀는 이렇게 덧붙였다.

"그럼 처음부터 다시, 위로하는 쪽으로 얘기해보자. 어머니는 예전처럼 혼자 생활이 가능하게 되셨잖아. 그게 너한테는 힘든 일이었나 봐. 그럼 넌 이제 뭘 해야 하지? 멀리 떠나는 거?"

"계속 너무한 소리만 하네."

"알았어, 에벌리, 우리 지금 그 서랍장 파는 집에 다 왔는데, 인터넷 사진으로 봤던 거랑 완전 딴판이네. 지금 근육 빵빵에 덩치 큰 아저씨가 집 밖으로 끌어내고 있어. '베이비 러버'도 나도 무서워서 말도 못 붙이게 생겼는걸. 이제 전화 끊어야겠다. 조만간 또 전화해. 즐거웠어."

나는 바클리 애비뉴로 다시 걸어가며 생각을 정리했다.

먼저 줄리아에게 더 자주 전화하겠다고 다짐했다.

론과 사이먼에게도 더 자주 전화하기로 했다.

그리고 어머니가 돈을 돌려주면 그 돈으로 앞으로 지낼 집을 알아봐야겠다고 생각했다. 바질과 파슬리를 키우고. 소파도 사기로 했다.

나는 이런저런 일들을 다짐한 뒤 켈코스 매장 안으로 들어갔다.

그리고 샌퍼드를 보낼 때 입을 아주 비싼 셔츠 한 벌을 샀다. 어딘가 사람을 나른하게 만드는 색조의 네이비블루 셔츠였는데, 그런 종류의 옷을 사긴 처음이었다. 목깃이 너무 짧아 넥타이를 매지는 못하겠지만, 앞으로 어시스턴트 일을 할 때마다 이 옷을 유니폼처럼 입어도 괜찮을 것 같았다. 하지만 한편으로는 너무 튀어서 내가 이 옷을 입고 구내식당에 나타나면 다른 직원들이 내가 그날 무슨 일을 하려는지 눈치챌까 봐 걱정도 됐다. 그럼 두 번에 한 번 꼴로 입으면 어떨까. 어찌 됐든. 샌퍼드를 위해서는 새 옷 한 벌 정도 살 만하다고 생각했다. 그 일로 사후보고서를 기록할 필요는 전혀 없으리라.

━━━∿━━━

아직 해도 지지 않은 시각에 내가 전화하자 론과 사이먼은 아주 좋아했다. 분명 처음 있는 일이었다.

그날 저녁은 예상했던 대로 매우 평화로웠다. 사이먼이 잡지에서 찾아낸 조리법을 보고 토마토에 빵가루와 안초비를 넣은 요리를 만들어 저녁으로 먹었다. 식사 후, 론은 침대에 걸터앉아 노트북으로 배변 훈련에 대한 과목을 공부했다. 사이먼은 은행 VIP 고객을 위한 비밀 통로를 건축모형으로 만들고 있었다. 그리고 나는 소파에 앉아 맥주를 마시며 사이먼이 오늘 저녁 요리법을 찾아낸 바로 그 잡지에서 다른 기사를 찾아 읽었다. 난민들 사이에 일고 있는 베이비붐에 대한 기사였다. 그러다 사이먼이 모형 만드는 일을 도와달라고 했다.

그가 은행 로비를 손보는 동안 나는 엄지와 검지로 얇은 나무판을 잡아주면서 이런 생각을 했다. '계단 두 칸 아래에 로비 공간을 만들 생각을 하다니 재밌네. 내가 곧 안락사를 도와줄 그 남자라면 경사로를 만들어줘야 훨씬 좋아할 텐데.'

"괜찮아?" 사이먼이 물었다.

"응. 하나도 안 무거워."

"오늘 왜 전화한 거야? 와서 잡지 읽으려고?"

"아니, 모형 만드는 일 도와주려고." 내가 대답했다.

"그런 얘길 하려는 게 아니란 거 알잖아. 별일 없이 와서 함께 있는 것만으로도 참 좋아. 그 말이 하고 싶었어. 책을 읽든, 모형 만드는 일을 도와주든, 뭐든 편한 대로 해. 게다가 네가 와 있으면 론이 나한테 잔소리를 덜 해서 그것도 좋아."

론이 침실에서 외쳤다. "나 다 들린다."

사이먼은 계속했다. "네가 전화해서 우리 둘 다 무척 기뻤어. 그게 다야." 그는 몸을 숙여 내 손가락에 상냥하게 키스했다. 그리고 론을 향해 외쳤다. "에번이 지금 어떤 상태라고 그랬었지?"

론이 큰 소리로 대답했다. "공황상태?"

"좀 어려운 말로 뭐라 했었잖아."

"트릴레마°." 론이 대답했다.

사이먼이 미소를 지으며 계속 내 눈을 지그시 바라보는 바람에 나는 얼굴이 붉어지고 말았다.

론이 큰 소리로 말했다. "에번 아직 안 도망갔지?"

° 삼중고. 세 가지 문제가 서로 얽혀 있어 옴짝달싹할 수 없는 진퇴양난의 상황.

"아직 있어." 내가 말했다.

사이먼이 물었다. "이번 주말에 우리랑 바람 쐬러 가지 않을래? 두 시간 정도 아무 데나 길 닿는 대로 한번 가볼 생각이야. 그리고 거기서 하룻밤 자고 오려고. 네가 가자는 방향으로 갈게."

지난 몇 년간 들은 말 중에 가장 배려 깊은 제안이었다. 하지만 나는 내가 어느 방향을 선택해야 할지조차 알지 못했다. "그래."

"난 야영은 안 할 거야." 론이 외쳤다. "최소한 모텔은 가야 해."

"가고 싶은 곳 어디든 가보는 거야." 사이먼이 내게 말했다. "금요일 어때?"

"좋아."

그리고 더는 오래 바라보는 일도, 여행 계획에 대한 자세한 이야기도 없이 저녁 시간이 지나갔다. 주중이라 섹스는 가볍게 했다. (30분 조금 안 돼서 끝났고, 오늘은 애널 섹스도 하지 않았다.) 다행히 발기는 적절한 타이밍에 됐다. 대단히 훌륭하지도 않았지만 실망스럽지도 않았고, 이만하면 안심할 정도는 됐다. 내 머릿속에서 레오와 미르나는 아주 잠시 스쳐 지나갔을 뿐이었다. 섹스를 마치자 집주인들은 금세 잠에 곯아떨어졌다.

나만 깨어 있었다. 집에 가고 싶었지만, 집에는 어머니가 곤히 잠들어 있을 터였다. 줄리아 말이 맞았다. 어머니는 다시 내 손이 닿지 않을 만큼의 거리에 있었다. 조금의 도움도 필요 없이 혼자서도 잘 지내고 있었다.

호텔로 갈까. 아니면 내일 아침 바로 돈을 받아 아파트를 알아볼까.

아예 이곳을 떠나는 편이 나을지도 몰랐다. 치킨 냄새가 진동하는 줄리아의 아파트로 돌아갈까?

아니다. 내 옆에서 순진하게 코를 골고 있는 이 친구들은 내일 아침 내가 떠난 것을 알면 무척 실망할 터였다. 샌퍼드도 내일 밤 그 일을 위해 나만 믿고 있었고. 금요일에는 자동차 여행도 가기로 하지 않았나.

아니. 어쩌면 내가 잘못 생각하고 있는지도 몰랐다. 론과 사이먼은 겉으로만 가까운 척하고 있는 게 아닐까? 그들이 대체 나에 대해 뭘 알고 있지? 나는 그들 앞에서 계속 서커스 광대처럼 행동하고 있는데. 그리고 나는 그들에 대해 무얼 알고 있나? 이렇게 서로 아는 것도 없이 우리는 어디로 가고 있는 거지? 목적지 없는 주말여행, 우리가 다다를 곳은 바로 그런 곳이리라.

당장 내일만 지나면 샌퍼드는, 내 셔츠에 대해 그가 어떻게 생각하건, 나에게 어떤 것도 의지할 필요가 없어졌다.

그럼 나는 어디든 갈 수 있다.

마음은 이미 떠나 있었다.

내가 아는 것이라고는, 론이 욕실에 신경안정제를 숨겨놓았다는 사실 정도였다.

나는 침대에서 살그머니 빠져나와 두 알을 삼켰다.

다음 날 아침 론과 사이먼이 깨운 후에야 나는 겨우 눈을 떴다. 감춰둔 약을 물어보지도 않고 먹어 미안하다고 사과했지만, 그들은 아랑곳하지 않고 나를 침대 밖으로 끄집어내 샤워실로 밀어 넣고 면도를 시키고 옷을 입히고 시리얼을 먹였다. 출근준비를 하는 내내 몸이 나른해 힘들었지만, 둘은 나를 끊임없이 재촉했다.

잔소리조차 고맙게 느껴졌다.

VIP 병동에서 전화해달라는 요청이 와 있었다.

나는 혹시 모를 부서 간의 마찰에 대비하여 샌퍼드의 파일을 모니터에 띄워놓고 전화를 걸었다. 옆에서 네티가 자판을 두드리던 속도를 늦췄다.

다행히 겁낼 일은 일어나지 않았다. 병동을 완벽하게 통제하던 수간호사 카멀이 그저 오늘 밤 일이 지레 걱정되어 전화했을 뿐이었다.

"샌퍼드 씨가 동료와 친구들을 불러 작별 인사를 했어요. 사람들이 오래 머물지는 않았지만 꽤 여럿이 왔다 갔죠. 친구들에게는 자신이 금세 사라질 거라고만 말하고 이번 일을 비밀로 한 눈치더라고요. 하지만 지금 건강 상태로 봤을 땐 최소 몇 달은 더 사실 분인데. 혹시 이게 문제가 되진 않을까요?"

"변호인단만 별말 없다면 우리한테도 상관없을 겁니다. 친구분들은 샌퍼드가 자기 죽음을 미리 예감했다고 생각하겠죠. 어쩌면 눈치챘을 수도 있고요."

"그랬을 수도 있을 것 같아요." 카멀이 말했다. "조금 전에 샌퍼드 씨에게 커피를 갖다드렸는데, 이제 인사할 사람은 더 없다고 하시더군요. 우울해 보이지도 않았지만 그렇다고, 뭐랄까, 완벽하게 마무리된 것처럼 보이지도 않았어요. 원래 그런가요? 나만 괜히 걱정하고 있는 거겠죠?"

"저도 뭐라 말씀드리긴 어렵군요."

"오늘 오후쯤 비비 한번 들러보시지 않겠어요? 뭔가 도울 일이 있을지도 모르잖아요?"

"알겠습니다."

VIP 병동으로 올라가기 직전 네티는 손짓으로 나를 부르더니 내 셔츠의 옷깃을 바로잡아주었다.

"셔츠가 멋지네요."

—⋀—

샌퍼드는 휠체어를 타고 창가에 앉아 있었다. 그의 머리는 무릎 위에 놓인 초록색의 낡고 오래된 책을 향해 기울어져 있었고, 누렇게 된 종이 위에는 페이지를 고정하기 위한 핑크색 물방울무늬의 작은 빈 백이 놓여 있었다. 그는 손바닥을 위로 한 채 두 손을 무릎 위에 힘없이 떨구고 있었다. 코끝에 맺힌 작은 물방울에 햇빛이 반사되어 반짝였다.

"실례합니다. 샌퍼드 씨?"

그가 나를 향해 상체를 틀자, 머리가 좀 더 기울어지면서 코끝의 물방울이 윗입술로 떨어졌다.

"에번. 무슨 문제라도 생겼나요?"

"아뇨." 나는 방 안으로 성큼 들어서며 말했다. "인사나 드리려고 들렀습니다."

"인사?" 그는 긴장을 풀고 머리를 무릎 쪽으로 숙였다.

"네. 기분이 어떠십니까?"

"와서 앉아요." 그는 마른 침을 몇 번 삼키며 말했다. "라운지에 이런 게 있더군요." 그는 무릎 위의《풀잎》이라는 책을 향해 주먹을 내밀었다. "시집이오. 이번에 처음 읽었는데 앞으로 다시 읽을

208

일은 없을 테지. 페이지를 넘기지 않고 한참을 들여다보고 또 볼 수 있어서 가져왔어요." 그는 손을 끌어 페이지 가운데로 가져갔다. "그렇지만 내가 이 책을 찾아낸 데는 이 안에 내가 원하는 것이 있었기 때문이겠지. 여기 세 번째와 네 번째 줄을 머릿속에 박힐 때까지 읽고 또 읽던 중이라오. 나만의 새 만트라라고나 할까. 들어봐요. '깨끗하고도 달콤하지 내 영혼은, 깨끗하고도 달콤하지 내 영혼이 아닌 모든 것들은.'" 그는 창을 향해 시선을 던지며 그 구절을 다시 읊었다. 그가 나를 보며 물었다.

"어때요?"

"무슨 말씀이신지?"

"면죄. 면죄란 말은 잘못된 말이지. 한때는 세상 모든 곳이 깨끗하고도 달콤했던 때가 있었지. 내가 어렸을 때 사람들은 그걸 신이라고 불렀지만, 지금은 더 이상 그러지 않아. 어쩌면 면죄가 맞는지도 실은 모르겠소만. 두 번째 회사를 운영한 지 2년밖에 안 됐을 때 우리는 중국 쪽에서 엄청 큰 계약을 따냈어요. 그때부터 나는 누구든 내 앞에서 꺼지라고 말할 수 있을 만큼 승승장구했다오. 인생에는 그런 강력한 순간이 한 번쯤 있게 마련이지. 아직 그런 순간이 없었다면, 조만간 내 말이 무슨 뜻인지 알게 될 거요. 이루 말할 수 없이 근사한 기분이었지. 그때 세상은 더없이 깨끗하고 달콤하게 느껴졌어. 신이라도 된 줄 알았지. 멍청하게." 자조의 웃음 뒤에 눈물이 흘렀고, 눈물 한 방울이 코끝에 대롱대롱 매달렸다.

"지금 그런 기분이시군요?"

"그래요." 대답하는 그의 눈이 더욱 밝게 빛났다.

샌퍼드는 책 끝에 올려놓은 두 주먹을 꽉 쥐었다 펴면서 자신의 손가락을 바라보았다. "카멀이 옥상 테라스 얘기하던가요? 거기 정자가 하나 있는데, 도시가 한눈에 내려다보여 전망이 아주 좋아요. 오늘 밤 그곳에서 약물을 마시기로 했소."

"제가 한번 체크해……"

"이번에도 내가 먼저 손을 써놓았지만, 괜찮아요. 당신도 언젠간 일에 속도가 붙을 날이 오겠지. 9시 이후에는 공간을 폐쇄하고 조명도 끈다고 하니 우리가 그곳을 사용해도 신경 쓸 사람은 없을 거요. 카멀은 이후에 거기서 나를 데리고 내려올 때가 문제라고 말하더군. 엄밀히 말하면 내 시신 말이오. 그쪽엔 환자용 엘리베이터가 없어서 나를 만약에 카트에 싣는다고 하면 내려오기가 힘들 거라는, 뭐 그런 걱정이었소." 그는 휠체어의 팔걸이를 살펴보며 말했다.

"여기 앉아 있으면 되겠군."

"전혀 문제 되지 않습니다."

"설령 문제가 있더라도, 내 문제는 아니니까."

"당연한 말씀이십니다." 대답하면서 나는 나도 모르게 입꼬리를 올리며 슬며시 웃었다. "오늘 밤 밖에서 진행하기를 원하는 특별한 이유라도 있으십니까?"

"그냥 실내는 안 내켜요." 그는 몸을 등받이에 기대며 나를 보았는데, 여전히 내가 제 역할을 해낼 수 있을지 미심쩍어하는 눈빛이었다. 그는 다시 책으로 고개를 떨어뜨렸다.

"더 하실 말씀은 없으십니까?"

"없소. 여하튼 고맙소."

잘 가라는 인사 같은 건 기대하지도 않았기에, 나는 충심이 강한 직원처럼 그곳을 떠났다. 비록 샌퍼드가 내 셔츠에 대해 아무 말도 하지 않았지만, 나는 그 생각에 또 한 번 슬그머니 미소를 지었다.

—⌇—

샌퍼드와의 약속이 늦은 시각에 잡혀있었기에 오늘은 단축 근무를 해야 했고, 수당이 나오지 않는 네 시간의 휴식시간 동안 나는 병원 밖으로 나갔다가 돌아오기로 했다. 갈 곳은 어머니의 아파트와 론네 집, 둘 중 하나였는데, 어머니는 컴퓨터로 텍사스 홀덤을 하고 있을 가능성이 컸고, 론은 오늘 오후 비번이라 집에서 쉬고 있을 터였다.

병원 근처 예술영화 전용 상영관에서 다큐멘터리 영화나 볼까도 잠깐 고민했지만 채팅 사이트에 올라온, 젊은 커플과의 번개 섹스 쪽으로 마음이 기울었다. (사실 나는 모르는 사람, 특히 동시에 두 사람과 편하게 즐기는 섹스를 무척 좋아했다.) 그들은 역사를 전공하는 대학원생이었고, 일주일 내내 탄트라 수행인지 뭔지를 해왔는데 마지막 거사를 치르는 동안 누군가가 함께 지켜봐주길 바랐다. 무엇보다 중요한 점은 걸어서 이동할 수 있는 가까운 거리에 집이 있었다는 사실이었다. 얼굴 사진과 나이 등의 기본정보를 서로 주고받은 뒤, 그들이 내게 집 주소를 알려주었다.

30분 뒤 나는 그곳에 도착했다. 입구에 도어맨이 있고 냉난방 시설이 갖춰진 아파트였다. 근로 장학금 정도나 받고 있을 대학원생들이 살기에는 너무 좋은 집이었다.

수염을 기른 두 사람은 지난 목요일부터 서서히 오르가슴에 이르는 중이라고 했다. 나는 옷도 벗지 않고 적당한 순간에 흥분한 척하면서 속으로는 샌퍼드에게 가기 전에 저녁 요기를 할 시간이 있을지, 가령 '이탈리안 레스토랑에 가서 오븐에 구운 지티*나 먹을까?' 따위의 생각을 했다. 그들은 내내 자신들의 방식대로 이런저런 부드러운 물체의 표면에 몸을 열심히 문질러대더니 손 한번 대지 않고 사정했다. 두 사람은 영원히 열정적으로 사랑하겠다고 다짐하면서 조금씩 조금씩 조금씩 서로에게 다가갔고, 뒤늦게 나에게도 사랑한다는 말을 덧붙여 분위기는 오히려 어색해지기만 했다. 모든 쇼는 빠르게 끝났다. 그곳을 빠져나오는 내 기분은 당연하게도 전혀 만족스럽지 않았다. 아무튼 이건 내가 원한 그런 섹스가 아니었다.

그래도 시간이 남아, 나는 예전 거주지가 되어버린 어머니의 집으로 가 정중하게 벨을 눌렀다. 어머니가 발을 끌며 느릿느릿 걸어올 시간을 고려하고 한참을 기다렸는데도 집 안에서는 아무런 대답이 없었다. 나는 안으로 들어갔다.

돌돌 말린 샌드위치 포장지가 부엌 조리대 위에 놓여 있었다. 싱크대 안에는 치킨 샐러드의 마요네즈가 묻은 접시 하나가 있었는데, 소스는 이미 굳어 얇은 막까지 생긴 상태였다.

욕실 조명은 켜져 있었다. 샤워 부스에서 습기를 머금은 장미 비누 향이 나는 것으로 봐서 어머니가 최근까지 집에 계셨다는 걸

* 굵은 튜브 모양의 파스타.

알 수 있었다. 욕실 바깥에는 벽장이 있었고, 한쪽은 내가 사용하도록 허락받아 내 물건들이 들어 있었다. 나는 거울로 된 문을 옆으로 밀어 어머니가 사용하는 반대쪽을 살펴보았다. 보통은 빽빽하게 정리되어있던 위쪽 선반의 물건들이 어지럽게 뒤섞여 뭔가를 급하게 찾은 흔적이 남아 있었다. 캔버스 천으로 된 여행 가방이 보이지 않았다.

그리고 어머니의 작은 보물 상자, 그러니까 금색으로 그림이 그려져 있고 잠금쇠는 가짜 루비로 장식된 오래된 보석함의 위치가 바뀐 것도 주목할 만했다. 그 보석함은 불연성 소재로 만든 것도 아니었고 방수가 되지도 않았지만, 내가 기억하는 한 어머니는 줄곧 모든 귀중품을 거기에 보관해왔다. 어머니가 윌로우 우드에서 지내는 동안 상자는 제일 위 선반 왼쪽 구석에 신발 상자와 함께 놓여 있었다. 그런데 지금은 중간 왼쪽 선반의 팬티 바구니 안으로 내려와 있었다. 뚜껑을 움직여보았지만 여전히 잠긴 상태였다.

다시 부엌으로 돌아가 쓰레기통을 살펴보고 어머니가 여전히 피클을 싫어한다는 사실을 확인했다.

쪽지는 없었다. 어쩌면 어머니는 밖에 잠깐 볼일이 있어 나간 것일 수도 있었다. 욕실을 확인했다. 칫솔과 치약이 없었다. 집 안을 한 바퀴 더 돌아보고 나는 확신했다.

어머니가 없어졌다.

지금까지 확인한 사실을 조합해보면, 어머니는 샤워를 하고 치킨 샌드위치를 먹은 뒤 상기에 든 민기립 캥거 기방올 쎈 것으로 추정됐다.

정말이지 쪽지는 어디에도 없었다. 우리는 항상 서로에게 쪽지를 남겼기 때문에 쪽지가 없다는 사실은 매우 민감한 문제였다. 내가 열네 살 때, 어머니는 우리의 운을 시험해보고 싶다며 부유한 동네의 한 구석으로 이사를 간 적이 있었다. 자신과 내가 다닐 좀 더 좋은 학교를 찾는 것, 그것이 목적이었다. 학기 말이 되자, 불량한 아이들 몇몇이 술을 마시고 놀기로 계획을 세우고 보드카를 채운 수박과 맥주 따위를 준비했다. 아이들은 분위기에 들떴는지 나 같은 샌님까지 초대했다. 나는 걔들 중 누구와도 친해지려고 노력한 적은 없었지만 초대를 받아들였다. 고등학생 때였다.

　파티는 저수지로 가는 공원 정문을 지나 공원 안으로 한참 들어간 곳에서 열릴 예정이었고, 시간은 공원 경비원들이 모두 떠나는 밤 11시에 시작하기로 했다. 외출하기에는 너무 늦은 시간이었지만 이사한 주택 앞쪽에 내 방이 있어 어머니 몰래 빠져나가는 일은 어렵지 않았다. 나는 일탈의 자유를 만끽하며 공원으로 이어진 도로를 따라 자전거 페달을 힘껏 밟았다. 동네를 떠난 적도 없었고, 앞으로 떠날 일도 없도록 운명 지어진 아이들의 무리가 눈에 들어왔다.

　오늘 밤 내 운명을 바꾸리라 결심한 나는 맥주 한 캔을 다 비우기도 전에 내 거짓말에 취해버렸다. 비참하게 죽은 아버지의 사고 대신 빙하를 등반한 이야기며, 아버지가 우리에게 남긴 주거용 보트를 타고 어머니와 내가 몇 년에 걸쳐 전 세계를 항해한 이야기 등을 늘어놓았다. 이야기 속의 어머니와 나는 마음이 끌리는 곳에 배를 정박했다가 그곳이 지루해지면 다시 닻을 올리고 여행을 떠났다. 이런 엄청난 일을 꾸며대기에 나는 나이가 너무 많았지만,

누구도 내 말을 가로막고 이상하게 여기는 사람이 없었다. 보트는 어느 항구에 정박하고 이렇게 내륙 동네까지 왔느냐고 묻는 아이조차 없었다. 사실 누구도 내 말에 귀 기울이지 않았던 것이다. 그럼에도 불구하고 내 옆에 앉아 있던 나디아는 내게 두 번째 맥주 캔을 내밀었다.

맥주 캔을 막 따는데, 멀리서 목소리가 들렸다. "에벌리. 아, 겨우 찾았네!"

그 자리에서 어머니를 모른 척할 별다른 방법은 떠오르지 않았다. 특히나 딱히 친하지도 않은 동네 아이들 무리를 헤치며 쿵쿵 걸어올 때는. 오히려 어머니가 와줘서 조금은 기쁘기까지 했다. 그녀는 최근 적갈색으로 염색한 머리카락을 한데 모아 위로 묶고 있었다. 주변에는 사람이 많았지만 내 눈에는 어머니의 얼굴만 보였다.

"안녕하세요, 비브 선생님." 코밑수염이 시커멓게 자란 고등학교 3학년 형이 어머니에게 아는 체를 했다.

"안녕, 건터. 그래, 네가 빠지면 말이 안 되지." 어머니가 말했다.

아이들은 뭘 피우고 있었는지는 몰라도 피우던 것과 맥주잔을 슬그머니 감췄다.

"친구들이랑 그냥 축하파티 하던 중이었어요." 내가 방금 친구들이라고 말한 그 아이들은 어머니가 지나갈 때마다 한 걸음씩 뒤로 물러섰다.

"그 말은 못 믿겠구나."

나는 어머니에게 친구들을 소개하기 시작했다. "엄마, 얘는 있잖아요……"

"지금 말고 나중에."

"그러죠, 뭐. 금방 집에 들어갈게요."

아무도 내 말을 믿지 않았겠지만, 그중에서도 어머니가 특히 그랬다. "일 크게 만들지 말고 지금 가자. 그건 놔두고." 어머니는 내가 들고 있던 맥주와 쓰레기통을 차례로 가리켰다. 나는 맥주 캔을 버리고 나디아를 향해 입 모양으로 '미안해'라고 말했다. 그 애는 재밌어하는 표정이었다.

나는 낡은 갈색 폭스바겐 자동차 뒷좌석에 내 자전거를 간신히 밀어 넣었다. 덜컹거리는 차를 타고 그곳을 떠나자마자 남은 아이들은 무슨 일이 있었냐는 듯 다시 한곳으로 모여들었다. 그리고 그때부터 그곳에 있던 아이들 모두가 에벌리라는 내 이름을 기억하게 됐다.

차를 타고 집으로 오면서 어머니는 내가 맥주 한 캔을 비우는 동안 자신은 극장과 학교 운동장, 집 뒤편의 기찻길을 미친 듯이 찾아다니다가 차 두 대가 저수지 쪽으로 가는 것을 보고 따라왔다고 했다.

"그냥 잠깐 친구들과 어울렸을 뿐이에요."

"어울렸다고?" 어머니는 내 어깨를 토닥이며 말했다. "네 친구들처럼 유명해지고 싶었던 거니?"

나는 그들을 변론하며 말했다. "어머니는 성적만으로 개들을 삐딱하게 보시는 거라고요."

"맞아. 난 아직까지 그 아이들의 좋은 점을 발견하지 못했는데, 어떤 부분에서 괜찮은지 얘기해줄래?"

"같이 놀자고 저를 불러줬어요."

"그거참 친절하구나. 다음번엔, 그러니까 다음번이란 게 또 있다면 말이다, 우리 꼭 쪽지를 남기기로 하자, 어때?"

"아버진 안 그랬잖아요." 나도 모르게 그런 말을 내뱉고 오히려 내가 더 깜짝 놀랐다.

어머니에게 상처를 주고도 남을 말이었다. 어머니는 속도를 줄였다. "안 그랬지. 하지만 너랑 나랑은 그렇게 하자. 알겠지? 오늘부터 우리 집 규칙이야. 지켜줄 거지?"

"네."

나는 아파트 이곳저곳을 마지막으로 꼼꼼하게 살펴보았다. 냉장고에도, 소파 앞 작은 탁자 위에도, 현관문 뒤편에도 쪽지는 없었다.

사실 어머니가 정한 규칙들은 예고 없이 종종 바뀌곤 했었다. 더욱이 어제 빵집 앞에서 들은 설교를 생각하면 쪽지를 남기자던 지시사항은 이제 시효가 다 된 모양이었다. 아니면 그 규칙이 나한테만 적용되는 것이거나.

어쩌면 24시간이 될지도 모를 어머니의 부재를 설명할 만한 단서를 찾아 나는 계속해서 아파트를 둘러보았다.

하지만 단서는 어디에도 없었다.

─〰─

VIP 병동에 밤이 찾아왔다. 실내에는 무드등만 켜져 있었다. 병동 안내소에는 필리핀 출신의 간호사가 혼자 작은 테이블 앞에 인테리어 잡지들을 펴놓고 앉아 있다가 내가 탄 엘리베이터 문이 열리자 고개를 들고 나를 맞았다. 허리띠에 고정한 내 사원증과 바구니에 든 약들을 보더니 그녀는 다시 고개를 숙이고 잡지를 뒤적거리다가 둥글게 배치된 가죽 의자들을 공원이 내려다보이는 창가 사진 옆에 갖다 대었다.

환자들은 각자의 병실에서 쉬고 있었고 카멀은 간호사실에 있었다. 베이지색 카운터 앞에 서 있는 그녀의 모습과 태도에서 수간호사의 엄격함이 엿보였다. 그녀는 시계를 보고 내가 정확히 3분 전에 도착했다는 사실을 확인하고는 손을 흔들어 보였다.

"알려준 대로 그분은 다섯 시에 마지막 식사를 하셨어요." 카멀은 내 손에 든 바구니를 보며 물었다. "다 잘 돼가고 있는 거죠?"

"그럼요."

"그분을 옥상으로 모시고 갔다가 내려오는 일은 혼자 해야 해요. 우리 직원들에게 도와달라고 할 수는 없거든요. 다들 그분을 너무 잘 알고 있어요." 우리의 대화가 다 들릴 만한 거리에 간호사 한 명이 있었는데, 정말 아무것도 모르는 눈치였다.

"이해합니다."

그녀는 말했다. "휠체어 뒤편에 시트 한 장을 넣어뒀어요. 나중에 덮을 용도로요. 이런 일을 미리 계획하다니 참 희한한 경험을 다 해보는군요. 아무튼 내려오기 전에 시트로 가리는 것 잊지 말아요. 전화하면 내가 엘리베이터로 갈게요. 잘 마무리 짓자고요."

밤색 체크무늬 가운을 입은 샌퍼드는 주변에 베개를 끼워 몸을 고정한 채 휠체어에 앉아 있었다. "약은 가져 왔소?" 바셀린을 넓게 펴 바른 그의 입술이 번들거렸다.

"가져왔습니다." 나는 바구니를 보여주었다.

좀 더 가까이 보려고 샌퍼드가 몸을 한쪽으로 거칠게 기울이는 바람에 하마터면 베개 하나가 빠질 뻔했다. 나는 베개를 제자리에 다시 끼워 넣었다. 그는 휠체어에 구부정하게 앉아서 컵들을 주의 깊게 바라보았다. "토하지 않게 속 가라앉히는 약, 지금 줘요."

나는 방금 그가 말한 약의 용법을 정식으로 설명하면서 컵에 씌운 플라스틱 뚜껑을 당겨 열었다. 그는 고개를 끄덕이며 내게 '알겠다'고 대답했고, 나는 그의 오른손에 컵을 쥐여주었다. 그는 왼팔을 굽혀 오른손을 받치면서 컵을 입술로 가져갔다. 그는 컵을 들어 천천히 시럽을 삼키는 일에 몸과 마음을 집중했다.

"그럼." 그는 컵을 무릎 위로 떨어뜨리며 말했다. "옥상으로 가 보실까."

"가져가고 싶으신 물건이 있습니까?"

"예를 들면?"

"글쎄요. 옆에 지니고 싶은 것이나 중요한 물건 같은 거요."

"진심으로 하는 소리요? 정말 중요한 물건이 하나라도 남았다면 내가 스스로 목숨을 끊겠소, 안 그래요? 조언 하나 하자면, 누구한테라도 그런 질문은 다시 하지 말아요. 갑시다."

그는 휠체어를 주종해 방 밖으로 나가려고 했지만, 문을 향해 겨우 돌았을 뿐 병실 구석 벽에 처박혀 문에서 오히려 멀어지고 말았다. 한 번 더 시도했지만 이번에는 소형 냉장고를 들이받았다.

"망할." 그는 조종 장치에 대고 화를 냈다. "오늘은 뭐가 잘 안 ……" 휠체어가 냉장고에 다시 세게 부딪쳤다. 마침내 그는 조종 스틱에서 손을 떼더니 눈을 감았다. "밀어주겠소?"

"그럼요." 나는 병실 밖으로 휠체어를 밀면서 너무 잘 조종하는 티를 내지 않으려고 노력했다.

고상한 스포트라이트 조명이 비치고 파란색 카펫이 깔린 긴 복도를 끝까지 걸어가자, 옥상으로 가는 전용 엘리베이터가 나왔다. 복도를 지나는 동안 우리는 아무 말도 하지 않았다. 엘리베이터 문이 조금 빠른 속도로 열렸다. 나는 휠체어를 밀어 엘리베이터에 탄 뒤 그가 문을 향할 수 있게 휠체어를 돌려주었다.

엘리베이터가 천천히 올라가는 동안 그가 입고 있던 가운 끝을 손가락으로 가리키며 말했다. "대대로 내려오는 가보는 아니지만, 평소 즐겨 입던 거요. 어쩌면 당신이 말한 중요한 물건이란 게 이런 건가 싶군."

그의 말에 순간 흡족한 기분이 들었지만, 나는 재빨리 감정을 억눌렀다. 나는 이 남자의 사랑의 대상도 분노의 대상도 면죄의 대상도 아니었다.

엘리베이터 문이 열리자 짙은 색의 나무로 짠 테라스 데크와 밤하늘이 펼쳐졌다. 정원에는 화분이 여러 개 놓여 있었는데 지금은 화분마다 철쭉이 가득 피어있었고, 그 주변으로 의자들이 조화롭게 배치되어 있었다.

습기를 머금은 실외로 휠체어를 밀자 샌퍼드의 머리가 약간 흔들렸다. 그는 기침하지 않고 공기를 들이마셨다. "아래층에서 파이프로 내보내는 공기에 비하면 이게 정말 진짜지. 그 필터에 어떤 쓰레기 같은 것들이 사는지 나는 다 알아."

데크 끝에는 핸드레일이 설치된 경사로가 우리의 최종 목적지인 정자로 이어져 있었다. 정자는 지붕 밑을 도림질 세공으로 화려하게 장식하고 빨간색과 금색으로 마무리한, 조금은 조잡해 보이는 빅토리아 양식의 디자인이었다. 타르지를 붙인 지붕의 한쪽 끝에서는 병원 냉방 배기장치가 계속해서 윙윙거리는 기분 나쁜 소리를 내며 돌아가고 있어 정자의 밝은 분위기와는 전혀 어울리지 않았다.

정자까지는 샌퍼드가 직접 휠체어를 조종해서 올라갔는데, 양쪽 난간에 너무 가깝게 접근할 때마다 내가 검지로 조금씩 방향을 조정해주어도 그는 아무 말 없이 가만히 있었다.

"더없이 훌륭한 밤이야." 정자에 도착하자 그가 말했다. 작은 탁자 중앙에는 데이지가 꽂힌 작은 꽃병이 놓여 있었다.

그는 바구니를 향해 고갯짓했다. 우리는 바로 본론으로 들어갔다. 나는 탁자 위에 약물과 서류를 가지런하게 올려놓고 난간에 카메라를 고정했다. 내가 진행하기 시작하자, 그는 예상보다 진지하게 절차와 형식을 따르는 모습을 보여주었다. '네'라는 그의 마지막 대답까지 녹화된 후에 나는 그의 손에 컵을 들려주었다.

이번에도 그는 컵을 입술까지 가져가기 위해 왼쪽 팔로 오른손을 받쳤다. 반쯤 들어 올리다 말고 갑자기 몸이 말을 듣지 않았던지 컵을 쥔 손이 슬며시 아래로 내려가더니 가슴 중간쯤에서 멈췄다. 다행히 약물은 쏟아지지 않았지만, 컵 끝이 안쪽으로 살짝 기운 상태였다.

순간 예상되는 두려운 상황(넴뷰탈을 추가로 요청하는 동안 그를 이곳에서 기다리게 하거나, 일이 지연돼 그가 화를 내거나 하는)을 떠올리며 나는 컵을 잡기 위해 재빨리 오른손을 뻗었다.

"괜찮소." 그러면서 그가 내 손을 피하려고 팔을 비트는 바람에 넴뷰탈이 튀면서 그의 가운을 조금 적셨다. 우리는 둘 다 컵을 보았다. 아직은 마시고 죽기에 충분한 양이 남아 있었다.

나는 그의 손을 잡고 손에 힘을 주어 컵을 반듯하게 했다. "컵을 잠시 내려놓으시겠습니까?" 내가 물었다.

"아니." 그는 왼쪽 어깨를 돌렸다. 마치 관절에 녹이 슬어 조금만 기름칠을 해주면 다시 움직일 것처럼.

그가 팔을 들어 올리려고 몇 차례 시도하는 동안 내 손은 컵과 아주 가까이에 있었다. (어머니의 표현대로라면 컵 주변을 맴돌고 있었다.) 하지만 컵은 가슴 높이 이상으로 올라가지 못했다.

"천천히 하시죠." 힘이 없는 그의 손에서 컵을 빼보려 해봤지만 그러면 그럴수록 그는 왼손을 오른손 밑에 대고 고집스럽게 밀어 올렸다.

"알겠소." 그는 모자라는 힘을 내 손목에 의지하며 말했다. "그럼 같이해봅시다. 자, 들어 올려요. 지금."

나는 그의 손목을 단단히 잡고 있었는데, 점점 흔들리기 시작했다. "아까 병실에선 잘하셨잖아요. 일을 계속 진행하길 원하신다면 스스로 직접 하셔야 합니다. 잘 아시죠?"

"내 몸이 좀 왔다 갔다 해. 잘 알잖소?" 그가 말했다. "내가 하게 해주시오. 아니면 내가……" 그의 눈에 눈물이 맺혔다. 전혀 위압

적이지 않은 태도 때문에 그가 보이는 약한 분노조차 오히려 서글프게 느껴졌다.

"죄송합니다." 나는 손가락에서 힘을 빼고 천천히 손을 풀어 전적으로 그의 손에 컵을 맡겼다. 넴뷰탈을 마시든 쏟든 이제 모든 일이 그에게 달렸다.

그런데 갑자기 무슨 생각이 들었는지 그의 손가락 끝이 내 손목을 필사적으로 파고들더니 자기 몸 쪽으로 끌어당겼다. 프레첼 모양으로 엉킨 우리의 손과 팔은 그의 턱밑에서 멈췄다. 그는 고개를 앞으로 기울이는 한편 내 손과 컵은 자기 얼굴을 향해 당겼다. "당신은 그저 내 손을 받쳐주는 것뿐이니까 오버하지 말아요. 다른 수가 없잖소?" 그는 컵과 내 손을 가까이 당기면서 컵 끝을 향해 입을 벌렸다.

나는 한 번에 세 가지 일을 동시에 처리했다. 먼저 손을 잡아 빼려는 것처럼 팔꿈치를 살짝 들어 올리면서 비디오에 녹음될 만큼 또렷한 목소리로 이렇게 말했다. "안 됩니다. 샌퍼드 씨. 알고 계셔야 해요. 저는 법적으로 마시는 일을 도와드릴 수 없습니다." 두 번째는 몸을 돌려 손이 보이지 않도록 카메라를 가리는 일이었다. 그러면서 나중에 누가 영상을 보더라도 내 손은 힘없이 축 늘어진 것처럼 보이도록 했고, 심지어 나조차도 그 일을 하고 있긴 하지만 하고 있지 않은 것처럼 느끼려고 했다. 엉킨 손들은 입술까지 남은 짧은 거리를 미끄러져 갔는데, 마치 위자보드* 위를 움직이는 화살표 같았다.

---

* 심령술에서 쓰는 점괘판.

드디어 입에 컵이 닿았다. 그가 약물을 너무 빨리 꿀꺽꿀꺽 들이켜는 바람에 사레가 들리지는 않을까 걱정이 됐다. 잠시 후 그는 입을 떼더니 몇 번에 걸쳐 입에 든 액체를 삼켰다. 다행히 목에 걸리지는 않았다.

"잘하셨어요." 중립을 취하기란 참 힘든 일이었다.

그는 다시 앞으로 몸을 숙여 실수 없이 남은 액체를 마저 마셨다. 내 손은 여전히 그의 손과 함께 거기 있었다. 거의 다 마셨을 즈음, 해냈다는 안도감 때문인지 컵을 잡은 그의 손이 느슨해지는 것을 보고 나는 검지를 컵 밑에 갖다 댔다. 이 일을 돕는 내내 의도적으로 아닌 척하고 있던 손가락 끝 마디에 나도 모르게 힘이 들어갔다. 그리고 가운에 쏟은 넴뷰탈을 보상이라도 하듯 그가 마지막 방울까지 다 마시도록 컵 바닥을 위로 밀면서 지금은 분명하게 법을 어기는 중이었다. 그가 액체를 삼키는 동안 내 입과 몸에서는 침과 땀이 솟아올랐다.

마지막 한 모금을 삼키면서 그는 고개를 약간 끄덕했다. 마침내 모든 일이 끝나자 그는 컵을 내 손에 맡기고 두 팔을 무릎 위로 떨구었다.

"어이쿠. 이렇게 힘이 들 줄은 몰랐네." 그는 입안과 치아, 입술을 혀로 핥으며 말했다. "어쨌든 당신에 대한 내 생각이 옳았단 걸 알았소. 고마워요."

"천만에요." 나는 자신감과는 거리가 먼 표정으로 카메라를 보며 대답했다.

"있잖소. 이건 딴 얘긴데, 시간이 얼마나 남았는지는 모르겠지만 혹시 스웨이번이라는 레스토랑에 가본 적이 있나?"

"네, 한 번 가봤습니다."

"거길 아는구먼. 그동안 그 레스토랑에서 저녁 식사를 병원으로 보내줘서 먹었다오. 오랫동안 그 가게 단골이었거든. 오늘 먹은 마지막 식사는 랍스터 꼬리였지. 이 근방에서 티본스테이크는 그 식당이 제일 잘해요. 주방장이 진짜 프로야. 보통 월말에 식사 비용을 결제하니까 그전에 친구와 함께 가서 내 이름으로 식사해요. 식사 대접이라도 해주고 싶어요."

"감사한 말씀이시지만 그렇게 하면 안 되도록⋯⋯"

"안 되긴 뭐가 안 돼?" 그는 내 말끝을 자르며 말했다. "서비스를 제공했으니, 내가 주는 팁이라고 생각하고 받아요."

저 아래에서 소방차 한 대가 사이렌을 울리며 지나갔다. 도시 어딘가에서 누군가가 구조의 손길을 기다리고 있었다. 그리고 여기에선 샌퍼드가 철학적인 눈길로 도시 전체를 내려다보며 내게 티본스테이크를 먹으라고 권하고 있었다. 갑자기 그런 생각이 들었다. 내가 이 남자를 구조했다.

"시간이 어떻게 됐지?" 그가 물었다. 핸드폰 시계는 11시 17분을 가리키고 있었다. 하지만 내가 막 입을 열려는 참에 그는 다시 바깥을 향해 고개를 돌렸다. "아, 됐어요. 그냥 야경이나 찬찬히 구경해야겠소. 마지막 순간까지 시계 돌아가는 걸 지켜보며 보낼 순 없지."

그가 원한 것이 바로 이런 것이었다. 나는 단순한 도움 그 이상의 역할을 했고 그 사실에 마음이 뿌듯했다.

별 시니 개가 구금 속으로 숨었다 다시 나타났고, 인간들만이 이해할 수 있는 별자리 몇 개가 밝게 빛나고 있었다. 별들은 저 위에서 (원시인들을 겁먹게 하고 미래의 인류에게는 새로운 영토를 제공하면서) 제 할 일을 묵묵히 해나가고 있었다. 별들은 내게 일깨워주었다. 샌퍼드가 나를 인정해준 사실이 더 이상 중요하지 않음을. 몇 분 안에 그가 죽고 나면 이번 일에 내가 어느 정도 기여했는지 아는 사람은 아무도 없을 터였다.

별들을 보고 있자니 지금쯤 나를 위해 침대를 정리하고 있을 론과 사이먼이 더 이상 신경 쓰이지 않았다.

그리고 누르스름한 은빛 달을 보며 내가 미소 짓는 이 순간, 아마도 카지노 어딘가를 배회하다 자신의 패를 보며 미소 짓고 있을 어머니로부터도 자유로워지는 기분이었다.

손에는 아직 컵이 들려 있었다. 마치 넴뷰탈을 마신 사람이 나인 것처럼 자유로운 기분이었다. 내가 처음 줄리아에게 이 일에 대해 말했을 때 그녀는 '조심해야 한다'고 말했었다. 하지만 그녀의 말이 항상 옳기만 한 것은 아니었다. 지금 나는 이곳이 내가 있어야 할 곳이라고 생각했다.

소방차의 사이렌 소리가 도시 안쪽으로 사라졌다. 나는 소리를 따라 고개를 돌리다가 우연히 나무로 짠 정자의 서까래를 올려다보게 되었다. 돔형 감시카메라의 빨갛고 동그란 눈이 나를 향해 깜빡이며 아래에서 벌어지는 일들을 기록하고 있었다.

그 눈을 바라보며 나는 잠시 얼어버렸다. 마치 내게 '딱 걸렸어, 딱 걸렸어, 딱 걸렸어, 딱 걸렸어, 딱 걸렸어, 딱 걸렸어'라고 하는 것 같았다.

나도 구토 억제제를 먹었더라면 좋았을걸.

안락사를 도울 때 상황에 따른 윤리적·개인적 판단에 대해 의료위원회가 언급했던 정책 내용이 떠올랐다.

현장에 참석한 이들이 도덕적 또는 주관적 판단으로 일에 개입하는 것을 엄격하게 제한한다. 이는 결과의 법적 책임을 명확히 하기 어렵기 때문이다. 또한 신체 조절 능력이 크게 떨어지는 환자, 또는 어시스턴트에게 법률에 저촉될 만한 역할을 요구할 가능성이 있는 환자는 '회색 영역'으로 분류해 안락사 대상에서 제외한다.

샌퍼드는 몇 분 후면 죽는다. 그와 카메라를 위해 내가 할 수 있는 유일한 선택은 마치 모든 일이 절차에 따라 이루어진 것처럼 계속 일을 진행하는 것뿐이었다.

"어렸을 때는 죽음에 대해 별생각 없이 살았었지." 그는 저 아래 도시를 내려다보며 말했다. "이십대가 될 때까지도 특별히 기억에 남는 죽음은 하나도 없었어. 그러다 조부모님이 덜컥 돌아가셨지. 하지만 그때 상속받은 재산은 큰 도움이 되었어. 그 이후로 사람들이 하나둘씩 떠나기 시작했지만, 그리 가까운 사람들은 아니었어. 열대병, 약물 알레르기, 피할 수 없는 사고, 원인도 다양했어. 나는 겪게 될 것 같지 않은 그런 상황들이었지. 행글라이딩 사고? 나하고는 전혀 무관한 일이었어. 내게는 그저 뉴스거리였고, 여파가 오래 가지도 않았어. 그 사람들이 운이 없었을 뿐, 내가 죽을 수 있다고는 전혀 생각 못 했어. 내가 5학년 때 선생님은 나보고 큰 인물이 될 거랬지. 그게 내가 나아갈 유일한 길이었어. 계획은 이랬지. 나는 다른 사람들이 앞길을 가로막는 나쁜 운이나 잘못된 선택들과 마주하지 않겠다. 삼십대가 되도록 주변에서 누군가 자살했다는 소리조차 들어보지 못했으니까. 그런 건 전부 남의 얘기라고 생각했어."

더럽혀지지 않은 순수한 청춘의 이야기는 매우 근사하게 들렸다. 나는 돈과 여자들에 둘러싸인, 젊고 활기차고 허세로 가득한 샌퍼드의 모습을 상상하며 얘기에 집중하려 했지만, 머릿속을 채우는 건 코르덴 정장을 입고 아버지의 장례식에 참석한 여섯 살 내 모습이었다. 할머니, 할아버지는 외가 친가 통틀어 내가 열두 살이 되기도 전에 모두 돌아가셨다. 그리고 어머니가 그나마 깊게 사귀었던 마지막 남자친구. 나는 그 사람이 우리를 구해줄 거라고 믿었었다. 하지만 자전거와 트럭과 사각지대, 이 세 가지의 조합으로 한동안 어머니는 더욱 힘든 시간을 보내야만 했다. 샌퍼드가 솜씨 좋게 피해간, 나쁜 유전자와 잘못된 선택의 집합체가 바로 우리였던 것이다.

"하지만 시간은 흘렀고, 기다려주지도 않았어. 그러는 동안 죽음은 늘 그곳에 있었어. 내 상사는 암에 걸렸는데도 1년을 아무렇지 않은 척 돌아다녔지. 아무에게도 말하지 않아서 심지어 자기 아내조차 모르고 있었어. 죽기 직전에야 자기 자리를 내게 넘기더군. 그렇게 일은 마무리됐고, 잠깐이었지만 상사 부인과 데이트도 몇 번 했었지. 하지만 부인은 너무 상심에 빠져 있더군. 영업부에서 최고 실적을 자랑하던 내 직원 하나는 에이즈였는데, 자기가 병에 걸린 사실도 모르고 있었어. 정말 금방 죽었지. 그리고 열기구 사고는 지구 반대편으로 신혼여행을 갔다가 전화를 받고 알게됐고. 그 잘생긴 청년들에게 내가 최상급 뫼르소도 한 상자 보내줬었는데, 그 사람들, 관에 실려 집으로 돌아왔지. 주변 사람들에게 그런 일들이 생겼지만, 그래도 내 일은 아니라고 생각했어. 그러다 마흔이 되니 그때부턴 모든 게 조금씩 실감이 나기 시작하더군. 아버지, 그다음엔 어머니. 예상은 했었지만, 제대로 인식했던 건 아니었어. 그다음엔 전 부인. 죽음은 단지 시간문제라는 걸 깨달은 건 그때였어. 뜻밖의 시간에 걸려오는 전화는 그 후로도 계속됐지. 그러면서도 여전히 나는 내가 천하무적이라고 생각했어. 병에 걸리고도 10년은 족히 더 살 거라고 했거든. 여하튼 진실은 이거요. 사격장의 표적 같은 우리에겐 총을 맞지 않은 하루하루가 다 행운의 날이라는 거지."

양 무릎에 손을 올리고 1인치 정도 다리를 벌리자, 절로 신음이 나는 모양이었다. "우." 그는 자신의 몸을 내려 보며 말했다. "항상 이 자리에서 나와 평생을 함께해온 몸뚱이요. 나는 이 몸을 믿어요. 남들이 뭐라던 그게 무슨 상관이야? 이렇게 여기 있는데." 그는 옆에 누가 있다는 사실을 이제야 깨달은 것처럼 나를 보았다.

"참, 그렇지. 당신도 있었군."

근처에서 헬리콥터 한 대가 주변을 맴돌았다. 정자에 설치된 카메라로 상황을 감시하던 보안요원의 전화로 출동한 것이 분명해 보였다. 나는 아무렇지 않은 듯 행동했다.

"당신이 이 일을 맡아줘서 정말 기뻐요." 샌퍼드가 말했다.

그의 마지막 말에 내 가슴 속에는 만족감이 벅차올랐고, 나는 그 기분을 오롯이 즐겼다.

"내 동생!" 그의 입에서 침이 흘렀다. "동생을 잊고 있다니 난 정말 나쁜 놈이라니까! 피티는 나보다 한참 어린 내 동생이요."

인터뷰에서 한 번도 언급된 적이 없는 인물이었다. 나는 들떴던 감정을 추스르고 물었다. "지금 진행되는 일을 동생분도 알고 계신가요?"

샌퍼드는 고개를 저었다. "그 애는 심장마비로 벌써 죽었소. 어느 목요일 오후, 나는 회사에서 일하던 중이었고, 피터는 동네 수영장에 있었지." 그는 눈을 감았다. "몇십 년을 그놈의 책상 앞에서 일만 하느라 멀쩡한 다리를 두고도 써먹질 않았으니. 그 애가 죽은 건 내 탓이오."

나 말고는 이 자리에 함께 있어줄 사람 하나 없는 샌퍼드가 불쌍하게 여겨졌다. "죽음은 누구의 탓도 아닙니다."

"그런가?" 그는 눈을 감더니 입술 끝에서 끝까지 혀로 천천히 핥았다. 그리고 힘없이 나를 향해 손을 내밀기에 내가 먼저 그의 손을 잡아주었다. 그의 머리가 흔들리더니 빠르게 떨어지기 시작했다. 이대로 무너질 수 없다는 듯 머리는 포물선을 그리며 반대편으로 갑자기 들리더니, 이번에는 마치 발코니 끝으로 가 뛰어내리기라도 할 것처럼 앞으로 기울었다.

나는 다른 편 손으로 그의 머리를 잡아 휠체어 목받침에 기대주었다. 내 손길에 그가 불쑥 눈을 떴는데, 멍한 눈빛이긴 해도 분명 크게 뜨고 있었다.

"아무것도…… 아무것도……" 뭔가 말하려 했지만 생각은 더 이상 이어지지 않았다. 그는 졸음과 싸우고 있었다. "아무것도…… 느껴선…… 안 돼." 목소리 톤은 정확했지만, 단어 사이의 간격이 너무 멀어 하나의 문장처럼 들리지 않았다.

'아무것도 느껴서는 안 된다.' 뭔가를 지시하려는 건지, 알려주려는 건지 알 수 없었다. 나는 그 말을 충고로 받아들이기로 했다.

커다란 자루처럼 그의 몸이 축 늘어졌다. 이제부터 나오는 소리는 의식 상태에서 나오는 소리는 아닐 터였다. 나는 마치 누군가에게 보여주기 위한 것처럼 그의 목에 채워져 있던 목베개의 단추를 풀어 머리를 바르게 잡아주었다. 가르륵 거리는 소리와 함께 그는 수면 상태에서 무의식으로, 그리고 그 이후의 단계로 빠르게 넘어가고 있었다.

몇 분이 지나자 번들거리던 얇은 이마에서 핏기가 사라졌다. 시계를 확인했다. 그리고 확실하게 하려고 10분만 더 기다리기로 했다.

헬리콥터는 아직도 주변을 맴돌고 있었다. 어딘가에서 사고가 일어난 게 틀림없었다.

나는 나를 보호하기 위해 머리 위의 카메라는 보지 않고 샌퍼드에게만 시선을 고정했는데, 엄청난 자제력을 발휘해야 했다. 머릿속으로 지금까지 녹화됐을 장면을 상상해보았다. 누군가 다른 사람이 상황을 판단하기 전에 객관적으로 나의 행동을 판단해보고 싶었다.

청진기를 꺼냈다. 심장은 더 이상 뛰지 않았다.

목과 손목에도 맥박은 느껴지지 않았다.

카멀이 휠체어 뒤 바구니에 접어놓은 시트는 아래층 병실에서 쓰는 것보다 훨씬 고급스러운 원단으로 만든 것이었다. 그를 시트로 덮고 카멀에게 전화했다.

"그분은 잘 헤내셨습니다." 나는 공식적으로 내가 한 일을 은폐하기 시작했다.

"당신은요?"

"전 괜찮습니다."

"나 같은 사람은 이런 게 어떻게 가능한지도 모르겠어요."

나는 헬리콥터를 되쏘아보았다. 헬리콥터가 인사하고 다른 곳으로 날아갈 때까지.

⎯⋀⎯

엘리베이터 앞에서 기다리고 있던 카멀은 문이 열리자마자 나를 재촉했다. "조금 전까지 복도에는 아무도 없었어요. 하지만 무슨 일이 생길지 모르는 거니까."

나머지 일은 쉬웠다. 나는 샌퍼드를 방으로 다시 데려갔다. 카멀은 환자이송 요원들을 불러 그를 들것에 옮겨놓도록 했다. 그리고 필요한 부분에 샌퍼드의 이름이 들어간 스티커를 부착한 뒤, 서류 작업을 많이 도와주었다. 그러는 동안 의사가 병실에 들러 차가워진 시신을 확인하고 사망진단서에 사인했다.

12시 45분, 샌퍼드는 시체 안치소로 운반됐다.

야간 당직을 서던 간호사가 와서 샌퍼드의 소지품을 검은색 가죽으로 된 여행 가방에 담았다. 1,000달러는 돼 보이는 파자마와 독서용 안경, 악력 강화용 소프트볼과 잡다한 전자제품 같은 것들이었다.

"그분에 대해 얼마나 잘 알고 계세요?" 간호사가 내게 물었다.

"잘 모릅니다."

그녀의 눈썹이 살짝 위로 올라갔다. 무례하진 않았지만 우리의 사업방식에 회의적인 생각이 드는 모양이었다. "그분은 정말 좋은 분이었어요. 그렇게 괜찮은 분을 뵙기란 드문 일이죠."

내일 그 가방은 운이 좋은 누군가에게로 보내질 터였다. 그의 죽음에 적당히 놀라며 그 남자 또는 여자는 가방 안의 내용물을 확인하고는 추억이 깃든 물건과 실용적인 물건을 구분할 것이다. 그리고 굴러들어온 뜻밖의 횡재에 운이 좋다고 느끼며 자신의 생이 영원히 지속되리라는 환상에 또 한 번 확신을 갖게 되겠지. 그 사람들에게 전해진 샌퍼드의 사망 소식은 거기서 멈출까, 아니면 또 다른 누군가에게로 전달될까?

나는 간호사의 경멸하는 기색에 약간 동요된 채 병동을 나섰다. 죄책감이 들었지만, 샌퍼드가 내 도움을 필요로 했다는 사실을 생각하며 마음을 진정시켰다. 거기다 이번에는 넴뷰탈을 쏟지도 머뭇거리지도 않았다. 그리고 그에게 친절하게 대했다. 내가 한 일이라곤 손가락을 살짝 들어 올린 게 전부였다.

그렇게 내 목적을 완수했다.

—〜—

아침이 되기 전까지 몇 시간은 잘 수 있었지만, 잠은 쉽사리 오지 않았다. 내가 잠을 자지 못한 첫 번째 이유는 아직 돌아오지 않은 어머니 때문이었다. 베갯잇에서 흐릿한 핏자국을 발견하고 잠깐 동안 이게 결정적인 단서가 아닐까 생각했지만, 사실 어머니가 이틀 밤 정도 무단이탈하는 경우는 그동안 종종 있었던 일이었다. 내가 열두 살이 되어 내 일(씻고, 먹을 걸 찾아 먹고, 옷을 갈아입는 일

등)을 스스로 알아서 할 수 있게 되자, 어머니는 아무 말도 없이 당당하게 집을 나가 주말 내내 돌아오지 않을 때가 가끔 있었다. 돌아와서도 청록색 가죽 재킷을 장만했다거나 카드게임으로 돈을 땄을 때처럼 뭔가 소득이 있을 때를 제외하고는 어디서 무엇을 했는지 어떤 기색을 내비치는 일도 없었고, 별다른 얘기도 하지 않았다. 어떤 경우에도 어머니는 당신의 양육 방식에 대해 사과하는 법이 없었고, 혼자서도 잘 지낸다며 다 컸다고 나를 추켜세우는 게 전부였다. 비록 한밤중에 어머니가 쪽지도 남기지 않고 사라졌지만, 빵집 앞에서 내게 했던 말을 떠올리자 베개에 묻은 피도 치은염 정도일 거라 여겨졌다.

머릿속을 어지럽히는 또 다른 이유는 조금 전 있었던 일의 알리바이 때문이었다. 만약 녹화된 영상에서 내 동작을 보고 누군가 의혹을 제기한다면 그때 당시 도와줄 수 없다고 거절했던 내 말이 반증이 될 터였다. 하지만 감시 카메라의 어느 각도에서 보더라도 명확히 해명할 수 있는 설명과 그때의 내 태도를 미리 생각해둘 필요가 있었다. 나는 질문을 받고 놀란 표정을 지으며 무슨 말인지 모르겠다고 침착하게 되묻는 동작을 연습했다. 그래도 계속 집요하게 질문한다면 그때는 당황스러워하지 말고 아주 조금 화를 내야겠다고 생각했다. 정도가 너무 심해도 안 되고, 빨라서도 안 됐다.

건물 아래 도로에서는 이른 새벽의 흐릿한 여명 속에서 쓰레기차 한 대가 천천히 지나가고 있었고, 청소부 둘이 길 한쪽씩을 맡아 바쁘게 움직이고 있었다. 그들은 쓰레기통을 집어 차 뒤편에서 우적우적 쓰레기를 씹어 삼키는 구멍을 향해 쓰레기를 던졌다. 그리고는 또 다음 집을 향해 달려가 쓰레기통을 비우고는 길모퉁이 뒤로 사라졌다.

어쩌면 세상에는 좀 더 쉬운 일이란 게 존재할지도 모르겠다고 나는 생각했다.

한 시간 뒤, 나는 사무실 책상 앞에 슬그머니 앉았다. 네티는 컴퓨터 모니터에서 눈도 떼지 않고 물었다. "샌퍼드는 어땠어요?"

"이야기를 많이 하셨어요." 오늘 아침 버스 안에서 나는 영상과 일치하는 이런 대답을 미리 생각해둔 참이었다. "마지막 순간에 팔이 말을 듣지 않아 컵을 입까지 가져가느라 고생을 좀 하시긴 했지만요."

그녀의 머리가 옆으로 기울어졌다. "그래서 그가 해냈나요?"

"그럼요. 하필 중요한 순간에 앓고 있는 병 때문에 몸에 힘이 들어가질 않아서요. 거의 쏟을 뻔했지만, 피하지는 않았어요. 해내겠다는 의지가 워낙 분명했었거든요. 결국에는 팔이 움직였어요. 특별히 보고드릴 사항은 없었어요."

"관련된 내용은 뭐든 자세하게 기록하도록 하세요." 받은 편지함에 이메일이 도착했음을 알리는 땡 소리가 나자 그녀는 다시 컴퓨터 모니터로 돌아갔다.

"영상은 나중에 볼게요."

"저도 아직 보진 못했지만, 어떤 피드백이라도 주시면 감사하겠습니다."

나는 다음으로 맡게 될 환자의 서류를 검토하기로 했다. 여성, 52세, 심각한 다발성 유방암. 아직 특별한 증상이 나타나지도 않았고, 상태가 본격적으로 악화되지도 않았지만, 곧 그렇게 될 예정. 선교사처럼 전국 곳곳을 다니며 간호사로 일했고, 특히 난민촌에서 오래 일했음. 자녀 및 배우자는 없음. 셰릴은 현재 예상 생존 기간에서 8개월을 넘긴 상태. 보호자는 여동생 한 명뿐이며, 상담에는 정확히 한 번 참석했음. 여동생은 셰릴에게 죽음을 선택할 권리가 있다며 프로그램 참여를 적극 지지하고 있으며, 또한 셰릴의 치료비 역시 부담하고 있음.

네티는 헤드폰을 쓰고 의자 등받이에 몸을 기댄 채 약리학 강의를 듣고 있었다. 컴퓨터 모니터 한쪽 구석에는 (내가 촬영한) 샌퍼드의 안락사 영상이 떠 있었고, 네티는 오늘 세 번째 순서로 그 영상을 보게 될 터였다. 그러려면 몇 시간은 지나야 했다.

셰릴의 파일을 검토한 후, 나는 환자 본인과 여동생에 대해 각각 심리 상담을 진행하도록 의뢰했다. 이번 결정에 돈이 어떤 역할을 했는지 직설적으로 물어봐야 했다. 그다음에는 샌퍼드 건에 대한 임상 보고서를 작성했다. 또한 특별한 내용이 담기지 않도록 주의를 기울여 사후보고서를 작성한 뒤 함께 첨부해 제출했다. 마지막에 그가 도와달라고 요청했던 부분에 대해서는 한마디도 언급하지 않았다.

나중에 퇴근하려고 짐을 쌀 때 보니, 샌퍼드의 영상은 네티가 할 일 중에서 네 번째로 밀려나 있었다. 네티는 누군가의 콘크리트 뒷마당에서 바비큐 파티와 함께 진행되는 가정 내 안락사에 대한 영상을 보고 있었다. 화면 중앙에는 환자인 할아버지가 중년의 자녀들에 둘러싸인 채 카메라를 보고 있었다. 네티는 헤드폰을 내리고 내게 잘 가라고 말했다.

나는 아파트로 갔다. 어머니는 없었다.

TV 채널을 빠르게 돌려보았지만 특별히 볼 만한 프로그램은 없었다. 나는 스크램블드에그를 만들어 부엌에 선 채로 먹었다. 그리고 9시쯤 잠이 들었다.

—⋀—

오전 6시 30분, 핸드폰 진동이 울렸다. 전화가 오는 순간 나는 이미 잠이 깨 있었던 사람처럼 정신이 말짱해졌다. 네티였다. 문자가 아니라 전화를 걸어온 것이다.

"우리 둘이 따로 얘기 좀 해야 할 것 같은데, 병원 밖이 좋겠어요. 공원 뒤편에 새로 만든 놀이터 알아요?"

이마가 축축해졌다. 그곳은 단순히 병원 밖이 아니라 한 구획이나 떨어진 곳이었다. 그녀는 나와 함께 있는 모습을 누군가에게 들키고 싶지 않은 듯했다.

"그럼요."

"8시 30분?"

"무슨 일 때문에 그러신지 여쭤봐도 될까요?"

"만나서 얘기해요."

—⋀—

네티는 미끄럼틀 옆에서 기다리고 있었다. 양발의 무게중심을 앞뒤로 이동하며 서 있는 모습이 마치 시합을 기다리는 권투선수 같았다. 내가 야트막한 놀이터 담장의 녹색 문에 달린 걸쇠를 들어 올리며 안으로 들어가자, 네티는 재빨리 주변에 누가 있는지 살폈다.

황달에 걸린 원주민 남자가 휠체어를 타고 담장 옆을 지나가고 있었다. 푹푹 찌는 날씨에도 불구하고 그는 흰색 병원 담요를 턱까지 끌어올려 단단히 덮고 있었다. 휠체어를 밀고 있던 흰색 병원 유니폼을 입은 여자는 우리 쪽을 한번 쳐다보긴 했지만, 남자가 뭐라고 말하자 그의 말에 주의를 기울이기 위해 몸을 숙였다. 그러고는 깔깔 웃으며 휠체어를 밀고 지나갔다. 나머지 사람들은 고개 한번 돌리지 않고 바쁜 걸음으로 지나쳐갔다.

"우리만 남았군요." 내가 말했다.

"에번, 이런 거 물어보고 싶지 않지만, 혹시라도 우리 대화를 녹음하고 있진 않죠?"

"그럼요."

뒤따라온 정적이 꽤 길어 나는 다시 말했다. "정말입니다."

아직도 그녀는 망설이는 표정이었다. "미안하지만, 핸드폰 보여줄 수 있어요?"

나는 핸드폰을 꺼냈다.

"그럼 전원을 완전히 끄도록 해요."

전원을 껐다.

그녀도 자기 핸드폰을 꺼내더니 버튼을 눌러 전원이 꺼진 상태임을 내게 보여주었다.

"내 것도 꺼놨어요. 지금 말하려는 얘기는 우리끼리만 아는 걸로 해요."

"좀 앉아서 얘기할까요?"

내 말에 그녀는 대답도 하지 않았고 그렇다고 벤치를 향해 걸음을 옮기지도 않았다. "샌퍼드와 무슨 일이 있었는지 얘기해 봐요." 미리 준비해둔 얘기를 꺼내려 하자, 그녀는 이렇게 덧붙였다. "진실만 얘기하세요. 거짓말 안 좋아하니까."

"컵을 입에 대는 데 약간의 도움이 필요했어요. 그래서 도와드렸어요." 내가 말했다.

"어떻게 그럴 수가 있죠?"

"손이 입까지 닿질 않았어요. 제가 그분 손을 받쳐주지 않았으면 아마도 못하셨을⋯⋯"

그녀는 검지를 들어 내 말을 막았다.

나는 서둘러 변명했다. "그분은 정말 마시고 싶어 하셨어요. 똑똑한 목소리로 그렇게 얘기도 했고요. 그분이 하시는 말 다 들으셨을 거 아니에요?"

"당신은 환자의 입에 넴뷰탈을 들이부운 거예요. 당신이 그렇게 하는 걸 내가 봤다고요. 어느 정도로 도왔는지는 문제가 되지 않아요. 당신이 그랬다는 게 중요하죠."

올 것이 오고야 말았다.

만약 그녀에게 녹음장치가 더 있다 하더라도 이제 나는 상관없었다. "그분 힘으로 거의 다 하셨어요."

그녀는 더 이상 친절하지도 않았고 내 자백을 듣기 위해 나를 구슬리지도 않았다. 원하는 대답을 들은 지금, 그녀의 얼굴은 차갑고 냉랭하게 변해 있었다. "지금 그런 말로 당신의 행동을 정당화시키겠다는 건가요?"

할 말이 없었다.

그녀는 눈을 찡그렸다. "당신을 처음 봤을 때부터 이런 성향이 있다고 생각했어요. 그런데 그걸 우리 프로젝트에 대한 믿음이라고 잘못 판단한 거죠. 당신은 지금 특별히 한 일 없이 그냥 거기 있기만 했다고 생각하는 모양이군요. 하지만 당신은 안락사 과정에 참여하고 싶은 위험한, 병적일 정도로 강한, 욕구를 가지고 있어요."

"그렇지 않습니다."

"환자 입에 약을 들이부었는데도요? 그냥 컵만 내미는 거랑 그거랑 똑같나요?"

"아뇨. 저는 그분이 하도 애쓰셔서 약간 거든 것뿐입니다. 혼자서는 못하셨다고요."

"우리의 전체 프로젝트, 질문들, 안전장치들, 이 모두가 당신을 보호하고 선을 넘지 못하게 하려고 만들어놓은 거라고요. 모든 인터뷰 순간마다 훈련하고 녹음하는 것도 환자를 보호하고 우리가 지금 하는 이런 대화를 하지 못하도록 당신을 보호하기 위해서란 말이에요."

조깅하는 사람 둘이 빠른 걸음으로 다가왔다. 누군지 보기 위해 우리의 머리가 일제히 돌아갔다. 그들은 아이도 없이 놀이터에 서서 심각한 표정을 짓고 있는 어른 둘을 재빨리 훑어보았다.

네티는 내게 몸을 숙이며 물었다.

"그렇게 하고 나서 기분이 어떻던가요? 당신의 진심 말이에요."

"진심을 말씀드리자면, 저는 961법안이 성경이라기보다는 규정에 가깝다고 생각해요. 만약 그때 진행을 멈추고 샌퍼드를 방으

240

로 돌려보냈다면 지금쯤 저는 더욱 후회하고 있었을 겁니다. 제 생각은 그랬고, 지금도 바뀌지 않았어요. 저는 분명 도움을 드렸다고 생각합니다."

그녀는 내게서 고개를 돌렸다.

"죄송합니다." 내가 말했다.

그녀는 그네 아래에 깔아놓은 고무로 된 파란색 매트를 노려보았다. "당황할 것 없어요. 당신은 안전하니까. 당신이 기록한 보고서, 영상기록 모두 샅샅이 훑어봤어요. 잘못한 증거는 어디에도 없었고, 앞으로도 없어야 해요. 무슨 일이 있었는지는 보고하지 않겠어요. 하지만 당신은 더 이상 우리와 함께 일할 수 없어요."

"네. 알겠습니다. 감사했습니다."

그녀는 내 얼굴을 유심히 살폈다. 죄책감으로 괴로워하는 모습이라도 기대했던 것일까? "나는 실수하고 싶지 않아요. 생각 같아서는 당신을 해고하고 싶지만, 우리 프로그램을 보호하기 위해서 당신이 한 일을 덮을 수밖에 없군요. 인사과에 사직서 낼 때 이렇게 얘기하세요. 이 일과 잘 맞지 않는다고. 인사과 사람들은 나를 별로 좋게 보지 않아서 당신한테 문제가 있었다고는 생각하지 않을 거예요. 대신 내가 다음 직원을 채용할 때 훨씬 까다롭게 굴겠죠. 다시 일하는 데도 문제없을 거예요. 머시 병원은 항상 인력이 부족해 난리니까요. 당신만 원한다면 다른 병동에서 받아줄지도 모르죠. 아무래도 난 상관없어요."

고개를 숙이니 떨리는 내 손이 눈에 들어왔다.

"당신에게 해줄 수 있는 말은 이거뿐이에요. 그래요, 당신은 분명 도움이 됐어요. 왜 그랬는지 이해해요. 정말로요. 법이 없는 세

241

상에서라면 당신의 행동은 잘못이 아니었겠죠. 하지만 나를 붙잡고 얘길 해봐야 그런 행동을 허용할 수는 없어요. 진실은, 당신은 법 테두리 안에서 살아야 하고, 지키지 않는다면 결과로 인한 대가를 치르며 사는 수밖에 없다는 거예요."

그녀는 근본적인 차원에서 내게 경고하고 있었다. "알겠습니다." 내가 대답했다.

"잘 가세요." 그녀는 나를 향해 눈길도 주지 않고 가버렸다. 나는 놀이터에 혼자 남았다.

나는 그네로 걸어가 엉덩이 받침이 검은색 플라스틱으로 된 것을 골라 드디어 앉았다. 바닥 매트에 힘없이 발을 내리고 앉으니 나를 태운 그네가 작은 원을 그리며 천천히 돌아갔다. 나는 전화기를 다시 켜고 병원 사이트에 접속한 뒤 사직하겠다는 공식적인 글을 남겼다.

사직 이유는?

저는 이 일과 잘 맞지 않습니다.

답신은 바로 왔다. '미지급된 급여는 주말 전까지 계좌로 입금될 예정이다. 네티와 이야기를 마무리하는 동안 병원의 다른 일자리에 지원할 기회가 있을지도 모르겠다. 그리고 지금 바쁜 시기일 수도 있음을 알고 있지만, 일주일만이라도 안락사 신청자를 위한 최종 인터뷰에 참석하거나 이 경험을 묻는 설문조사에 응할 수 있겠느냐?'는 내용의 답변이었다. 나는 설문조사 쪽을 택해야겠다고 생각했다. 하지만, 지금 말고 나중에.

어머니에게서는 아직도 연락이 없었다. 어머니는 늘 갑작스러운 실직 상태에서 오는 여러 가능성을 즐기곤 했지만, 나로서는 그게 어떤 매력이 있는 건지 알 수 없었다. 나는 그넷줄을 잡고 두 다리를 쭉 펴서 앞으로 밀어 올렸다.

다리를 뒤로 보내면 그네도 뒤로 움직였고, 다리를 위로 올리면 그네도 위로 올라갔다. 조금씩 더 높이. 이렇게 계속하다보면, 그네는 하늘까지 높이 오르면서 앞뒤로 흔들리는 진자 운동을 끊임없이 계속할 테지. 만약 그넷줄이 기둥에 묶여 있지 않았다면 나는 담장 너머로 날아갔을 것이다. 얼굴을 빠르게 스치는 바람에 기분이 한결 나아졌다. 나는 발을 굴러 점점 더 높이 올라갔다. 나는 이 세계를 망친 게 아니다. 단지 법을 어겼을 뿐이다. 그리고 네티는 나를 보호하려 하고 있다.

신고 있던 구두에 시선이 닿았다. 샘퍼드를 만나기 위해 잘 닦아놓아 아직도 광이 나는 구두는 내 앞을 가리키며 그네와 함께 위아래로 움직였다. 구두 뒤의 배경도 모두 따라 움직였다. 텅 빈 놀이터, 나무 꼭대기, 하늘, 그리고 다시 바닥의 매트, 그러다 다시 위로.

나무 꼭대기, 하늘. 어머니라면 틀림없이 그런 것들이 보일 때 그네에서 뛰어내렸을 테지.

주머니 속 핸드폰에서 진동이 느껴져 그네의 속도를 늦췄다. 화면에는 처음 보는 번호가 떠 있었다.

여자 목소리였다. "에번 씨와 통화할 수 있을까요?"

나는 발을 내려 그네가 멈추도록 땅에 끌었다. "말씀하세요."

"안녕하세요. 저는 조앤이에요. 어머니 작업치료사요. 지난 월요일에 뵀었죠?"

"아, 네."

243

"연락이 닿아 정말 다행이에요. 제가 지금 어머니 아파트 로비에 와있거든요. 오늘 예약이 돼 있어요. 그런데 아무리 벨을 눌러도 답이 없으시네요. 핸드폰은 음성 메시지로 바로 넘어가고, 집 전화는 안 받으시고요. 처음에는 샤워하고 계신가 생각했어요. 그래서 조금 있다가 다시 해봤지만, 여전히 답이 없으시네요. 관리실에서 당신 연락처를 알려주셨어요. 일하시는데 방해했다면 정말 죄송해요."

"그렇군요."

그녀는 내가 이 상황에 대해 무척 놀랄 거라고 예상한 모양이었다. 내가 말했다. "어머니는 며칠 집을 비우셨어요."

"어딜 가셨나요?"

"저도 모르겠어요."

"숙주와 소고기를 넣은 타이 샐러드를 오늘 만들기로 되어 있었거든요."

"어머니가 정말 좋아하셨겠네요."

나는 네티에게 옳은 대답을 하지 못했던 것처럼 조앤에게도 옳은 대답을 해줄 수가 없었다. 그녀는 내 대답을 기다리지 않고 말을 이어갔다. "어머니가 치료를 건너뛰실까 봐 걱정이에요. 혹시 잠깐 와주실 수 있을까요? 같이 어머니 집에 올라가서 지금 집에 안 계시고, 문제가 있으신 게 아니란 걸 확인했으면 해서요."

"문제가 있으신 건 아닐 거예요. 잠깐 여행을 가신 것 같거든요. 어디로 간다는 얘기는 없으셨지만."

"그래도요. 제 눈으로 봐야 안심이 될 것 같아요. 제가 조금 기다릴 수도 있어요. 오전 시간은 어차피 어머니와 예약된 시간이라서, 점심 때까지 이 근처에서 기다릴게요. 아니면 근무 때문에 못 나오시는 거면 제가 나중에 다시 올 수도 있고요."

"지금 가겠습니다."

"정말요? 잘됐어요. 그렇게 바로 나오실 수 있어요?"

"오늘은 일이 많지 않아서요."

—⟋\⟍—

조앤은 아파트 앞에서 몸을 구부린 채, 한 손은 발끝에 대고 다른 손은 위를 향하는 윈드밀 동작을 하고 있었다. 옆 바닥에 놓인 초록색 식료품 그물주머니 위로 고수와 레몬그라스 단이 삐죽 솟아 있었다.

"금방 오셨네요." 그녀가 말했다.

"얼른 확인하는 편이 나을 것 같아서요."

아파트 안으로 들어가자, 역시나 지난 두 시간 동안 달라진 건 아무것도 없었다. 조앤이 시신을 찾아 집 안을 수색하는 동안 나는 혹시 놓친 단서가 있지 않을까 공간을 꼼꼼하게 다시 한번 살폈다.

"보셨죠?" 나는 벽장 안 여행 가방이 놓여 있던 자리를 가리키며 말했다. "어머니는 잠깐 휴가를 떠나신 거예요."

어머니가 사라졌는데도 아무렇지 않은 내 모습이 조앤은 이상한 모양이었다. 부디 내가 화를 내는 것으로 보이지는 않길 바랐다. "두 분 사이에 뭔가 독특한 유대감 같은 게 있으신가 봐요." 그녀가 말했다. "아드님이 정말 훌륭한 간호사라고 말씀하시던데.

245

세상 사람들 모두를 구할 거라고요. 어머니들이란 어쩔 수 없나 봐요. 늘 자식 자랑밖에 할 줄 모르신다니까요."

"그랬군요." 눈앞에 그려졌다. 요가 매트에 선 어머니가 윈드밀 동작을 하면서 조앤에게 개인적인 이야기들을 풀어놓는 모습과 그로 인해 화기애애해진 분위기를.

조앤을 바라보던 내 시선이 우연히 부엌에 닿았다. 조리대 끝에 화산 사진으로 만든 엽서가 있었다. 어머니가 애지중지하며 책갈 피로 사용하던 엽서였다. 어젯밤 스크램블드에그를 먹을 때 못 봤을 리가 없는데. 지금 보니 (시설에서 슬쩍 가져온 게 틀림없는) '윌로우 우드'라고 쓰인 분홍색 펜이 엽서에 끼워져 있었다.

"잠깐만요." 나는 가서 엽서를 집어 들었다.

작은 글씨로 삐뚤빼뚤 써 내려간 어머니의 쪽지였다.

에벌리, 난 며칠 해변에 갔다 오려고 해. 조용한 곳에서 잠시 쉬고 싶어. 무슨 일 있으면 전화하고, 그렇지만 돌아올 때까지 핸드폰은 꺼둘 생각이야. 오래 있진 않을 거야. 내 걱정은 하지 말고 어디든 네가 가고 싶은 곳에 가도록 하렴. 사랑한다.

무슨 일 있으면 전화하고, 그렇지만 돌아올 때까지 핸드폰은 꺼둘 생각이라고? 늘 이런 식이었다. 그래도 쪽지는 남겼군.

나는 엽서를 조앤에게 보여주었다.

"그렇군요. 사무실에 이 부분에 대해 알릴 필요가 있을 것 같아요." 그녀는 태블릿을 꺼내며 말했다. "어머니께서 말씀하시는 해변이 어딘지 짐작되는 곳이 있으세요? 북쪽 아니면 남쪽, 어느 쪽으로 가셨을까요?"

"전혀 모르겠어요."

"우리가 걱정하지 않게 전화라도 해주시면 좋을 텐데요."

"전 기대도 안 해요."

"이렇게 느긋해하시니 신기하네요. 아무리 간호사라고 하셔도 말이죠. 그동안 어머니를 쭉 지켜보셔서 그런 거겠죠? 그런데 어느 부서에서 일하세요?"

그나마 가까운 부서가 뭘까 나는 잠시 고민했다. 레나 덕분에 둘러댈 말이 생각났다. "신장내과요."

조앤은 잠시 멈칫했는데, 환자에게 투석을 하면서 어떻게 세상을 구한다는 건지 이해하느라 당혹스러운 모양이었다. 그녀는 웃으며 말했다. "정말 훌륭한 일을 하시네요. 저는 그런 분야에서 일하는 것조차 상상하기 어렵거든요. 하지만 일이 잘 맞는다면 그리고되게 느껴지지도 않으시겠죠. 그게 다 환자들에 대한 사랑 아니겠어요. 제 말이 맞죠?"

"사랑 덕분이죠." 나는 대답했다.

"이제 병원으로 돌아가실 건가요?"

"먼저 뭐라도 좀 먹고요." 갑자기 냉장고에 먹을 게 하나도 없다는 생각과 함께 혹시라도 조앤이 냉장고 안을 들여다보고 음식 준비에 대해 교육할 필요가 있다고 생각할까 봐 덜컥 겁이 났다. 나는 그녀와 식료품 바구니를 조심스럽게 현관으로 이끌었다. "어머께 연락이 닿는 대로 다음 약속 일정을 잡으실 수 있게 말씀드릴게요."

그녀는 삐져나온 레몬그라스를 다시 잘 정리하며 문간에서 잠시 서성거렸다. "그럼 이 재료들은 오늘 제 저녁거리로 써야겠네요. 비용은 윌로우 우드에서 벌써 다 받았거든요."

"아무도 모를 테니 안심하세요."

—⋀—

도어맨이 육중한 청동 문을 열어젖히자 실내 에어컨의 냉기가 훅 끼쳐왔다. 그녀는 내게 윙크하며 말했다. "어서 오십시오. 스웨이번 레스토랑에 오신 것을 환영합니다."

현관 입구에서부터 안내데스크까지 실내는 크롬과 화강암으로 깔끔하게 마무리되어 있었고, 안내데스크에는 분홍색 글라디올러스가 화려하게 장식되어 있었다. 이곳에선 모든 것이 반짝반짝 빛나는 듯했다. 엘리베이터로 걸어가며 정장을 차려입은 직원 셋을 지나쳤는데, 그들은 로비에 몇 안 되는 사람들에게 주의를 기울이며 귀에 꽂은 이어폰을 통해 무전으로 뭔가를 전달받고 있었다. 엘리베이터 안내원이 나를 맞으며 똑같이 인사했다. "어서 오십시오. 스웨이번에 오신 것을 환영합니다."

47층까지는 오래 걸리지 않았다. 엘리베이터 문이 열리자 짙은 파란색 바탕에 노란색 무늬의 카펫이 깔린 복도가 이어졌다. 복도 끝에는 고동색 유니폼을 입은 직원이 또 똑같은 인사말로 나를 맞았고, 그는 레스토랑 전체가 천천히 회전하고 있으니 안으로 들어갈 때 발밑을 조심하라고 일러주었다.

넓게 트인 곡면 유리창으로 지금은 구도심의 회색빛 건물들이 내려다보였다. 도시를 지나 옅게 깔린 여름 안개 너머로 언덕으로 된 교외 지역과 그 너머의 언덕들이 보였다.

나이가 한참 어려 보이는 여직원이 나를 맞았다. '케리'라는 이름의 그 직원은 수습직원 명찰을 달고 있었다. "어서 오십시오, 손님." 노래를 부르는 말투였다. "좋은 아침입니다."

"안녕하세요. 조식 1인분 부탁합니다."

"물론입니다. 예약은 하셨습니까?"

샌퍼드의 이름을 대자, 그녀는 상냥하게 고개를 숙이며 곧바로 창가 자리로 나를 안내했다. "그분은 요즘 어떻게 지내세요? 꽤 오랫동안 뵙질 못했거든요."

그때 누군가 나 대신 대답했다. "지금쯤 그분은 훨씬 편안하게 지내고 계실 거예요."

"정말 좋은 소식이에요. 뷔페로 하시겠어요?"

잠시 생각해보고 결정하겠다고 말하고 싶었지만, 그냥 그러겠다고 대답해버렸다.

"저희 레스토랑에 파티시에가 새로 오셨거든요. 원하는 게 있으시면 말씀해주세요."

케리는 달걀 코너에 있는 직원에게 나에 대해 몇 마디 소곤거린 뒤, 주방을 덮고 있는 거대한 커튼 사이로 사라졌다. 주방은 건물의 중앙에 고정되어 있었고, 주방을 빙 둘러싼 식당 쪽만 천천히 계속해서 돌아가고 있었다.

예전에 내가 어머니를 찾아왔을 때, 어머니는 나를 이곳에 데리고 왔었다. 그날 우리는 가장 저렴한 스터프드 머시룸과 와인을 주문하고 경치를 즐겼다. 밤 시간이었다. 그때도 어머니의 동작이 어딘가 둔해 보였었지만, 어머니는 별일 아니라고 말했었다.

아마도 그녀는 모험을 떠나면서도 별일 아니라고 생각했을 터였다. 어쩌면 나는 어머니를 비난하는 대신 함께 해변에 갔어야 했던 게 아닐까. 어머니는 샌퍼드가 현명한 판단을 내렸다고 말했었다. 그리고 샌퍼드 역시 어머니에 대해 들었다면 현명한 판단을 내렸다고 말했을 것 같았다.

나는 예전 기억을 되살리며 주위를 둘러보았다. 그때 앉았던 자리를 찾아보려 했지만, 테이블은 비슷한 패턴이 반복적으로 배치되어 있어 전혀 알 수 없었다. 우리가 여기 왔다 간 이후로 레스토랑은 주방을 중심으로 수천 번도 넘게 궤도를 그리며 돌았을 터였다. 메뉴판 뒤에는 1분에 3도씩 돌아간다고 적혀 있었다.

나로서는 도시가 돌고 있고, 내가 있는 이곳이 가만히 있다고 믿는 편이 더 쉬웠다. 내가 만약 케리였다면, 휴식시간마다 화장실에 들어가서 움직이지 않고 고정된 수도배관시설 같은 것과 함께 세상이 멈춘 모습을 그려보며 시간을 보냈을 것만 같았다.

제일 먼저 구운 바나나를 얹은 포리지*를 가져왔더니, 케리가 거기에 어울리는 샴페인 한 잔을 가져왔다. 나는 여러 말 하고 싶지 않아 그냥 받아두었다.

두 번째에는 식욕을 돋우는 짭짤한 스낵과 쪽파를 얹은 죽, 된장 소스를 얹은 두부를 가져왔다. 그리고 에그 베네딕트를 먹을 공간을 남기기 위해 가져온 음식의 반만 먹었다. 샴페인은 적어도 두 번 이상 더 채워졌다. 사실 잔이 빌 틈이 없이 채워져 확실한 건 알 수 없었다.

●   오트밀에 우유나 물을 넣어 만든 죽.

생선 코너에서 접시에 연어를 쌓아 담고 있을 때 케리가 다가왔다. "오늘의 음료는 신선한 체리를 곁들인 용과 스무디입니다. 한 잔 가져다드릴까요?"

그때쯤 나는 마신 술과 먹은 음식, 그리고 해고당한 사실로 인해 완전히 알딸딸하게 취한 상태였다. "스무디가 나를 좋아한다면요." 이건 어머니식 유머였다.

"네?"

"한 잔 부탁드린다고요."

"바로 준비해 가져오도록 하겠습니다."

"그리고 알려드릴 게 있어요. 사실 샌퍼드 씨는 이틀 전에 돌아가셨어요." 내가 말했다.

"오." 그녀는 여린 마음에 충격을 받은 듯 한 걸음 뒤로 물러섰다. 퇴행성 질환을 앓고 있는 사람들은 영원히 산다고 믿었던 걸까? "정말 슬픈 소식이군요."

"죄송합니다. 아까는 어떻게 말씀드려야 할지 몰라서요. 상태가 매우 안 좋으셨어요."

"전혀 몰랐어요."

나는 점잖게 고개를 끄덕였다. "그러셨어요. 죽음을 준비하고 계셨었죠."

"알려주셔서 감사합니다."

언젠가는 죽게 될 인간의 운명을 나이 어린 사람의 눈앞에 펼쳐 보여준 것 같아 괜한 짓을 했다는 후회가 몰려왔다. 그것도 근무 중인 사람에게 그런 소릴 하다니.

"그분 직원이셨나요?" 그녀가 물었다.

"그렇다고 말할 수도 있겠죠. 레스토랑 직원과 비슷한 관계라고 보시면 될 거예요. 그분 말씀이 여기 티본스테이크가 최고라고 하시더군요."

그녀는 마치 스테이크 고기가 자기 살이라도 되는 것처럼 얼굴을 붉혔다.

"저는 좀 앉아야겠어요. 용과 스무디 추천해주신 건 정말 좋은 아이디어였어요." 내가 말했다. 아무리 특별한 목요일이라지만 샴페인을 너무 많이 마셨다.

미로처럼 얽힌 테이블 사이를 지나 부드러운 가죽 의자가 있는 내 자리로 돌아가는 동안 케리가 나를 계속 쳐다보고 있었다. 잠시 미니 베이글 위에 훈제 연어를 잔뜩 쌓아 올리는 일에 정신을 빼앗겼다가 고개를 들어보니, 그녀가 달걀 코너 직원과 뭔가를 상의하고 있었다. 보나 마나 샌퍼드 얘기를 하고 있으리라.

창밖은 어느새 흠잡을 데 없이 멋진 머시 병원의 옥상 테라스 조망으로 바뀌어 있었다. 그곳에선 운동 교실이 한창 진행 중이었는데, 건강해 보이는 노인 환자 셋이 제자리 걷기를 하고 있었다. 정원사는 데크 주변에서 긴 호스를 말아 쥐고 조심스럽게 환자들을 피해 낮은 화단에 물을 주고 있었다.

나는 갑자기 샌퍼드가 보고 싶어졌다.

"스무디 가져왔습니다." 까만 점이 박힌 붉은색 음료가 긴 유리잔에 담겨왔다. "혹시 티본스테이크 드실 생각이셨나요?" 케리가 물었다.

"고맙지만 그럴 의도로 얘기한 건 아니었어요. 이미 충분히 먹었거든요."

"마음이 바뀌면 알려주세요. 샌퍼드 씨는 저희의 진짜 친구셨어요."

"그렇게 할게요."

프로토콜이 충족된 병원 건물은 별다른 움직임 없이 거기에 우뚝 솟아 있었다. 정자에는 누구도 보이지 않았다. 범죄 현장을 표시하는 테이프로 공간을 통제하지 않은 것을 보니 감사한 기분마저 들었다. 네티의 말대로 나는 아무것도 잘못하지 않았다.

병원의 창문 한 줄, 한 줄을 가리면서 그 앞으로 흰색 빌딩이 서서히 나타났다. 병원 안으로 안전하게 숨어든 네티는 지금쯤 다음 달 스케줄을 계획하고 새 어시스턴트를 채용하기 위해 구인광고를 작성하고 있겠지. 그녀가 정말 원했던 것은, 스스로 밝혔듯이 나를 해고하는 일이었다. 그리고 내가 정말 원했던 것은 도움이 필요한 사람에게 인간적인 서비스를 제공하는 일이었다.

빌딩 뒤에 있던 병원의 모습이 시야에서 완전히 사라지고 곧 도심 전체가 눈앞에 나타났다. 나는 다음으로 뭘 더 먹을까 생각했다.

디저트 테이블로 갔더니 삼십대 후반으로 보이는 커플 한 쌍이 거만한 태도로 음식을 살피며 내 앞을 가로막고 있었다. 반지가 없는 것으로 보아 이혼한 사람들 같았다. 두 사람은 한참 그 앞에서 고민하더니 파스텔 색상의 마카롱 하나씩을 골라 접시에 담고 조용히 자기 자리로 향했다. 보기만 해도 그들이 결혼 끝에 찾아온 고통스러운 시간을 보내고 있다는 사실을 알 수 있었다.

나는 일가심으로 컵에 담긴 와인을 골랐다. 몇 시간 후 네티는 내가 제출한 사직서에 승인 사인을 할 터였다. 그리고 나는 오늘 오후 인사과에 전화해 다른 부서에서 일하고 싶다는 의사를 밝힐 것이다. 그럼 내일쯤은 일반 병동에서 환자들에게 링거액을 걸어주거나 항생제 주사를 놓는 일 따위를 할 수도 있으리라 생각했다. 어쩌면 정형외과에서 실밥을 뽑을 수도 있었다. 아주 엿 같은 일이 아닐 수 없었다.

그런 생각을 하다 보니 라테와 함께 샴페인 한 잔이 더 마시고 싶어졌다. 나는 메인요리 접시에 크림을 잔뜩 올린 초콜릿 케이크 한 조각과 블루베리 타르트, 크렘 브륄레 한 접시를 담아 자리로 가면서 디저트 코너 직원에게 음식이 많이 비었다고 알려주었다.

그러는 동안 마카롱을 앞에 두고 앉아 있던 레미제라블* 커플이 서로 다투고 있었다. 남자가 전자책 리더기를 쾅 내리쳤다. 한 손에는 헤드폰을 움켜쥔 채, 남자는 더 이상 못 참겠다는 듯 말했다. "모처럼 받은 휴가라고."

여자는 팔짱을 끼고 꼼짝도 하지 않았다. "언제 나가고 싶은지 말만 해."

합리적인 말처럼 들렸지만, 남자는 여자를 노려보기만 할 뿐이었다.

그녀는 긴 의자의 등받이에 몸을 기댔다. "아니면 커피 식는 줄도 모르고 계속 그렇게 돈이 줄줄 새는 꼴을 보시던가. 난 여기 앉아서 그런 당신을 보며 감탄해줄게. 당신이 바라는 게 그런 거 아니었어?"

내가 하고 싶은 충고는 '남자의 대답을 기다리지 마라'였다.

* 불어로 '불행한 사람들'.

남자는 억지로 평정심을 유지하며 테이블 위로 손을 올려놓았다. "우리 딱 5분만 서로 기분 망치는 얘기 안 할 순 없을까?"

"나도 그러고 싶어."

그는 귓속에 다시 이어폰을 밀어 넣었고, 그녀는 마치 마카롱 하나를 더 먹으려고 일부러 말싸움을 걸기라도 한 사람처럼 디저트 코너로 시선을 돌렸다. 하지만 금세 마음이 바뀌었는지 팔짱을 끼다가 나와 눈이 마주쳤다. 나는 얼른 라테 잔으로 눈을 돌렸다. 두 사람이 해결점을 찾길 간절히 바라면서.

이 두 사람은 떠날 때가 되면 조용히 눈을 감을 그런 사람들 같지는 않았다. 아마도 마지막 절차는 의사가 '이런 상태'를 계속 유지하는 데 어떤 장점과 단점이 있는지 진지하게 설명하기도 전에 이뤄질 것이다. 병동에 나타난 그들의 자녀는 (하느님 저희를 도와주소서) 치료의 목적이 무엇인지 명확히 하는 게 좋겠다며 엄마, 아빠에게 완곡하게 충고할 것이다. 그런데도 두 사람은 그 말이 무슨 의미인지 알아듣지 못한다. 펜조차 잡을 힘이 없는 그들을 대신해 변호사가 검은색 만년필로 '심폐소생술 시행'과 '가능한 모든 응급치료 시행', 이 두 항목에 '네'라고 자신 있게 체크한다. 만약 그때까지 내가 머시 병원에 계속 근무한다면 여자의 위에 삽입된 관으로 영양분을 공급해주거나 남자의 요도에 삽입한 카테터가 막히지 않도록 살펴주면서 그들의 침대 맡을 지키고 있을지도 모를 일이었다. 그러면서 나는 샌퍼드와 옥상에서 보낸 밤을 자랑스럽게 떠올릴 테지. 영광의 날들을.

데스도링 뷰는 이세 해인가글 광해 니끄러서 갔나. 박물관와 세리스 대회전 관람차가 있는 부두는 개조한 지 5년밖에 되지 않았지만 이미 20년은 된 듯 낡아 보였다.

　나는 테이블에 앉아 구루에게 마지막 전이 의식에서 그녀의 도움이 절실하게 필요하다고 설득하는 샌퍼드의 모습을 그려보았다. 그녀가 병원 옥상, 그곳에 우리와 함께 있었다면, 어쩌면 샌퍼드가 혼자 팔을 들어 올릴 수 있도록 그녀의 영혼이 도울 수 있지 않았을까.

　구루는 이제 더 이상 신경 쓰지 말자. 그 자리에 함께한 사람은 나였다. 내가 있어 샌퍼드도 기뻐하지 않았던가. 프로토콜은 그에게 아무 소용이 없었을 것이다. 그를 위해 내가 그곳에 있었다. 누구도 나를 막지 못했다. 심지어 나조차도.

　'도대체 이런 게임을 우리는 왜 하는 것일까?' 그와 같은 순간을 위해?

　앞으로 무얼 해야 할지 알 것 같았다.

　나는 의자를 돌려 창밖을 보다가 과학박물관 옥상에 정글처럼 꾸며놓은 풍경을 자세히 살펴보았다. 레스토랑 내에서 핸드폰 사용은 금지되어 있었지만, 샌퍼드라면 그런 규정 따위는 무시했을 것이다. 나는 핸드폰을 꺼내 검색을 시작했다. 번호는 어렵지 않게 찾을 수 있었다. 딸깍거리는 특이한 소리가 몇 번 나더니, 보안을 위해 전화한 용건을 음성 메시지로 간단하게 남기라는 목소리가 흘러나왔다. 시키는 대로 하면서도 음성과 전화번호를 남기는 일만으로도 충분히 위험에 빠질 수 있다는 생각이 들어 조금은 열의가 사그라드는 기분이었다. 하지만 정확히 5분 뒤, 크레이프 코너를 한 바퀴 더 돌려는 찰나에 전화가 걸려왔다. 숨이 가쁘고 몹시 걱정스러운 목소리의 여자가 내게 '재스퍼의 길'에 전화 건 사람이 맞냐고 묻고 있었다.

주방장에게 크레이프에 누텔라를 발라달라고 손가락으로 가리키면서 여자에게 그렇다고 대답했다.

"그렇다면 안녕하세요. 저는 재스퍼라고 합니다." 그들은 모두 재스퍼라는 이름을 사용했다.

"전화 주셔서 감사합니다." 주방장이 전화 통화를 하는 나를 보더니 뭔가 공모하는 듯 눈을 찡긋하며 자리로 가 있으라는 손짓을 해 보였다. 크레이프가 완성되는 대로 테이블로 가져다주겠다는 뜻인 것 같았다.

"먼저 연락해주셔서 저희도 감사드립니다." 재스퍼가 말했다. 전화기 너머로 가스레인지에 올린 냄비에 뭔가를 넣고 휘젓는 것 같은 소리가 희미하게 들렸다.

"사실 누군가 전화를 받으리란 확신도 없었어요. 961이 생긴 이후로도 여전히 활동하고 계신 거로군요?"

"질문의 의도가 뭔진 모르겠지만, 961이 모든 사람의 욕구를 충족시키진 못하니까요." 냄비에 든 뭔가를 그녀가 금속 숟가락으로 몇 번 더 젓고 있음을 소리로 알 수 있었다. 한편 그녀 역시 이쪽 레스토랑에서, 돈을 써서 울리는 땡그랑거리는 소음을 듣고 있으리라 생각했다. 그녀는 말했다. "저희와 더 깊은 대화를 나누고 싶으신가요?"

"제가 비슷한 경험을 했습니다. 어시스턴트로서요. 최근 일이고요." 나는 마치 사업 얘기를 하는 사람처럼 다시 창밖을 마주하고 있었나.

대답이 없었다.

단어를 신중하게 골라 써야 할 상대가 아니었다. 나는 말을 이었다. "전문 의료인으로서 직접적인 어시스트에 몇 번 참여한 경험이 있어요."

"법적인 도움이셨나요?" 그녀는 젓는 행동을 멈추었다.

"네, 하지만 이제 제게 그 부분은 중요하지 않습니다."

한참을 '흠' 하는 소리만 들렸다. "원하시는 게 뭐죠?"

"이런 표현이 적당한지 모르겠지만, 그 일이 제겐 매우 만족스러웠어요."

"그러셨군요."

"그리고 계속 이 일을 하고 싶어요. 도울 기회가 있다면 해보고 싶습니다."

"뜻밖의 뭔가를 발견하신 모양이로군요. 지금 시내에 계신가요?" 그녀가 물었다.

나는 격자무늬로 구획된 도시를 내려다보며 대답했다. "네."

"오래 걸리지 않을 거예요." 재스퍼는 내게 잠시 기다리라고 했다.

다시 그녀가 돌아왔을 때, 그녀의 목소리는 한결 사무적으로 변해 있었다. "저는 고객 응대팀 직원이고요, 우리 중 누군가가 그쪽에서 당신을 만날 겁니다. 오늘 오후, 시간 괜찮으신가요?"

"물론입니다."

"그렇다면 최소한 대화는 이루어질 수 있겠군요. 제가 나가는 건 아니고요, 다른 재스퍼가 나갈 겁니다. 당신도 우리를 알아볼 수 있을 테고, 우리도 당신을 알아볼 수 있으리라 믿어요."

케리가 공손한 태도로 크레이프를 가져다 놓았다. 크레이프에는 바나나 슬라이스 두 쪽으로 만든 눈과 초콜릿 소스로 그린 웃는 입 모양이 장식되어 있었다.

"좋습니다." 나는 재스퍼에게 말했다.

"우리는 소규모 집단이고 앞으로도 계속 그럴 겁니다. 우리를 만난다고 해서 반드시 어떤 결과를 얻게 되는 건 아닙니다. 너무 기대하진 않으셨으면 좋겠어요."

"고맙습니다. 제 나이가 지금 서른하나거든요."

"그 얘기는 왜 하시는 거죠?"

"그동안 기대했다가 실망한 경험이 많다는 말씀을 드리고 싶어서요."

그녀는 코웃음 치며 말했다. "개인적인 정보는 자제해주시길 바랄게요."

—⋀—

약속 장소는 고층 아파트 빌딩 아래 그늘지고 사람들의 발길이 뜸한 작은 공원이었다. 마름모꼴로 만든 콘크리트 화단 구멍에서 부실한 잡목들이 자라고 있었고 구겨진 맥주 캔이 여기저기 나뒹굴고 있었다.

그곳에 온 재스퍼는 카키색 면바지에 푸른색 옥스퍼드 남방을 입은 백인 남자로, 남의 눈에 띄지 않게 무난한 옷차림을 하고 있었다. 공원 안으로 걸어 들어올 때 그는 눈썹을 들어 올리며 날 선 경계심을 표시했다. 나 역시 이제 곧 지하 조직으로 인도될지 아니면 살인에 공모한 혐의로 경찰에 체포될지 알 수 없어 긴장되는 순간이었다.

"안녕하세요. 재스퍼 씨!" 열 발자국쯤 떨어진 곳에서 그가 나를 불렀다.

"안녕하세요." 조금 목소리를 낮춰 나도 인사를 건넸다. 그들은 왜 좀 더 평범한 이름을 고르지 않았을까.

악수하며 잡은 그의 손은 따뜻했다. 서로 맞잡은 손 위로 그가 한 손을 마저 올려놓았다. 주변 폐쇄회로 카메라로 누군가 우리를 보았다면, 정말 오랜만에 만난 회사 동료쯤으로 생각했을 터였다. 그는 재빠르게 나를 훑어보면서도 그렇게 안 보이려는 듯 활짝 웃어 보였다.

나의 관찰 결과는, 그는 입으로 숨을 쉬는 사람이었고 내게 너무 가깝게 서 있어 최악의 조합이라는 사실이었다.

"그럼 먼저 이것부터 확인하겠습니다. 법률을 집행하는 누군가를 대신해서 나왔거나 관련이 있지는 않으십니까?" 그가 물었다.

"아닙니다."

"그럼 기자? 아님 작가?"

"아닙니다."

"좋아요, 좋아. 현재 대화 내용을 녹음하고 계시진 않나요?"

하루에 두 번이나 똑같은 질문을 들으니, 내가 이 모든 상황을 녹음해야 했던 건 아닐까 하는 생각마저 들었다. "그냥 머릿속에 기억할 뿐입니다." 내가 대답했다.

그는 형식적으로 웃었다. "그런 거라면 허용될 뿐 아니라 오히려 바람직하다고 할 수 있죠. 그럼 앉아서 오늘 만나게 된 이유에 관해 얘기해볼까요?"

그는 섰을 때처럼 (점심에 마늘을 먹었다는 걸 알아차릴 만큼) 내게서 가까운 위치에 자리를 잡고 앉았다.

"제가 들은 얘기가 맞다면, 961과 관련된 좋은 일을 하셨다고 하던데요?"

"네, 하지만 좋은 일을 한다는 표현은 금지돼 있습니다."

재스퍼는 고개를 끄덕였다. "어떤 분위기인지 짐작이 가는군요. 우연히 머시 병원에서 근무하게 되셨고요?"

"맞습니다."

"당신도 이미 아시겠지만, 네티도 한동안 우리와 함께 일했었어요. 그녀는 법률제정을 이끌어내는 걸 목표로 노력하는 사람이었지만, 우리 친구들 몇몇과도 뜻이 맞았었어요. 결국 그녀는 병원이라는 환경을 택했지만, 체계 잡힌 구조를 원했던 거죠."

아, 이렇게도 모르고 있었다니. "그렇군요." 나는 갑자기 분노가 치솟는 기분을 느끼며 대답했다. 그녀는 이 조직의 이름을 언급하면서도 한 번도 그런 사실을 얘기한 적이 없었다.

"지금도 네티와 일하고 계신가요?"

"아니요. 제가 참여했던 마지막 건에서 환자의 바람을 존중해드리려다 보니 지침 내용을 넘어서는 행동을 하고 말았습니다. 아주 약간이었지만, 어쨌든 제가 그만두는 편이 최선이라고 판단했습니다."

재스퍼는 내 말이 미심쩍었는지 머리를 한쪽으로 기울였다.

"제게 자세한 얘길 하실 필요는 없지만, 그럼 앞으로 법적인 조치기 띠끼오게 되니요?"

"그렇진 않습니다."

"머시 병원만 이 프로그램을 진행하는 건 아니라는 사실도 알고 계시죠? 다른 병원들도 이 사업에 뛰어들기 시작했어요. 가정 방문 서비스를 해주겠다는 지역 소규모 회사도 생겨났고요. 그런 곳들이 더 잘 맞지 않을까요?"

"아뇨. 네티에게는 체계 잡힌 구조가 맞는지 몰라도 저는 아닙니다."

이번에는 진심 어린 웃음을 터뜨리며 그가 말했다. "참 흥미로운 말이군요. 정확히 무슨 뜻이죠?"

"저는 정말로 '돕고' 싶어요. 환자들이 힘들게 규정을 따르는 걸 보면서 중립적인 척하며 그냥 거기 서 있는 그런 것 말고요."

"음."

나는 약간 과장해서 말했다. "만약 몸에 약물을 투여하는 화학 요법을 시행해야 한다면 그런 일을 결정하는 데 시간이 얼마나 걸릴까요? 어떤 의사는 얘길 꺼내자마자 그 자리에서 다음 치료일정을 잡자고 하는 사람도 있을 겁니다. 선택의 여지가 없다면 누구도 방관자처럼 가만히 서서 기다리고만 있지 않는다고요. 그런데 우리 환자들만 그렇게 하고 있어요. 그리고 완전히 말기가 아니거나, 병이 너무 심해서 마지막 순간 동의조차 못 한다거나, 아니면 시동생이 오늘 오후 갑자기 신에게 죄짓는 기분이 든다며 서류에 사인하겠다던 생각을 번복하기라도 한다면, 그땐 우리는 모든 걸 중단해야만 합니다."

내가 말한 불만들에 그도 흡족한 모양이었다. "우리도 그 말에 동의합니다. 누구라도 자신의 마지막을 원하는 방식대로 쓸 수 있어야 하죠. 그걸 의사가 결정하는 건 있을 수 없는 일이죠. 친구와

주위 사람들에게 마땅히 응원과 지지를 받아야 할 일입니다."

"저도 같은 생각입니다. 그래서 계속 간호사로 남아야 할 필요성을 못 느끼고 있어요. 제가 원하는 건……" 순간 네티의 말이 떠올라 가슴 한편이 찌릿하게 아팠지만, 어쨌든 나는 그 말을 내뱉었다. "제가 원하는 건 그 일의 일부가 되는 겁니다."

재스퍼는 고개를 끄덕였다. 나를 받아들이겠다는 승낙의 표시였다.

"당신 핸드폰을 살펴봐도 되겠습니까?" 그가 물었다. "이름은 아무래도 상관없지만, 병력과 금융거래 내역은 간단하게 확인하도록 하겠습니다. 보안 정책상 그렇게 하도록 돼 있거든요."

나는 그가 요청한 자료들을 보여주었다.

사실 나는 오리지널 재스퍼를 만나기를 바랐다. (안 된다면 두 번째라도 만나고 싶었다. 첫 번째 재스퍼는 몇 년 전 그룹에 자신의 재산과 이름을 남기고 스스로 목숨을 끊었기 때문이었다.) 하지만 그 대신 이들은 인력 채용 담당자를 보내왔다. 그는 내 정보를 훑어보았다.

"제 피검사는 안 해도 상관없으시겠어요?" 내가 물었다.

"죄송합니다. 하지만 개인적으로 접근한 사람에 대해서는 저희도 최대한 경계할 수밖에 없어서요." 그는 핸드폰 화면의 기록을 읽었다. "건강하시고, 미혼이시고. 외견상으로도 그렇게 보이는군요. 가족 중 자살하신 분이 있으신가요?" 그는 고개도 들지 않고 물었다.

"없습니다."

"좋습니다. 아, 재무 상태는요?" 어디에서 확인해야 하는지 보여달라는 뜻으로 핸드폰을 내밀었다. 나는 은행 계좌에 로그인하고 핸드폰을 다시 건네주었다. 그는 손가락으로 화면을 이동하면서 빠르게 살펴보았다.

그는 핸드폰을 멀찌감치 들고 내 계좌 잔고를 보다 얼굴을 찌푸렸다. "만약 어떤 사람이 죽고 싶다고 우리를 찾아왔는데, 잔고가 이렇다면 보통은 재고 대상이 될 겁니다. 어쩌면 재무상담사를 추천해주지 않을까 싶네요. 경제적으로 힘든 상태는 아니신가요?"

"아닙니다."

"질문을 바꿔보죠. 아주 최근에 일을 그만두셨고, 우리 쪽에 연락을 해온 걸⋯⋯"

"빌려준 돈이 있어 곧 돌려받을 예정입니다. 그리고 언제든 원하기만 하면 간호사로 일할 수도 있고요. 경제적으로는 전혀 문제없습니다."

"매우 다행이군요." 그리고 그는 일어서며 작별인사를 했다. 인터뷰는 끝이 났다. "우리에게 연락해주셔서 진심으로 감사드립니다. 그룹 사람들에게 당신의 생각을 전달하도록 하겠습니다."

"감사합니다." 갑작스러운 마무리에 나는 약간 당황했다.

그는 다시 손을 내밀어 악수를 청했다. "전화 드리겠습니다." 그리고 왔던 길로 공원을 빠져나갔다.

감사편지라도 써야 하나, 말아야 하나? 보낸다면 어디로 보내야 하지?

그리고 네티. '그녀는 병원이라는 환경을 택했겠지만, 체계 잡힌. 구조를 원했던 거죠.' 오늘 아침, 무엇보다 프로토콜이 우선이라는 원칙에 대해 한바탕 훈계를 퍼붓긴 했지만, 그럼에도 불구하고 자신도 961 이전에 '친구들과 뜻을 같이한' 적이 있었노라고 잠깐이라도 내게 말해줄 수는 없었을까? 아니면 내가 그다지 신뢰할 만한 사람이 아니라고 생각했던 걸까?

그날 하루가 너무나도 길게 느껴졌다. 나는 샴페인 때문에 지끈거리는 머리를 누르며 집으로 가 화분에 물을 주고 어머니의 침대에 누웠다. 어머니가 어딜 갔건 오늘 오후에는 돌아오지 않으리라고 확신하면서.

⎯∿⎯

눈을 떠보니 오전 11시였다. 밤새 이렇게 깊은 잠을 잔 것도 정말 오랜만이었고, 거기에 발기까지 된 걸 보니 머시 병원을 떠나 앞으로 좋은 일만 생기려는 조짐이 아닐까 긍정적인 생각이 들었다. 그래도 어머니 침대에서 하고 싶진 않아 나는 좋은 소식을 가지고 거실로 나갔다. 그림 속 파란 앵무새가 지켜보았지만, 그것마저도 좋은 아침 기분을 망치지 않았다.

부재중 전화는 한 통도 오지 않았다. 이제 뭘 할까?

어머니는 일을 그만두면 꼬박 일주일은 휴식을 취하며 아무 일도 하지 않는 게 좋다고 말했다. 게다가 이번 달은 윌로우 우드에 돈을 낼 필요도 없었고, 어머니도 포커판 앞에 앉아 계속 돈을 따고 있으니 조금은 대담해져도 괜찮을 것 같았다. 영화는 어떨까?

그때 전화가 울렸다.

"에번. 저 조앤이에요! 작업치료사요. 좋은 소식이 있어요!" 그녀는 어머니 일을 매우 심각하게 생각하고 있는 게 분명했다.

"뭐죠?"

265

"저 생각났어요. 월로우 우드 입소자들은 몸속에 마이크로칩을 심잖아요. 당신 어머니 찾을 수 있을 것 같아요."

"저희 어머니는 아니에요. 회의도 했는걸요. 그걸 이식하지 않는 대신 시설에 법적 책임을 묻지 않겠다는 내용의 온갖 서류에 사인도 다 했어요. 마이크로칩은 하나도 이식하지 않으셨어요."

"그렇담, 한 가지 서류에 빼먹고 사인을 안 하신 모양이에요. 왜냐하면 확인해봤더니 한 개를 이식하신 것으로 돼 있거든요."

"저한테는 그런 말씀 없으셨어요. 시설에서 그렇게 하려고 했대도 소리 지르고 난리를 치셨을 텐데요."

"첫 건강검진 받으실 때 낯선 환경에 어리둥절한 상태였다면 모르고 지나치셨을 수도 있어요. 직원들이 그런 일은 아주 빨리 처리하거든요. 어머니 몸속에 하나가 이식돼 있어요."

"믿을 수 없군요."

"우리한텐 좋은 소식이죠." 조앤은 내게 재차 강조했다. "지금 어머니 바이털 사인*은 지난 72시간 내내 안정적이었어요. 어머니가 지금 어디 계신지 알고 싶지 않으세요?"

"만약 저희 어머니께서 연락을 취하고 싶으셨다면 먼저 요청하셨을 겁니다."

잠시 침묵이 흘렀다. "트리시도 이 문제를 당신과 상의하고 싶어 할 거예요."

"언제든지요." 나는 그녀에게 말했다. "지금으로선 어머니 혈압이 안정적이라니 다행이에요. 저는 그걸로 됐습니다. 당신과 트

---

* 대상자의 체온, 호흡, 맥박, 혈압 등의 측정값.

266

리시도 그걸로 됐다고 생각하셨으면 좋겠군요."

─\/─

낮잠을 자고 있는데 재스퍼에게서 전화가 왔다. 내가 처음 통화했던 그 여자였고, 이번에는 좀 덜 걱정스러운 목소리였다. 오늘 저녁 친구 한 사람과 뜻을 같이하기 위해 자신과 함께 가겠냐고 물었다.

"친구라는 분은 죽기를 원하시나요?"

"네. 한동안 그 여자분과 계속 이야기를 나눴는데, 이제 준비가 됐다고 하세요."

"그렇다면 저도 준비됐습니다."

─\/─

버스정류장에는 그녀가 먼저 와 나를 기다리고 있었다. 그녀는 어제 만난 재스퍼처럼 비즈니스 캐주얼 차림도 아니었고 내가 어시스턴트로 일할 때 선호했던 그런 단정한 복장도 아니었다. 온종일 하기 싫은 일을 억지로 하고 집에 돌아와 얼굴을 대충 씻고 구겨진 초록색 블라우스를 대충 걸치고 나를 만나기 위해 급하게 뛰쳐나온 모습이었다. 그녀는 낮은 목소리로 나를 맞았다.

"그룹 사람들은 당신에 대한 이야기를 전해 들었을 뿐인데도 모두 당신은 반가들어도 좋겠디고 친 성했이요." 그녀는 문 닫힌 카페 출입구 앞, 조용한 곳으로 나를 데려갔다. "그럼 이제. 핸드폰을 줘보세요."

"어제 만난 분이 이미 다 살펴보셨어요."

"그 사람이 패치를 설치했나요?

"그건 잘 모르겠습니다."

"설치했다면 당신도 모를 리 없어요. 우리가 서로에게 전화할 때 신원과 위치를 숨겨주는 장치거든요." 그녀는 맘이 급하다는 듯 손가락을 꼼지락거렸다. 나는 핸드폰의 설정 화면을 열고 그녀에게 건네주었다.

"전파를 제한하는 방해 장치를 설치했으니, 이제 우리 서버를 통해 걸려오는 전화는 표시가 안 될 거예요."

설치가 완료되자 그녀는 홈버튼을 몇 번 누르고 프로토콜에 암호를 설정한 뒤, 화면을 살피며 자기 전화로 내게 전화를 걸었다가 다시 반대로 했다. 그리고 핸드폰을 내게 다시 돌려주었다. "됐어요. 당신은 이제 보이지 않아요."

우리는 다시 걷기 시작했다. "오늘 밤 만날 사람은 55세 여자분이에요. 끔찍한 일을 겪으셨어요. 3년 전 크리스마스 때 비행기를 타고 오는 사촌을 마중하기 위해 공항에 나간 사이, 남동생이 집에 와서 가족을 모두 총으로 쏴 죽이고 자기도 자살했다더군요. 그 전까진, 회사 이름은 말할 수 없지만, 어렵게 공연기획사를 운영하면서도 충분히 행복하게 살고 있었다는데 말이죠. 그녀와 사촌은 집에 돌아와 부모님과 두 여자 형제, 그리고 남동생까지 모두 죽어 있는 걸 발견했고요. 두 사람은 충격으로 그 상황에 제대로 대처를 못 했나 보더라고요. 저는 이 부분이 가장 정신 나간 소리처럼 들렸는데, 두 사람 몸 여기저기에 피가 묻어 있고 횡설수

설하는 걸 보더니 경찰이 그들을 제일 먼저 용의자로 지목했대요. 공항 보안팀에서 그들이 공항에 있었던 사실을 확인해준 뒤에야 결백이 증명됐다는군요. 그마저도 그게 별 도움이 되지 않았나 봐요. 그분은 전에도 우울증을 앓았던 적이 있었는데, 이 사건 이후로 병원에 입원하게 되셨대요." 재스퍼는 자신의 관자놀이를 가리켜 입원한 병동이 어느 곳인지 짐작케 했다. "그 일로 친구들과도 멀어져 충격이 크셨고요. PTSD 치료를 받았는데, 약물 요법, 심리치료 다 해봤지만 효과가 없었대요. 정말 불쌍해요. 그러다난소에서 암이 발견된 거죠. 수술이 제대로 안 돼 다른 곳으로 전이됐고요. 병원에서는 1년에서 5년 정도 더 살 수 있다고 했대요. 정말 불공평한 일이죠. 그분에게는 거기까지가 한계였던 모양이에요. 몇 년간 961을 신청하려고 준비 중이었지만, 오늘 밤 좀 더빨리 실행에 옮기고 싶다고 하셨어요."

"그럼 그분이 자살하는 동안 저희는 거기 함께 앉아 있는 건가요?"

그녀는 입술을 굳게 다물었다. 내가 잘못된 용어를 사용한 모양이었다.

"그걸 뭐라고 불러야 하죠?"

"자연사와 매우 흡사한 죽음이요."

"아."

"천사들이 당신 편에 섰다고 느낄 때 몸도 마음도 자신감을 가지고 움직이게 되잖아요." 우리를 천사에 비유한 데 대해 내가 전혀 납득하지 못했음을 느꼈는지 그녀는 마치 햄스터에게 상황을 설명하는 것처럼 아주 천천히 이야기를 계속했다. "재스퍼. 당신은 자신만의 경계를 찾게 될 거예요. 오늘 밤 당신은 그녀 옆에 함께 있어주는 일 말고는 다른 할 일은 아무것도 없어요. 이게 무슨 의미인지 아시겠어요?"

"저는 그저 그분이 죽음을 선택할 권리를 지지해드리면 된다는 말씀이신가요?"

"맞아요." 그녀가 말했다. "그냥 마음 가는 대로 하면 돼요."

"프로토콜이 있나요?"

그녀는 불쌍하다는 듯 나를 보고 웃었다. "그 여자분에게는 동기와 수단이 있어요. 우리는 친구로서 거기 있는 거죠."

"친구."

"당신 자신을 보호하기 위해서라도 어떤 것에도 호기심을 갖지 말아요. 현관 문패의 이름도 보지 말고, 카메라가 보이면 얼굴을 돌려요. 대개 자살 건에 대해서는 경찰도 자세하게 조사하지 않는 편이지만 혹시 또 모르는 일이니까요. 원한다면 아파트에 들어가기 전에 장갑을 껴도 좋아요. 나는 안 낄 거지만, 당신 것은 챙겨왔어요. 어디서나 흔하게 볼 수 있는 의료용 장갑이에요."

"우리는 그저 옆에 있어주기만 하면 된다고요?"

"그래요."

"뭔가 잘못되면 어떡하죠? 약물을 잘못 복용한다거나?"

그녀는 할 말을 잃은 표정이었다. 그나마 햄스터로서 얻은 신용도 다시 잃은 모양이었다.

"약을 구하자마자 순도 테스트하는 방법이며 복용법에 대해서는 이미 자세히 설명했어요."

"그분이 정확히 이해했다고 믿으세요?"

"이런, 머시 병원에서는 누구도 믿지 못하게 직원을 훈련시키는 모양이죠?"

목적지에 다다랐다. 발코니가 서로 엇갈리게 배치된 꽤 좋아 보이는 회색빛 타워였다. 재스퍼는 내가 문을 열도록 기다렸고, 나는 문을 열었다.

"만약 취소하겠다고 하면 어떡하죠?" 건물 입구로 걸어 들어가며 내가 물었다.

주변에는 아무도 없었지만, 그녀는 목소리를 낮춰 말했다. "지금까지 그런 적은 한 번도 없었어요. 충동적으로 왔다가 다시 생각해보겠다는 사람들은 우리 그룹에 아예 참여하질 않아요. 혹시 참여했더라도 이 정도까지 일을 진행하지도 않고요. 그런 사람들은 건물 옥상에서 뛰어내리거나 도와달라고 울부짖다가 결국 응급실로 실려 가거나 그것도 아니면 계속 자기 인생을 살겠죠. 우리와 뜻을 같이하는 사람들은 우리와 대화하는 과정에서 자연스레 통찰력이 생겨요. 마지막에는 자신이 원하는 것을 스스로 알게 되죠."

우리는 엘리베이터를 탔다. 8층에 도착하자, 문이 열리고 회색 리놀륨 바닥이 나타났다.

복도를 걸어가며 나는 속삭였다. "일이 끝난 다음에는 어떻게 하죠?"

"떠나면 돼요." 그녀도 속삭이며 대답했다.

"병원에서 했던 것보다는 훨씬 수월하군요."

"잘 내져하ㅌㅏ 믿어요."

문을 열어준 여자는 쉰다섯을 훨씬 넘어 보였다. 담배 피우는

271

사람 특유의 주름진 얼굴에는 방금 로션을 발랐고, 길고 곱슬곱슬한 회색 머리칼은 자신의 장례식을 위해 최근에 검게 염색한 모습이었다. 그리고 장미와 가시덩굴 패턴이 있는 가운을 입고 있었다. 어머니의 옷을 입은 걸까?

"뵙게 되어 반갑습니다." 마치 이웃에 살면서 불쑥 방문한 사람처럼 내가 말했다.

여자는 문 앞에 선 두 명의 재스퍼를 한번 훑어보더니 피곤한 표정으로 고개를 까딱했다. 우리가 자신의 삶에 찾아든 마지막 무례임을 받아들이며 그녀는 억지로 우리를 맞아 안으로 안내하고 문을 닫았다. 순간 긴 복도 안에 갇힌 기분이 들었다.

"아이스티를 만들고 있었어요. 잔은 냉장고 안에 있고요. 우리 함께 잔을 들도록 해요. 두 분은 두 분의 잔을, 나는 내 잔을." 여자의 뒤편, 조명이 꺼진 벽에 영화 포스터가 걸려 있었다.

〈보통 사람들〉 〈추억〉 〈굿바이 걸〉.

"아이스티 좋습니다." 안으로 들어가겠다는 몸짓을 해봤지만, 그녀는 손을 입술에 대고 가만히 서 있을 뿐이었다.

"안으로 들어가도 될까요?" 선배 재스퍼가 물었다.

"그럼요, 그럼요." 우리는 그녀를 따라 안으로 들어갔다.

〈위험한 정사〉 〈새로운 탄생〉.

실내에는 초록색 양초들이 켜져 있었고, 20년 동안 밴 담배 냄새를 덮기 위해 10분 간격으로 소나무 향 방향제를 뿌린 것 같은 냄새가 났다. 거실로 들어서자 거대한 TV 주위로 DVD들이 깔끔하게 탑을 이루며 쌓여 있어 공간이 비좁게 느껴졌다. 아크릴 유리로 만든 작은 탁자 위에는 리모컨 네 개가 나란히 놓여 있었다.

화면에는 극사실적인 자연 풍광들이 조용히 반복해서 돌아가고 있었다. 폭포. 빙하. 청개구리.

TV 맞은편에는 윤기가 도는 흰색 가죽 소파가 있었는데, 부모님의 장례식을 치른 날부터 그녀는 줄곧 여기에 앉아 TV만 본 게 아닐까 하는 생각이 들 정도로 쿠션이 사람 체형과 비슷한 모양으로 움푹 들어가 있었다. 소파 양쪽 구석에는 손으로 만든, 작은 아기만 한 크기의 사람 인형 두 개가 있었고, 그녀는 우리에게 그 사이에 앉으라고 권했다. 앉으면서 보니, 인형의 눈은 단추로 만들어져 있었고 손에는 작은 마라카스를 들고 있었다. 카메라도, 편면 유리를 통해 현장을 살피는 사람도 없다고 생각하니 은밀한 방의 분위기가 더욱 기괴하게 느껴졌다.

차를 가져오겠다며 부엌으로 향하는 그녀를 재스퍼가 불러 세웠다. "음료 대접 안 하셔도 괜찮아요. 저희는 도와드리려고 온 사람들이에요."

"그래도 내 손님인걸요." 부엌에서 대답이 들려왔다. "참, 돈은 TV 옆에 있어요."

돈이라고? 스피커 위에 반으로 접힌 지폐 한 뭉치가 놓여 있었다. 재스퍼는 멀리서 돈을 확인하고 만족스러운 표정을 지었다.

잠시 후, 여자는 붉은색 칠기 쟁반을 들고 나타나 우리 앞에 내려놓았다. "필요한 건 여기 다 있어요."

쟁반에는 여러 가지 물건들로 가득했다. 플라스틱 물병 하나, 차갑게 보관해둔 녹색 유리잔 두 개, (집에서 만든) 초승달 모양의 헤이즐넛 쿠키 흰 접시, 님뷰틸 가루가 가득 든 두명 봉두 하나, 그리고 중앙에 놓인, 최근에 닦은 듯한 은색 고블렛 잔. 잔의 손잡이

273

부위를 용 한 마리가 타고 올라가며 활짝 웃고 있었고, 컵 전체가 용의 왕관이 되었다.

　그녀는 두 개의 유리잔에 아이스티를 붓고 시럽을 넣어 긴 은색 스푼으로 저은 뒤, 위를 민트 잎으로 멋들어지게 장식하고 잔을 냅킨으로 감쌌다. 거의 가든파티라도 하는 수준으로 음료를 만들어 우리에게 내밀었다.

　"이번에는 약을 부을게요." 그녀는 작은 봉투를 열면서 확인이라도 하듯 나를 쳐다보았다. 나는 고개를 끄덕였다. 넴뷰탈을 약이라고 부르는 그녀의 모습에서 왠지 모를 안도감이 느껴졌다. "이제 물을 부으면 되죠? 한 컵?" 나는 고개를 끄덕였다.

　그녀는 지시사항을 머릿속에 되새기면서 어떤 동작을 할 때마다 말로 설명했다. "수돗물이에요." 그녀는 아이스티를 저을 때 사용했던 긴 스푼으로 내용물을 섞으며 말했다. 그러다 잠시 가만히 잔 속을 들여다보았다. "참 이상한 기분이 드는군요." 그녀는 얼른 생각을 떨쳐버리고 우리에게 쿠키를 내밀었다.

　나는 샌퍼드가 권했던 오렌지 주스 생각이 나 쿠키 하나를 집어들고 고맙다고 말했다. 다른 재스퍼는 사양했지만, 내가 쿠키를 먹은 데 대해 특별히 나쁘게 생각하는 것 같지도 않았다.

　집주인은 고블렛 잔을 높이 들어 올렸다. 그리고 일부러 얼굴에 깊은 주름을 만들어 웃음기를 없앴다.

　"부모님과 나의 삶을 위하여." 떨리지만 용기 있는 목소리로 말하고 은색 잔을 입술로 가져갔다. 그녀는 빠르게 액체를 삼킨 뒤, 잔 속을 슬쩍 들여다봤다. 그리고 거칠게 잔을 원래 자리에 내려놓자, 칠기 쟁반에서 탁 소리가 났다. "세상에. 내가 해냈어요." 그녀는 흥분해서 우리를 각각 포옹하며 말했다. "오늘 아침 눈을 뜬 순간부터 긴 여행을 준비하는 기분이었거든요. 칫솔은 챙겼던가? 화분에 물은 누가 주지? 이런 말도 안 되는 일들을 걱정하면서요. 그래도 시간이 남아 쿠키를 구웠어요. 그런데 지금 두 분이 제 옆에 계시고 이제 할 일은 아무것도 안 남았네요. 드디어 끝났어요." 그녀는 세게 주먹 쥔 손을 들어 올려 손가락을 펼치고 별처럼 만들었다. 그리고 생전 처음 보는 것인 양 바라보았다. "침실에서 죽고 싶어요. 나를 따라오세요."

침실은 그녀의 부모님을 모신 기념관 같았다. 벽에 걸린 여섯 개의 사진 속에는 사진관 특유의 틀에 박힌 포즈를 한 그녀의 부모님이 우리를 보고 있었다. 구름이 있는 파란색 스튜디오를 배경으로 이를 드러내고 활짝 웃으면서. 파란색 꽃무늬 드레스를 입은 엄마가 앞에 앉고 제일 좋은 정장을 차려입은 아빠가 그 뒤에 서서 함께 찍은 사진이 있었고, 그 옆으로는 같은 장소에서 촬영한 독사진도 두 개 걸려 있었다. 그리고 가족 모두가, 그때까지만 해도 아직 살인을 저지르지 않은 남동생까지 함께 찍은 사진도 있었다. 사람들은 탁자 주변에 둥글게 모여 중앙에 놓인 구운 고기를 향해 얼굴을 내밀고 미소 짓고 있었다. 지금보다 젊은 사진 속 집주인은 한 손으로 옆에 앉은 강아지의 귀를 쓰다듬으며 활짝 웃고 있었다.

그녀가 방을 돌며 사진 속 사람들을 천천히 바라보는 동안 우리는 문가에서 기다렸다. 그녀는 사진 한장 한장마다 비슷한 시간 동안 멈춰 서서 바라보고 가볍게 고개를 숙여 인사를 하고는 다음 사진으로 넘어갔다. 이 일을 모두 끝낸 다음에는 침대 끝에 앉아 옆 테이블에 올려놓은 아이팟의 플레이 버튼을 눌렀다. 방 귀퉁이마다 놓인 스피커에서 그리스식 기타 선율이 흘러나왔다.

"아버지가 연주하신 거예요. 녹음하는 걸 정말 싫어하셨죠. 평생 당신 연주가 형편없다고 생각하셨거든요. 그래서 연주하실 때 탁자 위에 마이크를 몰래 숨겨놨어요. 그렇게 하길 정말 잘했다는 생각이 들어요."

녹음 상태가 좋진 않았지만, 연주를 시작하다가 틀리고 연거푸 사과하며 다시 시작하는 소리, 그러면서 크게 웃는 소리 등이 고스란히 담겨 있었다. 문득 아이리스의 그림이 떠올랐다. 그리고 어딘가에 내 아버지의 웃음소리도 녹음되어 있다면 얼마나 좋을까, 그런 생각을 했다.

"진짜 아름답군요." 내 입에서 절로 그런 말이 흘러나왔다. "어떤 상황이었죠?"

"사촌 결혼식이었어요. 아버지는 연주를 꽤 잘하셨어요. 고마워요. 나한테는 정말 의미가 크거든요."

퀸사이즈 침대에는 사람 인형과 솜을 넣은 동물 인형들이 좀 더 있었다. 물개, 표범, 머리에 스카프를 쓴 파란 눈의 인형, 모두 베개에 기대어 누워 있었다. 그녀는 침대로 올라가 인형들 사이로 파고들면서 우리에게 말했다. "여기, 침대 양옆으로 와주시겠어요? 바로 옆에 있어주세요." 그녀가 베개에 등을 기대고 자리를 잡는 동안 우리는 침대에 앉았고, 침대는 마치 깃털을 채워 만든 것처럼 푹 꺼졌다. 초록색 새틴 소재에 자수 장식이 들어간 베갯잇 테두리 때문에 그녀의 검은 머리카락 주위로 환한 후광이 생긴 것 같은 착각이 들었다.

"나는 두 분을 믿어요." 그녀가 말했다.

"저희는 당신을 위해 여기 있습니다." 나 역시 그녀에게 말해주었다.

"뭐 하나만 물어볼게요. 지금 같은 순간이 오면 다들 이렇게 도망치고 싶다는 느낌이 들게 되나요?" 그녀가 물었다.

대개는 아니었다. "좀 더 얘기해보시겠어요?"

"어쩌면 지금 하는 게 그런 건지도 모르겠네요. 지금 죽어가는 이 순간, 신이 나를 위해 죽음을 준비하시기도 전에 내가 죽음을 원한 게 어쩌면 그런, 도망치고 싶은 기분 때문이었다고 당신들이 말했더라면, 나는 영원히 당신들 말을 믿지 않았을 거예요. 어린 시절부터 수십 년간 쌓아온 믿음은 우리가 왜 여기 존재하는지, 무슨 일이 있어도 왜 참고 인내해야 하는지 가르쳐줬어요. 그런데 이런 감정이 나를 그 믿음에서 등 돌리도록 했을 수도 있겠다는 생각이 드네요. 하지만 나는 더 이상 참고 견딜 수가 없었어요. 그래 봐야 아무 의미도 없었거든요. 그래서."

그녀는 배 위에 둔 손을 포갰다.

"약물 때문에 머릿속에 이상한 기운이 생겼나 봐요."

그녀의 말을 듣고 잠시 가만히 생각하다가 그녀에게 말했다.

"당신이 가본 가장 아름다웠던 장소에 대해 말해주세요."

"알겠어요. 마음이 진정되도록 도와주려고 하는군요. 그렇담, 우리 외할아버지의 과수원 얘기는 어때요?" 그녀는 눈을 감았다. "우리 어머니는 농장 한편에 담장 대신 심어놓은 살구나무와 함께 지냈어요. 울타리 같은 건 없었죠. 구역 표시라곤 그린 세 신부였어요. 봄이 되면 길가에 흐드러지게 핀 꽃에서 향기가 퍼졌죠.

그리고 때가 되면 꽃들은 바람에 날려 사방으로 떨어졌고요. 눈처럼 말이에요. 5년 전에 나는 어머니를 모시고 그곳으로 여행을 갔었어요. 아버진 너무 감상적이라고 느끼셨는지 별로 안 좋아하셨지만. 너무 오랫동안 시골을 떠나 삭막한 곳에서 지내셨으니 그럴 만도 했죠. 좀처럼……"

그녀는 적당한 단어를 찾는 듯했다. 넴뷰탈의 효과가 나타나기 시작했음을 알아차렸을 때쯤 역시나 그녀가 이렇게 말했다. "우. 졸음이 쏟아져요."

그녀의 손끝이 가슴뼈를 따라 천천히 내려갔다. "여기, 그래요." 발음이 분명치 않았다.

그리고 그녀는 움직임을 멈추었다. 완전히. 재스퍼와 나는 그녀의 생이 다할 그 순간을 조용히 기다렸다. 우리는 여자가 원했던 그 자리에 그대로 앉아 있었다. 그리고 그곳에서 그녀와 함께 있으면서 확신을 주고, 마지막 말을 들어주고, 그리고 지금은 침대 옆에 앉아 그녀가 확실히 죽는지 지켜봐주고 있었다. 그 순간이 어찌나 친밀하게 느껴졌던지 조금 전 재스퍼가 우리를 천사에 비유했던 표현도 그런대로 용서될 것만 같은 기분이었다. 그동안 만나온 다른 환자들과 달리 이름도 살아온 생애도 모르는 이 여자가 나는 무척 가깝게 느껴졌다. 그리고 우리는 천사라기보다는 이생을 벗어나는 출구가 아닐까 생각했다.

여자의 팔이 벌어지고 손바닥이 힘없이 축 늘어졌다. 팔뚝 안쪽에 필기체로 쓰인 문신이 보였는데, 한쪽에는 '영원히', 그리고 다른 쪽에는 '믿어라'라고 새겨져 있었다.

느리고 고르던 숨소리가 들쑥날쑥하다가 한동안 멎었다가를 반복하며 급격히 나빠졌다. 눈꺼풀에서는 어떤 움직임도 없었다. 뇌는 생명의 실타래를 놓아버렸고, 신체는 빠르게 제 기능을 상실해갔다.

그 모습을 보고 재스퍼가 말했다. "죽어가고 있어요."

커튼을 내리듯 여자의 피부색이 어두워졌다.

"이제 어떡하죠?" 내가 물었다.

"당신은 옆에 더 있어주세요. 나는 유리잔을 씻어서 정리하고 올게요. 손님을 접대한 것처럼 보여서는 안 되니까요."

사람들은 마지막에 자신이 편안한 얼굴이길 바라지만, 실제 죽은 사람의 얼굴은 그렇게 기분 좋은 모습은 아니었다. 완전한 휴식에 들어간 사람의 얼굴은 입과 뺨이 아래로 축 늘어져 근심에 찬 것 같은 표정이 되었다. 나는 벽을 훑어보다가 작은 금색 액자에 끼워진 사진을 발견했다. 밝은 주황색 살구가 주렁주렁 달린 과수원을 배경으로 여자아이가 서 있는 사진이었다.

핸드폰의 진동이 울렸다. 화면에 활짝 웃고 있는 론의 얼굴이 나타났다. 나는 전화기를 껐다.

론. 금요일 밤이니까 나는 오늘 목적지 없이 떠나는 자동차 여행에 함께하기로 되어 있었다. 벌써 저녁 8시였으니, 론과 사이먼은 아주 참을성 있게 기다렸다가 전화한 게 분명했다.

재스퍼가 문 앞에 다시 나타났다. "이제 가죠."

시신을 두고 걸어 나와 문을 닫는다는 것, 그리고 몇 시간이고 며칠이고 홀로 방치한다는 것은 그동안 간호사로 일한 내 본능에 위배되는 행동이었다. 그리고 나는 누가 그녀를 발견하게 될지, 언제 어떻게 발견되도록 한다는 계획된 설정이 있는지 알지 못했

279

다. 경찰에 전화하고 싶은 생각마저 들었지만, 시신을 묻거나 태울 때까지 우리가 이곳에 남아 있을 수 없는 이유도 사실은 경찰 때문이었다.

침대에 누워 있는 시신에게는 이런 걱정도 모두 쓸데없는 일일 수 있겠다는 생각이 들었다. 여자의 시신을 두고 떠나며 약간의 의식을 덧붙이고 싶은 충동도 일었다. 따뜻한 작별인사를 전하고 쿠키를 대접해줘서 고맙다고 말하고 싶었다. 하지만 이생을 벗어나는 출구의 끝에는 아무것도 없었다. 나는 문을 닫았고 그걸로 끝이었다.

거실의 촛불은 이미 다 꺼져 있었다. 스피커 위에 올려져 있던 돈도 사라졌다.

재스퍼는 영화 포스터가 걸린 복도로 나를 이끌었다. 처음 들어올 때처럼 포스터들은 여전히 쓸쓸해 보였지만, 어쨌든 집주인에게 사랑받았던 영화들이었다.

현관에서 재스퍼는 예방 차원에서 한 번에 한 사람씩 나가자며 내게 먼저 가라고 했다. 그녀는 문을 열어주며 빨리 나가라고 재촉했고 서둘러 엘리베이터에 오르자, 그제야 이 모든 게 나를 함정에 빠뜨리려는 음모일 수도 있다는 의심이 일기 시작했다. 엘리베이터가 천천히 움직일수록 내 머릿속은 바쁘게 돌아갔다.

일이 진행되는 모습을 누구도 모니터링하지 않는 사업이란 교묘한 계략일 수도 있었다. 이번 죽음에 내가 관여된 사실은 거의 없었지만, 혹시라도 여자 재스퍼가 내 핸드폰 속에 무언가를 넣어놓은 건 아닐까? 유리잔을 씻으러 나갔을 때 다른 증거들을 심어놓은 건 아닐까? 더군다나 내 경력은 누명을 쓰기에 너무나 완벽하지 않나. 현금은 여자가 챙겨 떠나고, 형사는 나를 찾아온다.

엘리베이터가 2층에서 멈췄다.

운동복 차림에 나이가 아주 많아 보이는 남자가 탔다. 파란색 금속장식이 달린 목줄을 하고 주인보다 더 늙어 보이는 비글 한 마리도 같이 탔다. 같이 엘리베이터를 탄 시간이 짧았지만, 모자를 쓸 걸 그랬다고 후회했다. 나는 입술을 앙다물고 이마에 힘을 주면서 집에 틀어박혀 있다가 이제 막 나온 사람처럼 보이려고 애썼다.

"더럽게 더운 날씨요." 노인이 말했다.

나는 고개만 까딱하면서 그렇다는 뜻을 내보였다.

"말도 안 되게 더워요." 한마디 더 했다.

잠긴 목소리로 대답했다. "그러네요."

건물 밖으로 나갔을 때 노인이 개를 끌고 내가 가려던 방향으로 가는 바람에 나는 반대 방향으로 한 블록 정도 가서 그들이 보이지 않을 때까지 길가에 서성거리다가 되돌아왔다.

경찰이 오지는 않을까 걱정하며 약속한 길모퉁이에서 2분 정도 기다린 후에야 건물 밖으로 걸어 나오는 재스퍼를 보았다. 손을 흔들며 내게로 걸어오는 그 모습에서 수상한 구석은 전혀 없었다. 몇 발자국 떨어진 곳까지 왔을 때 그녀는 큰 소리로 말했다. "정말 잘하셨어요. 말투도 적당했고요. 느낌이 어떠셨나요?"

"그냥 두고 나온 게 맘에 걸리더군요."

"머시 병원에서는 시신을 어떻게 처리하나요?"

"병원에서라면 시신을 안치소로 보냈다가 거기서 다시 장례식장으로 옮기겠죠."

"그다음은요? 어느 순간에는 누구나 혼자예요. 이게 그분이 원했던 거고, 그분이 원했던 방식이었어요."

우리는 팔 하나 정도의 거리를 두고 나란히 걸었지만, 정보나 의견을 더 주고받는다거나 서류에 도장을 찍는다거나 할 기미는 전혀 보이지 않았다. 그 여자가 평화롭게 세상을 하직하는 데 우리가 기여한 것은 아이스티를 받아 마시고 집에서 구운 과자를 먹고 침대에 앉아있던 일이 전부였다.

"돈을 지불해야 한다는 건 전혀 몰랐어요." 내가 말했다.

"가끔 돈을 내는 사람들이 있는데, 그럴 땐 당신과 내가 그룹 사람들과 함께 돈을 나눠 가져요. 이 일은 어디까지나 자발적으로 이루어지는 일이니까 수입이 생겨도 자율적으로 분배하는 거죠."

"법적으로 문제는 없나요?"

"우리가 하는 일 중 합법인 부분은 하나도 없어요."

"그럼 윤리적으로는요?"

"우리는 보상을 요구하지 않아요. 사람들이 알아서 우리에게 돈을 남기는 거죠." 그녀는 손을 주머니에 넣었다. 주위를 한 번 확인한 후에 그녀는 100달러 뭉치를 주머니에서 꺼내 소리 내어 지폐를 셌다. "2,200달러예요. 아주 후하군요." 그녀는 한 번 더 액수를 확인하고 돈을 나눴다. "우리가 700씩 갖고, 그룹에 800을 남기면 될 것 같아요. 당신 생각은 어때요?"

"왠지 잘못을 저지르는 느낌이에요."

"말해봐요, 머시 병원에서는 서비스를 제공하고 얼마를 청구했는지."

그녀로서는 당연한 질문이었다. "확실한 금액은 원무과에서나 알아요."

재스퍼는 고개를 흔들었다. "여기 있어요." 그녀는 돈을 내밀었다. "돈을 받는 게 께름칙하다면 당신 몫을 그룹에 넘겨도 돼요."

"아뇨, 받을게요."

마치 자기 자신과 내기를 해 이제 막 이긴 것처럼 그녀의 얼굴이 환해졌다. 그녀를 만난 후로 그렇게 환한 표정은 처음이었고, 그녀의 하루 중에서도 처음일 거라고 생각했다.

—∿—

론은 전화를 받지 않았다. 사이먼이 받았다. 론은 운전 중이었다. 나는 입구를 셔터로 막아놓은 컨벤션센터 앞을 지나가고 있었고 (다음 주에 '섹스포'를 한다고 써 붙여 놓았다!) 그들은 이미 고속도로를 타고 한 시간 가까이 달리던 중이었다. 나는 어머니가 혼자서 어딘가로 여행을 떠났고 내 일에 '변화'가 생겼다고 말하면서 미리 연락하지 못한 것에 대해 사과했다. 사이먼은 이해한다고 말했다.

"그래서 어디로 가고 있어?"

"몰라."

"나 지금이라도 뒤따라갈까?"

"이번에는 그냥 우리끼리 갔다 올게."

"정말로 미안하게 생각하고 있어." 나는 다시 한번 사과했다.

"우리도 알고 있어." 그는 나에 대해 아주 기초적인 정보를 새로 알게 된 것처럼 말했다.

나는 전화를 끊고 줄리아에게 전화했다.

"두 번이나 전화하다니! 나 너무 행복한걸. 이번엔 무슨 일이야?" 그녀가 물었다.

"나 용서받고 싶어. 론과 사이먼을 너무 당연하게 여겼나 봐."

"그럼 이번에도 잘못 골랐네. 상황에 따라 다르겠지만 내가 널 용서해주진 못하지. 그 사람들한테 전화해서 미안하다고 말해."

"했어."

"그런데 말이야, 나 오래 통화 못 해. 데이브 만나러 가는 길인데 지금 늦었거든. 내가 해줄 수 있는 말은, '개자식은 되지 말자.' 이거야. 어때? 곧 다시 전화해줄래? 다음번엔 아무 이유 없이 그냥 내 안부가 궁금해서 걸었다고 말해줘."

"네가 전화해도 되잖아."

"그건 안 돼. 전화하는 건 네 의무야. 속죄한다고 생각해."

핸드폰을 주머니에 도로 넣자마자 벨이 울렸다. 나는 그게 론의 전화이길 바랐다. 다음 버스라도 타고 오라고, 그래서 로맨틱한 주말을 함께 보내자고, 함께 편하게 쉬자고 그리고 영원히 행복하게 살자고 말해줬으면 했다.

트리시였다.

"어머니랑 연락되셨어요?"

"아뇨. 그 일은 조앤에게 이미 다 얘기했는데요."

"어머니가 어디 가셨을지 짐작되는 곳이 있으세요?"

"전혀 모르겠어요. 어머니가 이렇게 하셨을 때는 모험을 하고 싶으셨단 뜻이거든요."

"조앤이 얘기했겠지만, 어머니를 찾을 수 있는 방법이 있어요."

권유인지 유혹인지 모를 그녀의 말투에 나는 퀴즈 프로그램에 나간 참가자가 된 기분이 들었다. 어머니가 간 곳을 찾을 것이냐 말 것이냐, 내 선택이 어떤 결과를 가져올지는 알 수 없었다. 착한 아들이라면 첫 번째 문을 선택하겠지만, 비브의 아들이라면 두 번째 문을 택해야 했다. 그녀는 무슨 이유에선가 일부러 전화기를 꺼놓았다.

"마이크로칩 말씀하시는 거죠?"

"네. 기본적인 예방조치 차원에서 입소자들에게……"

"그건 어머니께서 동의하지 않으신 걸로 아는데요."

"분명 의사전달이 잘못 이루어진 부분이 있었던 것 같아요. 제가 벌써 사건보고서도 작성해 제출했어요. 새로 온 입소자들에 대한 절차가 워낙 틀에 박혀 진행되다 보니 의사가 서류를 제대로 확인을 안 했나 봐요. 어머니는 이식하지 않겠다는 의사를 정확히 밝히셨는데도 말이에요. 그래서 공식적으로 사과드리려는 것도 제가 전화 건 이유 중 하나예요. 공식적인 사과편지도 이미 집으로 발송했고, 칩을 제거하는 방법과 항의를 제기하는 방법에 대한 내용도 함께 적혀 있어요. 그러실 생각이시라면 꼭 저희 쪽에 불만 접수하시라고 말씀드리고 싶어요."

"일단 어머니가 돌아오셔서 항의하고 싶으시다면, 그렇게 하실 거예요."

"네, 그러시겠죠. 그런데 한편으로는 어머니를 찾을 가능성이 있다는 게 어쩌면 다행스러운 일이라고 생각해요."

"어머니는 실종되신 게 아니에요. 퇴소하라고 허락하셨잖아요. 이제 그쪽에서 책임질 환자가 아니라고요. 그리고 제게도 환자 취급하지 말라고 어머니가 분명히 말씀하셨어요."

수화기 너머로 느린 숨소리만 들려왔다. "사실은 말이죠, 어머니께 이식한 칩이 시설의 자산이라서요. 어머니 행방을 확인할 책임이 생겼어요." 트리시가 말했다.

"지금 농담하시는 거죠? 그럼 가서 칩 받아오시면 되겠네요."

"그런데 어머니가 더 이상 저희 입소자가 아니라서 저희는 그럴 수가 없어요. 어머니의 가장 가까운 혈육이 당신뿐이라 추적할 권한은 당신에게만 있어요."

"뭐라고요?"

"칩은 윌로우 우드 자산이지만, 그게 비입소자 몸 안에 있기 때문에 추적할 수가 없다고요."

"개인의 사생활을 이런 식으로 침해하시겠다고요?"

"애매한 상황이라는 거, 저도 인정해요."

"그런 거라면 저는 사인할 수 없어요."

"이 부분에 대해 저와 생각이 다르다는 건 확실히 알겠어요. 그럼 제가 이렇게 하길 바라는 전후 사정을 좀 설명드려도 될까요?"

"어디 한번 말씀해보세요."

그녀가 사무실 문을 닫는 소리가 들렸다. "어머니가 시설을 떠나시던 날, 이곳으로는 절대 다시 돌아오지 않겠다고 하셨어요. 그래서 저는 그러시라고, 그렇게 하시는 게 우리 모두의 바람이라고 말씀드렸죠. 몇 달간 보증금을 보관하는 건 그저 예방책일 뿐이라고요. 그런데 재차 돌아오지 않을 거라고 강조하시면서 병이 재발하면 에번이 당신을 머시 병원의 그 프로그램에 넣어줄 거라고 말씀하시지 않겠어요?"

순간 속에서 울컥하는 기분이 들었다. 어머니는 정말이지 너무나도 멋대로 결정하고 행동했다.

"그래서 정확히 염려되는 부분이 뭐죠? 내가 어머니 병이 재발하지도 않았는데 머시에 입원시켜 이번 주에 안락사라도 시켰다는 건가요?" 내가 물었다.

"절대 그런 뜻이 아니에요."

나는 이 말도 덧붙이고 싶었다. '어쨌든 전 이제 거기 그만뒀어요. 지금 일하는 곳에서는 특별히 힘쓰지 않아도 바로 참여할 수 있다고요.' 하지만 이 정도로만 말했다. "그렇다면 전후 사정이란 걸 대체 왜 설명해야 했는지 이해할 수 없군요."

"제발요. 저도 사실은 961에 찬성표를 찍었어요. 그게 누구라도 선택할 수 있는 합법적인 권리라고 믿거든요."

"961을 그렇게 지지하고 계시다니 정말 다행이군요."

"에번. 이 일이 얼마나 위급한 상황인지 당신도 이해해야 해요. 특히나 어머니가 이렇게 실종되셨을 때는요."

"실종되신 게 아니래도요. 지금 저한테 어머니를 죽였냐고 추궁이라도 하시는 건가요? 그런 건가요?"

"미안해요. 내가 제대로 설명을 못 했나 봐요."

"아니요. 제대로 설명하셨어요."

나는 전화를 끊고 어머니에게 전화했다. 전화는 음성 메시지로 바로 넘어갔다.

주말 동안 내가 해야 할 일은 없을 듯 했다.

287

나는 바클리 스트리트에 있는 대형 영화관에서 조조 영화를 보았다.

한 여자가 자전거를 타고 러시아를 횡단한다. 그녀는 자신이 건강하다는 사실을 의식하지 못할 만큼 건강하다. 앞길에 놓인 위험들을 알고 있긴 하지만 특별히 자살 충동이 있어서 그런 것은 아니다. 모래폭풍을 만나고, 마음씨 좋은 외딴 농가의 가정집에서 쌀로 만든 괴상한 음식을 얻어먹고, 연속으로 타이어가 세 번이나 터졌지만, 그녀는 좌절하지 않는다. 구멍을 절연테이프로 적당히 메우고 여행을 계속한다.

그때 내 주머니 위로 핸드폰 화면의 파란색 'J'가 밝게 빛났다.

나는 거의 텅 비다시피 한 영화관을 조용히 빠져나와 로비에서 전화를 받았다. 남자 재스퍼였고, 또 다른 친구를 방문하겠냐고 제안했다.

"요즘 바쁜 시기인가 보죠?"

"그런가 봅니다." 그가 대답했다.

예순여섯 살의 사회복지사였고, 다발성경화증이 악화되어 최근에 은퇴한 남자였다. 10년이 넘는 기간 동안 결혼생활이 순탄치 않았던 것은 분명해 보였다. 강요된 은퇴와 운동장애로 인해 상황은 더욱 나빠져만 갔다. 불임으로 인해 부부 사이에 아이는 없었고, 샌퍼드와 다르게 그는 아내가 옆에 머물기를 바랐다. 하지만 2년 전, 그들은 22년간의 결혼생활을 끝내고 이혼했다. 이혼할 때 부인은 계속 도와주겠다고 말했지만, 전혀 그러지 않았다. 남자는 앞으로도 10년은 더 살 수 있었지만 살아야 할 이유가 없었다. 그는 오늘 죽고 싶어 했다. 그 결과, 오늘 오후 한가하냐고 재스퍼가 내게 묻고 있었다.

머시 병원의 안전장치에 길든 나는 재스퍼에게 몇 가지를 물었다. 그가 어느 정도 몸이 불편한지, 친구가 있는지, 돈은 있는지, 자신의 삶에서 의미를 찾기 위해 사회복지사로서 지닌 능력을 활용해본 적은 있는지. 하지만 재스퍼는 이런 정보들에 대해 아는 것이 하나도 없었다. 사회심리학적으로 그를 평가해보려던 욕구는 내 마음속에만 담아두기로 했다. 그리고 그를 평가하는 대신 나는 재스퍼에게 시간이 된다고 말한 뒤, 영화 나머지는 건너뛰기로 하고 그 남자에게 전화했다. 이 조직은 죽음을 돕는 방법론에서 꽤나 장인다운 면모를 갖추고 있었으므로 내가 전화를 건 이유는 남자와 잡담이나 나누자는 생각에서였다.

피아노 연주 소리가 들렸다. 남자는 맥주병을 따는 동안 전화기를 탁자 위에 올려둔 모양이었다. "이걸 하는데 일종의 시스템이 있소." 한참을 뒤적뒤적하는 소리가 난 뒤에야 맥주병이 열리고 '쉬익' 하고 거품 이는 소리가 들렸다. 일단 다시 전화기를 집어든 뒤, 그는 내가 궁금해했던 몇 가지 정보들에 대해 꽤 오래 시간을 들여 말해주었다. 젊은 나이에 중피종*으로 돌아가셔서 오랫동안 머릿속에서만 맴도는 아버지에 대한 기억, 힘든 시기에 이혼하자며 그를 더욱 비참하게 했던 아내, 그리고 병에 대한 이야기까지. 그는 마치 배관공이 고장 나고 녹슨 부품, 새로 수리해야 할 부분 등을 읊듯 눈물 한 방울 흘리지 않고 자신의 이야기를 들려

•　폐암의 일종.

주었다. 내게 남은 일은 그곳에 가서 그가 모든 부품을 분해하는 동안 그의 옆에 앉아 있는 일뿐이었다. "곧 만나도록 합시다." 그가 말했다. "문은 열어놓을 테니 알아서 들어오쇼."

영화관에서 그의 집까지는 크게 도시를 가르며 지나가는 버스를 한번 탄 뒤 기차로 갈아타고 남쪽으로 내려가야 했다. 중간소득계층의 사람들이 주로 모여 사는 동네였고, 1970년대에 흰색 벽돌로 지은 낡고 우중충한 직사각형 모양의 아파트가 그의 집이었다. 앞뜰은 도시에서도 잘 자라는 억센 나무 두세 그루를 제외하고는 휑해 보였다. 아파트 입구로 들어가면서 나는 보안 카메라의 유리 눈과 잠깐 눈이 마주쳤다. 건물 규모는 꽤 컸다. 토요일 오후라 주위에는 아무도 없었기에 어쩌면 나는 요주의 인물이 될 수도 있었다.

문은 열려 있었다.

"계세요?"

아무 대답이 없었다. 집 안의 복도는 페인트칠이 많이 벗겨진 상태였고, 벽에는 액자를 끼운 명화 포스터 한 점이 걸려 있었다. 그림 속 남자는 팔에 우는 아이를 안고 어르면서 가스레인지 위에 올려놓은 냄비의 음식을 젓고 있었다. 열린 창문으로 들어온 빛이 침울한 이 그림을 흐릿하게 비추고 있었다.

"아무도 안 계세요?"

옆방에서 루이 암스트롱의 트럼펫 연주 소리가 들렸다. '세인트 제임스 인퍼머리St. James Infirmary'였다. 사이먼이 즐겨 듣는 곡 중 하나라 나도 알고 있었다.

방금 전에 도둑이 들어 스테레오 장비만 빼놓고 집 안의 물건을

싹 훔쳐간 것처럼 텅 빈 느낌이었다. 거실로 들어가는 모퉁이를 돌면서 이미 나는 왠지 남자가 이미 죽었으리라는 강한 느낌을 받았고, 붉은색 가죽 리클라이너에 앉아 몸을 쭉 뻗은 채 죽어 있는 그의 시신을 눈으로 확인했다. 총에 맞아 머리 앞부분이 한쪽으로 날아간 남자의 모습을 보고 아주 잠깐이지만 예상이 맞았다는 생각에 만족감이 일었다. 그리고 나는 곧바로 부엌 싱크대로 달려갔다.

토사물이 다른 곳으로 튀지 않게 입을 최대한 배수구 가까이에 대고 토했다. 부엌과 거실 사이에 작은 쪽창이 나 있어 한바탕 토하는 사이사이 내가 본 게 맞는지 다시 확인할 수 있었다. 리클라이너의 색이 원래는 베이지색이라는 점을 빼고는 처음 본 게 모두 맞았다. 거기에 두 가지 장면이 더해져 나는 계속 토했다. 지금도 형체를 알 수 있는 먹다 남은 팝콘과 몇 시간 전 남자가 아침으로 먹었을, 핑크색으로 질척질척해진 시리얼이 그것이었다. 나는 수도꼭지 두 개를 모두 틀었다. 수도꼭지 바로 옆에 스펀지가 말끔하게 놓여 있었지만, 그건 그대로 두고 손으로 토한 것을 쓸어 하수구로 흘려보냈다.

잠시 조용해졌다가 노래가 다시 시작되었다. 80년 전 나이트클럽의 몽롱한 소음 속에서 피아노 건반을 두드리는 소리가 울려 퍼졌다. 누군가의 목소리가 제목을 소개하자 트럼펫 연주가 또다시 시작되었다. 자살하고픈 마음이 없는 사람도 우울하게 만드는 노래였다. 한두 시간 동안 반복 재생되고 있었던 게 분명했다.

배수관에 대고 한 번 더 구역질했지만, 이제는 위액말고는 올라오는 게 없었다.

싱크대 옆 작은 비닐봉지 안에는 넴뷰탈이 들어 있었다. 하지만 이것은 그의 대안에 불과했다. 이 남자는 대체 왜 나를 괴롭히는 것일까?

하지만 이건 내 일이 아니었다. 그는 단지 기다릴 수 없었을 뿐이었다.

다시 거실로 나가 그의 시신 옆을 지나 이곳을 벗어날까 생각했지만, 그 생각만으로도 나는 다시 싱크대에 머리를 박아야 했다. 이제는 아무것도 올라오지 않아 헛구역질만 났지만, 혹시라도 이웃에게 들릴까 봐 소리가 나지 않게 목을 부여잡았다.

극장에서 나초를 먹지 않은 것은 정말 다행스러운 일이었다.

나는 싱크대를 다시 한번 씻어내고 다섯 번 크게 숨을 들이마신 뒤, 집 안을 살펴보기 위해 나섰다.

그는 오늘을 위해 옷을 차려입은 듯 보였다. 다림질 자국이 남아 있는 청바지와 구겨지지 않은 데님 셔츠를 입고 있었다. 그의 몸은 뒤에 받친 쿠션들보다도 더 납작해 보였다. 총을 맞을 때의 충격으로 다리는 쫙 벌어져 있었고 가랑이 주변으로 오줌을 싼 흔적이 있었다. 그리고 의자 옆에는 휠체어 하나가 놓여 있었다.

리클라이너의 목 받침에 기댄 머리 위에는 부분가발이 벗겨진 채 삐뚜름하게 얹혀 있었다. 턱은 말끔하게 면도한 상태였다. 그리고 나머지는 엉망진창이었다. 그의 주변, 짙은 파란색 섀기카펫 위로 살과 뼈의 파편들이 사방으로 튀어있었고, 살점 몇 조각은 현관까지 날아가 있었다. 한 걸음만 더 뻗으면 내 발에도 피가 묻을 것 같았다. 축 늘어진 그의 손에서 조금 떨어진 거실 바닥에 총이 떨어져 있었다.

나는 그 자리에 못 박힌 듯 서 있었다. 죽은 남자의 마지막 시선은 거실의 전면 유리창, 앞마당 너머에 줄지어 서 있는 아파트 건물들을 향해 있었다. 건물들이 어찌나 다들 똑같이 생겼던지, 나는 건너편 아파트에도 시신이 있을 것만 같은 생각이 들었다.

전화기는 리클라이너 바로 옆 탁자 위에 놓여 있었고, 반쯤 마신 맥주도 그 옆에 함께 있었다. 그는 '시체 썩는 냄새가 진동하기' 전에 자신이 어떤 식으로 발견될 것인지 내게 미리 말했었다. 오랜 친구가 내일 아침 일찍 그를 보러 오기로 했는데, 응급구조사로 일하고 있어 자신이 죽어 있는 광경에도 실신하지 않을, 믿을 만한 친구라고 했다. 그러면서 행여나 그 친구가 자신이 차려놓은 아침 식사를 기대하지는 않길 바란다는 말도 덧붙였다. 계획된 자살일 경우, 시신을 18시간 이내에 발견되도록 하는 게 좋다는 권장 사항은 심각하게 훼손된 시신에는 적용되지 않았다.

노래는 다시 시작되었다. '너무 차갑고, 너무 사랑스럽고, 너무 아름다워.' 사이먼은 이 노래가 루이 암스트롱의 음악 경력에 있어 매우 중요한 곡이었다고 열변을 토하면서 여러 버전의 한 구절 한 구절을 모두 들어보게 했다. 그래서 간주만 들어도 사이먼이 바로 떠오를 만큼 내게 이 노래는 사이먼과 단단히 연결되어 있었다. 그런데 이제는 전 부인이 가져가고 싶지 않은 쓸모없는 물건들만 어수선하게 남은, 방 네 칸짜리 아파트와 피로 얼룩진 흰색 리클라이너 위에 엉망이 된 시신을 떠올리면서 그런 사연을 누구에게도 털어놓은 수 없는 노래가 되어버렸다. 그는 전화를 끊고 죽음의 트럼펫 솔로를 들으며 춤을 향해 손을 뻗었을 것이다.

작은 탁자 위, 병 입구가 넓은 재활용된 겨자 소스 병 안에 편지

봉투가 하나 꽂혀 있었다. 봉해진 편지봉투의 앞면에는 떨리는 글씨로 '미안해, 마이크!'라고 쓰여 있었다. 대개의 유서보다는 훨씬 활기 넘치는 편지가 들어 있으리라 짐작하게 하는 멘트였다. 남자는 자신의 오랜 벗에게 이 상황을 어떻게 설명했을지 궁금했지만, 그래도 열어보는 건 예의가 아닌 듯했다.

이 남자를 내가 닦아줘야 하는 상황이 아니란 건 정말 세상 모든 신에게 감사할 일이었다. 그리고 위로의 말을 건넬 가족도, 사인해야 할 서류도 없다는 것도 다행스러운 일이었다. 전 부인은 남자의 사망 소식을 곧 알게 되겠지. 어쩌면 그는 개자식이었는지도 몰랐다. 어쩌면 여자가 그랬을 수도 있고.

마이크만 불쌍하게 됐다.

남자가 가진 재산 전부는 (그는 내게 이 얘기를 꽤 한참 했었다) 먼 촌수의 남자 조카에게 줄 거라고 했다. 그 조카 역시 최근에 이혼하고 힘들어하는 중이었고, 그들은 한 번도 가깝게 지낸 적은 없는 사이였다. 조카는 전화와 등기 한 통을 받게 될 것이다. 그가 곤경에서 벗어나는 데 유산이 큰 힘이 될 거라고 남자는 말했었다.

어쩌다 그의 머리를 다시 보고 말았다. 눈이 한쪽만 남아 있는 듯했다.

내 마음속의 광기와 슬픔을 떨쳐내고, 혹시라도 화난 이웃이 들이닥치지 않도록 나는 손가락 관절로 오디오 버튼의 전원을 눌러 껐다.

누군가 총소리를 듣진 않았을까? 경찰이 오고 있진 않을까?

나는 부엌으로 다시 가 넴뷰탈 봉투를 집어 들다가 돈을 발견했다. 부엌 타일이 노란색인 데다가 냉장고와 오븐이 모두 연한 녹색이라 싱크대 옆에 놓인 50달러 지폐 뭉치는 쉽게 눈에 띄지 않았다. 지폐 위에는 '재스퍼'라고 쓴 포스트잇이 붙어 있었다. 우리에게 꼼짝없이 불리하게 작용할 증거물이었다. 나는 전부 주머니에 넣고 리클라이너에 누워 있는 시신에게 미안한 마음으로 '안녕히 계세요'라고 말하고 그곳을 떠났다.

—\/—

내가 전화했을 때 전화를 받은 사람은 여자 재스퍼였다. 그녀는 무슨 일이 있었는지 기억을 되돌려보도록 도와주겠다며 만나자고 했다. 하지만 내 계획은 아까 보다만 영화를 마저 보며 시베리아 어딘가로 되돌아가는 것이었다. 거절하려고 애써보았지만 그녀는 전혀 개의치 않았다. 현재 둘의 위치에서 중간쯤에 있는 찻집에서 보자고 고집스럽게 말했다. 내게 도움이 필요하다고 생각한 듯했다.

한눈에 봐도 서양인이 운영하는 가게였지만, 티끌 하나 없는 벽, 거의 비다시피 한 유리 선반 등이 아시아다운 정취를 느끼게 했다. 재스퍼는 오늘 한결 여유로워 보였고, 함께 마시자며 드래곤웡차 한 주전자를 주문했다. 남자가 남긴 돈의 절반인 500달러를 넘겨주자, 받아들인다는 의미의 말을 조용히 속삭이며 조직을 대신해 돈을 받았다. 그녀는 카페를 한번 휙 둘러보더니 블라우스 아래 허리띠 안으로 돈을 집어넣었다.

"그 사람이 총을 집어 든 데 대해서는 너무 속상하게 생각하지 말아요." 그녀는 웃음기라고는 없이 말하면서 한 손을 가슴에 얹

었다. "여기로, 그는 당신이 오고 있다는 걸 알고 있었어요. 그 정
도의 선의로도 충분했던 거예요."

"정말로 전 괜찮습니다. 더한 것도 봤는걸요. 예전에 응급실에
서 잠깐 근무한 적이 있어서요." 그때 나는 정말 힘들었었다.

"그렇군요." 그녀는 내 뒤편, 카운터에 진열된 서너 가지 종류
의 사각형 모양 티케이크를 눈으로 훑으면서 대답했다. 디브리핑
은 이미 끝나 있었다. 그저 현금을 내가 너무 오래 들고 있기 전에
수금이나 하려고 나를 만나자고 한 게 아닐까 하는 생각이 들었
다. 나는 넴뷰탈에 대해서는 얘기하지 않았다.

청색과 흰색이 섞인 도자기 찻잔 세트에 차가 나왔다. 김에서
오래 입은 바지에서 나는 쉰 냄새가 났다.

"조직의 도움을 받지 못하는 사람도 있나요?" 내가 물었다.

"우리는 누구와도 대화를 나눠요. 누굴 거절하거나 돈을 벌자
고 하는 일이 아니니까요."

"전혀 그런 것도 아닌 것 같은데요." 나는 그녀의 머니 벨트로
눈길을 주며 말했다.

"뭘 묻고 싶은 거죠?"

"예를 들어, 어떤 남자가 전화를 걸었어요. 꿈이 전부 사라진 중
년 남자예요. 치명적인 병에 걸리진 않았지만, 결혼생활도 엉망이
됐고, 아이도 직업도 모두 잃었어요. 어쩌면 예전 부모님 집으로
쫓기듯 옮겨왔을 수도 있죠. 앞으로 어떻게 해야 할지 몰라요. 삶
의 의미를 잃었죠. 완전히요."

"힘든 상황에 몰렸군요. 하지만 우리를 찾는 사람들은 죽음을
스스로 선택해요. 당신이 말한 남자는 우리를 찾지 않았을 거예

요." 그녀는 이를 다 드러내며 미소 지었다. "자살은, 아무리 죽을 이유가 충분하다 하더라도 주위 사람들에게 큰 영향을 미쳐요. 오늘 오후 당신이 본 그 남자는 기대거나 의지할 사람이 아무도 없었어요."

"기댈 사람이 없는 사람이 더 적합하다는 얘긴가요?"

"그런 말이 아니에요." 나는 지금 그녀의 차 마시는 시간을 망치고 있었다.

"내가 방금 보고 온 남자도 상황 때문에 그렇게 된걸요."

"그 남자는 병이 진행 중이었고 961을 신청할 만큼 아프지도 않았어요."

"그리고 무척 우울해했어요."

"글쎄요, 당신이 말한 남자는 좀 경우가 달라요. 그 사람은 우리와 같은 생각을 하지도 않았을 테고, 우리에게 전화했다 하더라도 우리는 그 사람에게 그렇게 말했을 거예요."

"그는 또 한 번 거절당했다고 느끼겠군요. 도로 밖으로 차를 몰아야 할 이유만 하나 더 생긴 셈이네요."

"무슨 얘길 하는 거죠?" 그녀는 갑자기 온 신경을 집중하며 물었다.

"아무것도 아니에요. 그냥 가정이에요."

가게 직원이 우리 테이블로 왔다. 재스퍼는 피스타치오 후리앙을 주문했고, 그것이 내게는 더 이상 얘기하고 싶지 않다는 의도로 들렸다. 내 배 속은 심하게 텅텅 비어있었지만 나는 아무것도 주문하지 않았다. 정확히 누구를 벌하고 싶은 건지 확신이 서질 않았다.

사실 나를 괴롭게 만든 진짜 원인은, 내 아버지의 절망을 간략하게 요약한 그 남자를 재스퍼가 거절했기 때문이 아니었다. 어쩌면 네티가 한 말이 옳았는지도 몰랐다. 오늘 오후 죽은 그 남자는 근본적인 차원에서 나의 존재를 무시했다. 그는 자신이 원하는 결말을 얻었지만, 나는 아니었다. 나는 그와 이야기를 나누고 도와주고 싶은 마음에 아파트를 찾아간 거였지만, 그는 자신이 확실히 죽었는지 확인해줄 사람이 필요했을 뿐이었다.

네티 이모라면 그가 목적을 달성한 데 만족하고 자전거에 올라 다음 목적지를 향해 페달을 밟았을 것이다.

구역질이 났다. 이 자리를 피하고 싶었다.

재스퍼는 지나가던 종업원에게 뜨거운 물을 더 달라고 부탁했다. 그 말을 할 때 그녀의 윗입술이 갈라지며 깊게 팬 붉은 선이 드러났다. 붉은 랜턴 불빛 아래에서 분명하게 보이진 않았지만, 얇은 피부 막 때문에 당장 피가 흐르진 않는 듯했다. 그녀는 입술이 갈라졌다는 사실도 느끼지 못했고, 느꼈다 하더라도 특별히 신경 쓰는 것 같지도 않았다. 왜냐하면 조금 전 내게 지어 보였던 형식적인 미소를 종업원에게도 똑같이 지어 보였기 때문이었다.

종업원이 자리를 뜨자, 그녀는 말했다. "솔직히 말해 당신이 경험도 많고 스스로 의문을 제기할 수 있는 사람이라 한결 안심이 돼요. 완전 의욕에 넘쳐 이 일을 자원한 사람도 처음 시신을 보고 나면 무척 당황하거든요. 당신은 꽤 잘 해낼 거라고 확신해요. 내가 사람 보는 눈은 좀 있어요."

―◡―

바로 지금 '재스퍼의 길'에 대해 함께 토론하고 싶은 사람은 다름 아닌 어머니였다. 새로운 '친구'를 선정하는 데 있어 허점투성이의 여과 장치하며, 원하는 만큼 돈을 지불하라는 식의 비즈니스 모델. 어머니라면 이런 것들에 대해 분명 질문을 던졌을 터였다. 하지만 어머니는 전화를 걸어도 받지 않았고 집으로 돌아오지도 않았다. 트리시가 전화하지 않은 걸 보면, 어쨌든 어머니의 혈압만큼은 정상을 유지하고 있으리라 짐작됐다. 엽서에는 분명 '오래 있진 않을 테니 어디든 네가 가고 싶은 곳에 가라고' 적혀 있었다. 어쩌면 내가 가고 싶은 곳을 찾는 일이 먼저일지도 몰랐다. 하지만 어머니가 다시 돌아오실 때까지는 여기 있어야 했다. 어머니도 직장도 심지어 론과 사이먼도 옆에 없는 지금, 나는 어떤 집도 계약할 수 없을 것만 같았다. 나는 토요일 저녁과 일요일 아침 식사를 위해 베이컨과 달걀을 사다 냉장고에 넣어놓았다. 오래된 침대 시트를 걷어내니 어머니의 바이올렛 향수 냄새가 코끝에 훅 끼쳤다. 그리고 새 시트를 매트리스 밑으로 밀어 넣고 있자니 이곳이 집처럼 편안하게 느껴졌다.

―◡―

론은 일요일 밤에야 드디어 전화를 받았다. 처음에는 퉁명스럽게 '그래, 아니'로만 대답했지만 다행히 오래가지는 않았다. 나는 몇 번 더 미안하다고 말하고 우리 프로젝트의 지금 모집에 문제기 생겨 금요일에 직장 상사가 갑자기 불러내는 바람에 어쩔 수 없었다고 말했다.

"우리 시설에서 같이 일하자. 그 끔찍한 곳을 벗어날 때가 된 거야." 그가 말했다.

두 번의 재스퍼 역할로 받은 돈이 바로 앞 탁자 위에 쌓여 있었다. "싫어."

"그럼 우리랑 같이 자동차 여행을 갔었어야지." 론과 사이먼은 결국 캠핑장 옆 통나무집에 도착했는데, 근처 호숫가에 학생들이 단체로 와서 연극 〈한여름 밤의 꿈〉 연습을 했다고 했다. 모기도 많았다. "충분히 좋은 시간을 보내고 오긴 했지만, 네가 안 와서 우리 둘 다 뿌루퉁했었단 말이야."

나는 아무 말도 하지 않았다. 이미 미안하다는 말을 세 번이나 했다. 효과적으로 사과하려면 미안하다는 말을 조금은 절제할 필요가 있었다.

"비브에게서 연락 온 건 없고?" 론이 물었다.

"전혀."

"넌 궁금하지도 않아?"

"궁금해. 하지만 어머니가 원하는 걸 하셔야지."

"너랑 어머니는 대체 뭐야? 서로 누가 더 무시하나 시합이라도 하는 거야?"

"비슷해."

"그렇다면 네가 우리를 잊어버렸으니 사이먼과 나는 완패네."

"미안해." 나는 다시 사과했지만, 진심이 담겨 있진 않았다.

"통나무집에는 우리밖에 없었는데 우린 그날 밤 섹스조차 안 했다고." 그가 말했다.

"그것도 내 잘못이야?"

"그런 셈이지."

밖에는 귀뚜라미가 울고 달빛이 비치는데, 창문은 모두 셔터로 가린 채 나무로 만든 네모난 방 안에 둘이 누워 있는 모습을 상상하는 건 어렵지 않았다. 근처에서는 연극 연습을 하는 십대들이 까불고 장난치는 소리가 들린다. 그리고 론과 사이먼은 큰 침대 하나만 덜렁 놓인 방에 몸을 뻗고 누워 단둘이서 어떻게 섹스를 해야 할지 고민하고 있다.

나는 다시 현금으로 눈을 돌렸다. "라부˚ 호텔에 룸 하나를 빌려 몇 시간 만이라도 좀 놀고 오면 어떨까?"

"새로운 커플을 만나 즐기고 싶진 않고?"

"아니. 제대로 된 진짜 데이트를 하고 싶어. 오늘 밤 빈방만 있다고 하면 그렇게 해보자."

수화기 너머로 론이 사이먼에게 뭐라 말하는 소리와 웃음소리가 들리더니 론이 다시 전화기를 들었다. "우리 감동 먹었어. 네 사과를 받아들일게."

—⎲—

라부 직원은 어찌나 털이 많던지 초기 영장류처럼 보였다. 짧게 바싹 자른 머리카락은 머리 전체를 균일하게 덮고 있었고, 목 아래 티셔츠 밑으로도 털이 삐져나온 걸로 보아 어깨까지도 털이 무

˚ '러브'의 일본식 발음

301

성할 듯싶었다.

"오늘 밤 누가 또 오나요?"

나는 왼쪽의 사이먼과 오른쪽의 론을 번갈아 쳐다보고는 '아니요'라고 대답했다.

"그럼, 즐거운 시간 보내세요." 그는 카드키를 내밀며 말했다.

엘리베이터에서 내려 방문 앞에 도착하자마자, 옆방에서 대서사시를 완성하는 여자의 울부짖는 소리가 울려 퍼졌다. 몹시 고통스러워하는 극심한 신음 소리가 1분가량 계속되었지만, 우리는 그 여자가 절정에 도달할 때까지 복도에서 기다렸다. 평소 여성의 오르가슴 지속시간과 강도에 공통적으로 질투를 느끼고 있던 우리였기에 카드를 대고 문을 열면서도 모두 아무 말이 없었다.

우리 중 가장 깔끔한 편인 사이먼이 방 안으로 첫발을 내디디며 깊게 숨을 들이쉬었다. "애플파이 냄새가 나는데."

"다른 음식 냄새보단 그나마 낫네." 론이 눈을 감으며 말했다.

"직전에 누군가 이 방을 왔다 간 흔적이 느껴져."

론은 사이먼이 '그래, 이만하면 됐다'고 말할 때까지 한 박자 쉬면서 기다렸다.

사이먼은 욕실 벽 때문에 방 한쪽 구석을 못 쓰게 만들어놨다며 방을 설계한 사람을 비웃었다. 베이지색과 파란색의 체크무늬 천을 씌운 의자 두 개가 벽을 등지고 놓여 있었다. "여기 와서 의자에 앉아 있는 사람도 있나?"

흐릿한 조명 덕분에 침대 머리 판에 깊이 팬 상처도 크게 눈에 띄지 않았다. 나는 페이즐리 무늬의 베드스프레드를 걷어내고 흰색 시트가 깨끗한지 살펴보았다. "먼지도 얼룩도 없어. 여긴 안심해도 돼."

론이 오디오를 켰다. 보사노바 음악이 흘러나왔다. "최소한 음악은 제대로 고를 줄 아는군." 그는 가방에서 샴페인 병을 꺼내고 미니바를 뒤적거렸다. "이게 당연한 건지 모르겠지만, 유리잔이 두 개밖에 없어. 우리는 늘 이런 식으로 억압받고 있다니까!" 그는 욕실로 가서 플라스틱 컵을 가져왔다.

나는 매트리스 위로 몸을 던지고 인형들과 침대에 누웠던 여자와 붉은 의자에 앉아 있던 남자를 떠올리지 않으려고 애썼다. 그런 걸 생각하려고 여기 온 게 아니었다.

내 아래쪽에 서 있던 사이먼은 주황색 셔츠의 단추를 끄르고 있었다. 론이 그에게 눈을 흘기며 말했다.

"아직 안 돼."

"왜 안 돼? 이제 슬슬 여기가 편해지려고 하는데."

론이 유리잔을 놓으면서 내 쪽으로 머리를 기울였다. "이 신사분이 네 시간 동안 여길 빌리셨잖아. 우리 전희를 즐겨야지."

사이먼은 살그머니 셔츠를 벗어 내 얼굴 위로 휙 집어던졌다. 순간 코끝을 스친 암내에 쾌락 중추가 활성화되었다.

사이먼이 한 손으로 바지 단추를 풀자, 바지가 바닥으로 툭 떨어졌다. 제대로 된 스트립쇼라고 하기엔 속도가 너무 빨랐지만, 흰색 팬티 위로 불룩하게 솟은 그것과 조각상 수준의 허벅지 근육이 분위기를 살렸다.

론이 사이먼을 쿡쿡 찌르며 뭔가를 말하라고 재촉했다.

"지금 말하라고?" 사이먼은 순간 누워 있는 내 두 어깨를 손으로 누르며 나를 향해 몸을 숙였다. 그가 얼마나 힘이 센지 항상 잊고 있다가 이럴 때마다 새삼스럽게 깨닫곤 했다. "무슨 일이 생기기 전에 먼저 우리 생각을 말해야겠어. 너도 예상했겠지만, 이번 주말에 론과 나는 네 얘기를 한참 나눴어. 그리고 여기 오는 길에도 조금은 다른 각도로 또다시 얘기했고. 그래서 말인데, 우리는 너도 알았으면 좋겠어. 너한테 지금 무슨 일이 있든, 그게 직장 때문이든, 어머니 때문이든, 우리는 네가 더 자주 우리와 함께했으면 좋겠어. 공식적으로 네가 우리와 함께 지내길 바라고 있어."

아래를 보니, 그의 속옷 앞섶에 변화가 생겼음을 알 수 있었다. 나를 좋아한다고 선언하면서 피가 아래로 쏠린 모양이었다.

론이 코르크 마개를 땄다.

"고마워. 함께 지내는 게 나도 좋아." 나는 그에게 말했다.

다시 일어선 사이먼은 옆으로 돌아 발기된 모습을 과시하며 말했다. "우리가 너를 어떻게 생각하는지 보여주고 싶었을 뿐이야."

"고마워." 나는 한 번 더 말했다.

"고마워? 그게 전부야?" 론이 유리잔 두 개와 플라스틱 컵에 샴페인을 따르면서 방금 내 말을 흉내 냈다.

"아니." 나는 잔을 집어 높이 들어 올렸다. 내게 이렇게 잘해준 그들에게 예전부터, 그리고 최근까지 계속해온 거짓말들을 떠올렸다. "우리 건배하자."

"뭘 위해서?" 론이 내 입에서 나올 말을 기대하며 물었다.

사이먼이 나를 향해 자기 잔을 들며 끼어들었다. "네가 지금 겪고 있는 이 변화들을 위하여."

"변화들을 위하여." 나도 맞장구쳤다.

"로맨틱한걸. 그러니까 다시는 우리 바람맞히지 마." 론이 덧붙였다.

나는 우리 셋이 팔을 서로 엮어 러브 샷을 할 수 있도록 일어나 앉았다. 자세가 제대로 안 나왔지만, 어쨌든 샴페인을 마실 수는 있었다. 우리는 술을 다 마시고 나서도 서로 얼굴을 바짝 붙이고 있었다.

사이먼이 론에게 물었다. "캐슈너트 가져왔어?"

"아니, 너는?"

"애피타이저가 너무 과한 것 같아서."

잔을 내려놓은 뒤 첫 데이트를 할 때 같은 어색한 분위기가 감돌았다. 론은 한 잔씩을 더 따르고 옷을 벗었다. 노팬티였다. 그는 팔짱을 끼고 요염한 각도로 벽에 기대어 그냥 기다렸다. 반쯤 딱딱해진 성기가 한쪽 허벅지 위로 수줍게 늘어져 있었다. 그리고 얼굴에는 콜보이가 '우리 여기 재미 보러 온 거 아니었어?'라고 말하는 것 같은 느긋한 표정이 떠올랐다. 이제 내가 그를 침대 위로 불러내기만 하면 됐다.

책상 주변에서 방황하던 사이먼은 서랍을 하나하나 열어보며 말했다. "이 방에 이런 책상이 정말 필요해?"

론과 내가 동시에 그를 책망했다. "사이먼."

"공간을 비판적으로 보는 연습을 해야 아름다움을 완벽하게 감상할 줄 아는 눈도 생긴다고." 그는 잔을 내려놓고 침대 위 내 옆으로 점프하더니, 두 손으로 내 얼굴을 잡고 키스했다. 나도 같이 혀를 움직였다. 몸을 옆으로 돌려 그를 매트리스로 넘어뜨리고 그 위로 올라타자 사이먼은 순순히 내 뜻에 따라주었다.

론이 등 뒤에서 내 셔츠를 벗겼다. 사이먼은 바지를 벗었다. 그

305

들은 엄청난 속도로 내 옷을 벗겼고, 나는 저항하지 않았다.

드디어 실오라기 하나 걸치지 않은 몸이 됐다.

우리는 모두 침대에 누웠다. 론에게서 비누 냄새가 났다. 한 시간 전 집에서 어떤 광경이 펼쳐졌을지 상상이 갔다. 론은 먼저 샤워부터 하자고 말하지만, 사이먼은 '싫어, 그냥 가자'고 말한다. 론이 계속 고집을 부리자, 사이먼은 그냥 기다린다. 아무래도 상관없었다. 몇 분 후면 어차피 우리의 체취는 모두 뒤섞이게 될 테니까.

사이먼은 양팔로 우리를 안아 둥글게 원을 만들었다. 마치 포획물이라도 자랑하듯이 한 손으로는 내 목을, 다른 손으로는 론의 목을 잡는 이 자세를 그는 평소에도 좋아했다. 론이 내게 키스하며 먼저 공격을 시작했다. 이에 좌절하지 않고 사이먼은 아래쪽 루트를 개척했다.

커플과 잠자리를 할 때는 성적인 균형을 맞추기가 꽤 까다로웠다. 특히 각각의 스킬과 힘이 어떤지 이미 알고 익숙해져 있을 때는 더더욱 그랬다. 하지만 오늘 밤은 호텔 방에 있다는 사실 때문인지 훨씬 생기가 넘쳤고, 처음으로 무제한 자유경쟁 상태에 돌입한 듯 우리는 서로를 애무했다. 그러다 정신을 차리고 보니, 우리는 우리의 트레이드마크처럼 된, 데이지 화환처럼 둥글게 누워 서로의 성기를 입으로 애무하는 자세를 취하고 있었다. 낯선 침대 위에서 욕정은 식을 줄 몰랐다. 대개는 소리를 내지 않던 사이먼조차 입에 성기를 가득 물고 포르노 영화에서나 나오는 신음 소리를 흘렸다.

그러다 천장 금색 거울에 비친 우리 셋의 모습을 보게 됐다. 위

아래로 움직이는 머리, 상대의 허벅지를 주무르는 손, 새로운 자세를 위해 밀어붙이는 다리들. 그 모습에 주의가 흐트러지고 말았다. 이 모습 좀 보라지. 여기서조차 우리는 서로 자기 자리에 신경을 쓰고, 상대를 즐겁게 해주기 위해 열심이네. 우리 중에 돼지처럼 자기 욕심만 채우는 사람은 없었다. 론은 테크닉이 뛰어나 항상 상대의 속도에 기술적으로 보조를 맞추며 섹스를 주도했다. 그는 우리 둘을 한꺼번에 다루는 데 능숙했고, 우리는 그의 리드를 따르는 데 익숙했다.

두 사람은 내가 거울을 올려다보고 있다는 사실을 알아차리고 같이 거울을 보았다. 론이 갑자기 미소를 지었다. "보통 호텔 프런트에서 거울 뒤에 카메라를 설치해놓고 실내 상황을 지켜본다고들 하던데."

"그럼 프런트 직원이 우리만 보게 해주자." 내가 말했다. 나는 매너 따위는 잊어버리고 두 사람의 몸 위로 기어 올라가 둘의 성기를 잡고 입안에 한꺼번에 쑤셔 넣었다. 그들은 내 어색한 동작에 웃으며 허벅지를 감고 있던 내 손의 위치를 조금 바꿔주었다. 최고급 호텔 침대 위에서 그들은 이전보다 더욱 강하게 나를 끌어당겼다. 그다음엔 두 사람이 동시에 내게 달콤한 황홀감을 맛보게 해주었다.

간호학회지에는 종종 엄청난 업무량에 시달리는 임상 간호사들은 반드시 자기 치유의 시간을 마련해야 한다고 조언하는 글이 실리곤 했다. 비록 거울에 비친 모습은 어떨지 몰라도, 바로 지금 이 순간이 내게는 치유의 시간이라고 생각했다. 킹사이즈의 침대, 탄탄한 근육의 팔과 다리, 현재의 움직임에 열중한 표정, 이 모두가 하나처럼 움직이며 섹스에 탐닉하고 있었다.

"나 넣고 싶어."

론의 이 말은 이제 메인 이벤트로 넘어가자는 뜻이었다.

"나도."

우리끼리 귀찮은 일을 해야 할 때 먼저 '낫 잇Not it'을 외쳐 일에서 빠지는 게임의 규칙대로 나는 재빨리 외쳤다. 사이먼은 평소처럼 또 술래가 되었다.

그들이 챙겨온 젤을 너무 과하지 않게 바른 후, 사이먼이 먼저 손과 무릎을 대고 침대 가운데에 엎드렸다. 다리를 벌리고 엉덩이를 살짝 위로 치켜들자 그의 커다란 어깨가 더욱 떡 벌어져 보였다. 지금껏 본 중 가장 남자답고 당당해 보이는 그 모습에 흥분된 나는 그의 뒤로 달려들었다. 바로 삽입하지 않고 그의 항문을 쿡쿡 찌르며 자극하다가 스르륵 안으로 밀어 넣자, 그는 내 이름을 부르며 좋아했다. 그리고 다음 순간 론이 내 뒤로 달려들었다. 살짝 구부러진 그의 성기는 이 자세를 위해 일부러 고안된 듯했다. 곧 그가 내 안으로 성기를 밀어 넣자 나는 러키 피에르*가 되었다. 삽입하면서 동시에 삽입을 당하면 행위의 중심이면서도 동시에 무력해졌다. 그들에게 저지른 잘못 따위는 잊자. 바로 지금, 나는 내가 있어야 할 곳, 두 사람의 사이에 있다. 생각은 이제 그만.

사이먼은 한 손으로만 몸을 지탱한 채, 한 손으로 자위하기 시작했고 속도가 점점 빨라졌다. 나는 손을 뻗어 사이먼을 막은 뒤 그의 두 손을 머리 위로 올리게 했다. 그 바람에 중심을 잃고 세

● 세 명이 하는 성행위에서 중간에 끼인 사람.

사람이 다 같이 매트리스 위로 쓰러졌지만 사이먼의 엉덩이는 더욱 힘차게 앞뒤로 움직였다. 론은 두 팔로 나를 꽉 껴안은 채 넘어지면서도 피스톤 운동을 훌륭하게 계속하고 있었다. 그리고 키스를 퍼부었다.

나는 더 빨리 움직일 수도, 이 자세를 계속할 수도 없을 것 같았다.

지금은 모두가 통제 불능 상태였다. 우리가 쌓은 탑은 한쪽으로 기울었지만 두 손은 아직도 앞사람의 엉덩이에 대고 있었고, 성기는 계속 삽입한 채였다.

"우리 잠깐만 이대로 있자." 론이 숨을 헐떡이며 말했다. 그는 욕정이 밀려왔다 빠졌다 다시 밀려오는 현장을 천장 거울로 감상할 수 있게 베개를 다시 정리했다. 정확한 타이밍에 속도를 늦춘 론은 자기 팔을 내 팔에 둘러 털이 부숭부숭한 사이먼의 가슴을 꽉 껴안았다. 여기에 내가 더할 일은 없었다. 내 입에서는 헉헉거리는 거친 숨소리가 흘러나왔다.

론이 나를 사이먼에게로 밀어붙이며 뒤에서 다시 속도를 내기 시작했다. 그가 점점 빠르게 움직일수록 내 움직임도 똑같이 점점 빨라졌다.

나는 둘 사이에서 잠깐이라도 가만히 있으려고 했지만, 사이먼은 엉덩이를 앞으로 홱 잡아채며 내가 계속 움직이게 했다. "천천히." 내가 할 수 있는 말은 이 말뿐이었다.

"싫어." 사이먼이 말했다. 그는 평소 요구하는 타입은 아니었지만, 지금은 내게서 몸을 빼더니 곧바로 나를 밀어뜨리며 론이 자기 뒤로 오게 위치를 바꾸었다. 그리고 나를 마주 본 채 위로 올라타

두꺼운 성기를 내 입안으로 밀어 넣었다. "좋아." 그는 다시 빠르게 움직이며 말했다.

나는 사이먼의 성기를 빨다가 론의 뒤로 가 삽입했다. 론은 마치 전동 딜도 같았다.

사이먼은 이제 두 손으로 자위하고 있었고 나는 그를 막고 싶어도 막을 수가 없었다.

"나 쌀 거 같아." 그가 말했다.

"나는 더 쌀 거 같아." 내가 겨우 말했다. 론보고 들으라고 한 소리였다.

잠시 후 사정한 우리는 서로에게서 떨어져 등을 대고 누워 가쁜 숨을 몰아쉬었다. "옆방만큼 소리가 크진 않았지만, 꽤 괜찮았어." 론이 말했다.

사이먼은 만족스럽다는 듯 길게 '아' 소리를 내더니 말했다. "내가 제일 먼저 샤워한다." 이번에는 그가 1등이었다.

침대에 남은 론과 나는 천장 거울을 바라보며 누워 있었다. 내 입은 침대 위에 죽어 있는 아이리스처럼, 그리고 오늘 밤 어디에 있는지 모르는 비브처럼 벌어져 있었다.

론은 숨통을 끊기라도 할 것처럼 내 목에 세게 팔을 두르며 가까이 다가와 또 한 번 키스했다. 그리고 내 귀에 대고 속삭였다. 어찌나 가깝게 입을 갖다 댔던지 짧은 수염이 내 귀를 간지럽혔다.

"내가 너 사랑하는 거 알지?"

나는 눈을 감고 섹스의 여운을 되새기며 숨을 고르느라 못 들은 척 했다. 최근 계속 그를 외면해 왔는데 어떻게 그는 이런 말을 할 수 있지?

그는 눈을 뜰 때까지 나를 흔들었다. 그리고 내 얼굴 바로 앞에 얼굴을 들이대고 좀 더 큰 목소리로 한 번 더 말했다. 내게서 나오지 않은 말들을 기대하는 그의 얼굴은 환하게 빛나고 있었다.

그의 얼굴빛이 조금 어두워졌다. "미안해." 그는 말했다. "나도 모르게 그런 말이 나와버렸어."

─〜─

우리는 두 블록 떨어진 곳에 있는, 사이먼이 좋아하는 쌀국숫집에 갔다. 쌀국수에 든 고추기름, 고수의 향과 함께 가게의 백열등 조명이 우리를 현실로 되돌려 놓았다. 론네 아파트로 돌아가는 택시 안에서 우리는 그날 저녁 꽤 괜찮은 데이트를 했다고 서로 뿌듯해했다. 집까지 같이 가고 싶진 않았지만, 둘러댈 적당한 말이 떠오르지 않았다.

나는 침대 가운데 내 자리로 기어 올라가 아까 일을 떠올렸다. '사랑한다'는 말을 듣고도 가만히 있었던 건 실수였다. 론의 말을 받아주고 오늘 밤만큼은 좀 색다른 기분을 느끼도록 노력했어야 했는데.

하지만 이 관계도 오래갈 수는 없었다. 겉으로야 어찌 됐든 분명 우리는 이별의 수순을 밟아가고 있었다. 오늘 밤이 마지막이 될 것이다. 나는 다시는 이 두 사람과 함께 침대에 눕지 않겠다고 다짐했다. 몇 번 더 변명하고 자연스레 퇴짜를 놓으면 그들도 나를 포기하겠지. 아니면 더 좋은 방법은 그동안 내가 무슨 일을 하고 있었는지 그들에게 말하는 것이었다. 그게 충분한 이유가 될지는 알 수 없었지만.

나는 두 팔을 머리 뒤에 받치고 이 방을 마지막으로 찬찬히 둘러보았다. 사이먼이 그걸 신호로 받아들이고 내 겨드랑이 밑으로 바싹 다가와 누웠다. 론은 시트를 네모반듯하게 개고 있었다.

어쩌면 굳이 극적으로 결별할 필요도 없으리라. 그저 다음번에 집에서 자고 가라고 하면 정중하게 거절하면 될 일이었다. 친구로 남는 것. 울타리 안에 있되, 적당한 관계를 유지할 것. 나는 어머니와도 함께 지내지 않으리라. 다음 달 월급이 들어오면 예전처럼 다시 혼자 지내야겠다고 생각했다.

"잘 자." 내가 말했다.

"잘 자."

"잘 자."

다음 달 들어올 월급이 없다는 깨달음으로 시작해 마음의 평화는 찾아올 줄 몰랐다.

머시 병원에서 일자리를 좀 알아봐야겠군.

어머니에게도 돈을 돌려주겠다던 약속은 어떻게 됐는지 물어봐야겠다. 다시 모습을 나타내기만 하면.

혼자 살 집을 빌려야지.

새벽 네 시까지 생각이 꼬리에 꼬리를 물고 반복됐다. 나는 침대에서 살그머니 내려와 핸드폰을 들고 거실로 나갔다. 테라리엄 옆자리에 깔린 작은 티베트산 카펫이 이제는 내 새벽 사무실처럼 느껴질 지경이었다.

생각의 꼬리를 자를 만한 거리가 필요해 의료인이 운영하는 블로그를 보기 시작했다. 당뇨병 환자를 교육하는 식이요법 전문가가 쓴, 감사할 줄 모르는 환자들 때문에 절망한 경험담에 대해 읽으며 나는 글 속에 푹 빠졌다.

나는 몇 시간씩 공을 들여 환자들의 식단계획을 짠다. 하지만 그들은 식단표 따위는 완전히 무시하며 생활해놓고는 또다시 나를 찾아온다.

나는 그런 환자들을 특별히 비난하지 않았다. 그들은 건강에 대해 의식하지 않으면서 동시에 건강하길 바라는 사람들이었다. 그런 딱한 사람들이 세상에는 너무나 많았다.

─∿─

집으로 돌아온 나는 아무 일도 하지 않았다. 아파트도, 병원 일자리도 알아보지 않았다. 론이 전화해도 받지 않았다. 그리고 어머니는 계속 연락이 없었다. 이 모든 상황이 슬슬 걱정되기 시작했다. 그리고 바클리에 있는 영화관에서는 영화 한 편이 끝난 다음, 다른 상영관으로 바로 들어가면 따로 표를 확인하지 않는다는 사실을 알게 되었다. 나는 나초로 끼니를 때웠다.

수요일, 재스퍼 덕분에 나는 이 심란한 상태에서 겨우 벗어날 수 있었다. "이번 일은 당신에게 아주 잘 맞을 것 같아요." 남자 재스퍼가 말했다. "공식적인 프로토콜로 봐도 크게 벗어난 점이 없고 총을 사용할 것 같지도 않아요."

근래에 남편과 사별했고, 심장병과 대장암을 앓고 있으며, 최근

313

암이 뼈로 전이돼 극심한 고통을 호소하고 있는 노인. 그 정도로도 충분했지만, 그녀는 임상 전문가도 아닌 이 사람들에게 고통의 강도를 10단계 중 10이라고 설명했다고 했다. 나쁜 소식은 그녀의 나이가 여든여섯이다 보니 암이 진행되는 속도도 느리다는 점이었다. 의사는 그녀에게 18개월에서 24개월을 더 살 거라고 했다. 완화치료도 별 효과가 없었다. 그녀는 돌봐야 할 가족도 자신을 보살펴줄 가족도 없었다. 친구들은 모두 죽었거나 양로원에 살고 있었다. 일 때문에 여행을 많이 다녔고 세상 경험도 많이 한 사람이었다. "드디어 내 차례가 왔네요."

그녀는 이웃들에게 피해를 주지 않기 위해 도시에서 떨어진 한적한 리조트에 방 하나를 빌려두었다. 직접 답사도 마친 상태였다. 지은 지 오래된 리조트라 복도에 카메라도 없었고 객실청소부는 짝을 이뤄 청소를 했기에 그녀의 시신을 발견해도 그리 당황하지 않을 듯싶었다.

통화를 하면서도 그녀가 얼마나 사려 깊은 사람인지 느낄 수 있었다. "로비를 지나 여러 방향으로 사람들이 오가더군요. 당신이 누구인지, 어느 쪽으로 가는지 아무도 눈치채지 못할 거예요."

나는 오후 5시에 도착하겠다고 약속했다. "그때까지 뭘 하실지 계획은 있으세요?" 내가 물었다. 나는 버스를 갈아타지 않고 리조트까지 반 마일을 걸어갈 셈이었다.

"점심이나 먹고 창가에 앉아 있으려고요. 그럼, 기다릴게요."

—\/\—

리조트는 살짝 고풍스러운 분위기를 풍기는 곳이었다. 실내 레스토랑에는 1990년대 초기 튜더 양식으로 꾸민 간판이 걸려 있었고, 최고의 버거를 맛볼 수 있다고 쓰여 있었다. '선셋 층'에 가기 위해 엘리베이터를 탔더니, 테니스 복장을 한 노부부가 케이스에 든 라켓을 들고 비슷하게 옷을 차려입은 손주들 한 무리와 말다툼을 하고 있었다. 한때 운동 꽤나 했을 것처럼 보이는 할머니는 아이들을 앞쪽으로 몰아 자리를 만들어주었다. 그리고 들으라는 듯이 이렇게 말했다. "얘들아, 여긴 실내잖니. 선글라스는 벗어야지." 그녀는 아이들을 향해 애교 있게 미소 지었다.

"할머니 말씀이 맞아요." 사실상 벗은 건 아니었지만 나는 선글라스를 위아래로 움직이며 말했다.

가족은 3층에서 우르르 내리면서 내게 다 들릴 만큼 큰 소리로 엘리베이터 안의 무례한 남자에 대해 떠들었다.

나를 멸시하는 그녀의 태도에도 나는 아무렇지 않았다. 잠시 후, 로비에서 구급대원이 바퀴 달린 들것에 시신을 싣고 지나가면 그녀는 남편을 향해 이렇게 말할 테지. "이럴 줄 알았어. 그 젊은 놈, 뭔가 수상한 냄새가 났다니까." 그리고는 손을 번쩍 들고 경찰과 인터뷰를 하겠다고 나서겠지만, 기억나는 것이라고는 선글라스를 꼈다는 정도일 테지.

어둠이 깃든 고요 속에서 나는 엘리베이터를 내렸다.

긴 복도에는 아침 식사를 하고 내놓은 룸서비스 트레이만이 사람의 존재를 느끼게 했다. 베이컨을 넉시 잃고 내놓은 사림도 있었다.

건물 모퉁이 스위트룸에 문이 닫히지 않게 옅은 파란색 의자 쿠션을 받쳐놓은 모습이 보였다.

"계세요?" 나는 문가에서 외쳤다.

잠기지 않은 문에 대한 트라우마를 다시 한번 경험하기 전에 방 안쪽에서 목소리가 들렸다.

"재스퍼 씨인가요?"

"네."

"들어오세요. 바로 나갈게요."

이 스위트룸은 건물 귀퉁이에 만든 작은 탑 같은 방으로, 벽에는 서로 맞물린 나무세공 무늬의 벽지가 발라져 있었고 거실의 둥근 전면이 모두 유리창으로 만들어져 아래 호수와 공원을 내려다보고 있었다. 숲이 끝나고 조금 떨어진 철제 담장 너머로는 파란 하늘을 배경으로 완만하게 펼쳐진 푸른 초원의 목가적인 풍경이 펼쳐졌다. 그리고 그 너머는 골프장이었는데, 입구에는 분명 기품 있고 화려한 클럽 엠블럼이 박혀 있을 터였다.

방 한쪽의 거대한 책상은 깔끔하게 정돈되어 있었고, 책상 위에는 가죽 패드와 유서로 보이는 편지, 그리고 편지 바로 옆에 '재스퍼'라고 적힌 두터운 봉투가 하나 놓여 있었다. 반대편 중앙을 차지한 것은 킹사이즈의 사주식 침대로, 침대 기둥에 달린 거즈 커튼이 바람에 사방으로 날리고 있어 시신을 마지막으로 안치하기에 아주 완벽했다. 어쩌면 이곳에서 가장 힘든 사람은 객실 청소부가 아닐까, 나는 생각했다. 그들은 나보다 시신을 더 많이 봤을지도 모를 일이었다.

여자가 욕실에서 나왔는데, 예상보다 훨씬 기운이 넘쳐 보였다.

블라우스의 소매 버튼을 채우느라 고개를 살짝 숙이고 문 앞에서 맞이하지 못해 미안하다며 꼭대기 층이라 뜨거운 물이 나오는 데 시간이 걸린다고 변명했다. 그리고 고개를 들어 서로 얼굴을 마주 보았을 때 그녀는 그 자리에 우뚝 얼어버렸다.

머리를 금발로 염색한 미르나였다.

그녀는 두 손을 입에 가져간 채 한 걸음 물러섰다. "믿을 수가 없군요."

"저도 그렇습니다."

"이름이 에번, 맞죠?"

게다가 내 이름도 기억하고 있었다. "네."

"부업으로 이 일도 하는 건가요?"

"그런 셈이죠."

"세상 정말 좁군요. 지난번에 이 조직 얘기를 미리 해줬더라면 혼자 알아보느라 그렇게 고생은 안 했을 텐데."

"암에 걸리신 줄은 몰랐어요. 그런 말씀 하신 적 없었잖아요." 내가 말했다.

"네, 그랬죠. 이제 와서 우리가 누구인지, 무슨 일이 있었는지 무슨 상관이겠어요. 당신은 솔직한 모습으로 여기 와 있고, 이 일을 제대로 해낼 거라는 걸 잘 알기에 나는 기꺼이 과거 일을 과거로 묻을 생각이에요. 오늘 아침에 진통제를 먹었고, 30분 전엔 구토 억제제도 먹었어요. 나는 언제든 준비가 돼 있어요." 그녀는 책상 위에 편지와 봉투를 가리켰다. "조직을 위해 남기는 돈이에요. 당신은 그들을 위해 좋은 일을 하고 있고요. ATM에서는 몇백 달러만 뽑을 수 있었어요. 그건 추적할 수 없겠죠, 맞나요?"

"네, 맞습니다."

"확신이 없었어요. 자, 그럼. 내가 3,000달러짜리 음료를 마시도록 좀 도와주시겠어요?"

나무로 만든 바 카트 위에는 유리잔, 물병, 넴뷰탈이 한 줄로 놓여 있었다. 셰리주*로 보이는 액체가 담긴 디캔터도 하나 있었다. 얼음통에 얼음이 가득 들어 있어 나는 유리잔에 미리 얼음을 넣어 차갑게 만들었다. 그렇게 하면 맛이 무뎌져 마시기에 수월할 터였다. 나는 넴뷰탈 봉지를 집어 끝을 잡고 흔들었다.

"엉뚱한 게 들어 있을지 모른다면서 내용물을 테스트해보라고 해서요, 그쪽에서 가르쳐준 대로 키트를 사다 확인도 했어요. 딱 10그램 들어 있었어요."

"그럼요, 확인해봐야죠." 나는 얼음을 버리고 물과 가루를 넣은 뒤 티스푼으로 저었다. 이 여자에게는 비아냥이 아니라 도움이 필요했다. "레오도 떠나고 본인도 몸이 그렇게 아프셨으니, 정말 힘드셨겠어요."

"이해해줘서 고마워요."

이런 일로 내게 감사해야하다니. 갑자기 화가 치밀었다. 본래 죽을 날짜보다 몇 달 먼저 남편을 뒤따라가려 한다고 해서 과연 어느 법정이 그녀에게 유죄를 선고할 수 있을까? 그랬다. 961지침 대로라면 그녀의 예상 생존 기간은 너무 길었다. 하지만 그게 지금 무슨 상관이란 말인가.

"지금이라도 돕게 되어 정말 기쁩니다. 그땐 이런 상황이신 줄

* 스페인 남부를 원산으로 한 독한 백포도주.

318

전혀 몰랐어요."

"괜찮아요. 나는 그 병원 환자도 아니었어요. 그런 것까지 알 필요도 없었죠. 레오가 걱정할까 봐 나는 세인트 안토니 병원에서 치료를 받고 있었거든요. 그런데 미안하지만, 레오 잔은 더 가득 찼었던 것 같은데요."

"걱정하지 마세요. 물을 더 부어도 되지만 양만 많아질 뿐이에요. 맛은 더 쓰겠지만 참고 삼키실 수만 있다면 바로 셰리주를 약간 드시는 편이 나아요."

"설명해줘서 고마워요."

나는 마지막 덩어리가 보이지 않을 때까지 저었다.

"다 됐나요?" 그녀가 물었다.

"다 됐습니다."

"우리 멀리 날아가요." 아직도 잔 안의 액체가 빙빙 돌고 있는데, 그녀는 내 손에서 잔을 가져갔다. 어떤 의식도 마지막 연설도 하지 않고 몇 번 입을 막아가며 꿀꺽꿀꺽 다 마신 뒤, 빈 잔을 내게 내밀었다. "셰리주 부탁해요."

나는 셰리주를 따라 건네주었다. 그녀는 코를 찡그리며 잔을 받았다. 그리고 얼굴 앞에 대고 향을 한 번 음미한 뒤 술을 마시고 빈 잔은 책상 위에 올려놓았다.

"이렇게 함께 있어줘서 고마워요. 당신은 참 좋은 사람이에요. 레오가 그 끔찍한 치료들을 견뎌내느라 힘들어하다가 편한 모습으로 가는 걸 보니…… 얼마나 쉬웠는지 모두 그 모습을 봤어야 했어요. 그동안 나는 안 좋은 죽음을 너무 많이 봐왔거든요. 우……." 그녀는 두 손으로 머리를 눌렀다.

"앉으시겠어요?"

"서 있을 수 있을 때까진 이대로 있을게요." 그녀는 팔을 뻗으며 몇 번 숨을 들이마셨다 내쉬었다 했다. "음악이 좀 있어야 하지 않을까요?"

그녀가 오디오 버튼을 누르자 라부에서 들었던 것과 같은 보사노바 음악이 흘러나왔다. 나는 내 성생활이 더욱 혼란스러워지는 장면을 잠시 상상했다. 그녀는 문 옆 벽장으로 걸어가더니 바이올린 케이스를 들고 돌아와 침대 위에 올려놓고 뚜껑을 열었다. 아몬드 껍질 같은 색의 바이올린은 진녹색 벨벳 안감을 댄 케이스 안에 마치 신생아처럼 누워 있었다.

"여기 앉아요." 그녀는 창가에 놓인, 등받이가 높은 안락의자 두 개 중 하나를 가리키며 말했다. 중앙에 단추가 달리고 테두리가 금실로 장식된 쿠션이 의자마다 하나씩 놓여 있었다. 나는 의자 하나를 돌려 그녀와 마주 보고 앉았다.

"시간이 얼마나 남았을까요?" 그녀가 물었다.

"한 5분에서 10분 정도요."

"10분이라. 그렇다면 생상스 어때요?"

"누구요?"

"생상스, 파리에서 태어나 알제리에서 죽었어요. 바이올린 협주곡 b단조. 제1악장이에요."

"특별히 그 곡을 고르신 이유라도?"

"이유? 있죠. 요즘 연습하던 곡이거든요. 그리고 10분 안쪽의 곡이기도 하고요. 얼마나 연주하는지 한번 보자고요. 사실 완벽하게 다 외우지는 못해요. 그냥 느낌 가는 대로 연주해볼게요."

그녀는 쇄골 위에 바이올린을 올리고 턱을 괴더니 연주를 시작했다. 갑자기 이곳은 연주회장이 되었다. "양옆 방들은 모두 비어 있어요." 내가 불안한 마음을 품기도 전에 그녀가 먼저 나를 안심시켰다.

아름답다기보다는 약간 위협적인 느낌의 선율을 따라 낮고 장중한 분위기로 곡이 시작되더니, 그다음에는 좀 더 쾌활한 느낌으로 변주되었다. 한동안 그런 느낌이 계속되다가 이번에는 무게감 있는 선율과 감미로운 선율이 번갈아 가며 흘러나왔다. 그러다 나중에는 양쪽 선율이 동시에 합쳐져 정교한 곡조를 만들어냈다.

손으로 현을 뜯는 부분에서는 곡의 분위기가 한결 밝아졌다. 곡의 분위기에 맞춰 미르나도 자연스레 미소를 지었다. 그러다 악구 중간에 갑자기 연주가 멎었다. 미르나는 바이올린을 턱밑에서 빼고 활을 가슴 앞에 갖다 댔다. 마치 블라우스에 달린 단추로 연주라도 하려는 자세였다. "믿고 비밀 하나 털어놔도 될까요?"

"그럼요."

"암에는 걸리지 않았어요."

"뭐라고요?"

"건강만큼은 누구 못지않아요. 방금 전에 그걸 삼켰다는 사실만 제외하면."

"안 돼요. 그렇다면 여기서 당장 나가셔야 해요." 내가 말했다.

"곡 연주가 아직 안 끝났어요."

시간은 채 3분을 넘기지 않은 상황이었다. 병원에서라면 응급실로 바로 전화할 수 있었지만, 지금 이곳은 어느 시설에서 출동하는 자동차로 최소 10분 이상은 달려야 하는 거리였다. 내가 이런 사실을 깨닫는 동안 그녀는 내 얼굴을 가만히 지켜보았다.

"젠장, 이게 대체 무슨 일이야?"

그녀는 활로 나를 톡톡 두드려 내 말씨를 꾸짖었다.

"어쩌면 여기서라도 응급 처치할 방법을 찾을 수 있지 않을까요?"

"어떤 방법? 나는 당신이 준비해준 걸 마셨는데."

그녀 말이 맞았다. 내가 이 얘기를 할 수 있는 사람은 아무도 없었다. "사실을 알았더라면 전 하지 않았을 겁니다."

"알았든 몰랐든 어차피 불법이었어요. 나는 이곳에서 꼼짝도 안 할 거예요."

"저를 끌어들이셨잖아요. 저에게도 책임이 생겼어요."

"아니. 당신은 죄가 없어요." 그녀는 자신의 논리에 만족스럽다는 표정을 지었다.

"저는 이러려고 여기 온 게 아니란 말입니다."

"아니라고요? 그럼 뭘 하러 온 거죠?" 그녀는 인상을 찌푸렸다. "당신네들은 단지 내가 죽을 차례가 언제인지 말해주기 위해 슬그머니 찾아왔다고 믿는 모양이죠? 나는 우울증도 자살 충동도 없고 내 모습에 만족할 줄 아는 사람이에요. 내 삶을 스스로 결정할 수 있다고요. 그러니까 난……" 그녀는 마치 남아도는 게 시간이라는 듯 정확한 단어를 찾기 위해 한참 동안 천장만 쳐다보았다.

"상실했다는 표현이 정확하겠네요. 상실. 레오도 세상을 떠났고, 지금은 너무 늙어버린 옛 친구들의 모습을 보는 일도 정말 가슴 아파요. 그래서 이렇게 끝내려는 거고. 이성적인 결정이라고

322

믿어요. 안 그러면 더 나쁜 상황이 오길 기다리면서 하루하루 외롭게 살아가야 하는데, 그건 정말이지 사양하고 싶군요. 내가 좀 앉아도 되겠어요?"

이제 살 시간이 몇 분 남지도 않은 그녀와 지금 이렇게 말싸움이나 하고 있다니.

"그럼요, 그럼요." 자포자기의 심정이 된 나는 비굴할 정도로 벌떡 일어서 의자 하나를 마저 끌어다 내가 앉았던 의자 가까이에 가져다 놓았다. 그녀는 편안한 자세로 의자에 털썩 앉으며 바이올린과 활을 무릎에 올려놓았다.

"앉아요."

나는 시키는 대로 했다.

"마음을 어지럽혀서 미안해요. 사실을 말하지 말았어야 했는데. 당신은 레오도 알고 있고 해서 말해도 괜찮을 거라 생각했어요. 이런 말이 위안이 될지는 모르겠지만, 누군가 옆에 있어주길 바랐을 뿐, 아무도 오지 않았다면 결국 혼자서라도 했을 거예요."

"괜찮습니다. 이해합니다." 나는 이해하려고 애쓰며 그렇게 대답했다.

"나는 세 자매 중 막내였어요. 우리가 파티에 갈 때마다 어머니는 항상 일찍 오라고 말씀하셨죠." 그녀는 손으로 목을 감싸며 두 번 침을 삼켰다. "약은 내가 구했어요. 당신은 내 옆에 있어준 것뿐이고요. 그쪽에서 해줄 일은 어쨌든 그게 전부였으니까요." 그녀는 손을 가슴으로 가져갔다. "배 속이 울렁거리는 느낌이에요. 원래 이런가요?"

"몸이 피로해져서 그러신 것 같아요." 내가 말했다.

"아뇨, 피로한 것과는 다른 느낌이에요." 그녀의 트림 소리가 어딘지 불길했다. 그녀는 자리에서 일어나 침대까지 걸어간 뒤 바이올린을 케이스에 내려놓았다. 그 과정에서 그녀는 균형을 잃지 않으려고 가구에 몸을 기대며 조심스럽게 움직였다.

"속이 더 안 좋아지면 말씀하세요." 혹시라도 그녀가 죽지 않는다면 어떤 문제들이 일어날지 지금은 생각하고 싶지도 않았다.

"당신에게 제일 먼저 말하죠."

나는 셔츠 주머니에 넣어둔 여분의 넴뷰탈 봉지를 손가락으로 톡톡 두드렸다. 그녀는 한 번 더 트림하고 의자에 앉았다. "아마도 이게 나을 거예요." 그리고 또 트림. "내 나이가 되면 이해할 텐데. 선교한답시고 남의 집에 함부로 찾아오는 그런 사람들은 빼고요. 아니면 병원을 제집 드나들 듯 드나드는 사람들이나. 그런 사람들은 좀 더 마음이 열려 있거든요. 당신은 아직 원하는 대로 몸이 다 움직여주는 그런 나이니까."

"건강하다는 사실조차 의식하지 못하고 살죠." 내가 거들었다.

"그거예요!" 그녀는 한 손을 내게 내밀었고, 나는 그 손을 잡았다. 지금 지문 따위가 문제가 아니었다. "그래서 바로 지금, 이게 겁먹을 일이 아니라는 사실을 당신은 알고 있군요. 이리 가까이 와봐요." 그녀는 내 손목을 잡고 자기 쪽으로 끌어당기며 말했다.

나는 옆에 무릎을 꿇고 앉아 그녀와 나, 누구의 심장이 먼저 멎을지 기다렸다.

그녀는 엄지손가락으로 내 입술 양 끝을 밀어 올리며 말했다. "날 위해 웃어줘요. 그게 당신이 여기 온 이유예요. 모든 걸 알지 못하는 젊은 남자의 미소. 사실 난, 당신 대신 램브로스에게 이곳에 와달라고 부탁하고 싶었어요. 그 사람은 내가 살던 곳에서 사회복지사로 일하는 직원이에요. 이 얘기를 드러내놓고 하는 게 법에 어긋나지만 않았더라면 제일 먼저 그를 선택했을 텐데. 내가 이렇게 말하는 데는 그럴 만한 사연이 있죠. 그는 당신처럼 젊고, 얼굴도 잘생겼어요. 시내버스에서 만난 여자와 결혼했고요. 버스를 타는 시간은 짧았지만 두 사람이 서로를 알아가기엔 충분했다더군요. 레오가 떠난 후, 그는 내 옆에 앉아 이제 어떻게 할 거냐고 묻더군요. 레오가 어떻게 갔는지 그 사람도 알고 있었거든요. 그곳의 다른 사람들은 내게 그 일을 잊기 위해 취미 생활은 있는지, 주말여행은 예약했는지 그런 바보 같은 질문만 해댔는데, 그는 절대 그런 건 묻지 않았죠. 내가 계획하고 있는 일을 그 사람은 알고 있었고, 그가 안다는 사실을 나도 눈치챘지만, 우리는 더 이상 서로 말할 수가 없었던 거죠. 그와 나는 마음이 잘 통했어요. 어떤 멍청이는 다음 생에서 우리 둘이 부부의 연을 맺을 수도 있지 않겠냐, 뭐 그런 말도 안 되는 소릴 할지도 모르죠. 어찌 됐건, 나는 그가 직장을 잃게 하고 싶진 않았어요. 오늘 아침 그곳을 나올 때, 사람들에게는 도시에 있는 악기점에 들러 바이올린을 튜닝하고 하룻밤 자고 올 거라고 말해뒀는데, 그때 램브로스가 식당을 가로질러 급하게 뛰어가는 모습을 봤죠. 그날 죽은 사람이 있었거든요. 어땠을지 상상해봐요. 그는 내가 그곳을 나오는 모습도 못 봤을 거예요. 그는 괜찮을 거예요." 그녀는 내게 장담했다. "딱 한 번만 웃어줘요, 제발. 당신에게 원하는 건 그것뿐이에요."

나는 웃었지만, 소금은 복잡한 웃음이있다.

"너무 많이 떠들었네요. 레오도 이렇게 오래 걸렸었나요? 나는 못……" 그녀의 입에서 쉭 소리가 났고, 눈에는 초점이 없었다. 최근에 칠한 우윳빛 손톱이 천으로 된 의자를 가볍게 앞뒤로 긁었다. 그녀의 시선은 의자 팔걸이를 보고 있었다. "지금 너무 슬픈 기분이 들어요. 이생의 모든 마지막…… 당신은 알아야 해……"

갑자기 그녀의 목 근육이 풀리면서 가르륵거리는 소리가 났다. 수년간 바이올린을 괴고 연주하던 바로 그 목이었다. 그녀가 미처 끝맺지 못한 문장의 나머지가 폐에서 흘러나왔다. 무슨 말을 하려 했는지는 몰라도 '푸우' 하고 바람 빠지는 소리가 난다는 것은 알 수 있었다.

이제 그녀에게 남은 일은 이번 생을 끝마치는 일뿐이었고, 10초 정도 지나자 서서히 무의식으로 빠져들었다. 자율신경계에 의해 마지막 심호흡이 이뤄지면 아주 잠깐이지만 정신이 되돌아오는 경우도 있었기에 나는 그녀를 계속 지켜보았다. 하지만 그런 일은 없었다.

그 대신 머리가 천천히 앞으로 기울었다. 그러다 또 한 번 입에서 부글부글 소리가 새어 나온 후에 상체 나머지가 앞쪽으로 둥글게 말리더니 턱이 가슴에 닿았고, 이마는 무릎을 향했다. 의자에 앉아 있던 그녀의 몸은 균형을 잃고 쿠션 끝으로 미끄러졌다. 머리보다 팔이 먼저 빛의 속도로 반응하여 그녀를 잡았지만, 몸이 미끄러지는 것을 막지는 못했다. 열 가지 정도의 물리치료요법을 배우면서 귀에 못이 박히도록 들었던, '넘어지는 사람을 잡아서는 안 된다'는 간호 원칙을 떠올리며 나는 손을 떼고 그녀가 쓰러지도록 내버려두었다. 어차피 나는 이 자리에 없는 사람이었다.

젤리처럼 흐물흐물해진 그녀의 몸은 쿠션에서 미끄러지며 무룙을 바닥에 댄 채로 떨어졌다. 이 모습이 마지막 포즈라도 되는 것처럼 그녀는 잠시 동안 상체를 세운 그 상태로 흔들거렸다. 그러다 스르륵 근육에 힘이 풀리면서 카펫 바닥을 향해 얼굴부터 떨어졌다. 연이어 떨어지는 몸의 무게에 힘이 앞으로 실리며 코가 깨졌고 입을 통해 마지막 숨이 흘러나왔다.

또다시 '푸우' 소리가 흘러나왔다.

이 일에 가담했다는 사실에 소름이 끼쳤다. 지난번 총을 맞은 시신을 보았을 때처럼 속이 울렁거렸다.

1분 정도의 시간이 더 흐르자, 그녀의 숨이 완전히 멎었다. 코는 박살이 났고, 곧 눈에도 시커먼 멍이 생길 터였다. 레오는 이런 얼굴을 한 그녀를 알아보지도 못할 것 같았다.

방을 둘러보니 자살 현장으로는 완벽한 모습이었다. 바닥에는 시신, 책상에는 유서.

나는 여기서 해야 할 일을 했다. 두꺼운 봉투를 주머니에 넣었다. 복도를 살펴보니, 다행히 조식 트레이를 빼고는 여전히 아무도 없었다. 나는 방에서 나와 문을 닫고 엘리베이터까지 걸어가면서 선글라스를 꺼냈다.

코가 깨진 그녀의 시신을 침대로 옮겨놓았어야 했나? 램브로스라면 어떻게 했을까?

이 호텔에서 취침 전 객실을 정리해주는 서비스를 제공한다면 청소부는 오늘 밤 그녀의 시신을 발견할 것이다. 그렇지 않다면 내일 아침이 될 테고. 발견 시간이 오늘 밤이 됐건 내일 아침이 됐건 그녀의 얼굴 전체는 시커멓게 멍들어 있을 게 분명했고, 장례식에서는 관 뚜껑을 열어놓을 수 없을 터였다.

어딘가에 조카가 산다고 했었지? 곧 전화로 사망 소식을 듣게 되겠군.

예쁜 벽돌이 깔린 긴 호텔 진입로에는 열심히 주위를 살피며 고객을 응대하는 호텔 직원들이 쫙 있었다. 이 사람들의 무리를 자연스럽게 지나갈 생각으로 나는 줄리아에게 전화를 걸었다. 물론 그녀가 잘 지내는지 궁금하기도 했다.

결국 그를 향한 감정이 사랑이었음이 밝혀졌다고 줄리아는 말했다. 거의 1년을 기다리게 한 끝에 그녀는 그를 인정하게 됐다고. 비록 아직은 말일 뿐 상황이 바뀐 것은 아니며, 행동으로 옮기기까지는 약간의 노력이 필요하다고 그에게 말했지만, 그는 줄리아가 서두르지 않고 천천히 자신을 받아들여준 데 대해 오히려 기뻐했다고 했다. 자신이 퍼붓는 잔소리에도 여전히 주변에 머무르는 걸 보면 기꺼이 자신과 함께하려는 마음이 있는 것으로 보였다고 했다.

주제는 자연스럽게 내 얘기로 옮겨왔고, 그때쯤엔 이미 나무가 많은 교외의 한적한 도로 위를 걷고 있었기에 나는 사실대로 모두 털어놓았다. 줄리아는 법을 어기는 일은 그만두라고, 그리고 론의 전화를 다시 받으라고 강한 어투로 충고했다. 또한 보석함을 열어 어머니가 여권을 가져간 게 아닌지 확인해야 한다고 했다. 만약 그랬다면 정말 걱정할 일이 생길 수도 있다고.

집으로 돌아가는 기차 안에서 나는 미르나의 소식을 접한 램브로스의 모습을 그려보았다. 미르나의 말과는 다르게 괜찮지 않은 그의 모습을. 그는 정말 미르나의 말 속에 숨은 의미를 알고 있었을까? 미르나가 카펫에 얼굴을 박을 때 이미 무의식 상태였다는 걸 알게 된다면 마음이 한결 편해지려나? 오늘 아침 미르나가 작별인사를 하기 위해 자신을 불러 세웠기를 어쩌면 바라지 않았을까? 비록 그녀가 그걸 원하지는 않았지만, 뭔가 더 해줄 수 있는 일이 있지 않았을까?

—〰—

나는 바로 보석함부터 꺼내 들었다. 흔들어보니 돌맹이 따위와 종이가 뒤섞여 이리저리 움직이는 소리가 들렸다. 자물쇠는 아주 약해 보였지만, 여는 과정에서 분명 뚜껑이 부서질 것 같았다. 열쇠 구멍으로 안을 들여다보다가 20년간 어머니가 율법처럼 강조해오던 '자물쇠가 달린 데는 다 이유가 있다'는 말이 떠올랐다. 어머니는 내가 보석함을 만지기만 해도 그렇게 말했다.

그렇다면 플랜 B.

내 목소리를 들은 트리시는 너무나 안도하는 듯했다. "지금 바로 추적 장치를 준비할게요. 직접 방문하지 않으셔도 전화로 추적 요청할 수 있거든요."

몇 분 후, 나는 어머니가 (장치가 추적할 수 있는 최장시간인) 지난 48시간 동안 같은 곳에 계속 머물러 있었다는 사실을 알 수 있었다. 이곳에서 세 시간쯤 떨어진 '미드'라는 동네로, 주변에 산이 많아 하이킹의 메카 같은 곳이었다. 해변은 거짓말이었다.

어머니가 현재 있는 곳의 스트리트뷰를 검색해보니, 빛바랜 노란색 네모만 듯한 모텔 긴물이 보였고 긴물 한쪽 면에는 통나무집 문을 흉내 낸 객실 문 여러 개가 한 줄로 자리 잡고 있었다. 있으나 마나 한 잔디밭에는 이제 더는 안전기준을 만족시키지 못할 듯 보이는 밝은색의 회전식 놀이기구 한 대와 스프링 목마 두 대가 설치되어 있었다. 뒤쪽으로는 열 대 정도의 차를 주차할 수 있는 주차장이 보였다.

어머니의 핸드폰은 계속 꺼져 있었다. 그녀는 비록 살아 있긴 해도 아직 연락하고 싶지는 않은 모양이었다.

나는 트리라인 산장에 전화를 걸었다. 어머니는 거기 있었다.

매니저는 여관 주인은 아니었지만, 이처럼 우라지게 오랜 세월 카운터 앞에서 썩을 줄 알았더라면 차라리 주인을 할 걸 그랬다며 이렇게 말했다. "일주일 전에 체크인해서 줄곧 묵고 계세요. 동네 길가에 있는 전단지란 전단지는 모조리 가져오셨더라고요. 초콜릿 가게, 낙하산 업체, 이런 것까지 전부요. 여기 온 첫날에 길 건너편 음식점으로 가시는 모습을 보긴 했는데, 그 이후로는 찍소리도 못 들었네요."

"그래도 저희 어머니를 보신 분이 있지 않을까요?"

"다른 사람은 모르겠어요. 여긴 주로 내가 지키고 있거든. 아, 둘째 날 아침에 객실청소부랑 얘기를 나눴다고 그랬어요. 여기 있는 동안 자기 방은 청소하지 말라고 했다더군요."

"이유도 말씀하셨나요?"

"방 정리는 스스로 알아서 하겠다고요. 청소 안 해줘도 팁은 두둑이 주겠다면서. 우리 직원이 워낙 정직한 스타일이라 무슨 일이든 전부 나한테 얘기하거든요. 여름 시즌에는 여기도 방이 꽉 차는 편인데, 그 방은 자기가 청소를 안 하게 됐다면서 다른 할 일이 있으면 시키라더군요. 여기 현지 사람들과는 달라요. 사실은 말이죠, 그 여자 체코슬로바키아 출신이거든요. 남편감을 찾아 시민권을 받고 싶어해요. 이미 노예처럼 일하고 있으면서도 시키면 시키는 대로 다 한다니까. 믿어지쇼?"

"아뇨." 그리고 그에게 오늘 찾아가겠다고 말했다.

"메모라도 한 장 써서 방문 밑으로 밀어 넣을까요? 아드님이 올 예정이니 혹시라도 어디 가지 마시라고."

"괜찮습니다. 놀라게 해드리고 싶어요." 어머니가 도망가게 하고 싶진 않았다.

"곧 드라마 한 편이 시작될 참인가요?"

"드라마 따윈 없을 겁니다. 확실합니다."

재스퍼에게 전화했더니, 호텔 로비에서 만나면 어떻겠냐고 했다. 이번에는 디브리핑도 없었다. 나는 여자 재스퍼에게 돈의 반을 넘겨주고 바로 그곳을 나왔다.

—⋀—

내가 버스에 탔을 때, 버스 앞 좌석 대부분은 등에 메는 소형 배낭과 목에 거는 쌍안경으로 무장한 은퇴자 한 소대가 이미 자리를 잡고 앉아 있었다. 뒤편에는 어두운 표정의 중년 부부가 덩치는 크지만 지적발달은 확연히 느린 십대 딸과 함께 타고 있었다. 그들이 화장실 건너편의 네 자리를 차지한 데에는 그럴 만한 이유가 있어 보였다. 나는 버스 중간 좌석 두 개에 걸쳐 자리를 잡고, 몸을 뻗고 누워 자는 척했다.

일단 버스가 도시를 벗어나 터널을 통과하고 조금은 질이 낮아

보이는 길가 쇼핑센터들을 지나자, 완만한 경사의 언덕들이 창밖으로 펼쳐졌다. 언덕은 불규칙하게 솟았다 꺼지기를 반복하며 타는 듯 뜨거운 지평선까지 끝없이 이어져 있었다.

고속도로 바로 옆에 빨간색 벽돌로 지은 빵 공장건물이 갑자기 눈앞에 바싹 다가와 시야를 가로막았다. 빠르게 스쳐 지나가는 옛날식 이름과 광고판을 보자, 건물 안에서 제빵사 한 사람이 산처럼 커다란 빵 반죽을 주먹으로 치대면서 열심히 빵을 만들고 있을 것만 같은 생각이 들었다.

공장의 로고를 보고 나는 '푸우' 소리를 냈다.

미르나가 마지막으로 했던 말, 그리고 얼굴이 카펫으로 떨어질 때 났던 그 소리, '푸우.'

빵 공장 건물은 사라지고 이번에는 아무 글씨도 적혀 있지 않은 정제 공장이 더러운 연기를 내뿜고 있었다. 적정 생활 수준을 유지하는 데 아마도 필수적인 뭔가를 생산하고 있을 터였다.

생활 수준. 말도 안 되는 소리였다. 미르나에게 물어보라지.

패스트푸드점 세 개가 신기하게도 한 건물 한 지붕 아래 나란히 모여 있었다. '푸우.'

버스 앞쪽에서는 한 할아버지가 의자 등받이에 몸을 기대고 사람들에게 샌드위치를 나눠주고 있었다. 그러다 균형을 잃고 어떤 여자의 어깨를 한 손으로 짚으며 의자 팔걸이 위로 넘어졌다. 여자는 웃음을 터트리며 그를 잡아주었다.

'푸우.'

뒷자리의 여자애는 제대로 알아듣기 힘든 말로 크게 떠들면서 엄마가 깜빡하고 챙기지 않았다는 빨간색 손목시계를 내놓으라고 떼를 쓰고 있었다.

'푸우.'

그리고 이번 여행.

'푸우.'

조금 전 버스정류장에서 나는 줄리아의 충고대로 론에게 전화를 걸었다. 어머니를 찾으러 가는 중이라고 말했고, 론은 아무렇지 않은 척 돌아오면 알려달라고 대답했다.

어쩌면 나는 줄리아의 신중한 접근방식대로 보석함을 열어 어머니가 해외로 가지 않았다는 사실만 확인하고 끝냈어야 옳았는지도 몰랐다. 그랬더라면 지금처럼 어머니의 독립된 사생활을 침해하는 일은 없었을 테고, 트리시를 만족시킬 일도 하지 않았을 텐데. 여하튼 자물쇠를 부수는 일만큼은 피하고 싶었다.

그렇게 나는 아무도 요청하지 않은 구호 임무에 들어갔고, 그 대가는 분명 감사와는 거리가 멀 거라고 짐작했다. 내일 이 시간쯤이면 나는 도로 반대편을 달리는 버스의 같은 자리에 누워 '푸우' 소리를 내고 있을 테지.

계속되는 여름의 열기는 바깥 경치의 색조를 단조롭게 만들고 있었다. 대부분의 초록 식물은 바싹 말라 있었고 토양은 먼지로 변했으며 땅 위에는 엷은 안개 벽이 두껍게 깔려 있었다. 달리는 버스 옆으로 크리스마스트리를 심은 농장이 끝도 없이 한참 이어졌다. 플라스틱 관을 씌운 묘목부터 금속 버팀목을 댄 어린 나무, 무성하게 가지를 뻗은 어른 나무의 순서로, 가장 키가 작은 나무부터 시작해서 줄이 바뀔수록 나무들의 키도 점점 커졌다. 중간중간 휴한지로 보이는 빈 땅도 몇 줄씩 나타났다.

오랜 시간 나를 지배해온 이론은 이런 식이었다. 나는 열정적이지만 조금은 변덕스러운 어머니에게 오랫동안 노출된 한편, 아버지가 남긴 기억은 아주 적었기에 (심지어 살아 있을 때조차 존재감이 없었던 까닭에) 두려움과 맞서야 할 상황이 오면 나의 유전적 성향은 늘 어머니 쪽으로 기울어 표출된 것이다. 그런데 그 말이 사실이라면, 나는 이렇게 어머니를 찾아가는 대신 해변이나 공항으로 가는 버스표를 샀어야 했다. 그리고 그녀처럼 소중한 사람들을 뒤에 남겨둔 채 이곳을 훌쩍 떠나야 옳았다.

하지만 나는 그러지 않았다. 강제로 나를 이 버스에 오르게 한 사람은 아무도 없었다. 나는 트리시에게 내 결백을 증명하고, 론에게 어머니에 대한 사랑을 증명하기 위해 여기 온 게 아니었다. 이타심에서 비롯되어 지금 몰래 하고 있는 일들, 지루하지만 합법적인 머시 병원 일자리에 이력서를 내는 일, 론과 사이먼과 나, 우리 관계의 결론이 무엇인지 명확히 밝히는 일, 어쩌면 나는 그저 이 모든 것에서 벗어나고 싶어 이번 여행을 선택했는지도 몰랐다.

어머니가 괜찮다는 사실만 확인하면 나는 바로 다음 버스를 타고 집으로 돌아가야지.

물론 어머니는 이 일을 내 자유의지가 아닌 아버지의 영향 때문이라고 설명할 것이다. 그러면서 내가 아버지를 너무 많이 닮아 그와 똑같은 회색 고글을 끼고 걱정 속에 살아간다고 말할 테지.

아니면 쿠바 리브레 탓을 하거나. 더 좋은 핑곗거리가 있을지도 모른다. 여하튼 이제 30분 후면 나는 그곳에 도착할 것이다.

차선 하나가 방향을 바꾸며 고속도로와 만났고, 길은 산으로 둘러싸인 동쪽으로 이어졌다. 길가 풍경도 누구나 알 만한 대기업

체인점과 주차장에서 허름한 작은 가게와 상점들로 바뀌었다. 이런 모습들이 이 나라를 더 멋진 곳으로 만드는지도 몰랐다. 이름 없는 브랜드의 주유소에는 간판이 깨져 있었고, 미니 골프장 입구의 파란색 문어는 긴 다리로 18개의 홀을 동그랗게 모아 쥐고 있었다. 미니 골프는 아주 쉬워 보였다.

선팅한 버스 유리창 밖으로 카펫에 깨진 코를 대고 죽어 있던 미르나의 모습이 어른거렸다. 그리고 그 뒤로 얼빠진 눈으로 나를 보고 있는 문어의 얼굴이 점점 배경 속으로 사라졌다. '푸우.'

매니저는 데이지 꽃에 물을 주고 있다가 나를 보자마자 얼른 플라스틱 통을 내려놓았다. 그리고 마치 스파이처럼 은밀한 눈길로 주위를 살피더니 나를 사무실로 데리고 갔다.

"타이밍이 아주 완벽해요." 그는 속삭이는 목소리로 말했다. "한 시간 전쯤 그쪽에 가봤어요. 손님이 렌트하신 차를 살펴보려고요. 차에 먼지가 뽀얗게 앉았더군요. 공원 안으로 차를 몰고 갔던 걸 수도 있지만, 요즘 계속 비가 안 왔으니까 어쩌면 줄곧 주차돼 있어서 그럴 수도 있겠다 싶더군요. 뭔가 잘못돼서 말이죠. 그래서 방문을 노크해봤더니 아무 소리도 들리지 않았어요. 마스터키를 가지고 다시 와볼까 고민하고 있는데, 드디어 손님이 대답하셨지요. 하지만 문은 열지 않고 방 안에 계신 채로요. 어디 간 건 아니지만 무슨 문제가 있어서 그런 것도 아니라고 하시더군요. 그래서 제가 3~4일마다 한 번씩은 방 안을 살펴봐야 한다고 둘러댔죠. 방을 난장판으로 만들까 의심해서 그런 건 아니지만, 어쨌든 여관 주인의 방침이 그렇다고요. 그랬더니 물론 당연히 와서 보라고, 하지만 여하튼 지금은 말고 나중에 다시 오라고 하더군요. 일단 나는 아드님이 오는 중이란 걸 알고 있었기 때문에 문제 될 건 아니라고 생각했어요. 그리고 강낭콩 수프를 좀 가져다드릴까 물었죠. 길 건너 음식점에서 매일 바뀌는 수프 메뉴를 다 외우고 있었거든요. 오늘 메뉴는 강낭콩이었어요. 좋다고 하시면서 비용은 나중에 계산서에 청구하고, 수프는 문가에 두고 노크만 해달라고 말씀하셨어요."

그는 크래커 두 봉지, 뚜껑을 덮은 종이 그릇에 담긴 수프, 수레국화 몇 송이를 꽂은 콜라병으로 단정하게 세팅한 트레이를 카운터 아래에서 꺼냈다.

"타이밍 잘 맞췄다고 한 건 그래서였어요. 정말 '완벽'해요."

그는 내게 트레이를 슬며시 밀어주며 얼른 가보라고 어머니가 투숙한 방으로 향하는 콘크리트 길을 가리켰다.

노크하고 한참이 지난 뒤에야 종이 부스럭거리는 소리가 들렸다.

"수프가 왔나요?"

"수프와 아들이 왔어요."

"에번? 에벌리!"

"문 좀 열어주시겠어요?"

"너 여기는 뭣 하러 온 거야?"

"문 열어주시면 말씀드릴게요."

"못 열어. 문손잡이가 너무 동그랗고 미끄러워."

"컨디션 안 좋으세요?"

"그래. 손이 말을 안 들어. 내가 여기 있는 건 누가 알려준 거야?"

"알려준 사람 없어요. 문도 못 여시면서 수프는 어떻게 드시려고 한 거예요?"

"수프는 먹고 싶었거든."

"수프를 밖에다 두면, 어떻게 안으로 가져가시려고 했냐고요?"

"너랑 말씨름할 기분 아니야. 아침부터 기운이 없어."

"가서 열쇠를 하나 더 달라고 말해볼게요."

"그만둬라. 그 인간 질문은 더 이상 받고 싶지 않아. 우리끼리 어떻게든 해결할 수 있을 거야. 그런데 대체 여긴 왜 왔니?"

"어머니가 어떠신지 보려고 왔죠."

"나야 엄청 즐거운 시간을 보내고 있지."

"마지막으로 방을 나오신 게 언제였는데요?"

어머니는 대답하지 않았다.

"열쇠 가져옵니다."

"누구 같이 온 사람은 없니?"

"누구요?"

"네 부하들. 왠지 현장을 급습당하는 기분이 들거든."

"나랑 수프밖에 없어요."

"도대체 여긴 어떻게 온 거야?"

"버스 타고요."

"내 말은, 나를 어떻게 찾았냐고."

"얼굴 보고 말씀드릴게요."

337

"그렇다면 싫다."

시간이 한참 흘렀다.

"열쇠 가져올게요. 우리 서로 얼굴 보고 얘기해요."

"지금도 말하고 있잖니."

"수프도 드셔야죠."

"통조림이야? 직접 만든 거야?"

뚜껑을 열어보았다. 굳이 거짓말을 할 필요는 없을 것 같았다.

"통조림 같긴 한데, 채소를 따로 좀 넣었는지 괜찮아 보이네요."

"그 정도도 지금 내겐 훌륭하지. 방이 완전 돼지우리야."

"열쇠 가지러 갑니다."

"난 그럼 여기 있을게."

"그러세요."

사무실 밖에서 계속 우리를 지켜보고 있던 매니저는 열쇠를 들고 이쪽으로 얼른 달려왔다.

"어머니가 조금 피곤하신가 봐요." 나는 그에게 말했다.

방 안은 엉망이었다. 어머니는 운동복 차림으로 방 중앙에 의자 하나를 끌어다 놓고 앉아 있었다. 의자에서 방문, 화장실, TV까지의 거리가 대략 비슷했다. 그리고 음식 포장지, 옷가지, 잡지 등이 팔이 닿는 거리에 동그랗게 원을 그리며 펼쳐져 있었다. 어머니의 얼굴에는 왼쪽 관자놀이에서 귀까지 흐릿하게 핏자국이 남아있었고, 서너 방울 정도의 피가 티셔츠에도 묻어 딱딱하게 굳어 있었다. 짙은 갈색의 음식물 얼룩도 묻어 티셔츠는 더러웠다. 어머니는 미소를 지었다. 계단에서 넘어진 후 새로 해 넣은 앞니가 하얗게 빛났다. 다른 이는 빛나지 않았다.

나는 수프 트레이를 침대 옆 테이블 한 귀퉁이에 내려놓았는데, 거기가 방에서 유일하게 깨끗한 곳이었다. 그런 다음 다시 어머니에게 가 몸을 기울여 포옹했다. 어머니는 가만히 있었다.

"어떠니? 이 방 나한테 딱 맞는 것 같지 않니? 여기 에어컨은 단계 조절이 안 돼서 얼어 죽을 것 같더라고. 다행히 오늘은 날씨가 그리 안 더워서 그냥 껐다. 그런데 창문은 너무 무거워서 열리질 않더라."

"피가 나잖아요."

어머니는 머리 옆을 손으로 만졌다. "벌써 다 굳었어. 며칠 전에 그런 거거든. 내가 하이킹하는 모습을 너도 봤어야 하는데. 넘어졌을 때는 빼고. 내가 물이 말라버린 개울 바닥을 따라 올라가는 지름길을 발견했지 뭐냐." 그러면서 두 팔을 내밀고는 주먹을 쥐고 뛰어오르는 시늉을 해 보였다. "이 바위에서 저 바위로, 또 저 바위로. 그러다 마지막 바위가 미끄러웠어."

"그리고 지금은 여기 계시고요?"

"이틀 동안 너무 과하게 움직였나 봐. 그때 이후로 좀 쉬는 중이야. 이곳은 정말 평화롭구나. 귀찮게 하는 사람도 없고. 그 수프 좀 먹어볼까."

어머니는 수프 그릇이 쏟아지지 않게 두 손으로 잡는 데도 엄청난 노력을 기울여야 했다. 플라스틱 뚜껑 위로 코를 대고 냄새를 맡으며 말했다. "냄새는 괜찮은 것 같구나."

"제가 뚜껑 열어드려요?"

어머니는 고개를 끄덕였다. 나는 뚜껑을 벗기고 그릇을 다시 넘겨주었다. 어머니는 재빨리 수프를 마셨다.

"식사는 어떻게 하고 계셨던 거예요?"

어머니는 전화기가 놓인 탁자 위에 쌓여 있는 전단지를 향해 고개를 까딱했다. "다들 배달해줘. 꽤 괜찮은 인도 음식점도 있고."

"문고리 못 돌리게 되신 건 언제부터예요?"

"어젯밤엔 수건으로 감싸고 돌리니까 되더라. 튀긴 조개 요리가 너무 먹고 싶었거든. 바닷가 근처가 아니라서 그런지, 냉동이었지만, 딱 내가 원하는 그 맛이었어."

"이렇게 사람들과 떨어져 혼자 뭘 하시는 건 별로 좋은 생각 같지 않아요."

"그리 멀리 가지도 않았어. 넌 나를 어떻게 찾은 거니?"

"그게 중요한 게 아니잖아요."

"오." 어머니는 별 얘기 없이 다시 수프를 마시는 데 집중했다.

나는 커튼을 당기고 창문을 열었다. 매니저는 아직도 구석에 숨어서 이쪽을 지켜보고 있었다. 나는 그만 가보라고 손짓했다.

"어쩜. 너무 아름다운 오후 아니니?" 어머니는 수프를 마시며 말했다.

길 건너편에는 상점들이 한 줄로 늘어서 있었는데, 지붕마다 차양을 달고 가게 앞은 꽃이 핀 화분으로 장식되어 있었다. 파란색 아가판서스 꽃은 보도와 차도 사이를 가르며 피어있었고 상점들 뒤편으로는 빽빽한 나무숲이 언덕까지 이어져 있었다.

"이렇게 멋진 해변이 다 있었군요." 내가 말했다.

"마음이 바뀌어서 이리 온 거야. 해변은 지금이라도 갈 수 있어."

"알겠어요. 그런데 이런 곳은 어떻게 알고 오셨어요?"

"기억 안 나니? 우리 전에 여기서 묵은 적 있는데. 네가 아주 어렸을 때 일이긴 하지만."

"바로 여기서요?"

"바로 여기였지. 필요한 물건들 준비하느라 딱 하룻밤만 여기서 자고, 일주일 내내 공원에서 캠핑했었어. 매일 하이킹도 했고. 너랑 네 아버지는 물고기도 두 마리나 잡았어."

갑자기 반바지를 입고 모자를 쓴 나와 아버지가 함께 물고기를 쫓는 장면이 눈앞을 스치고 지나갔다. 그리고 페인트칠을 한 작은 배 안에서 펄떡거리는 물고기 한 마리. 물론 상상이었다.

"그래서 그때 그 여행을 어머니 혼자 재현해보시겠다고 오신 거예요?" 내가 물었다.

"지금은 어떻게 변했는지 보고 싶었거든. 차 안에 텐트랑 침낭도 있어. 이곳을 둘러본 다음에 해변으로 가려던 참이었지."

"카지노는 안 가시고요?"

"그런 곳을 뭣 하러 가니? 난 자연을 즐기고 싶어."

"여행 일정에 다른 계획은 없으세요?"

"일정 따위는 없어." 어머니는 조금 웃으며 대답했다. "일정을 짜지 않는 게 최고의 일정이지, 안 그러냐? 네 아버지가 리스트를 다 만들어놨거든. 여기 올 때 그걸 가져왔지." 어머니는 작은 탁자 위에 펼쳐진, 누런 종이 한 장을 가리켰다. 바른 글씨로 써 내려간 캠핑용품 리스트는 분명 아버지의 글씨였다. "거기 적힌 걸 다 준비하진 않았지만."

"이 종이를 그렇게 오래 보관하고 계셨냐고요?"

"작은 함에 보관해뒀었어. 언젠가는 쓸모가 있을 거라고 생각했거든. 몸만 좀 좋아지면 써먹을 날이 올 줄 알았지."

"저한테 같이 가자고 하지 그러셨어요?"

"넌 여길 기억도 못 하잖니. 너한테는 아무 의미도 없는 곳이야."

"절대 그렇지 않아요." 나는 최대한 화내지 않으려고 노력하며 말했다.

"따지려고 찾아온 거니?" 어머니는 양팔을 의자 팔걸이에 대고 몇 번이나 몸을 일으켜 세우려다가 네 번째 시도 끝에 겨우 발을 딛고 일어섰다. "얼른 일어나. 해지기 전에 공원이나 한 바퀴 돌고 오자."

어머니가 손바닥으로 고무줄 바지의 허리를 추켜올리는데, 바지 겉으로 요실금 패드의 윤곽이 드러났다. 그걸 보는 내 모습을 어머니도 보았다.

"그게 신경 쓰이는 거라면 지금 패드는 깨끗하니까 걱정마라. 차 열쇠는 손지갑에 들었고."

어머니는 의자 등받이, 책상, 벽을 차례로 손으로 짚으며 문을 향해 천천히 걸어갔다.

"참, 이거 챙겨왔어요." 나는 주머니 속에 있던 흰색 스테로이드 알약 하나를 꺼내 어머니 손바닥에 올려놓았다.

어머니는 늘 먹던 약을 알아보고, 뚜껑이 열린 채 책상 위에 올려져 있던 사과 주스 한 모금과 함께 꿀꺽 삼켰다. "이걸 먹었으니 이제 기운이 좀 나겠군."

어머니가 다시 움직이기까지는 시간이 좀 걸렸다. 그녀는 문 양쪽 벽에 바짝 몸을 기대고, 바깥 포장도로로 내려가는 작은 계단에서는 한껏 몸을 낮추며 한 번에 한 발씩 천천히 방을 나섰다.

놀이터를 돌아 주차장으로 이어진 보도는 꽤 길었다. 놀이터 바닥은 고르진 않았지만, 어머니는 지름길을 택해 걸었다. 그리고 목마들의 머리를 하나하나 쓰다듬는 척하며 넘어지지 않게 몸을 지지하는 데 사용했다.

"옛날에 네가 이걸 타고 놀았었지." 어머니는 무심하게 말했다. 산들바람이 불자, 요염한 속눈썹에 이빨을 다 드러내고 웃던 말들이 나를 알아보고 고개를 끄덕거렸다.

차 앞에 도착하자 어머니는 기진맥진한 듯 쿵 소리를 내며 차 보닛에 몸을 기댔다. 그리고는 깔깔 웃으며 말했다. "운전 좀 해줄 수 있지?"

"그럼요."

그녀는 차에 기댄 채 조수석까지 걸어가 차 문 앞에 이르렀다. 문은 내가 열어주었다. 어머니는 조심스럽게 몸을 돌린 뒤, 자세를 낮춰 좌석을 향해 엉덩이를 들이밀었다. 그리고 한 번에 한 다리씩 끌어당겨 차에 올라탔다.

내가 운전석에 탔을 때 어머니는 아직도 안전벨트를 매지 못해 애를 먹고 있었다. "이 손가락이……"

나는 안전벨트를 꽂은 뒤, 줄이 꼬이지 않게 펴주었다.

"좋네. 밖에 나오니 좋아." 어머니는 백미러를 자세히 들여다보다가 말했다. "얼굴 좀 씻으라고 말해줬으면 좋았을 걸 그랬구나." 그리고는 가까스로 차 문을 당겨 닫았다. "됐다. 얼른 운전이나 해."

우리는 도로 위를 달리면서 주변의 풍경과 그 위로 내리쬐는 근사한 햇볕에 관해 얘기했다. 사과 농장을 덮고 있는 오래된 이끼며, 호수의 경치를 망가뜨리며 제트 스키를 타는 커플, 하이킹하는 대부분의 가족이 길가에서 쉬며 감자 칩을 먹는 아이러니한 상황에 대해서도 말했다. 어머니는 길가에 표지판이 나올 때마다 큰 소리로 읽었고, 재미있는 동네 이름이 있을 때는 따로 일러주었다. 어머니의 건강 상태를 언급하거나 마레 박사에게 전화해야 한다는 등의 얘기는 서로 일절 하지 않았다.

어머니는 마치 이곳에서 몇 년은 산 사람처럼 교차로에서는 어느 쪽으로 가야 하는지, 신호는 어떻게 바뀌는지, 공원 주차장까지는 어떻게 가는지, 입장권은 어디서 사는지 일일이 알려주었다.

등산로가 시작되는 지점에서 어머니는 먼저 내려달라고 말했다. 어머니는 차를 탈 때보다 훨씬 빠른 속도로 차에서 내리더니 차 문을 세게 쾅 닫았다. 내가 차를 주차하고 어머니에게 갔을 즈음에는 열 걸음쯤 떨어진 곳의 등산로 안내판 앞에 서서 지도를 보고 있었다.

"그때 네 아빠는 우리를 데리고 비취 탑스 트레일로 갔었지." 어머니는 말했다. 비취 탑스 트레일은 산등성이를 따라 공원을 둥그렇게 에워싼 모양의 루트로, 난이도는 보통이었고, 한 바퀴를 다 도는데 3~4일이 걸린다고 적혀 있었다.

루트 한쪽 끝으로 호수가 하나 있었는데, 그곳이 아버지와 내가 물고기를 잡았던 곳이리라 짐작했다. 그리고 부모를 잃고 오래도록 죽은 듯 남겨진 물고기의 알 덩어리를 상상했다.

어머니는 지도 가장자리의 초록색 벌판 한가운데를 손가락으로 짚으며 말했다. "캠핑을 한 곳은 여기였어. 우리 셋뿐이었지. 자, 그럼. 우리는 디스커버리 루프로 한번 가보자. 한 시간 걸린다고 쓰여 있으니 내 걸음으로는 두 시간 정도 걸리겠구나."

산책하기에 아직은 너무 어린 아이들을 데리고 온 가족들은 이미 다 가버리고 없었다. 고르게 포장된 산길 중간중간에는 파란색 표지물을 세워놓아 이 숲만의 특별한 점들을 설명하고 있었다. 이곳에서 어머니는 예전 걸음걸이를 회복했지만, 표지물이 나올 때마다 멈춰 서서 큰 소리로 설명을 읽었다. 진짜 관심이 있어서라기보다는 잠깐이라도 쉬기 위해 그런 듯했다.

해가 산 너머로 내려가자 기온도 조금 떨어졌다. 언덕 아래쪽의 풀들은 뜨겁고 긴 여름 날씨에 짙은 초록색을 띠고 있었다.

"뭐라도 기억나는 게 있니?" 어머니가 물었다.

"아뇨."

"거봐라."

"그래도 같이 물고기를 잡으러 간 적이 있긴 있었군요."

"하지만 이제 와서 그게 무슨 소용이라니?" 어머니는 나를 몰아내고 싶은 건지 아니면 고독을 즐기며 혼자 걷고 싶은 건지 자꾸만 길 한가운데로 걸었다. 나는 몇 발자국 뒤로 떨어져 걸었다. 어머니는 예전보다 몸이 약해진 탓에 어쩔 수 없이 내가 동행하는 것을 허락했을 테지만, 어쨌든 여기까지 왔다는 사실만으로도 나는 꽤나 만족스러웠다. 하지만 어머니는 혼자 왔더라면 더 행복했을 게 분명했다.

숲은 적막 그 자체였다. 저녁으로 뭘 먹을지 의논하기 위해 모인 새들 때문에 근처에서 이따금 나뭇가지 부러지는 소리만 들릴 뿐이었다. 등산로가 포장되지 않은 흙길과 만나는 지점에서 어머니는 걸음을 멈췄다. 아래로 이어진 길은 커다란 바위에 가려 보이지 않았다.

"가보지 않고서는 어떤지 알 수 없겠는걸요." 내가 말했다.

어머니는 돌투성이 길을 자세히 살펴보았다. "어쩌면 돌아올 때 도움을 받아야 할지도 모르겠구나. 어쩌면이 아니라 네가 꼭 도와줘야 할 것 같은데."

"제가 도와드릴게요."

"네가 며칠 전에 왔어야 했는데 그랬어. 그땐 움직이는 게 훨씬 빨랐거든."

"오라고 하지도 않으셨잖아요."

"오늘도 오라고 하진 않았다. 내 위치를 알려준 게 렌터카 업체 사람들이니?"

"아니요."

경사는 점점 심해졌고, 당황한 어머니는 보이는 나뭇가지마다 붙잡고 몸을 지탱했다. 다행히 쥐는 힘은 좀 나았지만, 이 나무에서 저 나무로 옮겨 잡으며 비탈을 내려가는 모습이 무척이나 위태로워 보였다.

나이든 남자 하나가 등산용 스틱을 사용해서 올라오다가 어머니를 보고 한쪽으로 비켜섰다. "두 분이 거의 마지막인 것 같네요." 그가 어머니에게 말했다.

어머니는 한마디라도 하면 곧 넘어지기라도 할 것처럼 바닥에서 눈을 떼지 않은 채 미소만 지었다.

풀이 무성한 계곡 저지대에 이르자 길은 다시 평탄해졌다. 어머니는 가쁜 숨을 몰아쉬며 온 길을 되돌아보았다.

"차에 텐트 있다고 하셨죠?" 내가 물었다.

"그래. 그건 왜?"

"오늘 밤 여기서 캠핑하고 싶지 않으세요?"

어머니는 눈을 감았다. "내 기분 맞춰주려고 그럴 필요 없어."

"말씀만 하세요. 가서 텐트 가지고 올게요. 먹을 것도요. 여기서 자고 오세요."

"싫어. 말도 안 되는 생각이야."

"그렇지 않아요. 저는 모텔로 돌아갈게요. 이제는 힘이 좀 생기셨으니 여기서 혼자 캠핑하실 수 있을 거예요."

풀밭 가에서 나뭇가지 부러지는 소리가 들렸다. 우리 둘 다 고개를 돌렸을 때 토끼 한 마리가 잽싸게 달아나는 모습이 보였다.

"그래, 그럼. 머저리 같은 매니저, 너도 견디기 힘들 거야. 우리 여기서 같이 있는 걸로 하자. 중심가에 캠핑용품 가게가 있으니 거기서 침낭 하나만 더 사 와."

"그럼 한 텐트에서 같이 자자고요? 그래도 괜찮으시겠어요?"

"갑자기 모성이 샘솟아서 그래."

"알겠어요. 그럼, 텐트 칠 만한 장소를 찾아보고 계세요. 전 필요한 물건들 가져올게요."

"그런데 정식 캠핑장은 저기 주차장 옆인 거 알고 있니?" 어머니가 물었다.

"어머니가 너 좋은 장소를 찾아내길 기긿이요."

어머니는 길에서 몇 걸음 벗어나 나무에 몸을 기댔다. 나는 돌아왔을 때 위치를 파악할 수 있게 어머니 핸드폰의 전원을 켜뒀다.

"네가 간 사이에 내가 낭떠러지에서 떨어지기라도 하면 어쩔래?"

"어머니라면 어쩌시겠어요?"

"다시 돌아가든지 여기 계속 남아 있든지, 둘 중 하나겠지."

—〰—

차 트렁크에는 이미 캠핑을 할 때 필요한 물건들로 꽉 차 있었다. 아버지가 쓴 목록 그대로 콜라와 럼주, 라임도 있었다. 얼음은 없었지만, 내가 구해갈 참이었다. 침낭, 통닭구이 한 마리, 쿠바 리브레를 마실 여분의 컵 등 나머지 물품도 모두 준비했다.

닭집 앞에서 나는 트리시에게 먼저 전화하고 론에게도 전화를 걸었다. 나는 두 사람에게 '어머니는 예전 상태로 돌아오셨다'고 말했다.

더 자세한 얘기는 할 필요도 없었다.

—〰—

산길을 되짚어 계곡에 거의 도착했을 무렵, 갑자기 바람이 불기 시작하더니 기온이 뚝 떨어졌다. 어머니의 흔적은 어디에서도 찾을 수 없었다.

세 번째 전화했을 때야 그녀는 가까스로 전화를 받았다. 전화기를 떨어뜨렸다가 다시 집어 드는 소리가 수화기 너머로 들렸고, 마침내 다시 음성이 들렸을 때 어머니는 거의 숨도 못 쉴 만큼 흥분한 상태였다. 계곡의 저지대는 텐트를 치기에 바닥이 너무 축축하더란다. 그래서 조금 위로 올라가다가 너른 빈터를 발견했다고 했다. 그리고 나무 사이를 스치는 바람 소리를 들었고, 잠자리 한 마리가 팔꿈치 위에 앉았다고 했다. 서두르지 말고 천천히 올 걸 그랬다고 나는 생각했다.

계속 전화를 하면서 어머니의 목소리를 따라 잔가지가 많은 빽빽한 수풀을 헤치고 나아갔다. 어머니는 너도밤나무에 등을 기대고 무릎을 가슴 앞으로 끌어당긴 채 평화로운 모습으로 바닥에 앉아 있었다. 옷에는 이파리와 잔가지들이 잔뜩 묻어 얼마나 애를 쓰며 여기까지 왔는지 짐작케 했다.

나는 어머니의 몸을 털고 어깨에 점퍼를 걸쳐주었다. 어머니는 그런 곳을 찾았다는 사실에 너무나도 뿌듯해했다. 바위도 나무뿌리도 없었고, 근처 어딘가에 폭포가 있는지 물 떨어지는 소리도 들렸다.

내가 텐트를 치는 동안 어머니는 그 모습을 지켜보았다. "예전에 클로드와 내가 텐트를 칠 때는 넌 꼬맹이였는데. 자식이 나를 위해 뭔가를 해준다는 건 나도 이제 한물갔다는 얘기지."

"칵테일 드실래요?"

"좋아."

어머니는 한 손으로도 칵테일 잔을 떨어뜨리지 않고 잘 들고 있었다. 스테로이드가 효과가 있는 모양이었지만, 그 얘기는 하지 않았다. 우리는 침낭으로 몸을 감싸고 앉아 밤이 내리는 경이로운 모습을 아무 말 없이 바라보았다. 여기 올 수 있어 정말 기뻤지만, 어머니를 위해서라면 혼자 오셨기를 바랐어야 했다.

귀뚜라미와 개구리 울음소리에 맞춰 새들도 저녁 노래를 함께 불렀다. 바람은 시작할 때와 마찬가지로 갑자기 멎었다. 나무들도, 심지어 개울물조차도 서서히 고요 속으로 빠져드는 듯했다.

종이 접시를 깜빡 잊고 챙기지 않은 바람에 우리는 냅킨을 목에 두르고 통닭구이를 호일 포장지 채 풀어놓고 뜯어먹었다. 바위 아래쪽에 홀로 남은 검은 새 한 마리가 강중강중 뛰어다니며 우리에게 엄한 눈길을 보냈다.

고개를 돌려 새를 보던 어머니가 몸을 돌리며 말했다. "저 녀석 산림경비원한테 우릴 밀고하려나 봐." 새는 후드득 소리를 내며 날아갔다. "혹시 밀고당하더라도 한 번쯤은 이렇게 해볼 만한 것 같아." 어머니는 닭고기 조각을 아이처럼 손에 꽉 움켜쥐고 입으로 물어뜯으며 말했다. "캠핑장에 있는 사람들이 우릴 본다면 다들 이리로 오고 싶어 난리들일걸."

—⌇—

번쩍이는 번개에 잠에서 깼다. 한 번 더 번쩍하자 텐트 안이 훤하게 다 보였다. 잠깐이었지만 어머니가 나를 향해 옆으로 누워 있는 모습도 보였다.

"굿모닝. 여기서 통닭구이 냄새 같은 게 나요." 내가 말했다.

"지금 새벽 세 시야." 어머니는 짜증스럽다는 듯 말했다.

"저거 빗소리예요, 폭포 소리예요?"

"몰라."

천둥소리는 나지 않고 번개만 몇 번 더 번쩍거렸다. 텐트 덮개의 지퍼를 열고 하늘을 내다보았다. "비는 안 와요. 별도 몇 개 떴는걸요. 예전에 여기 왔었다니까 말인데, 그동안 저는 우리 가족에 대해 잘못된 기억만 잔뜩 안고 살았던 것 같아요. 우리가 여기 왔을 때 유성우도 내렸었나요?"

"기억 안 나."

"제가 기억난다면요?"

"그만 좀 할 수 없니?"

"뭘요?"

"모든 일이 잘 돌아가는 것처럼 구는 거 말이야."

"왜 그러세요? 그냥 여름밤 번개 치는 거잖아요. 제가 여기 와서 화나셨어요?"

"차라리 그런 거면 좋겠다. 나 오줌 싸서 화났어."

"아."

"나오는 느낌조차 없었는데."

"어쩌면 시냇물 소리 때문인가 봐요."

"그만 좀 해라."

"죄송해요."

"내가 무슨 에너지로 여기까지 왔는지 모르겠지만, 지금은 하나도 안 남았어."

"스테로이드는 그게 다였는데. 어머니가 어떤 상태인지, 뭐가 필요한지 몰랐어요."

"혹시 패드 여유분 있니?"

"아니요."

"나도 안 가져왔어. 생각도 못 했거든. 클로드라면 미리 챙겼을 텐데."

어머니는 두 손으로 얼굴을 감쌌다. "이런 거 정말 싫어. 꼭 패드 때문이 아니라, 네가 없으면 안 되는 이런 상황. 정말 싫어. 괜찮아질 거라고 우기지도 못 하겠어. 앞으로 어떻게 될지 너무 빤하잖아."

가짜로 응원해봐야 전혀 도움이 안 되리라 생각했다. "전 상관없어요."

"내가 상관있어. 내 의사도 존중해줘." 어머니가 말했다. "이렇게 다 젖었으니 잠도 다시 안 올 것 같아."

"제가 말동무해드릴게요."

어머니는 몸을 비틀어 겨우 똑바로 눕더니 텐트의 둥근 천장을 바라보았다.

"좋아. 그럼 말동무해줘."

"주제를 하나 정해보세요."

"나를 어떻게 찾았는지 말해봐."

"다른 주제로 하면 안 될까요?"

"안 돼, 이걸로 할 거야. 어떻게 찾았지?"

"알았어요. 윌로우 우드에서요."

어머니는 어리둥절하다는 듯 두 손을 펴 보였다. "나는 거기다 어떤 얘기도 한 적이 없는데?"

"시설에서 마이크로칩을 이식했더라고요. 입소할 때요."

"이식 안 했어. 그것 때문에 회의도 그렇게 많이 했었는걸."

"이식했던데요."

어머니 입에서 헉 소리가 흘러나왔다. "내 피부밑에다가? 이건 심각한 인권침해야."

"당연하죠. 그 사람들도 매우 미안해하고 있어요. 행정적인 실수였대요."

"그런 걸 실수라고 하면 안 되지." 어머니는 칩을 찾으려고 위쪽 팔을 손으로 마구 문질러댔다. "만져지는 게 하나도 없는데?"

"보통 피부 더 깊숙이 주입해요."

어머니는 자기 팔을 마구 때리기 시작했다. "당장 꺼내."

그녀를 진정시키려고 손을 잡았지만, 오히려 당신 몸을 더 세게 할퀴게만 할 뿐이었다.

"그나마 다행인 건 트리시는 법적으로 어머니를 추적할 수 없다는 거예요. 제가 동의하기 전까지는요."

어머니는 갑자기 잠잠해졌다. "그렇다면 네가 동의했다는 말이구나?"

"어머니가 어디 계신지 알고 싶었어요."

어머니는 2인용 텐트 안에서 가능한 한 멀리 뒤로 물러났다.

"대체 왜?"

"내 어머니잖아요. 아무 말도 없이 사라지셨고요."

"쪽지 남겼잖니."

"쪽지를 발견하는 데도 며칠이 걸렸다고요. 제가 여기 왔을 때 어머니는 혼자서 문도 못 여셨잖아요."

"그건 내 문제야. 안 그러니?"

"제가 온 게 그렇게 못마땅하세요?"

"그래, 못마땅해. 정말 못마땅해."

어머니는 머리를 바닥에 쾅쾅 내리치고 발을 차며 몸부림쳤다.

"어떻게 나한테 낙인을 찍고 감시를 할 수 있지? 내가 사인을 빼먹고 안 한 곳이 있었나? 그래서 모두들 내가 어디 있는지 알고 있었던 거로군. 내가 물에 빠지거나 한계치에 가깝게 뭔가를 했어도 이 인간들이 다 알았을 거란 뜻이잖아."

"찾아와서 죄송해요. 어머니가 엽서에 쓰신 말을 그냥 믿었어야 했는데."

어머니는 아무 말도 하지 않았다.

우리는 지금이라도 당장 갈 수 있었다. 어머니를 부축해 경사지를 오를 수도 있었다. 전에도 이렇게 한밤중에 살던 곳을 훌쩍 떠난 적이 있었다. 지금보다 훨씬 더 많은 짐을 꾸려서.

"클로드가 쪽지 남긴 거 너도 알지?"

"안 남겼다고 그러셨잖아요."

"사고 바로 다음 날, 우편으로 왔더라."

그동안 내가 혼자 상상만 해왔던 아버지의 다른 이야기들이 갑자기 현실이 되어 전개되는 기분이었다. 감추고 살아왔던 어두운 내면을 더 이상 견딜 수 없게 된 어느 날 밤, 그리고 끊임없이 우리 가족을 괴롭혀온 돈 문제, 아버지는 슬픈 마음으로 재빨리 결단을 내린다.

그리고 여섯 살 때 상상한 이야기는 이런 것이었다. 아버지는 사람들이 알지 못하는, 멋지고 비밀스러운 장소가 표시된 지도 하나를 가지고 있었는데 나쁜 놈들이 지도를 빼앗기 위해 그를 죽였다고. 잠깐이었지만 그렇게 소중한 비밀 지도를 우편으로 어머니에게 보내는 건 너무 바보 같은 짓이 아니었나 하는 생각을 했다.

"그렇다면 이제부터 그 일을 사고라고 부르지 말아야겠군요."

번개가 다시 번쩍거렸다. "우, 이거 너무 극적인데." 어머니가 말했다.

흐릿한 불빛 속에서 어머니의 눈 감은 모습이 보였다.

"잠깐만요. 그게 끝이에요?"

어머니는 눈을 떴다.

"클로드는 정말 너무나 의기소침해 있었어. 뭐랄까, 널 위해 따로 보관해두고 싶은 그런 글이 아니었어."

"그럼 이 얘긴 왜 하시는 거예요?"

"너한테 몇 마디 남겼더라고. '에번이 의미 있는 뭔가를, 아니 뭐라도 찾아내 그 일을 끝까지 계속해서 그 것으로 행복할 수 있길 바란다'고 썼더라."

"그게 아버지가 남긴 마지막 가르침인가요?"

어머니는 다시 몸을 돌려 옆으로 누웠다. "아무 의미 없는 말은 아니지. 네 아버지가 그렇지 못했다는 건 하느님도 아실 거야."

어머니는 나를 보며 고개를 끄덕였다.

"그리고 난 너에 대해서도 확신이 잘 안 서는구나."

"무슨 뜻이에요?"

"네가 왜 이렇게 나를 찾아다니는지 이해를 못 하겠다는 뜻이야. 여길 벗어나서 세상을 구하든, 너 자신을 구하든 그렇게 살아야지. 대학원에 가는 건 어떻겠니? 윌로우 우드에 맡겨둔 보증금도 있으니, 그 돈으로 가치 있는 일을 해보는 것노 좋고."

그 보증금이라면 곧 다시 써야 할 돈인데, 어머니의 말뜻을 이해하느라 나는 잠시 아무 대답도 할 수가 없었다.

"제가 여기 있길 원했던 거예요." 내가 말했다. "어머니랑 같이. 어머니를 위해서요. 어머니가 절 필요로 하고, 제가 있는 걸 허락하신다면, 계속 그러고 싶어요."

어머니는 손을 뻗어 내 턱을 톡톡 쳤다. "클로드처럼 말하는구나. 그렇게 고집스럽게 매달리는 거, 네 아버지한테는 그리 좋은 결과를 가져오진 않았어. 안 그래?"

갑자기 이 좁은 텐트 안으로 아버지가 비집고 들어온 듯했다. 슬픈 우리 가족은 그렇게 모처럼 한자리에 모였다.

"나를 여기 내버려두는 편이 좋을 거야." 어머니는 손을 들고 텐트의 천장을 따라 앞뒤로 움직이며 말했다. "적어도 여긴 조용하니까."

"그거라면 트리시가 알아서 잘해줄 거예요."

"트리시. 나를 거기로 다시 보낼 거라면 차라리 벌레와 비바람 속에 나를 그냥 버려두고 가. 거긴 진짜 악몽 같은 곳이야. 내가 돌아갈 때를 대비해서 트리시는 분명 관련 서류들을 잔뜩 철해놨겠지. 그 인간들이 하루 온종일 기저귀를 두 번만 갈아줘도 다행일 거다."

"여기보단 낫잖아요."

"안 더럽고 젖지만 않으면 그만이야. 그게 그 사람들 기준이거든. 아마 하루에 일곱 시간은 나를 TV 앞에 데려다 앉혀놓을걸. 네가 부탁할 수 있는 거라곤 고작 욕창 안 생기게 잘 돌봐달라는 정도일 거다. 그러느니 차라리 지금 날 죽여라."

"거기로 꼭 안 가셔도 돼요. 그렇게 불편하신 것도 아니니까. 제가 집으로 모시고 갈 테니, 앞으로 상황이 어떨지 지켜보자고요."

"하이고, 신나라."

"제가 그러고 싶어요."

깜깜한 어둠 속에서 젖은 어머니의 눈을 보고, 나는 하마터면 고마워서 흘리는 눈물로 착각할 뻔했다. 어머니는 말했다. "넌 이런 일에 대체 왜 얽매이고 싶어 하는지 난 도통 이해를 못 하겠다. 네가 그렇게 해준다고 내가 갑자기 행복에 겨워할 거라고는 기대도 하지 마라."

영웅적
행동

길고 험한 산비탈을 묵묵히 올라 차까지 가는 내내 어머니는 거의 말을 하지 않았다. 호텔로 돌아가는 차 안이나 아파트 계단을 천천히 걸어 올라가는 동안에는 아예 입을 닫아버렸다. 어머니는 약 기운이 가져올 어리석은 환상에 휘둘리고 싶지 않다며 스테로이드도 거절하고 내 도움을 받아 바로 침대에 누웠다.

3일 뒤, 우리는 마레 박사의 진료실을 찾아갔다. 임플란트 장치를 점검하고 '포크를 집어보세요, 그걸 입으로 가져가보세요' 따위의 지루한 테스트를 또 한 차례 견뎌낸 뒤, 새로운 스캔 장비에 몸을 고정하고 누워 정밀검사까지 모두 마쳤을 때, 박사는 문을 닫으며 자신도 어떻게 된 일인지 도무지 모르겠다고 말했다. 숱 많은 눈썹이 사선을 그리며 몹시 유감스럽다는 표정을 지었다.

"앞으로 점점 힘들어질 겁니다. 마음의 준비를 하셔야 해요. 천천히 진행될 수도 있지만, 갑자기 빨라질 수도 있어요. 지금으로선 알 수 없습니다."

"진행 속도를 선택할 수도 있을까요?" 내가 물었다. 아무도 웃지 않았다.

"불행하게도 그럴 수는 없습니다." 마레 박사가 대답했다.

목소리, 생각, 행동 모든 게 완전히 수렁에 빠진 어머니는 쇠약해진 최근의 건강 상태 때문인지, 오전 내내 진행된 검사들 때문인지, 아니면 방금 박사의 말 때문인지 그에게 불쑥 이렇게 말했다. "그래서 나랑 헤어지겠다는 거야?"

"단도직입적으로 말씀드렸습니다. 비브, 제 말 들리세요?"

"제가 헛소리를 하고 있네요."

─╲╱─

마레 박사를 만나고 온 이후로 어머니가 집 밖을 나선 것은 딱한 번, 자신의 계좌에 나를 다시 공동명의자로 올리기 위해 함께 은행에 갔을 때뿐이었다. 그 일 외에는 외부 세계와의 접촉은 최소로 줄였다. 어머니는 작업치료사도 못 오게 하려고 매번 코감기에 걸렸다고 말했다.

트리시가 잠시 집에 들르겠다고 했지만, 어머니는 그 일도 나중으로 미뤘다. 윌로우 우드 직원이 진심으로 걱정되어 전화해도 주제넘게 참견한다고 싫어했고, 노인 사냥꾼들의 추격을 따돌리겠다며 이메일로 입소 포기 각서 한 부를 보내달라고 요청하여 사인했다. 그 이후 한동안은 전화 연락도 오지 않았다.

아파트는 청소용품과 성인용 기저귀 제품으로 가득 찼다. 어머니의 생활 반경은 소파, 침대, 화장실을 잇는 삼각형 공간으로 한정됐다.

아침마다 나는 제일 먼저 어머니에게 가 몸을 움직일 수 있게 도와드렸다. 주로 침대에서 일어날 수 있도록 등을 밀어주고, 필요한 물건들, 가령 운동 바지, 티셔츠, 그릇, 숟가락, 머그잔 등을 꺼내놓고, 먹을 것들을 사다 냉장고에 채워놓았다. 규칙적으로 스테로이드를 복용한 덕분에 어머니는 스스로 점심을 준비하고 전화기를 사용할 정도의 힘은 생겼다.

어머니는 인터넷이나 온라인 카드게임에는 더 이상 관심이 없다며 이렇게 말했다. "이젠 나조차 나를 못 믿겠어."

저녁이 되면 나는 어머니가 침대에 다시 눕도록 도와드린 뒤, 소파 쿠션을 치우고 시트를 깔았다. 이곳에서 수면의 질은 현재 상황을 표시하는 일종의 지표가 되었다. 어떤 밤에는 화장실에 가긴 했지만 혼자서 침대로 돌아오지는 못했다. 왜 거기 서 있는지 모른 채 복도에 우뚝 서 있기도 했다. 어머니도 나도 잠을 잤다고 할 수 없는 그런 밤도 여러 날 있었다.

어머니는 그날의 쇼핑 목록을 불러준 뒤, 굳이 당신 주변에 머물며 인생을 허비하지 말라는 말을 꼭 덧붙이곤 했다. 하지만 고마운 마음을 표현하는 법도 조금씩 익히기 시작했다. 내가 포크를 건넬 때마다 고마워했고, 외출하기 전에는 와서 키스해달라고 말하기도 했다.

마침내 나는 머시 병원 임시직 인력풀에 다시 이름을 올렸다. 네티와 함께 일하며 생긴 트라우마에서 완전히 회복됐다며 근무 가능한 부서로 신장내과, 정형외과, 호흡기내과 세 곳을 적었다. 그쪽 근무는 기계적이고 고통은 적었다. 환자들은 감정적으로 극적인 경험은 하는 일 없이 치료를 받고 돌아갔다.

신장내과에 일이 생겨 두 번째로 출근한 날, 나는 거기서 레나를 만났다. 그녀는 바로 앞에 환자가 있는데도 나를 무척 반기며 먼저 아는 체했다.

"여긴 어쩐 일이에요?"

"바쁜 시간에만 환자들 이동이나 관리를 도와달라고 해서요."

"대환영이에요." 그녀는 자세히 묻지 않았다.

그날은 다시 마주칠 기회가 거의 없었지만, 다음번에 다시 만났을 때 그녀는 환자들 인수인계를 마친 후 나를 따로 불러 조용히 말했다. "물어볼 일이 생기면 언제든 나를 찾아와요. 무슨 일이 있어도 미셸 말은 믿지 말고요." 나는 정말로 환영받고 있다고 느꼈다. 우리는 네티나 프로그램에 관련된 일은 서로 일절 말하지 않았다.

정형외과와 호흡기내과에서도 일이 고정으로 들어오기 시작했다. 몇 번 더 교대근무를 섰더니 버는 돈도 늘었지만 다른 병동에서 일해보지 않겠느냐는 제안도 들어왔다. 하지만 자기 치유의 한계를 벗어나는 정신과, 암, 호스피스 병동 일은 전부 거절했다.

재스퍼들에게는 전화하지 않았고, 전화가 오지도 않았다. 시기적으로 일이 뜸할 때이거나 어쩌면 자살도 가을철에는 잠시 소강상태에 접어드는 모양이었다. 어찌 됐든 머시 병원에서는 계속 일이 들어왔고 돈벌이는 그걸로 충분했다. 14년만 더 일하면 두둑한 연금도 받을 수 있었다.

대략 근무시간에 상응하는 시간 동안 집을 비우면 어머니는 내가 병원에 있다고 생각했다. 그래서 병원 일이 없는 날은 이론적으로 퇴근할 시간까지 공원에 앉아 책을 읽었다. 감상적인 내용이 전혀 없는 건조한 글의 간호학회지는 정신 건강을 위해서나 앞으로 정규직으로 다시 일하게 될 때를 대비해 딱 좋았다.

공원에 가지 않을 때는 주로 영화관에 가서 긴장감 넘치는 스릴러물을 보았다. 비밀정보부 암살 요원이던 주인공은 첫 남편이 살해당한 후 기억상실증에 걸려 게임에만 빠져 산다. 다른 남자를 만나 재혼하지만, 이 여자는 나쁜 놈을 죽이고 정부를 도와야만 잃었던 기억을 되찾을 수 있다. 이제 막 내전이 시작되려는 마을의 한복판에서 납치된 아이를 찾아내기 위해 주인공은 째깍째깍 돌아가기 시작한 시한폭탄을 피해 질주를 시작한다.

어느 순간부터 나는 영화 속에서 나이가 많거나 죽어가고 있는 캐릭터의 수를 세기 시작했다. 주로 무명 배우들이 연기했다. 그들은 어쩌다 중요한 암호를 기억해내기도 했는데, 일단 제 역할을 다하고 나면 영화에서 비참하게 버려지고 말았다.

치료가 가능한 정도의 병에 걸린 어린아이 캐릭터는 대개 심각한 신장 또는 간 질환을 앓고 있었다. 하지만 어른 캐릭터는 대부분 심장이 문제였다. 아이들은 제때에 필요한 치료를 받지만 어른들은 치료를 못 받는 경우가 비일비재했다.

결국 생경한 전쟁터 속 대학살이 이뤄지는 가운데에서도 아이가 태어나고, 헤어졌던 사람들이 재회하고, 누군가는 사랑을 이룬다.

예전의 나는 이런 이야기를 전혀 좋아하지 않았지만, 지금은 오후에 거의 텅 비다시피 한 극장에 조용히 앉아 엔딩 크레디트가 올라갈 때는 눈물도 흘린다. 마지막 장면에서 느껴지는 희망 때문에. 어머니가 그토록 몸이 안 좋아 어쩔 수 없이 내 보살핌을 받을 수밖에 없는 지금의 상황 때문에.

줄리아는 이 모두가 예정된 슬픔이었다고 말했다.

어느 날 밤, 어머니는 아버지가 자신에게 가르쳐주었던 '파이브 카드 드로'하는 법을 내게도 가르쳐주었다. 우리는 나란히 앉아 소파 쿠션을 사이에 놓고 그 위에서 게임을 했다. 어머니는 손으로 내 손에 든 카드를 일일이 확인해가며 게임이 진행되는 과정을 설명해주었지만, 얼마 못 가 손이 굳어버렸다.

론과 사이먼을 찾지 않게 된 데에 어머니는 좋은 핑곗거리가 되었다. 솔직히 혼자 하든, 둘이 하든, 셋이 하든, 섹스는 해야 할 일 목록의 우선순위에서 완전히 밀려나 있었다. 그래도 여전히 론은 쉬는 날이면 어머니를 보러 집에 들르겠다고 우겼다. 와서 어머니의 재활치료를 조금이라도 도와주고 나를 위해 집 청소를 해주려는 계획도 세워놓고 있었지만, 어머니는 모두 거절했다. 나 역시 원치 않았다.

자주 가는 영화관에서 멀지 않은 골목길에 유기농 카페가 하나 있었다. 공동체 생활을 하는 그곳 직원들은 하나같이 젊고 건강한 얼굴이었지만, 미소 된장으로 요리를 만들거나 과일과 채소를 섞어 주스를 만드는 모습이 조금은 멍해 보였다. 하지만 음식을 내올 때는 어찌나 강렬하게 상대의 눈을 바라보는지, 거의 최면에 빠져드는 기분이었다. 계산대 앞에서는 머리가 희끗희끗한 우두머리 남자가 직원들에게 꾸준히 주의를 기울였다. 그들은 모두 근처 건물에서 다 함께 모여 살았다. 그 남자가 교육을 명목으로 사람들을 구속하고 외부와의 접촉을 제한하며 밤마다 성적으로 학대하는 모습을 쉽게 상상할 수 있었다. 또한 테이블을 닦고 있는 한 어린 소녀를 보니 아동노동 착취 문제도 제기할 수 있을 것 같았다. 그러나 사실, 그들은 모두 건강하고 행복해 보였다. 그들 앞에는 예기치 않은 미래란 없었고, 그런 이유로 고통이라곤 없는 눈빛들을 가지고 있었다.

어느 날 오후, 나는 그곳에 가서 새싹 샐러드를 주문했다. 다른 사람들과 마찬가지로 똑같은 회색 작업복을 입고 머리를 땋아 올린 웨이트리스가 샐러드를 내오면서 내게 괜찮냐고 물었다. 처음에는 샐러드를 먹기도 전에 음식에 대해 너무 빨리 묻는 게 아닌가 생각했지만, 방금 본 영화 때문에 내 뺨이 아직도 축축한 상태라는 사실을 곧 깨달았다.

영화의 마지막 장면은 길모퉁이에서 나이 많은 한 여자와 어린 소년이 서로 다시 만나는 장면이었다. 그로부터 5년 전, 전쟁은 아직 시작되지 않았고 소년은 지하로 숨어들었으며 여자는 목숨을 걸고 아들을 구하려 했다. 그러다 (소년의 부모와 여자의 아들을 포함한) 주변의 모든 인물이 죽고 말았다. 남은 두 사람은 완전히 불가능할 것 같은 상황에서 어려움을 헤치고 놀라운 체력으로 허물어진 건물의 돌무더기에서 나와 식료품 가게의 잔해를 향해 기어갔다. 그곳은 여자가 소년에게 사탕을 주던 곳이었는데, 앞부분의 내용을 잊은 관객들을 위해 회상 장면을 넣어 그 모습을 잠깐 보여주었다. 함께 있게 된 두 사람은 비록 몸은 만신창이였지만 정서적으로는 오롯한 완전체를 이루고 있었다.

"슬픈 영화를 봤거든요." 나는 몽롱한 눈빛의 웨이트리스에게 설명했다.

그녀는 고개를 끄덕였다. "6시 이후에 이곳에 다시 와보실 생각은 없으세요? 저희가 어떤 사람들인지 알려드릴게요."

그녀는 표적이 될 만한 사람을 알아보는 눈을 가지고 있었다. 나는 새로운 가르침을 위해 이곳에 다시 오는 내 모습을 진지하게 상상해봤다. 밤이 되면 다 함께 이층 침대 옆 자기 자리에 서서 기도를 하고 일제히 자리에 누워 이불을 끌어 올린다. 그리고 순결한 마음으로 잠이 들어 균형 잡힌 기분으로 잠에서 깬다. 온종일 사람들은 확신을 가지고 자신이 맡은 일을 하고 다른 사람을 돕는다. 활기가 넘치는 분위기 속에서 일의 생산성을 높이고 자신의 이기적인 욕구보다 더 큰 공동선에 복종하며 살아간다.

나는 웨이트리스를 바라보았다. 그녀의 눈은 마치 유리구슬 같았다.

"고맙지만 괜찮아요. 당근 케이크나 좀 가져다주시겠어요?"

—⋀—

하루는 오후에 공원 벤치에 앉아 생체조직이 과잉 발육되는 종양에 대한 글을 읽고 있는데, 네티가 조깅을 하며 이쪽으로 다가왔다. 파란색 레깅스에 파란색 셔츠를 입고, 판독 불가능한 표정을 짓고 있었다. 그녀는 내 앞에 멈춰 서더니 심각한 얼굴로 고개를 숙여 인사했다. "한 일주일은 이곳에서 계속 당신을 찾아본 것 같아요."

"제가 있는 곳을 잘 아시는군요."

"얼굴을 보고 할 얘기가 있어서요." 그녀가 말했다.

나는 학술지를 접고 깍지를 끼며 마음의 준비를 했다.

"혹시 지금 녹음하고 계신 건 아니겠죠?"

"아니에요. 샌퍼드 얘기예요." 샌퍼드의 이름이 나오자마자 머릿속은 이미 최악의 시나리오를 향해 달려가고 있었다. "유언장에 당신 얘기가 들어 있었어요." 자세한 설명을 듣기도 전에 이번에는 환상의 장소를 향해 날아가고 있었다.

"구체적으로 말하자면, 당신 일에 대해서예요. 5년간 우리한테 자금을 지원하겠대요. 조건은 당신이 계속 그 자리에 남아 있는 것이고요."

"뭐요?"

"지금 나는 일자리를 다시 제안하는 거예요. 당신이 마지막으로 했던 일이요. 어시스턴트."

"말도 안 돼요. 그런 얘길 유언장에 넣으려면 우리가 처음 만난 후에 바로 그렇게 했다는 말인데. 그때 전 그분께 그다지 좋은 인상을 주지도 못했어요."

"글쎄요, 잠재력을 봤나 보죠."

"당신은 정말 저를 다시 쓰고 싶으세요? 병원 인사과에서 다른 직원을 고용하지 못하게 방해해서 지금 이러시는 건 아니고요?"

"인사과에서 새 직원 채용에 뜸을 들이고 있긴 해요. 하지만 나역시 지난 일에 대해 많이 생각해봤어요. 당신이 그런 일을 할 용기가 없는 사람이었다면 샌퍼드를 위해 거기 있지도 않았겠죠. 그건 성말 필수석인 요건이거든요. 누구보다 샌퍼드가 그걸 먼저 알아봤던 거죠."

"감사합니다."

"천만에요." 그녀는 대답했다. 지금 벤치 옆에서 이뤄지는 이번 대화의 결과가 그녀에게는 어떤 의미인지 표정만으로는 전혀 알 수 없었다. 내가 왜 이 사람의 표정까지 신경 써야 하지? 겨우 일 자리 하나일 뿐인데.

"제가 드릴 수 있는 답은 아직 잘 모르겠다는 겁니다. 지금은 머시 병원에서 임시로 근무하고 있기도 하고요."

"저도 알아요."

"또 '재스퍼의 길'이라는 조직에서도 사람들을 돕고 있어요."

"그렇군요. 나도 거기와 일한 적이 있어요." 그녀는 태연했다.

네티가 순순히 고백해준 것이 오히려 고마워 나는 굳이 놀란 체도 하지 않았다. "아." 그게 내가 할 수 있는 최선의 대답이었다.

"그 조직이 경계를 결정짓는 부분에 있어서 너무 극단적이라는 생각을 했거든요. 지금쯤 어떤 일을 하고 있을지 생각만 해도 몸서리가 쳐질 정도예요. 그렇게 형식에 얽매이지 않고 자유롭게 활동하는 방식이 당신에게는 맞던가요?"

"그렇기도 하고 아니기도 해요. 몇 번 사람들을 찾아갔지만 쉽지 않더군요. 지금 어머니도 집에 계세요. 전보다 더 나빠진 상태라서 제가 많이 돌봐드려야 해요. 윌로우 우드로는 다시 가고 싶지 않다고 하시네요."

"당신은 어떤가요?" 네티가 물었다.

"괜찮아요. 고마워요."

그녀는 내 어깨에 부드럽게 손을 올리며 말했다. "당신이 삶에 대해 많이 고민했을 거란 생각이 드네요. 나와 함께 다시 일할지

말지는 원하는 대로 하세요. 단순히 돈 때문만은 아니란 건 알아
줬으면 좋겠군요."

"그렇게 말씀해주시니 감사합니다."

"잘 생각해봐요. 누가 그러던데, 재스퍼 일로는 경제적 도움을
거의 얻지 못했다는 말을 하더라고요."

그녀는 미소를 지으며 두 손을 들어 경례를 해 보였다. 그리고
는 내게 가능성만을 남겨둔 채 왔던 길로 다시 뛰어갔다.

아무 조건 없이 깔끔하게 돈으로 상속받았더라면 좋았을 거라
고 나는 생각했다.

─\/─

그날 밤, 아파트 현관에서 누군가 벨을 눌렀다. 보안 카메라에
파란색 냄비를 들고 서 있는 론의 얼굴이 보였다.

"카레 가져왔으니까 안 된다고는 하지 마."

문 열림 버튼을 누르는 나를 향해 어머니는 누구냐는 듯 어깨를
으쓱했다. "론이 왔어요."

나는 집 안을 재빨리 훑어본 뒤 미친 듯이 주변을 치우기 시작
했다. 갑작스러운 간호사의 불시 점검에 걸릴 것들이 한두 가지
가 아니었다. 지난 몇 주 동안 우리는 외부인의 방문을 철저히 거
부해왔고, 그러면서 집은 서로 받아들일 수 있는 수준에서 서서히
난장판이 되어 갔다.

대부분의 활동은 소파 앞의 작은 탁자 부근에서 이루어졌다. 우
리는 저녁으로 뇨키 한 그릇을 나눠 먹었는데, 한입씩 먹을 때마

다 어머니가 씹어 삼키기에는 너무 버거운 음식임을 깨달았다. 반쯤 먹다 만 뇨키 그릇에는 아직도 포크 하나가 꽂혀 있었고, 홀짝거리며 마신 포도주잔 하나가 소파 쿠션 사이에 박혀 있었다. 론이 들어올까 봐 허둥지둥하는 내 모습을 보고 어머니가 눈을 반짝였다.

문 앞에 론이 서 있었다. 어머니는 무릎 위에 올려놓았던 손을 아주 조금만 들어 내 셔츠를 가리켰다. 소스 얼룩이 묻어 있었다.

론은 활기차게 안으로 들어왔다. "이제야 겨우 입장 허가가 떨어졌네." 그는 내 셔츠에 묻은 얼룩을 보았지만 아무 말도 하지 않고 바로 어머니에게로 갔다. 어머니는 소파에 조각상처럼 앉아 론이 포옹하는 대로 가만히 있었다. "더 빨리 오고 싶었는데, 에번이 못 오게 방해를 해서요."

그가 여기 오자 갑자기 모든 상황이 진짜처럼 느껴졌다. 론이 팔을 풀자 어머니는 그대로 쿠션에 등을 기대며 쓰러졌다.

날씨 얘기, 월로우 우드 얘기, 그리고 아파트 안으로 들어오기까지 무슨 일이 있었는지 그가 열심히 떠들어대자 어머니도 고개를 끄덕였다. 하지만 정말로 귀담아듣는 것 같지는 않았고, 론 역시 진심으로 얘기하는 것 같지 않았다.

그는 7시밖에 안 됐는데 벌써 저녁을 먹었느냐며 한바탕 잔소리를 늘어놓고는 부엌으로 가 냉장고 안에 있는 포장 용기들을 한쪽으로 밀어놓고 가져온 냄비를 넣었다. 그리고 카레를 데우는 법을 큰 소리로 알려주며 이미 단맛이 충분하니 처트니는 넣지 말라고 말했다.

그는 어머니에게 돌아와 근처에 있던 쓰레기통을 치우고는 옆에 쭈그리고 앉았다. 쓰레기통 안에는 어머니가 티슈에 싸서 버린, 씹다 만 뇨키들이 잔뜩 들어 있었다.

"자, 그럼. 요즘 어떻게 지내고 계셨어요?"

"보시다시피."

그런다고 론의 친절함이 꺾이지는 않았다. "필요하신 건 없으시고요?"

"제발 간호할 생각은 말아줘." 어머니는 기운이 하나도 없는 손가락으로 나를 가리키며 말했다. "간호라면 이미 충분히 받고 있으니까."

"싸우려고 온 게 아니에요. 그냥 두 사람에게 뭔가 도움을 주고 싶어서 온 거라고요."

"그렇다면 어려울 일 없지." 어머니가 대답했다.

"그렇게 말씀해주시니 좋군요. 사람들이 어머니를 많이 보고싶어 해요. 다들 얼마나 물어보는지 몰라요."

그런 말에 어머니가 관심을 보일 턱이 없었다. "트리시는 올 수 없어. 넌 와도 트리시는 안 돼."

"직원들이 아니라 입소자분들이요. 에비도 그 중 한 사람이에요. 비브가 어딜 갔냐고 자꾸만 물어서 하이킹하러 갔다고 여러 번 말씀드린걸요." 너무나 생기 넘치는 론의 모습에 슬그머니 짜증이 나려고 했다. "제가 어머니를 뵙고 왔다는 얘길 하면 에비도 기뻐할 거예요."

어머니는 당황한 표정이었다. "보긴 뭘?"

"어머니를요."

등에 받쳐놓은 베개, 다리 밑에 지지해놓은 쿠션, 춥지 않게 몸

373

을 둘둘 감은 담요, 어머니는 이런 것들에 의지해 소파에 누워 있는 자신의 모습을 내려다보았다.

"지금 여기서 썩고 있는 나를 말하는 건가?" 현실에 대한 직시는 곧 스스로에 대한 비난으로 이어졌다. "사무실이랑 거기 사람들한테 이제 내가 어디에 있나 확인하는 일은 관두라고 좀 일러줘. 감시 모니터는 이제 꺼도 된다고. 허락도 받지 않고 멋대로 하이킹 가는 일은 절대 없을 테니까."

"당장 지금은 아니더라도 또 누가 알아요? 시간이 좀 지나 운동도 하시고 그러면?"

어머니는 속으로 '멍청한 놈'이라고 중얼거리고 있을 게 분명했다.

어머니가 곧 좋아지기라도 할 것처럼 론이 계속 헛소리를 지껄이기 전에 내가 먼저 끼어들었다.

"지난번에 재검받으면서 정밀검사도 했어. 단서가 될 만한 건 모두 확인했어. 지금은 그런 상태야."

그래도 론은 단념하지 않고 어머니에게 물었다. "그래도 도망다니는 동안 재밌으셨죠?"

뜻밖에도 어머니는 평소와 다른 그윽한 눈빛을 내게 보내며 말했다. "둘이 함께 정말 재밌는 시간을 보냈지. 론한테 얘기해줘."

론도 신이 나서 소파에 등을 기댔다. "제가 예상했던 대로군요." 그는 내게 손을 내밀었다. 내가 손을 잡자 그는 내 손을 꽉 쥐었다.

어머니는 고개를 돌려 TV를 보며 말했다. "개인적인 질문은 안 할게." 우리는 서로 잡은 손을 풀었다.

"사이먼과 저는 두 사람 모두에게 사교활동이 절실하다고 생각했어요. 그래서 제가 대신해서 여기 온 거예요."

"대표로 온 거겠지."

"우리는 두 분이 필요한 게 있을 때면 언제든 다양한 서비스를 제공할 거예요."

어머니는 눈으로는 계속 TV를 보며 말했다. "참 친절하기도 하지. 사이먼에게도 고맙다고 전해주고. 확실히 말해두는데 윌로우우드 직원 누구라도 그곳으로 다시 가야 한다고 내게 강요하면, 나도 계획해둔 걸 실행할 거야." 어머니는 머리를 까딱해 나를 가리켰다.

"그동안 몇 달에 걸쳐 쟤가 그 훈련을 받았거든. 제일 먼저 나부터 죽여줄 거야."

론의 얼굴이 굳었다.

내 얼굴도 굳었다.

"우리 미래의 일은 너무 미리 걱정하지 말기로 해요." 나는 갑자기 밝고 희망에 찬 사람처럼 말했다.

"나는 병원이라면 어디도 안 갈 거야. 그러니까 영웅적인 행동은 하지 말아줘." 어머니는 마치 나를 믿지 못하겠다는 듯 론에게 말했다. "그리고 감방 같은 그 시설로 가기 전에 죽어버리겠어." 어머니의 얼굴에는 아무 표정도 없었지만, 텐트에서 보낸 그날 밤 이후 그 어느 때보다 제정신으로 보였다.

"분명히 말하지만 그게 내 소원이야. 내 말 알아들었지?"

론은 내 얼굴을 쳐다보았고 나는 마치 아무 일도 없었다는 듯 아래를 내려다보았다.

어머니는 우리 둘을 향해 말을 이어갔다. "내 상태는 앞으로 점점 더 나빠질 거야."

"엄마, 꼭 그렇게 된다는 보장도 없어요. 앞으로 어떻게 될지 아무도 모르는 거라고요." 나 역시 멍청한 놈처럼 지껄이고 있었다.

론이 어머니의 손을 잡으려고 하자 어머니는 손을 뒤로 뺐다. 그는 고집스럽게 어머니의 손을 잡더니 자기 손가락으로 깍지를 꼈다. "친구로서 여쭤볼게요. 오늘 밤 제가 뭐라도 도울 일이 있을까요? 부엌 정리를 도울 수 있게 해주실래요?"

"얘야, 도와줄 일은 정말 아무것도 없어요. 우리는 여기서 잘 지내고 있어. 가져온 카레는 잘 먹으마. 와줘서 정말 고마웠다."

"제가 여기 온 데는 다른 이유가 있어요. 단지 카레 때문이 아니라고요. 이 힘든 상황을 조금이라도 쉽게 만드는데 필요한 게 있다면, 저희가 해……"

어머니는 자신의 관심은 오로지 TV에 있다는 듯 눈을 크게 떴다.

그 의미를 눈치챈 론은 어머니의 손을 놓으며 일어섰다. "그럼 이만 가볼게요." TV에서 효과음으로 녹음된 웃음소리가 터져 나왔다.

"안녕히 주무세요."

어머니는 론이 뺨에 키스할 수 있게 얼굴만 살짝 기울였다. "잘 가라."

나는 론을 따라 문까지 갔다. "내가 왜 밤에도 집 밖으로 나오지 않는지 이제 알겠지?" 내가 말했다.

"네가 무슨 생각으로 이러는지 이제 알겠어."

"무슨 생각?"

그는 걸음을 멈췄다. "나는 효심 지극한 아들이고 이건 내가 원해서 하는 일이다, 이런 태도는 아무 도움이 안 돼. 아무것도 할 수 없다고. 방금 여기서 〈그레이 가든〉*을 보는 기분이었단 말이야."

"어머니랑 나는 그럭저럭 잘 지내고 있어."

"죽는 얘기 하면서? 계속 저런 말씀 하시는 거야?"

"어쩌다 나온 말이야." 나는 이 상황을 되도록 줄이고, 줄이고, 줄여서 말했다.

"네가 어떻게 될까 봐 나 정말 겁나."

"일이 이렇게 되니까 낙담하셔서 그래. 그럴 만하잖아."

론은 내 얼굴을 똑바로 바라보았다. "너 설마 어머니가 그걸 하도록 돕겠다고 말한 거야?"

"추상적인 얘기를 하신 거야. 다들 그런 식으로 말하는 거, 너도 알잖아."

"아니, 모르겠어. 무슨 일이 있었던 건지 말해줘. 아까 네가 훈련인지 뭔지 받고 있다고 한 거, 그거 네 일 얘기야?" 그는 내 표정을 자세히 살피려고 한 걸음 뒤로 물러섰다. 내가 거짓말하고 있는지 확인하려 했다. 그는 엉덩이에 손을 대고 내 대답을 기다렸다. 트리시에게서 무슨 말을 들은 게 틀림없었다.

"어머니는 지금 온전한 정신상태가 아니야." 내가 말했다.

그는 발에 걸어차인 사람처럼 끙하고 앓는 소리를 내더니 이해

---

*   한때 상류층이었던 늙은 어머니와 딸이 세상과 단절된 채 사는 모습을 다룬 다큐멘터리 영화.

가 안 된다는 듯 웃었다. "에번. 제발 사실을 말해줘."

나는 순간 간절히 론과 함께 그의 집으로 가 소파에 앉고 싶었다. 아무것도 묻지 않는 론과 사이먼 사이에 몸을 웅크리고 앉아 와인을 홀짝거리면서 어머니가 죽을 때까지 그냥 TV나 보고 싶었다.

"제발. 나 다 알아. 그러니까 그냥 얘기해." 그가 말했다.

그가 무얼 안다는 건지 알아내려고 애쓰지도, 뭔가를 부탁하지도, 심지어 포옹도 하지 않고 나는 그저 이렇게 말했다.

"우리끼리도 잘 지내고 있어. 정말이야."

그가 내게서 시선을 거두고 현관문의 손잡이를 잡는 모습을 보자, 나 자신이 너무 불쌍하게 느껴졌다.

"그래, 알았어. 네 생각이 정 그렇다면 적어도 이 상황을 안정시키기 위해 네가 뭘 하고 있는지는 내게 알려줘. 왜냐면……" 그는 거실을 향해 손을 내저었다. "이런 걸 계속하고 있을 순 없어. 누군가가 병원이든 감옥이든 가지 않고서는."

"그럼 내가 선택할 수 있는 방법들을 좀 알려줘."

"첫 번째는 혼자서 이걸 감당할 수 없다는 사실을 인정하고 받아들이는 거야. 현실을 직시해. 뭐가 안전한 방법인지, 어떤 도움을 받아야 할지 생각해보라고. 집으로 방문하는 서비스를 받을 수도 있어. 그리고 너 자꾸 까먹는 모양인데, 사이먼이랑 내가 있잖아."

"고마워."

"고맙다고?"

"미안."

"에번, 네가 우리한테 어떤 감정을 가졌는지 난 잘 모르겠어. 우리는 널 정말 진지하게 생각하고 있다고. 우린 널 사랑해. 넌 지금 여기서 불가능한 일을 혼자 해보겠다고 이러고 있어. 기댈 곳이 없다고 여기면서. 하지만 사실은 그렇지 않아."

"두 번째는 뭐야?"

"두 번째?"

"나한테 선택할 방법들을 알려준다며."

"미안해. 두 번째는 없어."

그의 뺨이 붉게 상기되었다. 그는 내게서 고백의 말도, 솔직한 심정도, 심지어 친밀한 관심의 표현도 더 들으려고 하지 않았다.

"네가 선택할 수 있는 건 이게 전부야. 혼자가 아니라는 사실을 받아들이는 거."

"고마워."

나는 그저 고맙다는 소리 외엔 할 말이 없었다. 론은 사이먼에게 하듯 나를 보며 고개를 저었다. "도대체 왜 이렇게 나를 애쓰게 만드는 거야?"

"나도 널 사랑하니까?"

그는 나를 보며 실망스러운 미소를 지었다. "좀 다르게 할 수도 있을 텐데 왜 이러는지 정말 모르겠어. 잘 자. 가끔 전화 좀 하고. 카레 맛있게 먹어."

나는 층계참에 서서 계속 머리를 저으며 계단을 내려가는 론의 뒷모습을 지켜보았다. 갑자기 노트북 앞으로 달려가, 사건의 중심에 서 있기민 무슨 밀을 해야 할지도 모르겠는, 무기력하기만 한 지금의 심정을 써 내려가고픈 충동이 일었다. 하지만 소파에서 나를 부르는 어머니의 힘없는 목소리가 들렸다.

어머니는 이제 막 일어설 것처럼 작은 탁자를 손으로 잡고 쿠션 가장자리에서 몸을 앞으로 일으켜 세우려 하고 있었다. 하지만 오늘 밤은 그 이상의 진척이 있을 것 같지 않았다.

"어디 가시게요?"

"뭐? 아니. 나 결정했어. 오늘 저녁에는 프렌치토스트를 먹어야겠어."

"우리 벌써 저녁 먹었잖아요. 뇨키."

이런 일은 처음이었다. 어머니는 최대한 힘껏 머리를 들어 나를 보았다. "얘 좀 봐. 너 꼭 울 것 같은 얼굴이다. 그게 그렇게 중요한 거면 알았어. 그냥 뇨키 먹을게."

나는 손으로 얼굴을 문질렀다. "울려는 게 아니고요. 식사하셨다고요. 지금 앞에 있잖아요."

어머니는 그릇 안을 가만히 보다가 웃음을 터뜨렸다. "이거 맛이 어땠더라?" 어머니는 포크를 집어 들고 파스타를 찍으려고 했다.

"제가 어머니가 죽도록 도와드릴 거라는 말은 하지 말지 그러셨어요?"

"론한테 네 직업이 뭔지도 아직 얘기 안 한 거니? 너 참 별나구나." 그녀는 말했다. "그래도 너무 걱정 마라. 자세하게 말하진 않았잖니."

"꼭 그렇지도 않았어요."

"어쨌든 중요한 건 네가 통과했다는 사실이야." 포크로 뇨키를 찍으면서 어머니는 말했다. 하지만 그녀의 입으로 들어가는 건 거의 없었다.

"내가 너를 필요로 하게 됐을 때, 너도 준비가 되면 나한테 알려줄래?"

"제가 언제 그렇게 해드린다고 했어요?"

"절대 그럴 일 없을 거라고 론에게 말할 때, 너나 나나 결국엔 그렇게 되리라는 걸 알고 있었어. 이 소파에서 내려오지도 못하고 말도 못 하게 되면, 나는 그만 살련다."

어머니는 한쪽 팔을 크게 뻗어 흔들며 단호하게 말했다. "침대에 누워서 하는 목욕은 고맙지만 절대 사절이야. 난 떠나야 할 때가 언제인지 알아."

"알겠어요." 나는 포크를 쥔 어머니의 손을 잡고 파스타를 찍을 수 있게 도와드렸다.

"고맙다." 어머니가 말했다. "아까 보니 론이랑 얘기하면서 턱을 긁적거리더라. 너 거짓말할 때 무의식적으로 항상 그러는 거 알지? 론도 아마 알고 있을걸. 똑똑한 애니까. 가서 보석함 좀 가져와."

"뭘 가져오라고요?"

"그거, 내 함 말이야. 어디 있는지도 말해줘야 해?"

아니요. 내가 함을 가져오자 어머니는 둔한 손놀림으로 경첩 부위를 누르기 시작했다.

"열쇠가 있어야 하는 거 아니에요?"

"몇 년 전에 잃어버렸어. 과도 좀 가지고 와봐."

괴도를 기져있다. 보석힘 속을 들여나보노독 어머니가 허락하는 때가 오다니. 나쁜 짓을 많이 하던 십대 시절에도 이걸 열어본다는 건 상상조차 하지 못한 일이었다. 어머니가 상자 틈새에 칼을 끼워 넣고 이리저리 돌리자 가짜 금으로 만든 덮개가 툭 열렸고, 나는 그 모습을 전부 지켜보았다.

금단의 영역이 눈앞에 펼쳐졌다. 기간이 만료된 여권 몇 개를 보니 어머니의 사진에 각자 다른 이름의 신분증이 붙어 있을지도 모른다는 의심이 들어 뒷덜미가 욱신거렸다. 상자 안에는 장신구들이 엉망으로 뒤엉켜 있었다. 길게 늘어지는 진주 귀걸이 한 쌍, 아직 세팅하진 않았지만 잘 연마된 터키석 원석 덩어리 몇 개, 접어놓은 서류들, 그리고 어디서 많이 본 듯한, 작은 비닐봉지에 담긴 하얀 가루. 상자 속 물건들은 혹시나 싶어 버리지 않고 싱크대 서랍 뒤편에 넣어놓은 그런 물건들처럼 보였다.

"넴뷰탈을 사뒀어." 어머니는 자랑스럽게 말했다. "바로 문 앞까지 배달해주더라."

"놀랍네요."

어머니는 천천히 그 봉투를 내게 건네주었다. "네가 잘 보관해 줘. 그리고 이것도 네가 가지고 있는 편이 낫겠다." 어머니는 종이 뭉치 아래에서 작은 책 하나를 끄집어내며 말했다. 손으로 꿰매 직접 제본한 책이었다.

"네 육아일기야."

나는 책을 펼쳤다. 누렇게 변한 종이에는 빛바랜 초음파 검사 사진이 붙어 있었고, 내 작은 손발에 잉크를 묻혀 찍은 손도장, 발도장도 있었다. 처음 보는 주소가 적힌 출생증명서. 보관용 머리카락 한 줌. 중국식 별점. 처음 구매한 기저귀 상자의 영수증. 영수증의 금액에는 연필로 하트가 그려져 있었다. 흰 담요에 돌돌 싸여 주먹을 빨고 있는 나를 아버지가 안고 찍은 사진 한 장.

"사람들은 이런 걸 기념으로 보관하곤 하지. 그야말로 보관하기 위해 보관했다고나 할까? 페이스북이 생기기 전엔 이렇게들 했어."

"이런 게 있는 줄도 몰랐어요."

"어떻게 알겠어? 보석함 속에 있었는데. 내가 죽으면 어차피 네가 갖게 되겠지만, 지금 줄게. 이건 내 거라기보단 네 아버지의 물건이었다고 보는 편이 좋겠구나."

아버지의 냄새가 나지 않을까 책에 코를 대고 킁킁거렸지만, 그냥 오래된 냄새만 날 뿐이었다.

"네가 걸음마 하기 전까지는 네 아버지가 꾸준히 여기다 내용을 추가했었는데, 걷기 시작한 후로는 우리 둘 다 널 쫓아다니느라 너무 바빴어. 혹시라도 그거 보면서 감상에 빠질 거라면 나중에 열어볼래? 지금은 넴뷰탈 얘기를 하고 싶으니까."

나는 책을 가슴 위에 올려놓고 말했다. "그럼 어디 말씀해보세요. 정신 제대로 나간 아주머니."

"너희 프로그램이 워낙 까다로워서 말기 환자가 아니면 통과 안 시켜준다는 건 나도 알고 있었어. 그래서 네가 그걸 해야 할 때가 됐을 때 네 일을 좀 쉽게 해주려고 이걸 구해놓은 거야."

"제가 그걸 해야 한다고요?"

"네가 해야지. 지금쯤이면 네 능력도 충분히 향상됐으리라 믿어." 그녀는 말을 멈추고 그 장면을 상상했다. 우리 둘은 다 같은 장면을 빙빙하고 있었나.

"부모가 둘 다 자살했다는 오명을 너에게 남기고 싶진 않았다

383

만. 그래도 이건 네가 할 일이야."

"그런가요?"

"난 네 엄마야. 나는 네가 뭘 해야 하는지 알고 있고, 넌 내가 원하는 대로 해주지 않으면 내가 널 끊임없이 괴롭힐 거라는 걸 알고 있지. 그럼 이제, 넴뷰탈은 부엌 서랍에 넣어둬. 우리 둘 다 그게 어디 있는지 알 수 있게. 그리고 이 작은 책은 이제 좀 치우고 내가 조용히 식사를 마치게 해주겠니?"

─╲╱─

책을 아버지가 만들었다는 증거는 거의 없었다. 첫 장에 아버지 글씨가 적혀 있었고, 잠시 뒤 내가 처음 말한 단어가 '엄마'였다고 적은 기록 말고는 그의 흔적은 그게 다였다. 나는 책을 머리맡에 두고 소파에 누워 잠이 들었다. 아침에 눈을 떴을 때 나를 안고 있는 아버지의 사진이 제일 먼저 눈에 들어왔다. 그는 이 작은 아기를 통해 충분히 행복하다고 느낄 수도 있었을 텐데, 그랬다면 죽지 않고 계속 함께했을 텐데, 왜 그러지 않았는지 이해하려고 애쓰면서 나는 계속 사진을 들여다보았다.

─╲╱─

하루하루 시간은 내리막길을 굴러갔다. 우리는 더 이상 재활치료에 대해 의논하는 척하지 않았고, 아예 대화하는 일 자체가 없었다.

론과 사이먼에게는 전화하지 않았다. 네티에게도 전화하지 않았다. 심지어는 줄리아에게도 전화하지 않았다.

—⌁—

그날 오후, 나는 소아성애자인지 뭔지 정체를 알 수 없는 피아노 선생에 대한 영화를 보고 있었다. 그는 진짜 소아성애자를 찾아내 자신의 결백을 증명하려고 갖은 노력을 한 끝에 (적어도 범인의 실루엣은 꼭 주인공처럼 보이긴 했다) 다시 자신의 오래된 빅토리아풍의 대저택에서 일대일 레슨을 하게 되었다. 내용은 나쁘지 않았다.

영화가 거의 끝나갈 무렵 핸드폰 화면에 'J'라는 글자가 번쩍거렸다. 극장 안에 사람이 거의 없어 나는 속삭여 전화를 받았다. 이전에 한 번도 얘기를 나눠본 적이 없는 재스퍼였다. 그는 쾌활한 목소리로 내가 머시 병원에서 일했던 일("병원에서는 그 서비스가 절실한 사람들 중에 40퍼센트만 받아주고 있어요.")과 총을 쏴 자살했던 남자 얘기("난폭한 죽음은 해답이 될 수 없죠!")를 들춰내 나를 괴롭혔다.

그가 전화한 진짜 이유는, 내가 방문해야 할 친구가 한 명 있어서였다. 복도로 나와 자세한 내용을 들었다.

브리핑은 그야말로 간단했다. 32세 여자, 흑색종*을 앓고 있으며, 간과 뼈로 전이. 가족력이 있어 다음 전이 부위는 뇌라고 확신.

---

* 멜라닌 세포의 악성 변화에 의해 유발되는 피부암의 일종.

배우자는 없다. 어머니를 제외한 나머지 가족과는 서로 연락하지 않고 지내고 있다. 어머니가 주로 돌봐주고 있는데, 둘 사이에도 약간의 갈등이 있다. 약물을 구하는 일, 사후 발견될 일 등은 이미 다 계획한 상태고, 유서도 이미 써두었다. 오후 늦게 그녀를 만나는 건 어떤가?

"갑작스럽군요."

"당신은 그렇게 느낄 수 있죠. 하지만 우린 암이 재발하기 훨씬 전부터 그녀와 대화를 시작했어요. 한 22개월 됐나? 우리와는 오랜 친구 사이예요. 원래는 내가 가기로 돼 있었는데 갑자기 개인적인 사정이 생겨 오늘 오후 의사를 만나러 가게 됐거든요. 그런데 이 여자는 기어코 오늘이어야 한대요. 한 번도 얘기 나눈 적이 없는 사람이 와도 상관없다는군요. 나 역시 병원 가는 일을 미룰 수 없고요. 이유는 묻지 마세요."

이유는 묻지 않았다. 나는 전화번호와 주소를 받아 극장 안 어둠 속으로 다시 들어갔다.

진짜 소아성애자의 정체는 계속 모호한 상태여서 어딘가에 나쁜 놈이 숨어 있는 건지, 피아노 선생의 또 다른 내면이 범인인지 관객은 끝까지 알 수 없었다. 어느 쪽도 말은 된다고 생각했다. 영화의 마지막에 이르자, 피아노를 치는 학생을 지도하는 두 손이 화면을 가득 채웠다. 눈물은 흐르지 않았고, 어딘가 찜찜한 의문만 남았다. 엔딩 크레디트가 시작되기 전에 나는 극장을 나와 고객과 첫 연락을 시도했다.

"고맙네요. 젠장. 30분 후 괜찮으세요?" 그녀가 말했다.

"아무 때나 상관없어요."

"좋아요."

—⋀—

여자의 집은 벽돌 주택이었다. 지은 지 최소 15년은 지난 듯 보였지만 비교적 새 건물이었고 나란히 늘어선 다섯 집 가운데 제일 중간에 자리 잡고 있었다. 집집마다 1층 높이의 기둥에 철문이 설치되어 있었고, 페인트칠한 돌 화분이 현관 옆에 있었다. 그리고 커다란 쓰레기통 주위로는 생울타리가 곡선을 이루며 무성하게 자라 있었다.

여자의 얼굴은 황달 때문에 노란빛을 띠었지만 나이에 비해 훨씬 어려 보였다. 몇 년간 의사와 간호사의 지시를 따르고 관리도 잘 받는다면 젊음을 유지할 가능성이 컸다. 심홍색 캐미솔에 어울리는 숄을 두르고 가벼운 구두를 신은 모습이 마치 과잉보호를 받으며 응석받이로 자란 인상을 주었다.

"와주셔서 정말 기뻐요. 저와 얘기 나눈 적이 없는 분이라고 들었지만, 그랬을 것 같지 않군요. 조직의 사람들과는 한 사람도 빠짐없이 모두와 이야기를 나눠본걸요. 이제 와서 그게 중요한 건 아니지만." 그녀는 약간 웃었다.

"아까 전화 받고 구토 억제제는 먹었어요. 여기 오시라고 한 건 의지할 사람이 필요해서가 아니라 넴뷰탈 때문이에요. 효과가 있는지 확인해줄 사람이 필요해서요."

"이유는 아무래도 상관없어요." 나는 주머니에 든 여분의 넴뷰탈 봉지를 부적이라도 되는 양 손으로 만지며 대답했다.

"좋았어요."

벽은 천장부터 바닥까지 온통 액자를 끼운 그림으로 덮여있었는데, 꼼꼼하게 채색한 카피작품이었다.

"전부 제가 그린 거예요." 그녀는 가장 큰 그림을 가리키며 말했다. 인상파 화가들의 꽃이 든 화병 그림이 주로 많았다. "전공이 미술사예요. 아무도 신경 쓰지 않지만. 저처럼 거의 말기 판정을 받은 분야나 다름없어요. 이렇게 재수 없게 인생을 마감할 줄 알았으면 그림이나 열심히 그려서 제대로 된 명화 위조범이 되는 건데 그랬어요. 이랬어야 했는데, 저랬어야 했는데, 그럴 수도 있었는데. 이런 말들 많이 들었겠죠?"

복도에 걸린 은백색의 나무 그림 하나가 눈에 들어왔다. "반 고흐 그림이에요." 그녀가 말했다. 걸친 숄이 흘러내리면서 드러난 팔목 위에는 사다리 모양의 흉터 자국이 선명했다.

거실 컴퓨터 모니터 바로 옆에 이젤 하나가 세워져 있었다. "너무 감동할 것 없어요. 결국 기술 반, 수학적 계산 반이거든요. 제가 죽고 나면 이 그림들은 모두 갈 곳이 정해져 있어요. 친구들한테 주기로 했거든요. 그런데 말이죠, 우리 엄마는 제대로 된 친구도 하나 없는 사람이에요."

죽음에 대한 이야기를 진전시키기 전에 가족들을 만나 대화를 나누고 다른 과 진료를 통해 의사의 소견을 듣는 일은 꼭 필요한 과정이었다. (그녀는 특히 정신과 치료가 절실해 보였다.) 하지만 재스퍼의 길에서는 이를 어떻게 다루는지 전혀 확인할 길이 없었다. 적어도 그 여자는 무척 아파 보였다. 어쩌면 오늘 스테로이드를 복용했는지도 몰랐다.

그녀는 초 몇 개와 잠들며 들을 음악을 준비한 다음 욕조에 누워 있겠다고 했다. 그래서 지금 욕조에 물을 받는 중이었다. 모든 일이 계획대로 된다면 그녀는 약물을 마시고 물속에 들어가 몇 분 뒤에는 잠이 들고, 그리고 익사하게 될 터였다. 그녀는 이렇게 창의적인 계획을 생각해낸 데 대해 스스로 무척이나 만족스러운 모양이었다.

"실패에 대비해 이렇게 대안까지 준비해놓은 사람 전에 본 적 있어요? 알아보고 또 알아봤지만, 전 못 봤거든요."

"본 적 없어요."

단순한 모양의 화병에 20여 송이의 연분홍색 장미꽃이 꽂혀 있었다. 욕조에 들어가면 꽃잎을 떼어 물 위에 뿌릴 거라고 했다.

"그렇게 해놓고 마지막에 이 꽃잎들을 보면서 죽으려고요."

"모든 걸 완벽하게 계획해놨군요."

"당연히 그래야죠."

그리고 10분 동안 그녀는 화장품 가방을 옆에 놓고 소파에 앉아 화장을 했다. "이건 저를 위해서예요. 죽고 나서 제일 아쉬울 일 한 가지는 더 이상 화장을 못 한다는 사실 뿐이거든요."

그녀는 콤팩트, 아이라이너, 립스틱의 뚜껑을 닫고 화장 솜을 바닥에 던졌다. 그리고 자리에서 일어서 한 바퀴 돌며 자신의 모습을 내게 보여줬다. 공들여 화장한 아픈 여자의 얼굴이었다. "엄마가 나를 발견할 때쯤에는 내 몸이 완전 개떡처럼 되어 있겠죠? 그건 나도 아니까, 걱정은 안 하셔도 돼요."

타살의 증거는 전혀 없다 해도, 그녀의 어머니는 한동안 고초를 치르게 되겠지.

그녀는 부엌 싱크대에서 빨간색 스프링 노트 12권을 불태웠다. 노트는 그녀가 어린 시절 썼던 일기들이었다. 그녀는 연기가 빠지도록 창문을 열었다. 마지막 계획이었다.

"나를 지우는 일, 더 일찍 했어야 했지만 결정이 쉽지 않았어요. 작년까지만 해도 이렇게 못했을 거예요. 어쨌든 나는 누군가와 이 일을 의논해야만 했고, 내 안의 기억과 생각을 '끄집어'내야만 했어요. 그리고 그쪽 조직 사람들은 내 삶을 신에게서 스스로 거두려 하는 이유를 '이해'하고 '깨닫게' 해줬어요. 안 그랬다면 침대에 누워 끊임없이 약물을 주입하고, 어머니는 나를 돌봐주는 간호사들에게 소리를 질러대고, 평소와 다름없이 그런 걸 계속하고 있었겠죠. 어쩌면 그게 쉬운 방법이었기 때문에 그랬을 거예요. 하지만 난 아니에요. 난 항상 가장 힘든 길을 고집해왔어요."

종이가 다 타고 자욱하게 연기가 피어오르자 그녀는 수도꼭지 머리를 당겨 그 위에 물을 뿌렸다. 그리고 물을 흠뻑 먹은 까만 덩어리를 두 손으로 짓이기더니 비닐봉지로 두 번 싸서 쓰레기통에 넣었다. 작은 검댕 조각들이 사방으로 날려 공기 중에 떠다녔다.

본격적으로 일을 시작하기 전에 그녀는 부엌 조리대를 마른행주로 간단하게 닦았다. 그리고 물이 든 컵에 넴뷰탈을 쏟아붓고 단숨에 마셔버렸다. "맛이 형편없네요. 설탕 한 숟가락 먹을까 싶은데, 안 되는 이유라도 있을까요?"

이 일에 기여하면서 나는 한 번도 주저하지 않았다. 이제 와서 주저해봐야 아무 의미도 없었다. 나는 그저 고개를 저었다.

그녀는 입안에 설탕을 넣고 아작아작 씹으면서 50달러를 건넸다. "어제 은행에 가서 돈을 좀 더 찾아올까 했었지만 할 일이 너무 많았어요. 미안해요."

지금 돈 걱정 따위는 전혀 할 필요도 없노라고 나는 그녀를 안심시켰다. "그렇게 말해줘서 고마워요." 그녀는 아이팟 플레이어를 집어 들고 복도에 서서 욕실 안을 흘낏 들여다보았다. "그럼 여기 조명은 모두 끄도록 할게요. 촛불만 켜놓고요. 음악 소리가 좀 클 거예요. 혹시라도 문제가 생기면 소리를 지를게요. 30분 후에 일이 제대로 됐는지 확인만 좀 해주세요. 그게 다예요. 당신이 단정치 못한 내 모습을 보더라도 신경 쓰지 않으려고요. 한눈에 봐도 당신, 게이처럼 보이거든요. 그리고 장미꽃잎도 위에 뿌릴 거니까. 여기까지 와줘서 고마웠어요."

"고맙긴요, 뭘."

파티에서 먼저 떠나는 사람처럼 그녀는 내 뺨에 키스하더니 욕실 안으로 들어갔다.

30분 동안 나는 문틈으로 흘러나오는 너바나의 음악을 들었다. 자신이 재수 없게 죽을병에 걸렸다는 사실을 미리 알았다고 한들 그녀는 무엇을 할 수 있었을까? 자신에게도 행운이 올 거라고 믿을 만한 게 있긴 했을까? 그게 뭔지는 몰라도 자신이 얻지 못했던 것에 대한 실망은 자기 어머니를 향한 분노와 함께 바로 이 꽃 그림들을 탄생시켰다. 어쩌면 그녀가 원한 것은 의식조차 하지 못하는 건강함, 그것이었을 것이다. 그녀도 알았더라면 좋았을 텐데. 그랬더라면 그녀는 어머니가 아닌 그 사실 자체에 대해 화를 냈을 텐데. 그리고 뭔가 다른 것, 사납고 아픈 무언가를 그렸을 텐데.

약속한 시간이 흐른 뒤 나는 욕실 안을 확인했다. 그녀의 몸은 욕조 안에 둥둥 떠 있었고, 캐미솔과 두 손은 천천히 흔들리고 있었다. 손가락은 꽃잎을 그러모으려는 듯 쫙 펴져 있었다. 맥박을 확인할 필요도 없었다. 그녀의 머리는 물 밑에 있었고 눈은 반쯤 뜬 상태였다. 그녀는 그대로 정물화가 되어 있었다.

욕조에서의 자살은 매우 효과적인 안전장치였다. 그 점에 대해선 인정해야 했다. 그리고 내 관점에서 봤을 때 총으로 자살한 모습보다 훨씬 회화적이고 독창적으로 느껴졌다.

하지만 나는 그녀의 어머니가 아니었다. 내일 어머니는 딸의 이름을 부르면서 집 안으로 걸어 들어와 거실을 살펴보고, 침실, 그 다음으로 이곳을 살펴볼 것이다. 총알에 머리가 날아갔더라면 적어도 표정 없는 딸의 두 눈을 들여다볼 일은 없었을 테고, 강도가 들었다거나 누군가 총을 청소하다가 총알을 잘못 발사했으리라 상상할 수도 있었을 텐데. 하지만 그런 상상 대신 그녀의 어머니는 이 모습을 보게 되리라.

참, 추가사항이 있었다. 12시간 쯤 지나면 시신은 욕조를 꽉 채울 만큼 팽창해 있겠지.

죽음을 앞두고 딸들과 건배를 들었던 아이리스를, 나는 이해할 수 있었다. 난처한 상황을 만들지 않기 위해 램브로스에게 아무 말도 하지 않았던 미르나도 역시 이해할 수 있었다. 심지어 머리가 반만 남은 자기 시신을 친구가 발견하도록 꾸며놓고 죽은 리클라이너의 그 남자도 그럴 수밖에 없는 절박함이 있었다. 하지만 욕조 안 이 여자는 세상 그 어떤 말보다 가장 폭력적인 마지막 유언을 자기 엄마에게 남기고 죽었다.

몸 어느 구멍에선가 기포 한 방울이 꽃잎을 헤치고 올라와 부드럽게 퐁 소리를 내며 터졌다. 신에게 바쳐진 여자의 머리와 팔, 다리는 욕조 가장자리에서 불경스러운 오각별 모양을 그리며 자리 잡고 있었다. 몇 시간 후 그녀의 몸이 모조리 불에 타 없어지는 상 상을 했다.

—⋀—

소파 위 항상 있던 자리에 어머니가 없었다.

닫힌 욕실 문 밑으로 조금씩 새어 나오는 물에 침실 카펫이 검게 젖어 있었다. 나는 욕실 문을 열면서 방금 떠나온 곳의 장면을 상상하고 있었다.

어머니는 알몸으로 무릎을 꿇고 상체는 욕조에 걸친 채 엎드려 있었다. 뼈가 앙상하게 드러난 엉덩이는 문을 향하고 있었고 두 팔은 욕조 안에, 두 다리는 바닥에 쫙 벌어져 있었다. 안쪽 허벅지 한쪽에는 흘러내린 똥 자국이 그대로 남아 있었다. 욕실 바닥에는 물이 반 인치가량 차 찰랑찰랑했고 욕조에서는 지금도 계속 물이 흘러넘치고 있었다.

나는 얼른 수도꼭지부터 잠그고 어머니의 얼굴을 살폈다. 어머니는 물 바로 위에 얼굴을 대고 눈을 크게 뜨고 있었는데, 겁을 먹은 얼굴인지 신이 난 얼굴인지 알 수 없었다. 입 역시 크게 벌어져 있어 마치 알람 소리를 듣고 지금 막 잠에서 깬 것 같은 표정이었다.

"엄마!" 나는 어머니가 뜨거운 물에 데지 않게, 그리고 입과 코로 물이 들어가지 않게 들이 올리고 욕소 한 면을 지지대 삼아 몸을 떠받쳤다. "엄마!"

393

팔, 어깨, 가슴이 모두 벌게져 있었다. 그녀는 의지대로 움직여 주지 않는 자신의 몸 상태에 눈을 감아버렸다. 턱에는 거품 같은 침이 잔뜩 묻어 있었다. 내가 어머니의 몸통을 벽에 기대 떠받치면서 화상 부위를 확인하고 계속 일으켜 세우려 하는 와중에도 어머니는 욕조 물에만 온 정신을 집중해 몸을 움직여 거기로 다시 들어가려고 기를 쓰고 있었다. 비록 몸은 꿈쩍도 하지 않았지만.

"엄마?"

아무 반응이 없었다.

"엄마 이름 기억나세요?" 나는 수건을 어머니의 몸에 둘렀다.

"말씀하실 수 있으세요?"

나는 잡히는 대로 수건을 꺼내 물기를 닦았다.

어머니는 감정을 드러내지도 않았고, 무슨 말을 하려고 애쓰는 기색도 없었다.

"지금 여기가 어딘지 아시겠어요?"

그녀는 숨을 들이쉬고 침을 몇 번 삼킨 후에 간신히 말을 꺼냈다. "잠잘……" 그녀는 한 번 더 침을 삼키고 문장을 이어보려 노력했다. 하지만 잘되지 않았다. "잠잘 시……"

"잠잘 시간은 아직 아니에요." 내가 말했다. "아직 7시도 안된 걸요. 저 방금 집에 왔어요. 여기가 어딘지 아시겠어요?"

"싸워." 그녀가 말했다. 입은 크게 벌어져 있었다. 단어 하나를 내뱉는 데에도 크게 고함을 지르는 일만큼이나 많은 노력이 필요했다. 동시에 어머니는 계속 몸을 움직이려고 애쓰고 있었지만, 몸은 전혀 움직이지 않았다. 지금 어머니는 머릿속으로 나를 향해 악을 쓰고 있을 게 분명했다.

나는 욕조 벽에 기대어 앉은 어머니가 쓰러지지 않도록 한쪽 무릎으로 받치고 샤워기로 미지근한 물을 틀어 어머니의 상체에 뿌렸다. 가슴과 팔 여기저기가 번들거리며 벌겋게 부풀어 있었다.

"화상을 입으셨어요. 화상 입은 부위를 좀 식혀야겠어요."

어머니는 입을 벌리고 물을 마셨다. 욕조에 기댄 채 옆으로 스르륵 미끄러졌지만 그대로 두었다. 그리고 가슴에 물을 계속 뿌리며 몸 주위에 물이 고이도록 수건을 대 작은 댐을 만들었다. 붉게 늘어진 맨살이 정육점 진열장의 고기처럼 보였다.

하룻밤 푹 자고 일어난다고 나을 정도의 화상이 아니었다.

두 가지 생각이 연속으로 빠르게 머리를 스쳤다. 일단 첫 번째로 든 생각은 넴뷰탈이 부엌 서랍 안에 있다는 것. 그리고 다음으로는 집에 구토 억제제가 없다는 사실이었다.

어쩌면 토하지 않도록 아주 천천히 조금씩 마시게 할 수도 있으리라. 혹시 토하더라도 한 봉지가 더 남아 있다. 30분 후, 집에 도착하니 어머니가 죽어있더라고 나는 신고만 하면 된다. 뇌졸중으로 쓰러지신 것 같다고.

이상한 낌새를 눈치챈 의사 하나가 경찰에 신고해 내가 체포되고 그로 인해 간호사 자격을 잃지만 않는다면 모든 게 어머니의 바람대로 되는 것이었다. 어쩌면 둘이 함께 넴뷰탈을 마시고 죽는 것이 가장 깔끔한 결말일 수도 있었다.

그럼 누가 우리를 발견하게 될까? 냄비를 들고 아래층 카메라 앞에 선 론의 모습이 눈앞에 그려졌다. 계속 벨을 누르다가 그는 결국 포기하고 경찰에 연락해 아파트 문을 열어달라고 한다. 만약 나만 죽고 어머니는 살아남는다면?

그런 상황은 상상하기조차 싫었다.

나는 한 손으로 핸드폰 버튼을 눌러 긴급구조대에 전화했다.

전화로 현재 상황을 침착하게 객관적으로 설명하는 동안 어머니의 머리는 좌우로 왔다 갔다 했다. 몸 위로 떨어지는 물줄기에 놀라 정신이 나간 듯했다. 통화가 거의 끝날 무렵에야 어머니는 내가 누구와 무슨 얘길 하는지 이해한 사람처럼 내 얼굴을 쳐다보았다. 그리고 그녀가 싫다며 머리를 흔드는 동안 나는 상대에게 집 주소를 다시 한번 확인시켜주었다.

—〜—

여자 구급대원의 말로는 어머니의 상처는 비교적 경미한 2도 화상이라고 했다. 구급대원이 상처 부위에 크림을 발라주자 조금 진정되는지 어머니는 눈을 감았다. 여자는 상처를 돌보는 한편, 필수 확인 절차로 무슨 일이 있었는지 어머니에게 다섯 번이나 물었다. 그러나 어머니가 여전히 말을 하지 않자, 나에게 질문하기 시작했다.

응급처치를 마친 후 구급대원은 나를 침실로 데려갔다. "얼마나 오랫동안 이런 상태셨나요?"

"많이 놀라셨나 봐요."

"지금 환자분이 실어증 증세를 보이고 계세요. 두 분이 마지막으로 대화를 나누신 때가 언제였죠?"

"오늘 아침이요." 어머니는 냉장고를 청소해야 한다는 말을 했었다.

"환자분을 병원으로 모셔 가야겠습니다."

"화상 약간 입은 정도인데. 꼭 그래야 합니까?"

"네."

"어머니가 병원 가는 걸 좋아하지 않으셔서요."

"지금 좋다 싫다 그럴 상황이 아닌 것 같은데요?"

"파킨슨병을 앓고 계세요. 예전에도 지금처럼 몸 상태가 갑자기 안 좋아지신 적이 있었고요."

내 설명에도 여자는 전혀 흔들리지 않았다. "제가 보기에는 말이죠, 환자분은 화상을 입었고 또 무슨 일이 있었는지 전혀 말씀을 못 하고 계세요. 사고가 일어날 당시 아드님은 부재중이셨고요. 현재 상태를 고려했을 때 집 안의 안전장치가 전반적으로 매우 부적합하다는 게 제 의견입니다. 아드님이 구조대에 직접 전화하셨고 어머니 상태를 걱정하고 계신 건 압니다. 아주 잘하셨습니다. 하지만 서류만으로 본다면 아픈 사람을 돌보지 않고 방치했거나 더 나쁜 상황으로 볼 수도 있습니다. 제가 이런 부분을 보고서에 작성하진 않겠지만, 적어도 환자분을 병원으로 모셔가 검사라도 받도록 조치해드려야 마음이 놓이겠습니다. 여기에 이의 있으신가요?"

그녀는 내게 어머니가 평소 복용하던 약과 위임장, 사전의료지시서* 등을 챙기라고 말했다. 구조대원들이 계단을 통해 어머니를 들어 나를 수 있도록 시트로 덮고 들것에 고정하는 동안 나는 지시받은 것들을 챙겨 바쁘게 짐을 꾸렸다.

---

* 환자가 자발적 의사 표현을 할 수 있는 상태에서 작성하는 의료유언장.

앰뷸런스를 타고 머시 병원으로 가는 도중 어머니는 갑자기 눈을 번쩍 떴다가 곧 반쯤 감았다. 그 상태로 5초쯤 지나자 온몸이 단단하게 경직되면서 대소변이 동시에 나왔다. 입에는 거품이 부글거렸다. 옆 좌석에 벨트를 매고 앉은 채로 나는 두 손을 어머니에게 올렸다. 그리고 몸을 앞으로 기울여 들것에 실린 어머니의 종아리 부위에 머리를 얹었다.

적어도 우리는 지금 병원으로 가고 있다. 그게 마치 좋은 일이라도 되는 것처럼 나는 그런 생각을 하고 있었다. 응급실 입구에 도착할 때까지 어머니는 조는지 어쩐지 알 수 없는 모습으로 가만히 누워만 있었다.

—⋀—

대충 몸을 닦고 곧바로 이어진 CT 촬영에서 뇌졸중은 아니라는 결과가 나온 후, 우리는 침상이 여러 개 있는 방으로 안내되어 지루하게 몇 시간을 대기해야 했다. 마침내 인턴 한 명이 커튼을 젖히며 들어오더니 진통제인 이부프로펜 400밀리그램을 주는 과감한 처치를 단행했다. 지시에 따라 어머니는 알약을 혀 위에 올려놓을 수는 있었지만, 물과 함께 그것을 삼키는 일은 내가 도와야 했다.

인턴은 침대 머리맡에 서서 차트를 읽더니 말했다. "아침까지 계시면서 상태를 지켜봐야 할 것 같습니다."

나는 꼼짝도 하지 않고 어머니 옆에 앉아 몇 시간이나 지켜봤지만, 달라진 점은 전혀 없었다. 어머니는 마치 말을 잘 들어야 여기서 빨리 나갈 수 있다고 생각했는지 시종일관 차분했고, 혼란스러운 병실 분위기에 동요하지도, 또다시 발작을 일으키지도 않았다.

커튼 너머에서 한 여자의 떨리는 목소리가 들렸다. "사랑해."

이어 더 젊은 남자의 목소리가 들렸다. "사랑해요."

예의 그 '사랑해'는 여기서도 이어졌다. 누군가를 응급실로 데려온다는 행위의 근간에는 분명 사랑이 깔려 있게 마련이었다. 그 말은 사랑의 고백이 아니었다. 아마도 사과의 의미가 담겨있거나 혹은 검사 결과가 나온 후 벌어질지도 모를 일들에 대비한 일종의 예방 조치 같은 말이었다.

안락사가 이루어지던 진료실에서 그 말은 단순히 '안녕, 그리고 행운을 빌어'의 의미이기도 했다. 세상 그 어떤 말보다 만트라에 가까운 말이었고, 듣는 사람보다는 말하는 사람에게 더욱 그랬다. 깜깜한 어둠 속에서 겁을 먹었을 때 부르는 노래와도 같았다.

천장에 거울이 붙은 침대에 누워 론도 그렇게 말했었다. 론의 성기는 아직 단단한 상태였기에 그런 말은 사실 중요하지 않았다. 그런데도 상당히 진실처럼 느껴졌었다.

나는 커튼을 열어젖히고 두 사람에게 무슨 의미로 그렇게 말하는지 묻고 싶었다.

어머니는 눈을 감은 채 완벽하게 표정 없는 얼굴로 누워만 있었다. '사랑해'처럼 건조하고 상상력 없는 말을 그녀는 결코 견디지 못하리라.

"엄마는 정말 대단한 상담가셨어요." 나는 어머니에게 말했다.

말이 끝나기가 무섭게 어머니의 코 고는 소리가 가늘게 들렸다.

인턴은 한밤중에 다시 오더니 그동안 변화가 있었는지 물었다. 그의 질문은 걱정이 되어서라기보다는 학구적인 관심에서 나온 말처럼 들렸다. 어머니의 몸 상태가 갑작스럽게 악화된 일이 그에게는 매우 흥미로운 임상 사례로 여겨진 게 분명했다. 그는 어머니처럼 사리 분별을 할 줄 알았던 환자가 갑자기 목욕하려고 했을 리 없다고 말했다. 그렇기 때문에 문제는 욕조에 닿기 '전에' 생긴 게 틀림없고, 하필 환자가 욕실에 있었기 때문에 상황이 더 나빠졌다고 생각하고 있었다. 좀 더 다양한 검사를 해보자는 말을 들었을 때, 그제야 우리는 상황이 어떻게 돌아가는지 깨달았다. 어머니의 얼굴에 갑자기 표정이 생겼다. 비록 놀라서 눈을 크게 뜨는 정도이긴 했지만. 인턴은 어조를 바꾸지도, 의견을 굽히지도 않았다.

나는 그에게 어머니가 이식수술을 했다는 사실과 함께 그 수술로 인해 매우 다양하고 복잡한 요인이 발생할 수 있으며, 그런 검사는 그의 능력과 권한을 벗어나는 일임을 상기시켜주었다. 또한 그가 지시할 수 있는 검사 종류도 제한될 수밖에 없다고 말했다. 재미있는 추적조사의 기회를 빼앗겼음을 깨닫고 그의 관심도 급격히 시들해지는 듯했다. 그는 간호사와 상의하더니 아침이 되면 어머니를 내보내기로 합의했다.

어머니는 편안히 다리를 뻗고 다시 잠들었다.

인턴은 완전히 포기하기 전에 마지막으로 한 번 더 소변검사를 해보자고 말했다. 그 검사는 정말 필요하다면 내 권한으로도 충분히 할 수 있는 검사였다. 그는 항생제 중에서도 약효 범위가 넓은 약을 처방전에 쓰며 말했다. "화상 부위에 세균감염의 우려가 있어서요. 환자분 알약을 삼키실 수는 있죠?"

"이부프로펜도 복용하셨어요." 나는 조금 전 일을 상기시켰다.

"그렇군요."

"그건 그렇고, 항생제나 처방할 거였으면 왜 그런 검사 따위를 지시해서 괜히 번거로운 일만 만든 거죠?"

그는 웃었다. "어쩐지 어디서 많이 본 얼굴이다 했더니. 여기서 직원으로 일하고 계시죠?"

"그렇습니다."

"그럼 약은 어디서 받는지 잘 아시겠군요." 그는 내게 처방전을 내밀며 말했다.

새벽 5시, 병동 간호사가 전달한 인턴의 최종 판단을 듣고 우리는 뒤통수를 크게 한 대 맞은 기분이었다. 그는 환자가 자신의 능력 밖이라고 하면서 어머니를 재활 병동으로 보낸 것이다.

간호사는 어머니의 손목에 한 손가락을 대고 톡톡 두드리며 말했다. "재활치료를 조금만 받으셔도 큰 도움이 될 거예요." 그리고는 자리를 떴다.

쉭 소리를 내며 닫히는 커튼을 바라보며 어머니는 눈을 깜빡이더니 이렇게 말했다. "개소리." 한 음절 음절이 크고 또렷했다.

나는 그만 웃음을 터뜨렸지만, 곧바로 어머니의 눈을 자세히 바라보며 그 말이 제정신에 나온 소리인지, 아니면 체성신경계에서 일으키는 틱 장애인지 살폈다.

나는 마레 박사의 개인 핸드폰으로 전화를 걸었다. 이식수술비용을 지불하기도 전에 내게 자기 번호를 알려주며 호기로운 모습을 보여준 박사였다. 일요일 아침이었는데도 그는 정중하게 전화를 받았고 어머니의 소식을 듣고 매우 안타까워했다. 그는 2주 전에 말했던 내용을 거의 비슷하게 반복했다. 그는 이미 어머니와 헤어진 상태였다.

"만약 가서 어머니를 살펴봐달라면 그렇게 할 수도 있어요. 더 많은 검사를 받도록 하지는 않을 겁니다. 그런데 느낌상, 앞으로 병의 진행속도가 매우 빨라질 것 같군요."

"얼마나요?"

"우리는 진행 방향만 알뿐, 정확한 속도를 파악하기는 어렵습니다."

"몇 년을 말씀하시는 건가요? 아니면 몇 달? 몇 주?"

그는 잠시 말을 멈췄다. "아시다시피 어느 정도라고 말하기 매우 힘듭니다. 어머니는 강한 분이니까요. 몇 달, 어쩌면 1년쯤이 되지 않을까요?"

나는 전화를 끊고 어머니에게 통화내용을 그대로 알려주었다. 듣는 내내 어머니의 눈은 내 턱에 고정된 것처럼 보였다. "그 정도면 충분히 빠르다고 생각하세요, 엄마?"

아무 대답이 없었다.

오전 10시, 퇴원수속을 담당하는 직원이 커튼을 열고 들어와서 하는 말에 우리는 또 한 번 뒤통수를 맞았다. 직원은 머시 병원의 일반 재활치료 병실이 현재 꽉 찼다고 말했다. 하지만 이곳과 유

402

사한 수준의 시설과 직원을 갖춘 꽤 괜찮은 시설이 있으며, 병원
식이나 침대는 오히려 더 괜찮을 뿐 아니라 현재 어머니만을 위한
병실 하나를 홀딩 중이라는 사실을 알게 됐다고 했다. 그 시설은
다름 아닌 윌로우 우드였다.

어머니의 얼굴에는 변화가 없었다.

직원은 조언했다. "저라면 당장 그곳으로 가겠어요."

"저희 어머니는 그곳을 싫어하세요."

여자는 침대 아래쪽으로 손을 뻗더니 어머니의 발을 천천히 마
사지하며 마음을 달래보려 했다. "자매님 기분 이해해요. 하지만
여기보단 거기가 나아요. 지금까지 제가 그곳으로 여러 환자를 보
냈는데, 다들 정말 잘 적응하며 지내고 계시거든요."

나는 어머니 대신 이렇게 생각했다. '갑자기 웬 자매님?'

"어머니가 가실 만한 다른 곳이 있을까요?" 내가 물었다.

"보험으로 커버될 만한 곳 중에 이번 주에 자리 난다는 곳은 없
었어요."

"어머니가 집에 가고 싶어 하시는데, 집으로 모시는 건 어떨까
요? 제가 간호사라 병원 침대 하나만 준비하면 될 것 같거든요."

"환자분을 집으로 모시겠다고요?" 내가 마치 어머니를 포도밭
이 넓게 펼쳐진 시골 지역으로 데려가 열기구라도 태우겠다고 한
것 같은 반응이었다.

"어머니가 원하시는 바예요. 이 부분에 대해서는 어머니에게도
결정권이 있지 않나요?" 나는 주머니에 넣어둔 사전의료지시서
에 손을 내밀어 필요하면 바로 꺼내려고 준비하고 있었다. "그동
안 집에서도 저희끼리 잘 해냈고요."

403

"이런 상태의 환자분과요?"

어머니의 머리가 천천히 옆으로 기울다가 갑자기 뒤로 획 젖혀졌다. 입안에는 침이 잔뜩 고여 번들거렸다. "자?" 그녀가 말했다.

"지금 아침이에요." 내가 말했다. "앞으로 어떻게 해야 할지 알아보는 중이에요. 얘기가 끝나면 쉬게 해드릴게요."

"두 분 모두에게 힘든 일이에요." 여자가 말했다.

"말씀은 고맙지만, 전 그리 힘들다고 생각하지 않았거든요."

"무척 힘든 일 맞아요. 상황을 더 어렵게 만들고 싶진 않으시겠죠? 방금 간호사라고 하셨는데, 물리치료도 할 줄 아세요? 환자를 들어 올리려면 전동식 호이스트가 필요할 텐데, 그런 것도 집에 있으시고요? 교대로 환자를 돌볼 분은 계세요? 환자분은 지금 24시간 간호가 필요하신 상태예요. 제가 보장해요. 어머니는 시설에 계셔야 몸도 마음도 더 편하세요. 아드님 혼자서 모든 걸 다 하느라 허둥지둥할 게 뻔한데, 어떤 시설도 집보다는 나아요. 지금까지는 그럭저럭 해내셨더라도 더 이상은 그러실 수 없을 거예요."

일대일인 현재 상황에서 결정표는 거기에 있다는 듯 우리의 시선은 둘 다 어머니에게로 향했다. 어머니는 침을 질질 흘리고 있었다. 순간, 기저귀를 갈기 위해 어머니의 몸을 한쪽으로 굴리느라 애쓰는 내 모습과 어머니가 침대에서 아래로 미끄러질 때마다 위로 다시 끌어올리려고 애쓰는 장면이 눈앞에 그려졌다.

직원은 어머니 발치의 시트를 바로 펴면서 한쪽 발을 부드럽게 어루만졌다. "아드님께 이렇게 부담되는 말씀을 드려 죄송해요. 그래도 아드님이 환자분을 정말 사랑하시나 봐요. 제가 이 일을 오래 하다 보니 이렇게 하는 게 맞는지 틀리는지 이젠 척 보면 알거든요. 어머니께서 한 번만 더 시도해보시면 어떻겠어요?"

애원하는 의미로 나도 어머니의 다른 쪽 발을 손가락으로 꽉 쥐며 직원의 행동을 따라 했다. 마침 경련성 마비가 왔는지 어머니는 양쪽 다리를 세게 걷어찼고 우리 손은 발에서 떨어져 나갔다.

─⋀─

윌로우 우드의 관리실장은 어머니가 시설에 재입소한다는 소식을 듣자마자 내 개인 핸드폰으로 전화를 걸어왔다. 그리고는 어머니가 요양 병동의 익숙한 광경과 소리, 냄새를 다시 접하면 틀림없이 별다른 적응 기간 없이도 잘 지내실 것이라고 단언했다.

비록 커튼 너머로 통화 내용이 다 들릴 만한 공간이었지만 나는 어머니를 대신해 신중한 목소리로 재활 병동 병실을 사용할 수 있게 해달라며 로비를 했다. 관리실장은 뭔가 크게 착각하는 환자의 아들을 대하듯 나를 딱한 취급 하더니 결국에는 마지못해 오늘 낮과 밤 동안 그곳 병실을 쓸 수 있게 해주겠다고 허락했다.

내가 이렇게 무의미한 부탁에 매달린 이유는 월요일 오후에 있을 신체 기능 평가와 사례연구 컨퍼런스에서 조금이라도 도움이 될까 싶은 마음에서였다. 그 이후에 어머니가 어느 병동으로 가게 될지는 그들이 결정할 일이었다.

"좋은 소식이 있어요." 나는 어머니에게 내가 세운 계획을 설명해주었다.

어머니는 눈썹을 한번 들이 을렸다 내렸나. 빌시 내 노력이 소용없는 짓이라는 것을 아는 모양이었다. 시설 담당자가 마레 박사

와 10분만 이야기를 나눠보면 어머니는 바로 요양 병동으로 추방
당할 게 뻔했다.

최소한 그 덕분에 나는 하루라는 시간을 번 셈이었다.

　　　　　　　　　　　　　─\/─

머시 병원을 출발한 앰블런스는 정체된 차량들 사이를 뚫고 조
금씩 천천히 나아갔다. 사이렌을 울릴 필요는 없었다. 차량 뒤편
에는 사람들이 짐짝처럼 실려 있었는데, 어머니는 상체를 세우고
앉은 자세로 들것에 고정된 채 졸고 있었다. 그 옆에는 병원 가운
을 입고 어리둥절한 표정을 짓고 있는 남자 노인이 타고 있었다.
노인은 차가 과속방지턱을 넘을 때마다 키득거리며 채신머리없
이 굴고 있었다.

두 명의 여성 구급대원 중 한 사람은 어머니가 앉은 들것의 머
리 쪽에 앉아 있었는데, 계속 딴생각을 하는 얼굴이었다. 어쩌면
그녀의 최종 목표는 고급 의료 실습 교육을 마치고 지금처럼 환자
들 이송을 돕는 하위직급 업무에서 벗어나 훨씬 더 흥미로운 임무
를 맡는 것인지도 몰랐다. 환자들 발치에 쪼그리고 앉은 두 번째
대원은 다른 무엇보다 피부 선탠에 공을 들이고 있는 듯 보였다.
두 사람은 똑같이 멍한 표정이었지만 곧 근무시간이 끝나가고 있
다는 사실에 기뻐하고 있는 것 같았다. 그리고 남자 노인 옆의 그
의 아내는 유행에 매우 민감한 사람이었다. (우리처럼 길고 힘든 토
요일 밤을 보냈는지) 아직도 이브닝드레스를 입고 있는 그녀는 남
편이 웃을 때마다 지친 표정으로 마주 웃어주었다.

노인은 어색한 분위기를 깨야겠다고 생각했는지 어머니에게 물었다. "그러니까, 지금 우리 모두 같은 곳으로 가는 중인가요?"

어머니는 눈 한번 깜짝하지 않았다.

두 번째 대원은 적어도 누군가 먼저 농담을 하면 맞받아칠 줄 아는 그런 사람인 듯했다. 노인의 흘러내린 헐렁한 검은 양말을 비늘로 뒤덮인 종아리 위로 올려주면서 대답했다. "분명 그러는 중입니다."

그때 내 핸드폰이 진동했다. J였다.

의사 지망생이 내게 말했다. "전화 받으세요. 도착하려면 좀 더 가야 해요."

나는 전화를 받았다. 가장 최근에 통화했던 재스퍼였다.

"여보세요. 어제 일 이후로 연락이 없어서요. 깜짝 놀랄 일이 있었던 건 아니겠죠?"

"특별한 일 없이 방문은 잘 마쳤습니다."

'의사와 만난 일은 어떻게 됐는지 물어봐야 하나?' 순간 이 생각이 잠시 스쳤다.

"깜짝 놀랄 일은 없었어요."

남자 노인은 아주 우습다는 듯 두 손으로 입을 가렸다.

재스퍼가 말했다. "그러니까 말이죠, 그녀와 난 어제까지 오랜 시간 대화하며 유대감을 쌓아왔어요. 그 여자, 감정 기복이 아주 심한 편이었는데. 편안해 하던가요?"

전화 통화만 아니었다면 아주 조용했을, 천천히 이동 중인 앰뷸런스 뒷좌석에서 나는 말이 흿나오시 않게 부적이나 애를 써야 했다. 물에 잠겨 화장이 조금씩 지워지던, 욕조 안의 그 여자는 편안

407

해 했던가? "자기 어머니에 대해서는 그렇지 않아 보였어요." 내가 말했다.

"그랬군요. 두 사람 아주 복잡한 관계였어요."

"네."

"세상에 존재하는 수많은 엄마와 딸들을 당신도 보았겠죠? 당신 친구 네티만 봐도 그래요. 네티는 정말 절박한 상황에서 자기 어머니를 우리에게 데려왔었어요. 몇 년을 지극정성으로 보살폈지만 그런다고 치매가 좋아지지는 않으니까요. 오히려 상태가 점점 나빠졌는데, 편집증이 너무 심해서 그대로 놔둘 수가 없었어요. 결국 네티는 어머니가 아름다운 죽음을 맞도록 도와드렸죠."

네티는 자기 어머니가 어느 날부턴가 물 한 모금 마시지 않고 버티다가 차츰 죽어갔다고 말했었다. 나는 분명 네티가 어머니 입에 넴뷰탈을 흘려 넣는, 이야기의 한 부분을 놓친 게 분명했다. '지극정성의 보살핌.' 어머니의 상태가 어떠냐고 물을 때마다 그녀는 내게서 곧 닥칠 모친 살해의 징후를 찾고 있었던 건 아닐까? 어쩌면 그 일을 위해 나를 훈련시키려고 했던 건 아닐까?

"그렇군요. 정말 다양한 모녀의 모습을 보셨네요." 나는 재스퍼에게 말했다.

어머니는 방금 전 또 발작을 일으키더니 다시 잠들었다. "확인 전화 주셔서 고맙습니다." 나는 재스퍼에게 말했다.

"아, 한 가지만 더요. 그 일로 받은 기부금은 얼마라고 기록하면 좋을까요?"

"50달러 받았습니다."

"5하고 0?"

"네."

그는 웃음을 터트렸다. "지금 농담하는 거 아니죠? 그 여자 정말 잘사는 집 딸이거든요."

"은행 갈 시간이 없었다더군요."

"어제까지 그렇게 오랜 시간에 걸쳐 준비했는데 시간이 없었다니요. 진짜 장난 아니죠? 50달러가 맞는 거죠?"

"네."

"정말 황당하네요. 정말 황당해."

그는 내 말을 의심하는 것 같지는 않았고, 이제야 그 여자에 대해 완벽하게 이해했다는 듯 말을 이어갔다.

"사실대로 말하자면, 그 여자 꽤 큰 선물을 주겠다고 떠벌렸었어요. 나한테도 몇 번씩이나 그렇게 말했고 조직의 다른 사람들에게도 마찬가지였고요. 우리는 정말 많은 시간을 할애해 그녀와 대화를 나눴거든요. 정말 여러 번. 솔직히 실망스럽군요."

"그러신 것 같군요. 혹시 나중에라도 기부금을 더 내도록 뭔가 준비해놓진 않았을까요?"

"우리는 그 자리에서 현금만 받아요. 그녀는 그런 사실을 너무나 잘 알고 있었고요."

"아, 그렇군요. 도대체 무슨 생각으로 그렇게 했는지 이해가 안 가네요."

의사 지망생을 제외한 나머지 사람들은 이제 내 통화내용에 귀를 기울이고 있는 것 같지 않았지만, 그녀는 왠지 내가 누구와 무슨 얘기를 나누고 있는지 정확히 알고 있는 것만 같은 예감이 강하게 밀려왔다. 어쩌면 오늘 오전 여자 어머니의 신고 전화를 받고 퉁퉁 불은 시신을 수습하러 출동한 사람이 이 대원이었는지도 몰랐다.

마침내 앰뷸런스가 윌로우 우드에 도착해 삐삐 소리를 내며 환자 전용 승하차 구역으로 후진해 들어갔다. "이제 전화 끊어야 할 것 같습니다." 재스퍼에게 말했다.

"처음부터 그 여자가 반쯤 미쳐 있었다는 건 알고 있었어요. 직감을 따랐어야 했는데. 그건 그렇고요. 얼른 한 가지만 더 물어볼게요. 다음 주 토요일에 방문을 원하는 친구가 하나 있어요. 오전에 대가족 전체가 모여 브런치 모임을 한 다음, 다른 가족들은 떠날 예정이라네요. 이분도 참 참담한 상황이에요. 전직 역사 교수로 지금은 은퇴했는데, 뇌졸중으로 벌써 두 번이나 쓰러졌대요. 두 손을 거의 못 움직이고 눈은 아예 안 보이는 상태고, 나이는 여든하나."

개인 간병인 두 사람이 밴 뒷문을 열었다. 비교적 선선한 오후 공기가 자동차 배기가스와 함께 안으로 훅 밀려들어 와 뒷좌석 안에 고였다. 구급대원 두 사람은 얼른 뛰어내려 어머니가 앉은 들것의 쇳쇠를 끄르기 시작했다.

재스퍼의 얘기는 계속되었다. "친구들은 오래전에 죽었고, 요양원 같은 시설에는 죽어도 가기 싫다고 하시네요. 몸은 비록 그 지경이지만 정신은 멀쩡해서 지금 무척 힘들어하고 계세요."

구급대원들이 들것에 태운 채로 어머니를 내렸다. 들것의 다리가 펴지며 보도블록을 세게 내리쳤다. 휠체어로 옮겨 벨트로 묶을 때 그 반동으로 어머니의 두 손이 날개처럼 퍼덕거렸다.

네티는 어머니가 아름다운 죽음을 맞도록 도와드렸다고 했다.

"전 못할 것 같습니다." 나는 재스퍼에게 말했다.

―⟋⟍―

병실까지 이동하면서 눈에 띄는 시설들이 좀 있었지만, 어머니가 관심 있게 보고 있는지 어떤지는 전혀 알 수 없었다. 휠체어를 밀어주는 이송 요원은 각 기구를 지날 때마다 큰 목소리로 말해주었다. "실내 운동용 자전거, 스파 풀, 가벼운 아령, 필라테스 기구 여섯 대." 심지어 나는, 어머니가 곧 이 기구들을 사용하게 될 것 같은 생각이 들기 시작했다.

모퉁이를 돌아 벽에 걸린 자극적인 내용의 포스터 하나가 눈에 들어오자 어머니의 시선이 고정됐다. 흰색 레이스가 달린 베개 위에 앞발을 핥으며 앉아 있는 금색 털의 새끼 고양이가 주인공이었다. 포스터에는 검정 바탕에 굵은 하얀색 글씨로 이렇게 적혀 있었다. '고양이에게 "너는 호랑이다"라고 말해주고 무슨 일이 일어나는지 지켜보라!'

예전의 어머니는 학교 학생들이 이런 포스터를 보는 것을 끔찍이 싫어했다. 복도에 이런 포스터가 붙어 있는 것을 발견하면 당장 뜯어내 범인을 찾아낸 뒤, 문제의 그 포스터를 마구 흔들면서 소리쳤다. "치어리더를 정말로 좋아하는 사람은 아무도 없다는 걸 모르겠니?"

어머니의 분개하는 표정을 기대하며 나는 휠체어 앞으로 걸어갔다. 그리고 고양이를 가리키며 밀했다. "서셜 보니 무슨 생각이 드세요?"

어머니의 얼굴 근육은 조금도 움직이지 않았고 입은 헤 벌어진 상태였다. 눈은 계속 고양이를 쫓고 있었지만, 이게 무슨 의미인지 전혀 모르겠다는 눈빛이었다.

심장이 덜컥 내려앉고 머릿속이 하얘졌다. 회복의 기미라곤 전혀 보이지 않았다.

지난 18시간 동안 어머니가 이렇게 꼼짝 않고 있는 이유는 자괴감 때문일 거라고, 하지만 극도로 혐오하는 내용의 저런 포스터를 보여주면 어머니가 평소처럼 전기에 감전된 듯 반응을 보일 거라고 나는 자신에게 거짓말을 하고 있었다. 이 테스트는 어머니가 여전하다는 사실을 확인할 유일한 방법이었다.

물리치료실 앞을 지나며 우리의 작은 행렬은 계속되었다. 실습 나온 물리치료과 학생들 한 무리가 빨간색 운동용 공을 하나씩 들고 서 있다가 복도 양 끝으로 물러서며 우리에게 길을 터주었다. 오후 실습을 준비하는 그들은 하나같이 젊고 싱그러웠다.

이들이 아무리 많은 경험과 지식을 쌓아 어머니를 치료하더라도, 어머니는 혼자 수저 하나 들지 못할 것이었다.

—◡—

현관문을 열고 들어서자 집 안에서 눅눅한 냄새가 났다. 발밑 침실 카펫은 여전히 물에 푹 젖어있었고, 침대는 사람들이 들것을 들여올 때 공간을 만드느라 벽까지 밀어둔 채 그 자리에 그대로 있었다. 최소한 환기라도 시켜야 할 것 같아 나는 침대를 밟고 올라가 창문을 열었다.

부엌 조리대 위에는 갈색으로 변한 바나나 한 개와 구운 치킨 반 마리가 있었다. 뭘 먹은 지는 오래되었지만 입맛이 없었다. 음식을 찾아 먹는 대신 나는 조리대 위에 올라가 앉았다. 냄뷰탈과 칼이 든 서랍 위로 내 다리가 천천히 흔들렸다.

나는 줄리아에게 전화를 걸었다. "어머니는 나보고 죽게 해달라고 하셔. 정확히는 쓰러지기 전에 그러셨어. 그러니까 내 말은, 나한테 위임권을 넘기셔서 어머니 대신 결정을 내려야 하는 상황이라는 거지."

줄리아는 자동차 정비사들이나 낼 법한 휘파람 소리를 냈다.

"그거 법적인 방법을 말하는 거야, 아님 네가 하는 그 불법적인 방법을 말하는 거야?"

"두 번째."

"뭐 그런 개똥 같은 소리가 있어? 그러니까, 그 위임권이라는 거 이론상으로 그렇다는 거잖아."

"그렇지. 내 마음의 평화를 위해서지."

"무슨 말인지 알겠어." 처음으로 그녀가 조용한 성격인지도 모르겠다고 생각했다.

"누군가에게는 털어놔야만 했어."

"그래, 난 아무래도 상관없어. 넌 지금 적어도 두 가지의 미래를 마주하고 있어. 널 위해 내가 해주고 싶은 말은 이거야. 어머니를 돌보는 일, 그리고 시간과 노력을 들여 간호하는 일, 그게 무슨 의미든 한쪽으로 다 제쳐놔. 난 지금 네 시간, 에너지, 돈은 물론이고, 네 정신 건강이 제일 걱정이야. 심지어 넌, 어머니 정신이 멀쩡한지 어떤지조차 모르겠다며. 그렇게 육체만 살아서, 침대 하나를 차지하고 누워 24시간 간호를 받아야 하는 상황이면, 그거 보통 심각한 문제가 아니야. 어머니 의지와는 상관없이 그렇게 살다 죽는 건, 너희 두 사람 모두에게 엄청난 에너지 낭비가 될 건 불 보듯 뻔한 일이지. 그건 확실해. 그런데 있지, 우리 아버지 돌아가셨을 때 어땠는지 알아? 그때 아버지는 오늘내일하시던 상태였어. 그런데 간호사 하나가 옆 침대 환자랑 아버지를 혼동하는 바람에 아버지가 죽은 거야. 난 그 일 이후 거의 1년을 아버지만 생각하면서 울기만 했어. 어쩌면 그렇게 가시지 않게 내가 뭔가 할 수도 있었을 텐데, 못했던 일들을 후회하고 용서를 빌면서 말이야. 그리고 지금도 그렇고. 그러니까, 두 사람이 아무리 마음의 준비가 됐다고 해도 어머니를 네 손으로 죽이는 일은 엄청난 후유증을 남긴다는 말을 하는 거야."

"네가 지금 여기 있어주면 얼마나 좋을까." 내가 말했다.

"우리가 다음 주에 갈게."

"우리라고?"

"응."

"와우."

"걱정 마. 어머니 옆에 앉아서 우리가 얘길 나누는 동안 데이브는 나가서 바람 좀 쐬라고 하지 뭐. 아님 어머니께 약을 먹일 수도 있고. 네가 원하는 게 뭐든 말이야."

"좋아."

그녀는 한숨을 쉬며 말했다. "머리카락은 덥수룩해서, 밤마다 내가 자나 안 자나 확인하려고 이층 침대에서 내 침대를 한참씩 내려다보던 네 작은 얼굴이 지금도 자꾸 떠올라."

"넌 항상 자고 있었는걸."

"난 안 잤다고 생각했는데, 자고 있었나? 며칠이라도 론네 집에 가서 있을 순 없어?"

"내가 어머니에 대해 무슨 생각을 하고 있는지, 론하고 사이먼 한테는 얘기 못 하겠어."

"그냥 다른 사람과 좀 같이 있으라고. 론과 사이먼 사이에서 자든 소파에서 자든, 넌 지금 그게 필요해."

"그럴지도 모르지."

"그리고 마지막으로 하고 싶은 말은, 어머니가 부탁한 일을 네가 꼭 할 거라면 제발 잘해. 감옥은 너랑 안 맞아. 포르노에 나오는 그런 곳이 아니라고."

"조언해줘서 고마워."

몇 시간 뒤, 요란하게 사이렌을 울리며 지나가는 소방차 소리에 잠이 깼다. 부엌 조명도 끄지 않은 채 나는 소파 위에 잠들어 있었다. 옷을 벗고 젖은 카펫을 밟으며 침대로 가 누웠다. 하지만 앞으로 잠은 영원히 오지 않을 것 같은 생각이 들었다.

—⋀—

월요일 아침, 9시도 안 된 시간에 트리시에게서 전화가 왔다. 그녀는 지금 어머니를 요양 병동 중에서도 집중 간호 구역으로 이송하는 중이라고 말했다.

"권리실장은 오늘까지 거기 있게 해주겠다고 약속했었어요." 내가 말했다. "어머니 상태에 대해 평가는 마친 건가요?"

"그럴 필요도 없었어요. 재활 병동은 어머니가 계시기에 적당한 곳이 아니에요. 거기다 새 환자가 들어와서 자리도 비워줘야 했고요. 오늘 아침 젊은 남자 환자가 자동차 사고로 입원했거든요. 죄송해요. 어머니 건강이 이렇게 급속도로 악화되실 줄은 몰랐어요. 마레 박사님과도 상의했는데, 박사님도 병실을 옮기는 게 좋겠다고 하셨어요."

"이건 정말 어머니가 원치 않으시던 거예요."

"그렇긴 해도 지금 잘하고 계세요. 약간 도와드리니 죽도 몇 숟가락 드셨어요."

"어머니가 반응을 보이시던가요?"

"일단 안정이 되면 정신이 조금은 돌아오실 수도 있어요."

"잠깐만요." 예상보다 더 나쁘게 돌아가고 있었다. "설마 지금 치매 병동으로 옮기시는 건 아니겠죠?"

"어머니의 인지 상태나 의사소통 능력이 매우 제한적이기 때문……"

"제발!" 내가 말했다. "어머니를 집으로 모시고 오게 해주세요. 집에서도 우리끼리 잘 해냈다니까요."

"그쪽 직원들이 워낙 잘 훈련받아……"

"지금 직원들 때문에 그러는 게 아니잖아요."

"말씀하시는 뜻 다 이해합니다. 하지만 무슨 이유에선지 여기에 보증금을 걸어두셨고, 안타깝지만 이렇게 될 걸 대비해서 그렇게 하신 게 아니었나 하는 생각이 드는군요."

나는 행운의 넴뷰탈을 주머니에 넣고 집을 나섰다.

—∿—

오늘 트리시는 빨갛고 노랗게 물든 가짜 잎사귀 화환을 목에 걸고 있었다. 분명 이곳에는 가을이 온 게 틀림없었다. 화환에 어울리게 소매 위가 다 벌어져 하늘하늘 흔들리는 모양의 원피스를 입고 있었는데, 심각한 간호 활동에는 전혀 어울리지 않을 복장이었다. 만약 그녀가 형광등 조명 아래 철제 책상 앞에 앉아 있지 않았더라면, 딱 신에게 바쳐진 산 제물처럼 보일 것 같았다.

그녀는 화가 나서 다가오는 나를 보자마자 먼저 방어 자세를 취했다. 재활 병동은 어머니에게 적절한 곳이 아니었다. 그 사실은 인정하지만, 그렇다고 가만히 보고만 있지는 않겠노라고 나는 다짐했다.

그녀가 웃으며 말했다. "아직 어머니한테는 안 가보셨죠?"

"이건 어머니의 바람과는 정반대라고요. 잘 아시잖아요."

"알아요." 그녀는 무슨 말을 할 듯 말 듯 계속 머뭇거렸다. 그리고 또 한 번 머뭇거렸다. 주변을 채운 공기가 다 사라진 느낌이었다.

"에번, 어머니는 여기 계세요. 아주 안전하게요. 당신이 며칠만이라도 우리에게 기회를 주고 잘 돌봐드리는지 지켜보……"

"어머니가 이런 식으로 생을 끝내고 싶어 하지 않으셨다는 건 아시죠?"

"당신은 자유롭게, 원하는 만큼 얼마든지 집에서 쉴 수 있어요. 이곳을 방문하는 시간에는 전혀 제한이 없고요. 당신이 집에서 혼자 끙끙하기 힘든 일은 우리가 대신할게요. 그렇게 해도 얼마든지 어머니를 지키고 보살필 수 있어요."

그녀는 우리 사이에 손가락으로 원을 그리면서 말했다. "어머니를 위해 그게 우리가 할 수 있는 최선의 방법이에요."

"어머니는 다른 계획이 있으셨어요. 지난주에 직접 넴뷰탈을 구해놓으셨다고요."

한껏 감정을 억누른 내 말에 그녀는 외마디 비명을 지르며 말을 멈췄다. 그리고 목에 건 화환을 벗어 키보드 위로 떨어뜨렸다. 한층 낮고 자신감 없는 목소리로 그녀는 물었다.

"이런 얘길 왜 나한테 하는 거죠?"

"어머니가 어느 정도로 싫어하시는지 알려드리려고요."

"저도 그분에 대해 어느 정도는 알아요. 얼마만큼 여기를 싫어하시는지도 알고요." 그녀는 손으로 머리를 감싸 쥐고 한참을 그대로 앉아 있었다. 그러더니 의자를 뒤로 밀며 일어선 그녀의 모습은 더 이상 전문가답지도, 상냥하지도 않았다. 그녀는 사무실 밖으로 나를 안내했다. "따라오세요. 비브를 만나러 가요."

안으로 들어가려면 이중으로 비밀번호를 입력해야 했다. 회색과 파스텔 톤이 어우러진 실내는 일반 병동보다 더 깔끔했는데, 환자들이 대부분 침대에 묶여 있고 방문객도 거의 없다 보니 그럴 수밖에 없었다. 사방에서 강한 라벤더오일 향이 풍겼다. 나는 라벤더 향이 감추고 있는 다른 냄새들을 맡지 않으려고 최대한 후각을 차단했다. 인간다운 요소라고는 (스피커를 통해 흘러나오는) 추억의 옛 노래와 이따금 병실 밖으로 새어 나오는, 한마디도 알아들을 수 없는 중얼거리는 소리뿐이었다. 이곳에선 비명도 우는 소리도 들리지 않았다.

"보셨죠?" 트리시가 말했다. "여기 시설은 국내에서도 최고 수준이에요."

간호사 두 사람이 활기찬 걸음으로 우리를 지나쳐 갔다. 그들은 철제 기둥에 머리를 박는 소리가 약하게 들려오는 모퉁이 병실을 향해 걸어가고 있었다. 한 사람은 파일철을, 다른 한 사람은 주사기가 놓인 농반을 들고 서두르는 기색도 없이 아주 부드럽게 나아갔다.

"벤조디아제핀*을 복용한 간호사들이 여기도 있나요?"

트리시는 대답하지 않았다. 그녀는 간호사실 앞을 지나면서 파일철을 꺼내 들고는 입구 반대편에서 멀리 떨어진 곳의 병실로 나를 안내했다. 그곳에서 들리는 소리라고는 사방에 울려 퍼지는 토니 베넷의 노래뿐이었다.

어머니는 난간이 설치된 작은 싱글 침대에 누워 있었다. 열리지 않는 불투명 유리창을 향하도록 몸 밑에 베개들이 받쳐진 채 잠들어 있는 모습이 매우 왜소하게 느껴졌다. 침대 위에 달린 TV는 고맙게도 꺼져 있었다. 트리시가 병실 문을 닫았다.

"엄마." 나는 어머니의 손목 안쪽, 축 늘어진 살갗을 천천히 어루만졌다. 어머니는 반사적으로 어색하게 주먹을 쥐더니 손을 빼면서 눈을 떴다. 놀랐다기보다는 잠에 취해 그저 뭔가 이상하다고 느낀 것처럼 보였다. 상황을 전혀 인지하지 못하고 있었다. 그리

• 　신경안정제에 속하는 향정신성의약품의 일종.

419

고 트리시를 한번 쳐다보더니 눈을 감아버렸다.

"지금 어떤 상태죠?" 내가 물었다.

트리시는 파일을 열어 보여주었다. 화상을 입은 부위에 약간의 크림을 발랐다는 기록 외에는 아무 내용도 없었다.

"정말 충격적이군요." 내가 말했다. "그러니까 이렇게 된 게 녀 때문이란 말이죠?"

트리시는 버튼을 눌러 침대 머리가 올라가게 했다. 머리 높이가 변하자 어머니는 다시 눈을 떴다. 트리시는 침대 옆 테이블에 놓인 물컵을 집어 들었다. 컵에 꽂힌 구부러진 빨대를 입가에 갖다 대자 어머니는 때맞춰 입을 열고 물을 빨았다.

"다행스럽게도 어머니가 드신 보험이 치매 환자 집중 간호까지 모두 보장하더라고요." 트리시가 말했다. "나중에 우리가 늙어 병원에 온대도 이렇게 괜찮은 시설이 또 있을까요?"

"여기서 정확히 얼마나 더 살고 싶으세요?"

트리시는 앞으로 몸을 숙이고 어머니의 어깨를 쓰다듬었다. 그리고 달래는 목소리로 말했다. "에번 말이, 몸 상태가 안 좋아지면 스스로 목숨을 끊으려고 넴뷰탈을 사놓으셨다면서요?"

빨대로 물을 빨던 어머니가 갑자기 동작을 멈췄다. 양 눈썹이 위로 올라갔다.

트리시는 계속 말을 이어갔다. "여기서 우리 보살핌을 받으며 지내느니 차라리 죽겠다고 하셨다면서요. 그게 정말이에요?"

어머니는 마치 '브'나 '프'로 시작되는 단어를 말하려는 것처럼 입술을 앙다물었다. 그리고 곧 입과 얼굴 근육에서 힘이 빠졌다. 잠깐 무슨 생각이 스쳤건, 그녀가 하려던 말은 이미 사라지고 없었다.

"방금 뭔가 말하려고 했다면 '부탁이야'라는 말을 하고 싶으셨을 거예요." 내가 말했다.

"당신 말이 맞겠죠." 트리시가 어머니의 이마에 입을 맞추자, 어머니는 누가 키스를 했는지 보려고 천장을 올려다보았다. "적어도 지금 어머니는 고통스러워지는 않으세요." 트리시는 다시 축 늘어진 어머니의 얼굴을 계속 바라보며 내게 말했다. "있죠, 바로 여기서도 원하는 걸 하실 수 있어요."

"무슨 말씀이시죠?"

어머니의 가벼운 숨소리가 들쭉날쭉해졌다. 트리시는 어머니의 앞가슴을 문질러 잠을 깨웠다. "지금 우리는 당신 얘길 하는 중이에요. 그러니까 비브도 귀 기울여 들으셨으면 좋겠어요. 만약 이게 당신이 원하는 거라면 한 번만 눈을 깜빡여보세요." 어머니는 눈을 꽉 감더니 방귀를 뀌었다. 그리고 갓난아기처럼 천진난만한 미소를 지어 보였다. 이미 그보다 더한 모습도 지켜보았는지 트리시는 아무렇지 않게 했던 말을 반복했다. "제 말을 이해했으면 눈을 깜빡이세요." 어머니는 그저 쳐다보기만 했다.

트리시는 내게 물었다. "어머니가 우리 말을 이해한다고 생각하세요? 난 아닌 것 같은데."

"이해했더라도 표현을 못 하셔서 그러실 수도 있어요."

트리시는 나를 빤히 쳐다보더니 다음에는 방구석의 싱크대를 바라보았다. 그녀는 한 손을 어머니에게 댄 채로 몸을 곧게 펴더니 내게 말했다. "어떻게 보면 어머니가 여기 들어오신 게 잘된 일인지도 몰라요. 이런 일이 집에서 벌어지길 원하진 않으시잖아요.

그녀가 여기 침대에 누운 채로라면, 그저 또다시 발작을 일으킨 걸로 보일 가능성이 커요. 당신을 의심하는 사람도 없을 테고. 그리고 당신이 의뢰하지 않는 이상 시신을 부검하지도 않을 테고요. 그 일이 당신이 원하는 일이고, 어머니가 원하는 일이라고 믿는다면, 차라리 빨리 해치워버려요. 어머니 상태가 갑작스럽게 악화됐다는 걸 다들 알고 있으니까, 비극적인 변화가 생긴대도 크게 이상하게 여길 사람은 없을 거예요."

"고맙습니다."

"그런 소리 말아요. 나는 당신이 이런 일을 해본 경험이 있는 사람이라 믿고 눈감아주는 것뿐이에요. 전적인 책임도, 위험 감수도 다 당신 몫이에요. 혹시라도 무슨 일이 생기면 난 모르는 일이라고 발뺌할 거니까."

나는 물었다. "메토클로프라미드 20밀리그램만 구해주실 수 있을까요?"

트리시는 당황하지 않았다. 그녀는 고개를 끄덕이더니 방을 나갔다. 그리고 이곳에는 허락을 받은 우리만 남았다. 비록 그 허락이라는 게 간단한 눈짓과 고갯짓뿐이긴 했지만, 바로 이곳에서 나는 어머니를 돌볼 수 있게 된 것이다.

어머니는 다시 졸고 있었다. "죄송해요, 엄마. 여기서 모시고 나갈 수가 없었어요." 내 말을 듣고 어머니가 뭔가 반응을 보일 것만 같았지만, 어머니의 얼굴은 마치 죽은 사람처럼 창백하기만 할 뿐 아무런 변화도 보이지 않았다.

트리시가 다시 와 알약을 건네주었고, 나는 그걸 주머니 속에 넣었다. "시간이 얼마나 걸리나요?" 그녀가 물었다.

"길어야 20분 정도요."

그녀는 속으로 뭔가를 계산하더니 말했다. "밤에 하는 게 좋긴 한데, 그땐 내가 여기 없어요. 의사가 몇 명 근무하는가에 따라 달라지긴 하지만, 입실 확인 절차도 훨씬 까다로울 거고요. 오후 근무교대가 2시 반에서 3시 사이에 이뤄져요. 그 시간엔 병실 근처에 아무도 없을 테니까 사인하고 건물 밖으로 나가기도 쉬울 거예요. 확실하게 마무리되도록 내가 도울 수 있는 일은 다 해볼게요."

벽시계는 11시 20분을 가리키고 있었다. 시계 아래에는 오늘의 스케줄이 간략하게 적힌 화이트보드가 있었다. 거기엔 세 번의 식사 일정과 함께 4시에 일광욕실에서 〈이스터 퍼레이드Easter Parade〉라는 영화가 상영된다고 적혀 있었다.

"직원들이 사실을 알게 되면 제일 먼저 나한테 알릴 거예요." 트리시는 말했다. "그럼 나는 바로 와서 조의를 표하고 나머지 일들을 진행하도록 할게요. 당신은 장례식장을 알아보고 시신을 매장할지, 화장할지 미리 계획을 세워두세요. 그 부분은 어떻게 할지 생각해보셨어요?"

"어머니는 화장을 원하셨어요. 남은 재는 제가 알아서 해야죠."

트리시는 어머니의 파일철을 팔 사이에 끼웠다. "그렇게 하고 나면 기분이 어떨 것 같아요?" 그녀가 물었다.

"전에도 해본 일인걸요."

"비브는 당신 환자가 아니잖아요."

"어머니가 원하셨던 일이에요. 그리고 어머니를 돕는 일이기도 하고요."

고개를 끄덕이는 트리시의 표정이 회의적이었다. "나중으로 미루기보다는 빨리 해치워버리는 게 당신에게도 좋을 거예요."

그녀는 몸을 숙여 어머니에게 또다시 키스했다. "당신은 정말 멋있는 사람이에요." 그녀는 이렇게 말하고 재빨리 몸을 돌려 나가려고 했다.

나는 그녀를 붙잡고 물었다. "전에도 이런 일이 있었나요?"

그녀는 지친 기색이 역력했다. "그래요. 있었어요. 수 세기 동안 있었던 일이죠. 하지만 그게 아무리 옳은 일이라 하더라도, 설령 나 역시 언젠가는 그렇게 해달라고 누군가에게 빌게 될지라도, 이러려고 내가 간호사가 된 건 아니잖아요? 나도 더는 알고 싶지 않아요."

그리고 그녀는 방을 나갔다. 어머니는 머리가 이상한 각도로 돌아간 채 어깨로 얕은 숨을 쉬며 잠들어 있었다.

11시 25분.

지금쯤 네티는 사무실 책상 앞에 앉아 있으리라 나는 생각했다.

머시 병원으로 가는 보도에는 자전거를 타고 쌩 지나가거나 앞뒤로 서서 조깅을 하면서 자신들이 건강하다는 사실조차 의식하지 못하는 건강한 사람들로 활기가 넘쳤다. 도로 위를 달리는 자동차들도 마찬가지였다. 자동차는 사람들을 회의가 진행 중인 일터로, 풍부한 농산물을 생산하는 협동조합으로, 와인 잔을 마주치며 하루를 마감하는 집으로, 각자의 목적지를 향해 바쁘게 실어날랐다. 이들 중 불치병에 걸린 사람은 없었고, 심지어 허약해 보이는 사람조차 눈에 띄지 않았다. 어디선가는 건강한 아기들이 끊임없이 계속 태어나고 있을 터였다. 여기에서 어머니를 신경 쓸 사람은 아무도 없었다.

엘리베이터 앞에 닿기도 전에 나는 네티를 찾아냈다. 그녀는 구내식당의 긴 테이블 중간쯤에 자리를 잡고 앉아 신문을 읽고 있었다. 한 무리의 중국인 간호사들이 네티로부터 두 자리 정도 떨어진 테이블 끝 주변에 둘러 앉아 있었다. 네티는 중국어를 할 줄 알았다. 하지만 중국인 간호사들에게 그 사실은 파티에서 재미있게 화제로 올릴 만한 얘깃거리일 뿐 유대감을 의미하지는 않았다. 그런 이유로 네티는 그들과 어울리지 못하고 혼자 앉아 있었다. 나는 신문 한 귀퉁이를 손으로 톡톡 쳤다. 그녀는 놀라는 기색도 없었다.

"오늘 근무인가 보죠?" 그녀가 물었다.

"아뇨. 당신을 만나러 왔어요."

"정말요?" 내가 일자리 제안을 수락하려 한다고 생각했는지 그녀의 표정이 살짝 밝아졌다.

그녀는 맞은편 빈자리를 향해 고갯짓했다.

"뭐 하나 물어보고 싶은 게 있어요."

"뭐든 물어보세요."

나는 테이블 주변을 둘러보았다. 나보다 젊어 보이는 남자 한 명이 링거 바늘을 꽂은 채 도넛을 먹고 있었고, 멍한 눈빛의 간호사 두 명이 조용히 커피를 마시고 있었다.

네티는 앞으로 몸을 숙이며 무드럽게 말했다. "지금 녹음하고 있는 중이 아니라면 나도 안 할게요." 그녀는 웃었다.

"녹음 안 해요." 나는 깊게 숨을 들이마셨다. "당신 어머니에 관해 물어보고 싶어요."

반가워하던 얼굴이 순식간에 굳어졌다. "좋아요. 말해보세요."

"그 일을 어떻게 하신 거죠?"

"아. 이거 비브 얘긴가요?"

"네. 지금 그 상태에 이르렀어요."

그녀는 눈을 감은 채 한참을 그대로 있었다. "정말 유감이에요."

"어떻게 그 일을 하셨냐고요."

네티는 당황해서 잠시 머뭇거리더니 내 말뜻을 알아차리고는 이렇게 대답했다. "난 안 했어요." 그녀의 표정은 죄를 부당하게 추궁당해 억울해하기보다는 그저 어리둥절해 하는 쪽에 가까웠다. "그 사람들이 내가 했다고 하던가요?"

"어머니가 아름다운 죽음을 맞게 당신이 도왔다고 하더군요."

그녀는 이제야 상황을 이해한 모양이었다. "맞아요, 하지만 난 그 일을 할 수가 없었어요. 나는 몇 년 동안 어머니에게 음식을 떠먹이고 씻기면서, 어머니가 할머니에게 했듯 그렇게 보살폈어요. 시간이 오래 흐르고 보니 내가 아프더군요. 나는 일도 할 수 없었고, 어머니의 침실이 아닌 바깥 세상은 생각도 할 수 없었어요."

"하지만 재스퍼에게 갔었잖아요." 내가 말했다.

"넴뷰탈을 구하도록 그들이 도와줬어요. 하지만 그걸 어머니에게 먹이진 않았어요. 이모가 했죠. 이모가 하고 싶어 했거든요."

"그 간호사분?"

"그래요. 이모는 그때 이미 은퇴하신 뒤였어요. 어머니와 이모는 열 살이 될 때까지 한 침대를 쓰면서 평생을 가깝게 지냈어요. 심지어 어머니가 말을 못 하게 된 후에도 두 사람은 서로 텔레파시가 통했죠. 그래서 나보다 훨씬 자신감 있는 태도로 어머니를 간호했어요. 그녀는 두 번 고민하지도 않았어요. 마치 아스피린 먹이듯 했으니까." 네티는 끙하고 앓는 소리를 내더니 조용히 웃었다. "그 이후로도 잠을 못 잔다거나 그런 일은 없었을 거예요."

그리고 그녀는 나를 보았다. 의지와는 다르게 내 몸은 팔짱을 끼고 등을 구부린 채 땀을 뻘뻘 흘리고 있었다. "미안해요." 그녀가 말했다. "우리 이모의 방식은 분명 내 방식이나 당신이 해야 할 방식과는 거리가 멀어요. 나로선 그 부분에 대해 조언해줄 말이 전혀 없네요. 미안해요. 정말로."

"어쨌든 고맙습니다."

네티는 테이블 너머로 손을 뻗어 내 손을 잡았다. "오늘 방문은 당신이 일자리 제안을 받아들일지 말지 아직 결정을 못 해서 온 걸로 해둘게요."

"네."

—⋀—

12시 50분.

어머니는 입을 벌리고 자고 있었다.

"엄마, 있죠. 우리가 전에 의논했던 그 문제는 트리시가 암묵적으로 허락해주셨나고 했어요. 필요한 물건들은 제 주머니 속에 들었고요. 참, 새로운 소식이 있어요. 네티는 자기 어머니에게 이 일

427

을 할 수 없었대요. 하지만 전 어머니가 제대로 키우셨으니까, 아니지, 그냥 저를 키우셨다고 해야겠네요. 그러니까 전 해낼 수 있어요."

어머니는 요란하게 숨을 내쉬었다.

"이 일을 마무리 짓기까지 두 시간 정도 남았어요. 엄청 길게 느껴지시죠? 이미 여기서 너무 오래 계셨어요. 하지만 어머니도 들으셨죠? 근무교대시간까지 기다려야 한다는 말. 저한테 마지막으로 하실 얘긴 없으세요? 이젠 말씀하셔도 돼요."

나는 어머니의 손을 잡아당겼다.

"하실 말 없으세요? 아버지가 했던 말, 계속 생각해봤는데요. 아니지, 아버지가 편지에 썼던 말이라고 해야 하나, 아니면 편지에 썼다고 어머니가 전한 말이라고 해야 하나. 암튼, 우리 가족에 내린 저주를 풀려면 이 말의 뜻을 알아야겠어요. '의미 있는 일을 찾아내 그 일을 끝까지 계속해서 그것으로 행복해지길 바란다'던 말이요. 제가 좀 더 어렸을 때 그 얘길 들었더라면 상황이 어떻게 바뀌었을까요? 완전히 혼란에 빠진 가정환경을 능가할 만큼 큰 영향력을 발휘할 수도 있지 않았을까요? 전문가 의견은 어떠세요? 물론 이제 와 불만을 늘어놓을 권리가 없다는 거, 저도 잘 알아요. 어머니는 항상 학생들에게 그러셨죠? 부모를 탓할 수 있는 건 열다섯 살까지고, 그 이후에는 모두 자기 책임이라고."

어머니는 침을 삼키다가 기침을 했다.

잠깐이었지만 어머니가 자신이 했던 말을 듣고 정신이 돌아온 걸 수도 있다고 생각했다. 하지만 아니었다. 어머니의 눈은 계속 감겨 있었다. 잔뜩 부풀고 메마른 혀는 둥글게 말린 채 그저 몇 번

안으로 들어갔다 나왔다 할 뿐이었다.

"대충 얘기하셔도 눈치로 다 알아들을 수 있는데."

어머니는 생각에 잠긴 게 아니었다. 나는 물컵을 집어 들고 빨대 끝을 어머니 뺨 근처에 가져가 반응을 유도했다.

"여기 있어요. 미리 연습 좀 해보세요."

어머니가 빨대 끝을 천천히 빨아 당기자, 물이 겨우겨우 입안으로 흘러 들어갔다. 물이 들어가자 어머니의 눈썹도 위로 올라갔다.

"지극정성." 나는 말했다. 네티는 수년간 자기 어머니를 그렇게 보살폈단 말이지?

13시 02분.

"어머니가 말씀을 안 하시니까, 그럼 낮잠이나 자볼까요? 믿기 어려우시겠지만, 제가 요즘 통 잠을 못 잤거든요. 어머니를 한쪽으로 좀 밀어볼게요."

한 손은 엉덩이에, 한 손은 어깨에 대고 나는 어머니를 침대 한편으로 밀었다. 그러자 어머니는 안 밀려나려고 마치 염소처럼 몸을 뻗대며 이까지 악물었다. 그래도 끝에 보호난간이 있어 떨어질 일은 없었기에 나는 있는 힘을 다해 어머니를 밀어 공간을 만들었다. 어머니도 포기했는지 숨을 헐떡이며 가만히 있었지만 두 발은 아직 침대 중앙에 있어 비스듬하게 누운 상태가 되었다. 나는 자세가 바르게 되도록 발을 옮겨주고, 병원 가운의 주름을 편 다음, 삐져나온 침대 시트를 원래 위치로 다시 밀어 넣었다. 내가 침대 위로 올라가는 동안 어머니는 천장만 바라보았다.

"알아요. 몸이 서로 닿는 걸 어머니가 안 좋아하신다는 거. 힘드시죠? 하지만 제가 이렇게 할 기회가 언제 또 있겠어요?"

복도 스피커에서는 회전목마 탈 때나 들을 법한 노래를 부르는 여자의 목소리가 흘러나왔다.

어머니는 더 이상 저항하지 않았다. 나는 가만히 누워 내가 바로 옆에 있으면 어머니가 어떤 반응을 보일지 지켜보았다. 5분쯤 지나 어머니가 자신의 이마를 내 이마 쪽으로 갖다 대며 옆으로 돌아눕는 바람에 우리는 서로 얼굴을 마주 보는 자세가 되었다.

─\/─

"저기요. 저기요! 식사 더 하실 건가요?" 앞치마를 두른 한 남자가 문 앞에서 물었다.

나는 눈을 깜빡이며 일어나 앉았다. 접혀있던 식사 테이블이 펴져있었고, 그 위에 베이지색 식판이 놓여 있었다. 조금 전엔 없었던 것들이었다. 엄마는 자세를 바꿔 내게서 멀어져 있었다.

2시 08분.

"주무시는 데 방해해서 죄송하지만, 식판을 정리해야 하거든요." 그가 말했다.

나는 그에게 말했다. "우린 식사가 나온 줄도 몰랐어요."

그는 병실 안으로 들어와 식판을 살피더니 장갑 낀 손으로 메인 요리를 덮고 있는 플라스틱 뚜껑을 열었다. 접시에는 얇게 썬 크고 둥근, 옅은 색의 고기 몇 장에 진한 그레이비 소스가 뿌려져 있었고, 그 옆으로 수북이 담긴 부드러운 샐러드, 으깬 감자, 붉은색

430

렐리쉬*가 조금 있었다.

"칠면조 요리네요." 그가 말했다. "간호사들이 식사 도와드리려고 왔다가 두 분이 함께 주무시는 걸 보고 아마도 그냥 포기하고 나간 모양이에요. 가져갈까요?"

나는 뭔가 핑곗거리가 필요하다고 생각했다. "그냥 두세요. 제가 좀 떠먹여드릴까 싶어요."

"그러세요." 그는 복도에 세워둔 서빙용 카트로 가더니 뭔가를 들고 다시 돌아왔다. "음식이 너무 차가우면 이걸 드시게 해보세요." 그는 엔슈어 한 통을 식판 위에 내려놓고 내가 침대에 앉은 채로도 식판에 손이 닿을 수 있게 식사 테이블을 당겨주었다.

2시 11분.

나는 구토 억제제를 섞은 크랜베리 퓌레 한 숟가락을 어머니에게 먹였다. 어머니는 로봇 같은 동작으로 퓌레를 씹더니 깜빡 잊고 있었다는 듯 꿀꺽 삼켰다. 그리고는 한 입 더 달라고 입을 벌렸지만, 더 들어오는 퓌레는 없었다. 어머니의 입은 근처에 수저가 없을 때는 자신의 역할을 기억하지 못하는 듯 무기력해졌다. 반은 성공한 셈이었다.

덩치가 자그마한 간호사 한 명이 문밖에서 고개를 불쑥 내밀었다. "다들 일어나셨어요?" 지나가던 길이었는지 한 손을 문가에 댄 채 물었다. "아드님이신가 봐요?"

"네, 맞아요."

2시 15분.

---

* 과일, 채소에 양념을 해서 걸쭉하게 끓인 뒤 고기 등에 얹어 먹는 소스.

"정말 착한 아드님이시네요." 그녀가 말했다.

그 말을 입증이라도 하듯 나는 퓌레를 조금 더 떠서 어머니의 입에 가져갔고, 그녀는 입을 벌려 받아먹었다.

"성함이 에번 맞으시죠?"

"맞습니다."

그녀는 슬그머니 병실 안으로 들어오며 말했다. "저는 미나라고 해요. 전에 어머니를 돌봐드린 적이 있었어요. 너무 안되셨어요. 인생은 때론 참 불공평하죠? 정말 좋은 분이셨는데. 몸도 꽤 정정하셨고요." 그 말을 하면서 그녀는 짓궂은 미소를 지었다.

이제는 조금밖에 남지 않은 어머니의 뇌 깊숙한 곳 어디에선가 이렇게 외치며 몹시 화를 내고 있을 것만 같았다. '정정하다는 표현은 어쨌든 노쇠한 사람한테 쓰는 말이잖아. 입 닥치고 꺼져.'

"기저귀 상태가 어떤지 한번 살펴봐도 될까요?"

나는 침대에서 내려와 옆으로 비켜섰다. 미나는 (손 세정제를 바르지도 않은 채로) 어머니가 덮고 있던 시트를 걷어 젖히고 가운 앞섶을 열어 패드를 확인했다. "깨끗하네요." 그녀는 잘했다는 듯 어머니의 어깨를 두드리며 말했다. "전 내일 또 근무예요. 그럼 내일 뵐게요."

"수고하셨어요." 그리고 나는 이렇게 덧붙였다. "어머니가 아직 졸리신가 봐요. 나가면서 문 좀 닫아주시겠어요?"

"그럼요."

2시 22분.

주머니 속에 불룩 솟아 있는 넴뷰탈 봉지는 그대로 있었다. 나는 세면대 앞으로 가서 봉지에 붙어 있는 작은 테이프 조각을 손톱으로 떼어 열었다. 민트그린색 플라스틱 컵 하나가 선반 위에 놓여 있었다. 나는 컵에 물을 반쯤 채우고 가루를 넣은 뒤 식판에 있던 뭉툭한 나이프로 휘저었다.

어머니는 벽을 쳐다보며 눈을 깜빡이면서 입을 열었다 닫았다.

그때 문을 빠르게 두 번 노크하는 소리와 함께 론이 들어왔다. 론은 일반 간호구역에서부터 바쁘게 걸어왔는지 땀을 흘리고 있었고 가슴 위에서는 목줄에 건 신분증이 아직도 흔들리고 있었다.

"나 왔어. 어머니가 여기 계신 걸 지금 막 알았지 뭐야."

2시 27분.

"와줘서 고마워." 내가 말했다.

그가 소독제를 짜서 손에 문지르는 동안 나는 녹색 머그잔을 세면대 구석 눈에 띄지 않을 만한 곳으로 슬쩍 밀었다. 론은 침대로 몸을 구부려 자기 얼굴을 어머니의 얼굴 가까이 가져갔다. 그녀는 마치 칭찬이라도 들은 아이처럼 희미하게 미소 짓고 있었다. 지금껏 내가 보지 못한 미소였다.

"비브, 이렇게 되셔서 정말 속상해요." 그가 어머니를 보며 말했다.

"우리 여기 있다고 트리시가 얘기했어?" 내가 물었다. 트리시가 론에게 말한 게 분명했다. 그를 여기로 보내 내 일을 방해하려고 그런 게 틀림없었다.

"아니. 환자 리스트에서 비브 이름을 봤어. 네가 아무런 얘기도 안 해줘서 어머니가 여기 혼자 와 계신가 싶어 달려온 거야." 그는 침대 옆에 그내도 서서 한 손은 나를 향해 뻗었다. 나는 그에게로 가 건성으로 포옹했다.

"미안해." 내가 말했다.

"미안해하지 마. 뇌졸중이셔?"

"발작으로 쓰러지셨어. 지난 금요일에."

"금요일이라고?" 그는 어머니에게서 시선은 떼지 않았지만, 매우 마음이 상한 듯 내게 말했다. "우리한테 전화했었어야지."

"그럴 정신이 없었어. 이미 예정된 일이었어. 어머니도 알고 있었고, 나도 알고 있었고. 지금은 오히려 마음 편해."

"정말 편해 보이는 얼굴이네."

어머니는 요란스럽게 숨을 내쉬었다.

"너 정말 할 수 있겠어?" 그가 내게 물었다.

순간 나는 그가 선 자리에서 싱크대의 넴뷰탈 컵이 보이는지 어떤지 확인하려고 그의 시야를 대충 짐작해보았다. 어쩌면 보일 수도 있었다. "내가 뭘 하는데?"

혼란스러워하는 나를 보며 그는 말을 멈추었다. 갑자기 긴장한 사실을 알아차린 듯했다. "어머니가 자연스럽게 돌아가실 때까지 매일같이 찾아와 간호해야 할 텐데, 그럴 수 있겠냐고. 너도 알다시피, 언젠간 돌아가실 거잖아. 어머니는 지금 계셔야 할 곳에 제대로 와 계셔. 널 도우려고 우리가 늘 대기 중이고."

"어머니는 우리가 여기 와있다는 사실도 모르셔."

"알고 계실 거야. 어머니가 이렇게 평온해 보이는 것만으로도 충분하다고 생각하지 않아?"

어머니 머릿속에서 '절대 충분하지 않거든!'이라고 외치는 소리가 메아리처럼 귓가에 울려 퍼지는 것 같았다.

2시 31분.

시계를 보면서 나는 론에게 물었다. "교대시간 아니야?"

"아무도 눈치 못 채게 쓱 들어가면 돼. 너 오늘 밤에 여기 있을 거야?"

"지금으로선 오늘 남은 시간 동안 뭘 하고 있을지 전혀 짐작조차 못 하겠어." 과연 내가 뭘 하고 있을지 짐작해보려고 애쓰며 나는 대답했다. 쓴맛 나는 넴뷰탈을 어머니에게 먹이고 잘 삼키는지 지켜본다. 어쩌면 크랜베리 퓌레와 번갈아 먹여도 괜찮을 것 같았다. 그리고 어머니의 숨이 멎을 때까지 비탄에 잠겨 옆에 같이 누워 있어드려야지.

시간이 지나면 병원 직원에게 어머니 상태가 이상하다고 알린다. 그러고 나면 모든 일은 끝이었다. 트리시가 오면 함께 당황해하는 척 하고, 론에게는 그가 방을 나선 직후 어머니가 갑자기 발작을 일으키며 돌아가셨다고 말한다. 조촐한 장례식을 준비하고 평소 어머니와 친하게 지내던 학생들에게 연락해 시간과 장소를 알린다. 그리고 화장하고 남은 재는 어떻게 한담?

"그냥 있어." 론이 말했다. "근무 끝나면 여기로 데리러 올게. 저녁에 뭐가 먹고 싶은지 원하는 걸로 해줄게." 그는 어머니의 어깨를 잡고 그녀가 알아듣도록 큰 소리로 말했다. "오늘 밤에 에번 좀 잠깐 데려가도 괜찮죠?" 그는 나를 향해 말했다. "봤지? 어머니도 찬성이라고 하시잖아. 혹시나 찬성 안 하시면 억지로라도 데려가려고 했는데 말이야." 그는 식판을 흘깃 보더니 말했다. "식사는 포기하고 엔슈어나 마시게 해드려." 그는 어머니의 뺨에 키스했디.

"그럴게." 내가 대답했다.

"그리고 여기 네가 어머니를 최첨단으로 간호할 방법이 하나 더 있어." 그는 세면대로 걸어가더니 선반 위에 놓인 연보라색 용기를 꺼내 내게 던졌다. 컵의 존재는 알아차리지 못한 모양이었다. 용기를 잡아 살펴보니 로션 통이었다. 병동 전체에 퍼져있던 라벤더 냄새의 정체는 바로 이 로션 향이었다. "어머니한테 발라드려. 기분이 좋아지실 거야."

"알았어. 그럼 이따 봐."

"이따 보자. 오늘 '그 일'도 할 수 있을 거야." 그는 말했다. 무슨 의미인지 알아듣기 쉽게 그는 눈으로 내 몸을 한번 훑었다.

"알겠어." 병실을 나서는 론에게 대답했다. 나는 문을 닫고 어머니에게 말했다. "봤죠? 그 일 제가 할 수 있다고 론도 그러잖아요. 우린 그 일 잘 해낼 거예요."

어머니는 조금 전의 그 가식적인 미소를 다시 보이며 방귀를 뿡 뀌었다.

2시 33분.

"엄마, 저 음악 소리 들리세요? 선곡을 DJ가 하는지 컴퓨터가 하는지 모르겠지만, 조니 미첼 곡이 나오는 걸 보니 좀 현대적인 곡으로 넘어왔나 봐요. 엄마 노래가 지금 흐르고 있어요. '보스 사이즈, 나우Both sides, Now'. 세상 보는 눈이 생기면서 인생살이가 전부 시들해졌다던 그 시절, 이 노래 좋아하셨잖아요. 이 곡을 처음 만들었을 때 조니가 스물두 살이었던가요? 그 나이에 벌써 모든 걸 알아버린 사람처럼 가사를 썼네요. 여기 문밖에 그녀가 서 있다고 한번 상상해보세요. 아직 젊은 모습 그대로요. 잿빛 금발 머리를 이리저리 흔들면서요. 검정 터틀넥 미니드레스를 입었어요.

436

그리고 기타를 스트랩에 연결해 목에 걸었어요. 스트랩은 실을 엮어서 짰는데 엄마가 좋아하시는 멕시칸 패턴이고요, 중간쯤에 큼직한 터키석이 몇 개 박혀 있네요. 엄마 가시는 길을 배웅하면서 노래를 불러주고 있어요."

어머니의 눈꺼풀이 반쯤 열렸다가 다시 닫혔다. 숨소리가 차츰 약해지더니 꾸준하게 '스스스……' 하는 소리를 냈다. 평온하다 못해 견고함이 느껴지는 기운찬 숨소리였다. 혈관을 따라 피는 전신으로 순조롭게 흐르고 있었다. 그녀는 숨을 쉬었고, 따뜻한 체온을 유지했고, 여전히 살아 있었다.

'몇 달, 어쩌면 1년쯤'이 될 거라고 마레 박사는 말했었다.

조니의 노래가 끝나자, 느리고 멜로디도 거의 없는 가벼운 실로폰 소리가 시작되었다. 방향성도, 보컬도 없어 곡이 어디로 흘러가는지 도무지 알 수 없는 그 소리는 업무 교대시간 동안 사람들의 주의를 산만하게 만들고 있었다.

나는 어머니의 소중한 발을 마지막으로 한 번 더 보기 위해 시트를 젖혔다. 간호사 중 한 사람에게 도와달라고 부탁해서 어머니의 시신은 직접 닦아드려야겠다고 생각했다.

어머니는 겉으로 표현을 못할 뿐 지금 아마도 속으로는 고마워하고 있을 테지. 게다가 한 번쯤은 내가 우는 모습을 병원 직원에게도 보여줄 필요가 있었다.

나는 로션을 손바닥에 짜서 문지른 다음, 한 번에 한 다리씩 마사지를 시작했다. 어머니의 몸에서 스르륵 긴장이 풀렸다. 발목을 지나, 두 번 나시는 선시 놋할 송아리를 엄지손가락으로 누르자 어머니는 눈을 조금 뜨더니 기분 좋다는 듯 '츠츠츠' 하는 소리를 냈다.

"벌써 죽어서 온천탕에라도 들어간 것 같으세요?"

어머니는 턱을 앞으로 내밀며 계속 소리를 냈고, 내가 다리를 세게 마사지하면 할수록 소리도 점점 커졌다. 마지막으로 로션을 좀 더 짜서 평소 조금은 신성시되던 어머니의 발을 주무르니 소리는 더욱 격렬해졌다. 죽고 나면 다시는 이런 기분을 느끼지 못하시리라 생각했다.

마사지를 마친 후에도 어머니의 입에서는 소리가 계속 나왔다.

'의미 있는 일을 찾아내 끝까지 계속해 행복해지길 바란다'던 아버지의 말이 떠올랐다.

손에 남은 로션을 내 팔뚝에 문질러 닦았다. 소리가 조금 약해졌다.

2시 39분.

넴뷰탈 컵을 침대 옆으로 가져와 빨대를 꽂았다. 한 손으로는 컵을 가까이 들고 한 손으로는 어머니의 따뜻한 등을 받쳐 일어나 앉으시도록 했다. 등에 손이 닿자 목에서 그 소리가 다시 커졌다.

컵을 어머니 얼굴 앞으로 가져갔다. 입술만 내밀면 닿을 거리에 빨대가 있었다.

"엄마. 이거 넴뷰탈이에요. 마시면 심장이 멎고 죽게 돼요. 어머니가 원하신 게 이게 맞으세요?"

어머니는 소리 내는 일을 멈추더니 한 손이 얼굴을 향해 홱 올라와 손가락으로 자신의 뺨을 찔렀다.

"선택은 어머니가 하세요."

나는 어머니가 넴뷰탈을 마실 수 있도록 다시 손을 등 뒤로 넣어 받쳤다. 그러자 어머니의 목구멍에서 다시 소리가 나기 시작했다. 마사지가 아니더라도 상관없었다. 손길만 닿아도 충분했다. 미소를 띤 것처럼 입꼬리마저 살짝 올라가 있었다.

"그렇다면 선택은 제가 해야겠네요."

나는 컵을 칠면조 요리 옆에 놓았다. 나는 어머니의 손을 잡고 몸 앞에서 이리저리 흔들었다. 손길만으로 충분했다.

"자, 이렇게 하니까 느낌이 어떠세요?"

나는 얼굴을 어머니 얼굴 앞으로 바짝 갖다 대며 물었다. 그러자 돌아온 대답은 얼굴에 희미하게 떠오른 경이로움의 표정이었다.

2시 43분.

"트리시에 대해서는 어떻게 생각하세요? 지금 어머니를 위해 망을 봐주고 있는데, 어떠세요?" 나는 어머니의 손을 더 높이 흔들었다.

그랬더니 어머니는 길게 '츠츠츠츠' 소리를 냈다.

"론이 나중에 절 데리러 올 거예요. 저 론네 집에 가서 자고 와도 돼요?"

또다시 흘러나오는 '츠츠츠츠' 소리.

속도를 높이자 소리도 커졌다.

속도를 늦추자 이번에는 소리가 작아졌다.

"여기 병실은 어떠세요? 파스텔 색조가 마음에 드세요? 공식적인 진단 후에 병실이 정해지면 실내 인테리어를 바꾸는 신청서를 낼 수도 있어요. 벽을 선부 터키석 색상으로 칠해버리면 너무 밝아서 눈이 아플까요? 어쩜 시계도 안 보이실 수 있어요." 내가 어

439

머니 손을 잡고 흔드는 동안 평화로운 신음은 계속 이어졌다.

"아니면 어머니가 그린 정글 그림, 집에서 가져올까요?" 소리
는 아직도 계속되었다.

"네? 그 부분은 노코멘트 하시겠다고요? 여기가 악몽 같이 느
껴지신다면서요."

마치 '그때는 그때고'라고 말하는 듯 어머니는 눈썹을 살짝 치
켜떴다.

나는 동작을 멈추었다.

몇 초가 지나자 어머니 목에서도 소리가 멎었다. 내가 어머니의
손을 잡은 그때부터 어딘가 주의력에 변화가 생긴 것 같았다. 단
순히 평온한 상태를 넘어 어머니의 일부가 내게 반응을 보인, 그
런 느낌이었다. 그리고 어딘가 진정된 모습이었다. 1분쯤 지나자
그녀의 주의력은 다시 흐트러졌고, 관심은 옆의 철제 난간으로 바
뀌었다. 어머니는 이런 물건은 생전 처음 본다는 듯 철제 난간을
응시했다.

내가 등 뒤로 다시 손을 밀어 넣자 어머니는 나를 향해 머리를
기울였다. 그리고 건성으로 '츠츠' 소리를 냈다. 신경 써 들을 만
큼 의미 있는 소리는 전혀 아니었다.

"그게 다예요?"

어머니는 아무 말도 없었지만, 그렇게 대꾸하지 않고 가만히 있
는 것은 평소 '응, 그래'의 의미나 마찬가지였다.

"그 정도로도 충분해요." 나는 어머니의 손을 놓아주었다. "우
리 둘 다 마음의 결정은 내린 것 같네요."

2시 46분.

나는 넴뷰탈 컵을 들고 세면대로 가 배수구에 쏟아버렸다.

내가 침대로 다시 돌아왔을 때쯤엔 어머니는 다시 침대 난간을 바라보고 있었다.

"저를 용서해주시겠어요?"

어머니는 용서하겠다는 뜻인지, 못하겠다는 뜻인지, 아니면 그저 눈이 뻑뻑한 건지 눈을 깜빡거렸다.

나는 어머니 옆자리로 다시 기어 올라갔다. 무작정 밀고 들어간 나 때문에 어머니는 잔뜩 성이 났다. 내 몸무게로 매트리스가 기울어 몸이 조금씩 움직이자 다시 반대쪽으로 몸을 비틀었다. 그러면서 이번에는 눈은 계속 뜨고 있었다. 나 역시 어머니를 지켜보았다. 입이 헤 벌어졌다. 병원 냄새가 섞인 입 냄새가 좁은 공간을 가득 채웠다.

"구강세정제로는 해결이 안 될 거 같죠? 그냥 어머니 쓰시던 향수 다 모아서 갖다둬야겠어요."

어머니는 거의 고개를 끄덕이는 것처럼 보였다.

"걱정하지 마세요. 어머니는 늘 대비책을 마련하는 걸 좋아하셨죠? 여분의 넴뷰탈은 집에 잘 보관돼 있어요. 지극정성으로 어머니를 돌보다 제가 지치거나 아니면 어머니의 목에서 더 이상 '츠츠' 소리가 나지 않는 때를 위해서예요."

나는 시선을 돌려 식판에 놓인 엔슈어로 손을 뻗었다.

"여기 있어요. 어머니가 지독히도 싫어하셨던 그 음료."

어머니는 통을 쳐다보았다.

"기페리대 밋이에요. 직이도 띨기 밋은 아니네요. 'ㅗ 맛'이였으면 정말 비참할 뻔했죠?"

뚜껑을 열어서 한 번 흔들었다.

"최선은 아니지만 최악도 아니에요. 지금 우린 딱 그 정도예요. 정 마시기 싫으시면 저한테 주세요."

나는 새 빨대를 꽂아 빨대 끝을 어머니 입 앞에 가져갔다.

어머니는 집중하느라 눈을 감았지만, 뭘 어떻게 해야 하는지 정확히 기억하고 있었다. 입술을 앙다물고 힘껏 빨대를 빨았다.

감사의 말

　수년간 호스피스 병동의 간호사로 일하면서 나는 절망에 빠진 환자와 그들을 걱정스러운 눈길로 바라보며 안타까워하는 보호자들을 수도 없이 보아왔다. 그들은 때로 일을 빠르게 진척시킬 방법이 없냐고 묻기도 했는데, 그럴 때 나는 물론 좀 더 부드러운 표현을 쓰긴 했지만, 결론은 '없다'는 짧고 합법적인 답을 줄 수밖에 없었다. 그런 다음에는 환자의 고통을 완화하고 심리적·영적으로 돌볼 수 있는 다른 방법이 있는지 통증 관리 쪽으로 주제의 방향을 돌렸다. 이런 식으로 대부분은 상황이 많이 개선되었다. 하지만 그래도 별 도움이 안 돼 죽음이라는 주제가 다시 떠오르게 될 때면 '물론입니다. 제가 약물을 구해드릴게요'라고 말할 수 있다면 차라리 좋겠다고 생각하기도 했다. 또 한편으로는 그런 일이 내 업무가 아니라 다행이라고도 느꼈다. 그리고 글쓰기라는 배출구를 통해 많은 위안을 받았다.
　책을 구상하는 초기 단계에서 나는 오스트레일리아 문화예술

위원회의 보조금을 지원받아 병원에서 일하는 시간을 줄이고 글쓰기에 좀 더 집중할 수 있었다. 덕분에 안락사 어시스턴트에 관한 소설 집필도 시작했다. (본래 제안서의 주제는 안락사에 관한 것이 아니었다. 그러므로 주제가 마음에 들지 않더라도 위원회에 직접 이의제기를 하지는 마시길 바란다.) 또 최근에는 바루나* 에서 집필 공간을 제공받아 블루마운틴에서 3주간 지내며 소설을 마무리했다. 도움을 준 두 기관에 감사의 말을 전한다.

간호사로서 내가 만난 환자들의 자세한 정보를 이 책에 그대로 사용하지 않았음을 이 자리를 빌려 분명히 밝히고 싶다. 그렇지만 내게 많은 영향을 준 환자들이 없었다면 이 책도 세상에 나오지 못했을 것이다. 그분들 모두에게 감사하며 아울러 항상 도움과 배려를 아끼지 않은 동료들에게도 고마운 마음을 전하고 싶다.

* 문인들에게 집필 공간을 제공하는 오스트레일리아 레지던스 프로그램.

또한, 책을 읽고 조언해준 아비게일 애셔, SJ 핀, 크리시 닌, 제니퍼 모건, 니콜라 레드하우스, 샤론 블락, 조금 늦은 감은 있지만 대단히 중요한 지혜를 나눠준 리사 제이콥슨, 뛰어난 에이전트로서 놀라운 편집 능력까지 보여준 니콜라 바, 모두에게 감사의 말을 전한다. 더불어 책 출간에 깊이 관여하며 늘 유쾌한 모습으로 수고를 아끼지 않은 발행인 로버트 왓킨스, 대단한 능력을 보여준 클라라 핀레이, 훌륭한 실력의 케이트 스티븐스에게 감사한다. 또한 아셰트 오스트레일리아Hachette Australia 출판사의 제시카 스키퍼, 톰 사러스, 앤드류 카타나치, 다니엘 필킹턴, 네이든 그라이스의 열정에 박수를 보낸다. 마지막으로 아낌없는 지혜와 사랑을 나눠준 코리 드니프에게 감사의 마음을 보낸다.

옮긴이 조경실

성신여대 영문학과를 졸업한 후 산업 전시와 미술 전시 기획자로 일했다. 글밥 아카데미 영어출판번역 과정 수료 후 바른번역 소속 번역가로 활동 중이며, 옮긴 책으로는《밤이 제 아무리 길어도》《현대미술은 처음인데요》《나는 노벨상 부부의 아들이었다》《배색 스타 일 핸드북》 등이 있다. 책을 번역하고 달리기로 하루를 마무리할 때 가장 뿌듯하다.

이지 웨이 아웃

초판 1쇄 발행	2019년 8월 26일

지은이	스티븐 암스테르담
옮긴이	조경실
책임편집	이나연
디자인	김슬기

펴낸곳	(주)바다출판사
발행인	김인호
주소	서울시 마포구 어울마당로5길 17 5층(서교동)
전화	322-3675(편집), 322-3575(마케팅)
팩스	322-3858
E-mail	badabooks@daum.net
홈페이지	www.badabooks.co.kr

ISBN	979-11-89932-31-2 03840